btb

AF720834

Yrsa Sigurdardóttir

Abgrund

Thriller

Aus dem Isländischen
von Tina Flecken

btb

Die isländische Originalausgabe erschien 2017
unter dem Titel »Gatið« im Verlag Veröld, Reykjavík.

Sollte diese Publikation Links auf Webseiten Dritter enthalten,
so übernehmen wir für deren Inhalte keine Haftung,
da wir uns diese nicht zu eigen machen, sondern lediglich auf
deren Stand zum Zeitpunkt der Erstveröffentlichung verweisen.

Dieses Buch ist Fiktion.
Personen und Handlung sind von der Autorin frei erfunden.

MIX
Papier aus verantwortungsvollen Quellen
FSC® C014496

Penguin Random House Verlagsgruppe FSC® N001967

1. Auflage
Genehmigte Taschenbuchausgabe Januar 2022
btb Verlag in der Penguin Random House Verlagsgruppe GmbH,
Neumarkter Straße 28, 81673 München
Copyright der Originalausgabe © 2017 Yrsa Sigurdardóttir
Published by Agreement with Salomonsson Agency
Copyright der deutschsprachigen Ausgabe © 2020 by btb Verlag
Covergestaltung: semper smile, München
Covermotiv: © Arcangel Images/Wojciech Zwolisnki
Druck und Einband: GGP Media GmbH, Pößneck
mb · Herstellung: sc
Printed in Germany
ISBN 978-3-442-77148-6

www.btb-verlag.de
www.facebook.com/btbverlag

Dieses Buch ist den Traplord$ gewidmet.

Yrsa

1. KAPITEL

Da war ein knirschendes Geräusch, wie von Reifen auf einer Schotterstraße. Dann ein plötzliches Rucken, als der Wagen zum Halten kam, und Helgi wurde über die Rückbank geschleudert, seine Wange schrammte über das stinkende, raue Polster. Das konnte nicht sein Auto sein. Er öffnete ein Auge und registrierte, dass es dunkel war. Dann schaltete der Fahrer die Deckenleuchte ein, und Helgi sah die Unordnung auf dem Boden: zerdrückte Getränkedosen, eine zusammengeknüllte Chipstüte, schmutzige Servietten, zwei zerbrochene Zigaretten und eine Hot-Dog-Verpackung. Taxis waren heutzutage wirklich furchtbar dreckig. Oder war das gar kein Taxi? Hatte er eine Mitfahrgelegenheit genommen? War er in der Innenstadt in irgendein Auto gestiegen? Es wäre jedenfalls nicht das erste Mal, dass er im Suff genau das Gegenteil von dem tat, was er nüchtern tun würde.

Helgi konnte nicht weiter nachdenken. Er bekam heftige Kopfschmerzen, und sein Magen krampfte sich zusammen. Wenn er sich aufgesetzt hätte, wäre ihm die Galle hochgekommen und er hätte auf den Sitz gekotzt. Dem Geruch nach zu urteilen, war das in diesem fremden Auto schon öfter passiert. Womit hatte er sich abgefüllt? Normalerweise rührte er widerliches Gesöff, das solche Folgen hatte, nicht an. Aber es lag am Alkohol, keine Frage. Dieses apathische Gefühl und die Unfähigkeit, die eigene Situation zu begreifen, kannte er nur zu gut. Das war ihm seit Jahren nicht mehr passiert.

Als der Schwall kam, schaffte Helgi es auf wundersame Weise, den Kopf bis zum Sitzrand vorzuschieben, sodass sein saurer Mageninhalt auf dem Boden landete. Nach dieser Beigabe war der Müllhaufen noch ekelhafter, und Helgi schloss die Augen. Vom Vordersitz hörte er jemanden aufstöhnen und laut fluchen. Auch wenn er nicht klar denken konnte, begriff er, warum. Niemand wollte sich das Auto vollkotzen lassen.

Dann hörte das Fluchen auf, die Fahrertür öffnete sich mit einem metallischen Quietschen und knallte wieder zu. Erneut knirschte der Schotter, diesmal leiser als vorhin. Als die Tür neben Helgis Kopf aufging, wehte ihm frische, kühle Luft um die Nase. Die Übelkeit ließ nach, und auch die Kopfschmerzen wurden weniger. Ein wundervolles Gefühl. Doch es währte nicht lange. Jemand packte ihn fest an der Schulter und schüttelte ihn rüde. Helgi wollte rufen, so lasse er nicht mit sich umgehen, bekam aber kein Wort heraus, als wären die Nerven zwischen seinem Sprachzentrum und seiner Zunge gekappt. Seine Gedanken wurden immer wirrer und verstrickten sich zu einem einzigen großen Knoten.

Eine barsche Stimme befahl ihm auszusteigen. Bestimmt wollte der Fahrer ihn wegen der Kotzerei loswerden. Zu seiner eigenen Verwunderung gehorchte er. Er wollte eigentlich gar nicht aufstehen, aber seine Gliedmaßen und Muskeln bewegten sich mechanisch, und nach einem kollektiven Kraftakt stand er neben dem Wagen. Er atmete tief ein – die frische Luft war hier draußen noch besser als durch die geöffnete Autotür. Es war Vollmond bei klarem Himmel und in der frostigen Nacht völlig windstill. Das Leben war schön. Helgi legte den Kopf in den Nacken und wollte den Sternenhimmel bewundern, verlor dabei das Gleichgewicht und schwankte. Dieselbe Hand, die ihn geschüttelt hatte, stützte ihn jetzt, wenn er nach vorne oder hinten zu kippen drohte. Helgi wusste diese Hilfe zu schätzen, denn der Schotter, den er verwirrt anstarrte, war grob, und es würde bestimmt wehtun, hinzufallen.

Als er einigermaßen aufrecht stehen konnte, wurde er angestoßen und sollte losgehen. Wieder gehorchte Helgis Körper, obwohl er sich nicht bewegen wollte. Er war überrascht, dass der Mann nicht über das Erbrochene schimpfte. Das Ganze war höchst merkwürdig, aber er konnte sich einfach nicht genug konzentrieren, um der Sache auf den Grund zu gehen. Ob er sich in einem dieser Träume befand, bei denen man im selben Moment aufwacht, wenn man gerade in einen Abgrund stürzt? Die Welt der Träume war voll von so was.

Der grobe Schotter unter seinen Füßen wurde von einem Schafpfad abgelöst, der durch scharfkantige, bewachsene Lava führte. Helgi starrte auf den Boden, in Gedanken noch immer bei dem grauenerregenden Abgrund. Er konnte sich kaum auf dem schmalen Pfad halten, so wackelig war er auf den Beinen. Der Mann hatte ihn vorgeschickt und folgte ihm dicht auf den Fersen. Jedes Mal, wenn Helgi Anstalten machte, auf das Lavafeld hinauszutappen oder stehen zu bleiben, um sich auszubalancieren, wurde er wieder angeschubst. Helgi wollte diesem Mann sagen, dass er das nicht absichtlich machte, aber er durfte nicht sprechen.

Der Weg führte eine Zeit lang bergauf und dann wieder bergab, durch grüne Mulden, von Lavawänden eingerahmt, im Sommer perfekte Picknickplätze, doch jetzt unheimlich und trostlos. Helgi hatte das Gefühl, schon einmal hier gewesen zu sein, und schaute sich verstohlen um. Er sah, dass das Lavafeld nicht weit von ihnen ans Meer grenzte; im Dunkel der Nacht war es schwarz und schimmerte nur leicht im Mondschein. Die Küstenlinie weckte eine Erinnerung an seine Kindheit, als er mit seinem Großvater zu einem Strand hinuntergewandert war, der diesem ähnelte. Vielleicht war es sogar derselbe. Sie hatten zwei Eiderenten aufgescheucht, und der Großvater war zu der Stelle gegangen, an der die Vögel gesessen hatten, und hatte ein Nest entdeckt. Zwei große bläuliche Eier auf bräunlichen Daunen. Helgi hatte die Daunen vorsichtig berührt, und sie fühlten sich eher an wie ein leichter Lufthauch als etwas Greifbares. Dann wies der Großvater ihn auf die Möwen hin, die sie in einem großen Ring umkreisten. Sie waren noch zu weit entfernt, um eine Bedrohung darzustellen, kamen aber immer näher. Als der Großvater ihm erklärte, warum die Vögel sich so verhielten, hätte Helgi sie am liebsten mit Steinen beworfen.

Es war eine schreckliche Pattsituation, und er war leider Gottes gerade alt genug, um sie zu verstehen. Wenn sie dort stehen blieben, kämen die Möwen nicht an die Eier, aber die Eiderenten auch nicht. Die Eier würden auskühlen und die Küken sterben. Wenn sie weitergingen, konnten die Eiderenten zurückkehren, aber das Nest wäre zu lange ungeschützt und würde trotzdem von den Möwen geplündert. Am Ende ließ sich Helgi von seinem Großvater überreden, weiterzugehen, und bewegte sich vorsichtig rückwärts, in der Hoffnung, dass die Eiderenten schnell angeflogen kämen, um ihre Eier zu retten. Doch sie waren nirgends zu sehen, bis sie die Stelle aus den Augen verloren hatten. Helgi erfuhr nie, was aus den Eiern geworden war.

Aber jetzt war Winter, und an keiner Küste gab es Nester mit Eiern. Oder Daunen. Sie waren alle eingesammelt, gereinigt, in Bettdecken gestopft und an reiche Ausländer verkauft worden. Erst als Helgi brutal geschubst wurde, merkte er, dass er stehen geblieben war, um übers Meer zu schauen. Er trottete weiter über den sich schlängelnden, bergauf führenden Pfad und erhielt kurz darauf den Befehl, anzuhalten, was er auch tat. Wie unterwürfig er auf einmal war.

Als er den Kopf hob, erblickte er zwei hohe schwarze Felsen, die aussahen wie eine Kulisse aus *Herr der Ringe*. Zwischen den beiden Lavakegeln lag ein dickes, stabiles Brett, wie eine Brücke. Hatte sein Traum ihn nach Mordor geführt? Bevor sein begrenztes Gehirn eine Antwort finden konnte, wurde er erneut angestoßen, jetzt auf einen der Felsen zu. Er war mit verdorrtem Gras aus dem vergangenen Sommer bewachsen, sodass man hinaufkraxeln konnte, und Helgi machte es wie befohlen. Er blieb auch auf Befehl stehen und erklomm einen Felsvorsprung, der ein Stück in die enge Schlucht zwischen den Felsen hineinragte, bevor man den Gipfel erreichte. Dort stand er und betrachtete das schöne Meer, das ruhig vor ihm lag und ganz unschuldig wirkte. Die perfekte Illusion.

Helgi kam auf seinen unsicheren Beinen ins Schwanken und begriff, dass er am Ende runterfallen würde. Doch aus irgendeinem Grund machte ihm das keine Angst. Es war ja nicht so furchtbar hoch, und außerdem war das ein Traum oder etwa nicht? Die Abgründe in seinen Träumen waren bodenlos. Da konnte man nicht auf eine vertrocknete Wiese mit ein paar Lavazacken hinunterschauen, so wie hier.

Helgi wurde umgedreht, sodass er seinem Begleiter nun gegenüberstand. Er blickte ihm ins Gesicht, konnte aber nicht viel erkennen, weil der Mann sich einen Schal um die untere Gesichtshälfte gebunden hatte. Nur seine Augen waren zu sehen, die Helgi so hasserfüllt anstarrten, dass er schnell den Blick senkte. Er bemerkte ein Werkzeug in der rechten Hand des Mannes, das teilweise schwarz, teils heller war, möglicherweise gelb. Die linke Hand griff nach Helgis Mantel und zog ihn zu sich. Dann knöpfte der Mann den obersten Knopf auf, zog ein weißes beschriftetes Blatt Papier aus der Tasche und hielt es an Helgis Brust. Helgi schaute an sich hinunter und versuchte, die paar Zeilen auf dem Blatt zu lesen, aber die Buchstaben standen auf dem Kopf. Der Mond war so hell, dass er sie vielleicht hätte entziffern können, wenn er nicht so benommen gewesen wäre. Doch bei seinen Bemühungen, den Text zu lesen, lichtete sich urplötzlich der Nebel in seinem Kopf. Er erinnerte sich an ein Papier, das er hatte unterschreiben müssen. Aber auf dem hatte mehr Text gestanden … Er hatte ihn gut lesen können und wusste noch, dass der Inhalt bedeutungsschwer gewesen war. Aber im positiven oder negativen Sinne? Der Nebel verdichtete sich wieder, und er konnte sich nicht mehr erinnern.

Das Werkzeug erschien vor seinen Augen und wurde an das Blatt auf seiner Brust gehalten. Helgi runzelte die Stirn und wartete ab, was passieren würde. Er verspürte keine Angst, nur

Neugier. Er besaß keine Werkzeuge, und auch wenn er ein paar kannte, war ihm dieses Gerät fremd. Wozu sollte es gut sein?

Helgi sah, wie sich die Finger um den Schaft zusammenzogen, und ein lauter Knall hallte in der stillen Landschaft. Darauf folgte ein stechender Schmerz im Rippenbogen, und ihm blieb die Luft weg. Fast wäre er hintenübergekippt und von dem Felsvorsprung gestürzt, doch der Mann hielt ihn fest. Trotz dieser abscheulichen Tat fühlte sich Helgi erleichtert. Der Mann wollte ihm bestimmt nichts Böses, wenn er ihn vor dem Fall rettete. Zumindest nichts wirklich Böses.

Der Mann stülpte ihm etwas über den Kopf, und er sah ein dickes Seil auf seiner schmerzenden Brust liegen wie eine klobige Halskette. Vermutlich würde sich sein Begleiter nun um die Sicherheitsaspekte bei dieser seltsamen Wanderung kümmern. Wenn er an dem Felsen festgebunden war, würde er nicht stürzen. Doch dann zog sich der Strick um seinen Hals zu. Helgi wollte anmerken, dass man ihm das Seil vielleicht besser um die Taille binden sollte, brachte aber wieder kein Wort heraus. Wegen der Schmerzen in der Brust konnte er nicht richtig atmen. Er konnte nichts sagen.

Aber das machte nichts. Es war ja ein Traum. So musste es sein. Wenn er fiel, würde er fliegen. Bald würde er aufwachen, und dann verschwänden der Schmerz und diese unwirkliche Stimmung, die der Nebel in seinem Kopf verursachte.

Während Helgi den Anweisungen seines Begleiters lauschte, der irgendwo hinter ihm stand, starrte er aufs Meer, das sich jetzt leicht kräuselte. Jenseits der Bucht sah er ein bekanntes weißes Haus mit rotem Dach. Bessastaðir. Das war definitiv ein Traum. Sein träges Hirn dachte an ein Ereignis, das mit genau diesem Strand verbunden war. Er verdrängte den Gedanken, um sich nicht wieder übergeben zu müssen, und wandte sich dem Jetzt zu, der wunderschönen Umgebung und seinem fluchenden Begleiter.

Helgi bekam die Flüche und die Abscheu des Mannes nur halb mit. Die Aussicht war so magisch, dass selbst der Schmerz in seiner Brust nachzulassen schien, wenn er sich auf sie konzentrierte. Er ließ den Blick zum Präsidentensitz schweifen und betrachtete die Bucht. Die hypnotisierenden Wellen auf der schwarzen Wasseroberfläche fesselten ihn total. Ganz hinten am Horizont hing eine schwarze Wolkenbank, die mit dem Himmel darum wetteiferte, wer düsterer war. Helgi spürte, dass er ohnmächtig wurde. Was seltsam war, da er sich doch im Tiefschlaf befand.

Wieder wurde Helgi durch einen Stoß aufgeschreckt. Diesmal ins Kreuz, und zwar zum letzten Mal. Er stürzte von dem Felsvorsprung, schwebte für einen Sekundenbruchteil, bis ihn das Seil brutal zurückriss und seinen Fall stoppte. Am Ende hatte er doch nicht fliegen können. Aber das war ja auch kein Traum.

2. KAPITEL

Die Leiche schaukelte im Wind, drehte sich gemächlich im Halbkreis und wieder zurück. Huldar schaute weg, als das bläuliche Gesicht das nächste Mal auftauchte, mit schwarzer heraushängender Zunge, ein unschöner Anblick. Der Kopf hing dem Mann auf die Brust, als würde er verwundert auf seine Füße schauen, weil er einen Schuh verloren hatte. Der Schuh lag im Auto der Spurensicherung, eingeschweißt in eine Plastiktüte. Zwar rechnete niemand damit, dass er Licht auf diesen traurigen Selbstmord werfen würde, trotzdem befolgte man das übliche Prozedere der Beweissicherung am Tatort. Wobei die Sicherung des Schuhs diesmal fast das Einzige war, was nach Plan verlief.

Huldar ließ den Blick über das zerklüftete Gebiet von Gálgahraun schweifen. Der Lavastrom war vor Tausenden von Jahren geflossen, lange bevor irgendein Mensch Island betreten hatte, als der arktische Fuchs das Land noch uneingeschränkt beherrschte. Vor einigen Jahren hatte Huldar an einer Polizeiübung in der Gegend teilgenommen, bei der sie einen kurzen Einblick in die Geschichte des Lavafelds bekommen hatten. Die raue, ungleichmäßige Landschaft war entstanden, als sich ein glühender Lavastrom über ein sumpfiges Gebiet in Küstennähe ergossen hatte. Dabei begann der Sumpf zu kochen, und die halb erkalteten Lavadecken explodierten. Spalten, Krater, spitze Hügel und endlose durcheinandergewürfelte Lavabrocken und Höcker, so weit das Auge reichte. Selbst der Teppich aus Moos, der im Lauf der Jahrhunderte auf dem Lavafeld gewachsen war, konnte dessen Rauheit nicht überdecken. Es war eine trostlose, unruhige Landschaft.

»Schon sonderbar, sich hier zu erhängen, oder?« Huldar wandte sich von dem Toten ab und drehte sich zu seinem Kollegen Guðlaugur.

»Auch nicht sonderbarer als anderswo.« Guðlaugur starrte immer noch auf den Mann in der Schlinge. »Damit ist er sichergegangen, dass ihn kein Angehöriger findet. Ich denke mal, das ist der Grund.«

»Hm, vielleicht.« Huldar war nicht überzeugt. Die Tat hatte einiges an Vorbereitung bedurft. Der Felsen lag ein ganzes Stück von der Straße entfernt, und das Brett, das als Galgen diente, war schwer und unhandlich. Huldar war gelernter Tischler und kannte sich mit so was aus. Er würde seine letzten Atemzüge jedenfalls anders verbringen, als ein dickes Brett durch die Gegend zu schleppen. Aber er behielt seine Meinung für sich. Der junge Kollege war an diesem Sonntagmorgen auffallend verkatert, hatte rot unterlaufene Augen, sah mitgenommen aus und steckte sich andauernd Lakritze in den Mund. Momentan kam er, wenn er überhaupt mal etwas sagte, nur mit Zustimmung klar.

Huldar drehte sich wieder zu den beiden Lavakegeln und verfolgte, wie seine Kollegen sich beratschlagten, wie man den Mann am besten runterholen könnte. Das Seil war um das Brett geknotet, und alle Versuche, es durchzuschneiden, würden vermutlich dazu führen, dass der Tote ein paar Meter tief fallen oder an den scharfen Lavafelsen entlangschrammen würde. Natürlich war es trotz allem wünschenswert, ihn möglichst unversehrt zu bergen. Erla stand unter der Leiche, zeigte nach oben und rief den Kollegen, die raufgeklettert waren, etwas zu. Sie bemühten sich, ihre Anweisungen zu befolgen, aber es war etwas anderes, von unten Befehle zu erteilen, als sie oben an der Felskante auszuführen. Erla war kurz davor, die Geduld zu verlieren, zu ihnen hochzuklettern und ihnen zu demonstrieren, wie man das machen musste. Falls sie dann unverrichteter Dinge wieder herunterkäme, wäre sie noch schlechter gelaunt.

Das Brett knackte und knirschte, als ein Polizist versuchte, auf dem Bauch darüber zu robben. Es war unklar, was er vorhatte, er würde den Toten ja wohl kaum raufziehen und mit ihm zurück zu dem Felsvorsprung kriechen können. Bei den Geräuschen des Bretts gab er seinen Plan schnell wieder auf. Erla konnte ihre Enttäuschung nicht verbergen und stöhnte laut, denn das war ihr Vorschlag gewesen.

»Wäre es nicht klüger, sich von der Feuerwehr ein Sprungtuch zu leihen? Dann könnten wir die Leiche einigermaßen unversehrt runterholen.«

Huldar lächelte, ehe er sich umschaute. Er kannte Línas Stimme, eine junge Frau von der Universität Akureyri, die ein Berufspraktikum bei ihnen machte. Sie war die erste Hochschulstudentin der Polizeiwissenschaft in der Abteilung. Auch wenn es niemand laut äußerte, hatten die meisten ihr gegenüber Vorurteile – die typische Angst vor dem Neuen. Was sollte aus ihnen werden, wenn plötzlich jeder zweite Polizist mit einem Uni-Zeugnis winkte? Wären sie dazu verdammt, zwischen den Touristenmassen paarweise den Laugavegur rauf- und runterzumarschieren, Ruhestörungen zu verhindern und Geldstrafen für Kinkerlitzchen zu verhängen?

Huldar war das so was von egal. Wenn es für ihn bei der Polizei keinen Job mehr gäbe, könnte er jederzeit wieder tischlern. Außerdem hatte er einen diebischen Spaß an der Studentin, vor allem daran, wie sie den Leuten mit ihrer pedantischen Art auf die Nerven ging.

Sie wies ständig auf Dinge hin, die nicht exakt nach Lehrbuch verliefen, korrigierte Begriffe und leierte Fachwissen aus wissenschaftlichen Artikeln oder Büchern herunter. Wenn das in Erlas Anwesenheit passierte, schnaubte die Chefin immer entnervt. Huldar konnte sich dann genauso wenig das Grinsen verkneifen, wie wenn Línas Bemerkungen Guðlaugur auf die Palme brachten.

»Wir haben keine Zeit, bei der Feuerwehr ein Sprungtuch zu holen, Lína. Ist aber 'ne gute Idee.« Huldar sah, wie Lína bei seinem Lob lächelte. Sie war klein und reichte ihm nur bis zur Brust, hatte rote Haare und elfenbeinweiße Haut. Zwischen ihrem Gesicht und ihren Zähnen gab es kaum einen Farbunterschied, wenn sie, so wie jetzt, aufblitzten. Doch sie machte sofort wieder ein ernstes Gesicht und konzentrierte sich auf die Geschehnisse oben auf den Felsen.

Huldar hatte Erla in Verdacht, Lína nicht mitgenommen zu haben, um ihr die Polizeiarbeit am Tatort näherzubringen, sondern damit der jungen Frau bei dem grauenhaften Anblick schlecht würde oder sie sich sogar übergeben müsste. Doch weit gefehlt. Lína hatte sich in die vorderste Reihe gestellt, zu der baumelnden Leiche hinaufgestarrt und sie begutachtet wie einen Kronleuchter in einem Lampengeschäft. Nachdem sie den Kopf wieder gesenkt hatte, musterte sie die Umgebung und kritisierte Erla dafür, den Tatort nicht abgesperrt zu haben. Erlas lapidare Entgegnung, dafür hätten sie keine Zeit, brachte Lína nicht zum Schweigen, sodass Huldar sie am Ende beiseitenehmen und ihr erklären musste, es handele sich um eine Ausnahme, und es stünde bestimmt auch in ihren Lehrbüchern, dass in bestimmten Situationen wegen Zeitdrucks von der üblichen Routine abgewichen würde. Doch Lína schnitt nur eine Grimasse. Sie fand den Grund für die Hektik total lächerlich.

Mit dieser Meinung stand sie allein da. Allen anderen im Team war vollkommen klar, dass Eile angesagt war. Eine Meldung über einen Leichenfund in Bessastaðir war schließlich nicht an der Tagesordnung. Unter normalen Umständen wären zwei Mann plus einer von der SpuSi losgeschickt worden, aber jetzt wimmelte es von Leuten. Bei der ganzen Aufregung war fast jeder verfügbare Polizist zum Tatort beordert worden, ein paar sogar aus ihrem freien Wochenende heraus. Dadurch wollte man den Abtransport der Leiche wohl beschleunigen, aber letztendlich hatte es den gegenteiligen Effekt. Die meisten hatten nichts zu tun und standen den anderen nur im Weg.

Erlas Handy klingelte, und Huldar sah, wie sie ranging. Sie schloss die Augen und massierte ihre Stirn, während sie augenscheinlich eine Tirade aus der Chefabteilung über sich ergehen ließ. Die drehten bestimmt total am Rad. Natürlich wollten sie vor den Sicherheitsleuten einer ausländischen Großmacht nicht schlecht dastehen. Huldar grinste bei der Vorstellung, hatte seine Gesichtszüge aber sofort wieder im Griff, als Erla ihm einen Blick zuwarf, auflegte und das Handy in die Tasche steckte.

»Schneidet das Seil durch! Die Zeit ist um!«, rief Erla den Männern auf dem Felsen zu. »Der Autokorso ist unterwegs und kommt in einer halben Stunde nach Bessastaðir. Dann müssen wir weg sein. Wir können es auch nicht ändern, wenn die Leiche Schaden nimmt. Dem Toten dürfte das egal sein.«

Huldar sah, wie Lína empört den Mund aufklappte. Vermutlich wurden Staatsbesuche aus dem Ausland in ihren Lehrbüchern über die Beweissicherung am Tatort nicht erwähnt. Er legte ihr die Hand auf die Schulter und flüsterte in ihr zierliches weißes Ohr: »An deiner Stelle würde ich jetzt nichts sagen. Du änderst sowieso nichts daran.«

Lína presste die Lippen aufeinander. Sie war nicht auf den Kopf gefallen, auch wenn sie wenig Erfahrung hatte. Sie hatte Erlas kurze Ansprache vor der Abfahrt gehört und kannte die Hintergründe. Dennoch blickte sie über die Bucht auf das gegenüberliegende Bessastaðir und sah alles andere als glücklich aus. Huldar war sich ziemlich sicher, dass Guðni Th. bei der nächsten Präsidentschaftswahl nicht mit ihrer Stimme rechnen durfte, obwohl er gar nichts dafür konnte. Seine Rolle bestand lediglich darin, zum Auftakt des offiziellen Staatsbesuchs einen Empfang für den chinesischen Außenminister auszurichten. Die Sicherheitsleute des Politikers hatten den Ort im Vorfeld inspiziert und dabei die zwischen den Lavafelsen baumelnde Leiche auf der anderen Seite der Bucht Lambhúsatjörn entdeckt. Die Bewohner und Angestellten des Präsidentensitzes hatten sie hingegen noch gar nicht bemerkt, zumal seit dem Morgen dichter Nebel über dem Gebiet gehangen hatte.

Der Leichenfund hatte im Außenministerium natürlich großen Wirbel ausgelöst, und man hatte alle Hände voll zu tun, die Delegation und die Sicherheitsleute davon abzubringen, das Flugzeug des Ministers zurückzuschicken. Am Ende schaffte man es, die Chinesen davon zu überzeugen, dass es sich nicht um eine Protestaktion der Falun-Gong-Sekte handelte, sondern lediglich um ein tragisches Unglück und reinen Zufall. Das Programm wurde fortgesetzt, natürlich unter der Bedingung, dass die Leiche entfernt würde, bevor der Minister einträfe, da Leichen nicht als sonderlich feierlich gelten. Weder in Europa noch in Asien.

Doch die Leute aus dem Außenministerium hatten offenbar geglaubt, die Polizei würde schneller agieren, als es realistischerweise möglich war. Als der Fall auf Erlas Tisch landete, befand sich die Maschine des Außenministers bereits im Landeanflug auf Keflavík. Die Anweisung lautete, dass die Leiche und das gesamte Einsatzteam von der Halbinsel Álftanes verschwunden sein müssten, sobald der Autokorso dort einträfe – unabhängig davon, dass der Leichenfundort von der Straße aus gar nicht einsehbar war. Man konnte ihn von Bessastaðir aus sehen, und das reichte. Es durfte auf keinen Fall dazu kommen, dass der Präsident dem chinesischen Außenminister erklären müsste, was auf der anderen Seite der Bucht los war, falls dieser den Aufmarsch zufällig durchs Fenster erspähen würde. Selbst wenn Island nach diesem Fiasko garantiert keinen Pandabären mehr geliehen bekäme, bestand doch noch die Hoffnung, dass der Besuch wenigstens die Handelsbeziehungen ankurbelte.

Huldar und Lína beobachteten den Einsatz der Kollegen auf den Felsen aufmerksam. Die Männer bildeten zwei Gruppen, und einer versuchte jetzt, mit einer Schere an das Seil heranzukommen und es durchzuschneiden. Das stellte sich als undurchführbar heraus. Erla verfolgte die Bemühungen nervös, checkte auf ihrem Handy die verbleibende Zeit und rief dann, sie sollten das Brett einfach samt Seil und Leiche runterschmeißen.

Mit gemeinsamer Anstrengung schafften es die Männer, das Brett mit der Leiche an den Enden anzuheben und den ganzen Kladderadatsch fallen zu lassen.

Unterdessen stieß Huldar den blassen Guðlaugur an, und sie holten die Bahre, die neben dem Schafpfad lag, der zu den Felsen führte. Kurz bevor der Tote runterkrachte, kamen sie zurück und gingen dann zu der Leiche, die zusammengekrümmt unter dem schweren Brett lag. Weitere Kollegen kamen hinzu und halfen ihnen, das Seil durchzuschneiden und das wuchtige Brett zu entfernen. Guðlaugur und ein Kollege drehten den Toten um, und ein paar Leute bezogen neben der Leiche Stellung, um sie auf die Bahre zu wuchten. Huldar trat einen Schritt zur Seite, weil er nicht scharf darauf war, mitzuhelfen. Es hatte ihm schon gereicht, die Todesfratze des Mannes aus der Ferne zu sehen.

»Stopp!« Línas Stimme klang so, als wäre sie es gewohnt, dass man ihr gehorchte. Ein Witz angesichts ihres jungen Alters und ihrer geringen Erfahrung. Huldar hatte ihren Lebenslauf überflogen und gesehen, dass sie bisher nur in typischen Sommerjobs gearbeitet hatte. Grünpflege für die Stadtverwaltung in Akureyri, an der Kasse im Supermarkt, in einer Fischfabrik und in einem Kino. Schwer zu sagen, in welchem dieser Jobs sie sich den herrischen Ton angewöhnt hatte. Vielleicht wenn sie den Kinobesuchern vor Beginn der Vorstellung befohlen hatte, die Handys auszuschalten.

»Du gibst hier keine Befehle!« Erlas Gesicht war rot vor Wut. Sie winkte den Männern, die um die Leiche herumstanden, und wies sie an, den Toten auf die Trage zu heben.

»Aber …«

»Was soll der Scheiß? Hast du mich nicht verstanden, verdammt noch mal?« Erla stresste die ganze Sache ziemlich, und wie es nun mal ihre Art war, äußerte sich das in Fluchen.

Huldar sah Lína scharf an, damit sie den Mund hielt, aber sie schaute gar nicht zu ihm und machte unverdrossen weiter: »Seht ihr denn nicht? Auf seiner Brust?« Aufgeregt zeigte sie auf die Leiche.

Den meisten war klar, dass Erla noch wütender würde, wenn sie hinschauten, aber die Verlockung war zu groß. Einer nach dem anderen blickte auf die Brust des Toten, wo ein winziges Metallplättchen aus der Kleidung lugte. Mit fragenden Gesichtern traten sie näher heran. Huldar wusste genau, was er da sah. Es war ein Nagelkopf. Wahrscheinlich 4 Zoll. Darunter sah man einen Fetzen Papier, als hätte jemand mit dem Nagel einen Notizzettel an dem Mann befestigt.

Erla schien es auch gesehen zu haben, denn sie stöhnte laut.

Das konnte kein Selbstmord sein. Wer würde sich selbst mit einem scharfen Nagel durchlöchern? Und dann auch noch die Brust. Sie befanden sich ganz offensichtlich am Schauplatz eines Mordes und waren wie blutige Amateure damit umgegangen. Bei der ganzen Hektik war noch nicht einmal ein Rechtsmediziner zum Tatort bestellt worden. Zum ersten Mal seit Beginn ihres Praktikums hatte Lína allen Grund, ihrer Empörung Luft zu machen.

»Tretet zur Seite.« Erla klang besonnen, obwohl das sicher

nicht der Fall war. »Deckt den Mann mit irgendwas zu, damit man ihn von Bessastaðir nicht sehen kann. Auch nicht mit einem Fernglas. Bedeckt ihn von mir aus mit Gras oder was auch immer, damit er sich in die Landschaft einfügt.« Resigniert rieb sie sich die Augen. »Und dann machen wir, dass wir wegkommen und warten, bis dieser affige Staatsempfang vorbei ist.«

3. KAPITEL

Baldur kam zurück zu ihrem Tisch und roch nach Zigarettenqualm. Er war rausgegangen, um eine zu rauchen, obwohl sie sich gerade erst gesetzt hatten. Freyja wunderte das nicht, denn ihr Bruder war erst vor Kurzem aus dem Gefängnis entlassen worden und hatte sich noch nicht wieder daran gewöhnt, tun und lassen zu können, was er wollte – oder jedenfalls fast. Er war in einer Resozialisierungseinrichtung für Haftentlassene untergebracht und musste zwar bestimmte Regeln bezüglich nächtlicher Anwesenheit und Arbeitszeiten befolgen, durfte sich aber ansonsten frei bewegen. Kein Wunder, dass er nicht stillsitzen konnte.

Baldur strubbelte seiner Tochter Saga, die in einem Hochstuhl zwischen ihnen saß, durch die Haare. Die Kleine knabberte seelenruhig weiter an einem Stück Schinkenspeck, das Baldur ihr gegeben hatte, weil sie das klein geschnittene Obst auf ihrem Teller nicht mochte. Vater und Tochter kamen gut miteinander klar, obwohl sie sehr unterschiedlich waren. Er war immer gut drauf, während Saga das ernsteste Kind war, dem Freyja je begegnet war. Baldur war ein hellhäutiger Typ und laberte ununterbrochen, Saga hatte einen dunklen Teint und einen angeborenen Schmollmund und war sehr still.

Baldur war immer schick angezogen, während Freyja Saga kaum in etwas anderes bekam als Gummistiefel, Leggings und T-Shirt. Die Mutter des Mädchens schaffte es hingegen, sie in Kleidchen und süße Schuhe zu stecken. Hin und wieder steckte sie ihrer Tochter sogar ein Klämmerchen ins Haar – das ging aber nur, wenn Saga Handschuhe anhatte. Sobald sie sich der Handschuhe entledigt hatte, flog die Haarklammer in die Ecke.

Baldur blinzelte seiner Tochter zu, und sie blinzelte mit beiden Augen zurück, weil sie noch zu klein war, um nur ein Auge zukneifen zu können. Mit einem breiten Grinsen drehte Baldur sich zu Freyja und sagte: »Gibt es ein süßeres Kind?«

Freyja zwang sich, zurückzulächeln. Während seiner Haftstrafe war sie für ihn eingesprungen und hatte sich um die Kleine gekümmert. Sie vergötterte und liebte Saga wie ihr eigenes Kind. Aber *süß* war nicht unbedingt das passende Wort. Dennoch freute sich Freyja, dass ihr Bruder so glücklich mit seiner Tochter war, obwohl sie bisher nur wenig Kontakt hatten. Es schien ihm überhaupt nicht schwerzufallen, eine Verbindung zu ihr herzustellen – und umgekehrt genauso. Vielleicht war es ja hilfreich, dass sie beide seltsam waren, jeder auf seine Weise.

»Ach, hör mal! Jetzt hätte ich das Wichtigste fast vergessen!« Baldur schob seinen kaum angerührten Teller beiseite und zog die Kaffeetasse zu sich. Freyja hatte vorgeschlagen, zu dritt zu Mittag zu essen, aber vergessen, ihn nach seinen aktuellen Essvorlieben zu fragen. Sie hatte einfach einen Tisch in einem Restaurant bestellt, das für altmodischen Sonntagsbrunch bekannt war. Doch Eier und Schinken waren bei seinem momentanen Gesundheitstick anscheinend nicht erlaubt. Höchstwahrscheinlich würde aber genau das der Hauptbestandteil seines nächsten Ernährungsfimmels sein. Was das anging, fiel er von einem Extrem ins andere. »Dabei wollte ich dir das eigentlich schon im Auto erzählen.«

»Was denn?« Freyja erwartete keine großartigen Neuigkeiten. Baldur verhielt sich zurzeit sehr ruhig, um seine Bewährung nicht zu gefährden.

»Ich hab dir 'ne Wohnung besorgt.« Baldur hielt Saga noch ein Stück Schinken hin, woraufhin sie das erste Stück auf den Boden fallen ließ und nach dem neuen grabschte. Sie streckte ihre kleine rosa Zunge heraus und lutschte den Schinken wie ein Eis am Stiel.

Freyja legte die Gabel auf den Teller, und das Rührei, das sie sich gerade in den Mund stecken wollte, rutschte wieder herunter. »Was?« Ihr Bruder wollte sie doch wohl nicht auf den Arm nehmen? Das wäre gemein, er wusste doch, wie besorgt sie wegen ihrer Wohnsituation war. Sie wohnte immer noch in seiner Wohnung, aber das würde nicht mehr lange so weitergehen. Es kam nämlich überhaupt nicht in Frage, mit ihm zusammenzuziehen, wenn er aus der Einrichtung entlassen wurde. Sie würde niemals auf dem verschlissenen Sofa im Wohnzimmer schlafen, während er mit seinen wöchentlich wechselnden Freundinnen im Schlafzimmer zugange war. Und die Vorstellung, selbst mit einem Lover auf dem Sofa zu liegen, während Baldur im Nebenraum schlief, war auch nicht gerade verlockend. Doch bisher hatte ihre Wohnungssuche nichts gebracht. Die freien Mietwohnungen waren entweder zu teuer oder der Vermieter entschied sich für jemand anderen. Freyja dachte schon ernsthaft darüber nach, aufs Land zu ziehen oder sogar ins Ausland. »Bitte, verarsch mich nicht!«

»Ich verarsche dich nicht.« Baldur nahm Sagas Glas und hob es an ihre Lippen, um ihr einen Schluck Orangensaft einzuflößen, aber sie drehte so lange den Kopf weg, bis er das Glas wieder auf den Tisch stellte.

»Wieso kriegst du einfach so eine Wohnung? Ich versuche es seit über einem Jahr, und es funktioniert überhaupt nicht.« Das war mal wieder typisch Baldur. Die Leute wollten ihm immer alles recht machen. Bei einer Wohnungsbesichtigung drängte der Vermieter ihm garantiert direkt vor Ort den Mietvertrag auf. Aber Baldur konnte nicht für sie Wohnungen besichtigt haben, dafür war er erst zu kurz aus dem Gefängnis draußen.

»Erinnerst du dich an Tobbi?«

»Tobbi?« Der Name klang vertraut, aber Freyja hatte kein Gesicht dazu vor Augen.

»Ja, mein Freund Tobbi. Erinnerst du dich nicht an ihn?«

»Dunkel.« Baldur hatte viele Freunde, einer skurriler als der andere. Und er unterschied nicht zwischen Freunden und Bekannten, sondern teilte die Leute in zwei Gruppen ein: Freunde und Idioten. In der ersten Gruppe waren wesentlich mehr Personen, weil für Baldur jeder, der ihn anlächelte, automatisch ein Freund war. Idioten waren alle, die irgendwie verhinderten, dass er Spaß im Leben hatte. Freyja gehörte zu keiner der beiden Gruppen, sie war lange Zeit seine einzige enge Verwandte gewesen, bis Saga dazugekommen war.

»Jedenfalls hat Tobbi 'ne Wohnung, die er dir vermieten will.« Baldur wischte einen Brotkrümel vom Tisch, bevor er seinen Arm darauflegte. Er kam frisch vom Friseur und trug neue Klamotten, die ein Vermögen gekostet haben mussten. Woher das Geld stammte, war Freyja ein Rätsel, aber manche Dinge sollte man lieber nicht wissen.

»Mir? Warum ausgerechnet mir?«, fragte sie mit verhaltener Begeisterung. Das Angebot klang total absurd. Und Baldur war Spezialist für Absurditäten.

»Weil ich ihm gesagt hab, dass du 'ne Wohnung suchst. Er hat irgendwas erzählt, von wegen er hätte Schwierigkeiten, einen guten Mieter zu finden, und da hab ich dich halt erwähnt. Er will dich unbedingt haben.«

Freyja runzelte die Stirn und sah aus dem Augenwinkel, dass Saga sie nachäffte. »In Reykjavík hat niemand Schwierigkeiten, einen guten Mieter zu finden. Man muss nur ein briefmarkengroßes Zu-vermieten-Schild ins Fenster hängen, und die Leute stehen bis um die nächste Ecke Schlange. Oder ist seine Wohnung gar nicht in der Stadt?«

»Doch. Die ist in Reykjavík. Mehr oder weniger.«

»Mehr oder weniger? Was soll das heißen?«

Baldur verdrehte die Augen. »Sie ist draußen in Seltjarnarnes. Fast neu. In einem schicken Haus und so.«

»Ich kann mir keine hohe Miete leisten, das weißt du doch, Baldur.«

»Die Miete ist nicht hoch. Ganz normal halt.« Die Summe, die er nannte, passte eher zu einer Garage als zu einer Wohnung.

»Wie groß ist sie denn? Oder ist das nur ein Eckchen in einer Abstellkammer?«

»Nein. Sei doch nicht immer so negativ! Ich dachte, du würdest dich freuen«, entgegnete Baldur, jetzt nicht mehr lächelnd, sondern schon fast eingeschnappt.

Freyja legte ihre Hand auf seine. Sie hielten zusammen. Immer. Wenn er ihr irgendeine dubiose Wohnung anbot, dann war das bestimmt gut gemeint. Er wollte ihr nur helfen. »Entschuldige. Ich bin einfach nur misstrauisch, weil ich schon so lange vergeblich suche. Die Miete ist total niedrig. Da muss doch irgendein Haken dran sein.« Vermutlich schuldete dieser Tobbi ihrem Bruder Geld oder einen großen Gefallen. Und der hatte sicherlich nichts mit legalen Dingen zu tun.

Baldur beugte sich zu Saga, hielt ihr die Ohren zu und sagte: »Tobbi muss in den Knast. Für fast anderthalb Jahre.« Baldur ließ die Hände wieder sinken, bevor Freyja ihn darauf hinweisen konnte, dass seine Tochter das Wort Knast noch gar nicht kannte. »Er will nicht an Fremde vermieten, weil er seine Möbel und seine Sachen dalassen möchte. Er kennt mich und vertraut auf meine Empfehlung. Das wäre eine echte Win-win-Situation.«

Das klang doch gar nicht so übel. In diesem Moment klingelte Freyjas Handy in ihrem Anorak auf dem Stuhlrücken. Sie schaute kurz aufs Display. »Mist! Ich muss los. Die Arbeit.« Sie machte Anstalten, aufzustehen. »Aber ich würde gern mal mit deinem Freund reden. Könnten wir uns die Wohnung nicht zusammen anschauen? Möglichst bald?«

Baldur bejahte und schien noch etwas hinzufügen zu wollen, verabschiedete sich aber dann mit dem Versprechen, sie am Abend anzurufen.

Freyja küsste ihn auf die Wange und Saga auf den Kopf. Dann bezahlte sie die Rechnung und machte sich mit beschwingten Schritten auf den Weg, weil endlich eine Wohnung in Aussicht war. Falls etwas daraus würde. Bei Baldur konnte man nie wissen.

* * *

Freyja drückte auf die Klingel, diesmal fester und länger als beim ersten Mal. Das Klingeln drang bis in den Gang, doch sobald sie den Finger wegnahm, war es wieder totenstill. Das Einzige, was sie bisher aus der Wohnung gehört hatten, war das schrille Türklingeln und das Schellen des Telefons, an das niemand rangegangen war.

»Soll ich es noch mal probieren?«, fragte Freyja ihren Kollegen, einen großen, schlanken jungen Mann mit Wikingerbart, goldenem Nasenring und müden Augen. Sie waren ungefähr gleich alt, aber er hatte wesentlich mehr Erfahrung mit solchen Fällen. Er war beim Jugendamt Reykjavík fest angestellt, wo sie, zusätzlich zu ihrem Vollzeitjob im Kinderhaus, einzelne Abend- und Wochenendschichten übernahm, um Geld für ihre zukünftige Miete zu sparen. Wenn Baldurs Freund sich nicht als totaler Chaot entpuppen würde und seine Wohnung in Ordnung war, bräuchte sie diesen Zweitjob vielleicht nicht mehr. Doch nun stand sie hier, bei einem Einsatz in einem absurd breiten Gang in einem der schicken Hochhäuser in Reykjavík. Selbst wenn sie rund um die Uhr arbeiten würde, könnte sie sich hier keine Wohnung leisten.

»Versuch's noch mal. Kann sein, dass das Kind sich nicht zur Tür traut. Oder eingeschlafen ist.«

Freyja drückte noch einmal lange auf die Klingel, um das

Kind zu wecken, falls es eingeschlafen war. Ohne Erfolg. »Bei diesem Lärm kann doch niemand schlafen.«

»Vielleicht nicht. Aber wer weiß …« Der junge Mann namens Diðrik trat näher an die Tür und klopfte fest. So fest, dass Freyja meinte, seine Knöchel rot anlaufen zu sehen. Vielleicht hatte sie sich aber auch nur verguckt, denn seine Arme waren von den Jackenärmeln bis zu den Handrücken mit bunten Tätowierungen verziert, sodass die natürliche Hautfarbe seiner Hände schwer auszumachen war.

In diesem Moment ging die Tür der Nachbarwohnung auf, und eine Frau mittleren Alters steckte den Kopf durch die Öffnung. Als sie Diðrik sah, erschrak sie, wahrscheinlich weil sie ihn für einen Geldeintreiber oder Kriminellen hielt. Bestimmt nicht für einen Mitarbeiter vom Jugendamt. Da die Frau keine Anstalten machte, etwas zu sagen, grüßte Freyja sie freundlich. »Bitte entschuldigen Sie die Störung. Wir sind von der Stadt Reykjavík. Uns wurde gemeldet, dass sich in dieser Wohnung möglicherweise ein Kind ohne Aufsicht befindet, das in Schwierigkeiten sein könnte. Haben Sie bei uns angerufen?«

Da es bei der Stadt am Wochenende keinen Telefondienst gab, war der Notruf kontaktiert worden. In solchen Fällen wurde normalerweise zuerst die Polizei geschickt, aber heute schien kein Polizist verfügbar zu sein, deshalb war die Sache am Ende bei Diðrik gelandet. Weil der Hilferuf zunächst zwischen diversen Stellen hin- und hergeleitet worden war, wusste er nicht, wer die Meldung gemacht hatte.

Die Frau machte ein pikiertes Gesicht, als hätte Freyja sie einer unmoralischen Tat bezichtigt, und schüttelte den Kopf. »Nein. Ich bin gerade erst nach Hause gekommen. Ich habe nichts bemerkt.« Ihre sorgfältig geschminkten Augen huschten zu einer großen Vase mit schwer identifizierbaren Blumen, die im Gang an der Wand stand, genau zwischen ihr und ihnen. Ihr Blick war erwartungsvoll, als markiere die Vase eine unsichtbare Linie, die von nichts Bösem überschritten werden konnte. Sie verschränkte die hageren Arme vor der Brust und sagte: »Kann es sein, dass Sie im falschen Haus sind?«

Freyja zögerte und überlegte kurz, ob das der Fall sein konnte. Vielleicht befand sich das arme Kind, dem sie helfen sollten, im nächsten Haus oder in der nächsten Straße. In Häusern wie diesem gab es nur selten kindesschutzrelevante Fälle, was nicht an der edlen Ausstattung lag, sondern daran, dass die meisten Bewohner schon zu alt für Kinder waren.

Diðrik mischte sich ein und sagte mit Nachdruck: »Nein. Wir sind im richtigen Haus.«

Die Frau hob die Augenbrauen. »Seltsam … nebenan wohnt kein Kind. Es sei denn, es ist neu eingezogen. Mein Nachbar ist alleinstehend. Sie müssen sich vertan haben. Meines Wissens wohnt im ganzen Haus kein einziges Kind. Die Wohnungen hier sind für Familien mit Kindern ungeeignet, besonders die, in die Sie reinwollen. Das ist die teuerste Wohnung im ganzen Haus.«

»Vielleicht ist das Kind ja zu Besuch hier oder beim Babysitter.« Freyja verkniff es sich hinzuzufügen, dass Kinder durchaus schon mal ihre eigenen Wohnungen verließen. Ab und zu sogar Wohnungen der teureren Sorte betraten. Aus dem Augenwinkel sah sie, wie Diðrik das Ohr an die Tür legte, als hätte er etwas gehört. Sie meinte, ein Geräusch wie das eines Weckers zu hören, aber das konnte auch aus der Wohnung der Nachbarin kommen.

Da die Frau nicht stutzte und das Geräusch nicht zu bemerken schien, handelte es sich wohl nicht um ihren Wecker. »Mein Nachbar ist kein Babysitter-Typ.«

»Mag sein, aber wir müssen solchen Hinweisen natürlich nachgehen.« Freyja presste ein Lächeln hervor, wohl wissend, wie unnatürlich es wirkte. Die Frau zuckte ähnlich herzlich mit dem Mund.

Diðrik hörte auf, an der Wohnungstür zu lauschen, die fast bis unter die Decke reichte, als hätte der Architekt des Hochhauses den Bewohnern die Möglichkeit bieten wollen, Giraffen als Haustiere zu halten.

Freyja wandte sich von der sauertöpfisch dreinschauenden Frau ab. Das Geräusch des Weckers, das sie gehört zu haben meinte, war verstummt.

Diðrik klingelte noch einmal und trommelte gegen die Tür. Dann sahen sie plötzlich, wie sich die Türklinke bewegte. Ganz langsam ging die Tür einen Spaltbreit auf. »Guten Tag!«, sagte Diðrik durch den Türspalt. »Mein Name ist Diðrik, ich bin von der Stadt Reykjavík. Wir haben den Hinweis erhalten, dass sich in dieser Wohnung ein Kind in Schwierigkeiten befindet. Könnten wir kurz mit Ihnen sprechen?«

Keine Antwort. Diðrik räusperte sich und wiederholte sein Sprüchlein. Als es weiterhin still blieb, hob er die Brauen und schaute zu Freyja. Er signalisierte ihr, dass sie es probieren sollte, und trat zur Seite. »Hallo, mein Name ist Freyja. Würden Sie uns mal aufmachen? Wir möchten uns nur vergewissern, dass alles in Ordnung ist. Dann gehen wir wieder.«

»Ich will nach Hause.« Es war eine Kinderstimme. Daran bestand kein Zweifel. Schwer zu sagen, ob es sich um ein

Mädchen oder einen Jungen handelte und in welchem Alter das Kind war. Freyja tippte auf drei bis sechs Jahre.

»Wir helfen dir, nach Hause zu kommen. Aber erst musst du die Tür richtig aufmachen, damit wir dich sehen können.«

Der Türspalt verbreiterte sich im Zeitlupentempo. Ein Haarschopf erschien zwischen Rahmen und Tür, und große Augen schauten Freyja unter einem blonden Pony heraus ängstlich an. Es war ein kleiner Junge, schätzungsweise vier Jahre alt. Er hatte einen grünen Anorak an, obwohl nichts darauf hindeutete, dass es in der Wohnung kalt wäre. Zudem trug er klobige Winterstiefel mit Klettverschlüssen, als wäre er gerade reingekommen oder auf dem Weg nach draußen. »Ich will nach Hause.«

»Natürlich. Wir helfen dir, nach Hause zu kommen.« Freyja ging behutsam in die Knie, sodass sie sich auf Augenhöhe befanden. »Wie heißt du denn?«

»Siggi.«

»Hallo Siggi. Ist ein Erwachsener bei dir, mit dem wir sprechen können?«

»Nein. Ich bin allein, ich will nach Hause. Ich wohne hier nicht.«

Freyja tat so, als wäre es völlig normal, dass sich ein kleiner Junge mutterseelenallein in einer Wohnung aufhielt, in der er gar nicht wohnte. »Wo wohnst du denn?«

»In Island.«

Freyja lächelte ihn an. »Ich auch! Wo denn in Island?«

»In Reykjavík. Das ist eine Stadt. Mit einem Bürgermeister.«

»Das ist ja super.« Freyja deutete hinter sich. »Das ist Diðrik. Der arbeitet für den Bürgermeister. Machst du mal auf, damit wir drinnen weiterreden können? Diðrik kann dir ein Bild von einem Adler zeigen, das hat er auf dem Arm.« Bei ihrem letzten Einsatz mit Diðrik hatte der einen kleinen Jungen unter dem Bett hervorgelockt, indem er den Ärmel hochgekrempelt und ihm seine Tattoos gezeigt hatte. Den Jungen hatte der Adler mit den ausgebreiteten Flügeln inmitten der bunten Abbildungen am meisten fasziniert.

Der blonde Junge in dem grünen Anorak überlegte angestrengt. Er starrte auf Diðriks tätowierte Handrücken und knabberte an der Oberlippe. Dann öffnete er vorsichtig die Tür, bis sie weit offen stand. Freyja richtete sich auf und schaute in die geschmackvoll eingerichtete Wohnung. »Wer wohnt denn hier? Dein Papa?« Der Junge schüttelte den Kopf. »Ein Freund oder eine Freundin von deiner Mama?« Wieder wippte der blonde Schopf hin und her. »Deine Tante vielleicht? Oder dein Onkel?«

»Ich weiß nicht.«

»Macht nichts. Man kann ja nicht alles wissen.« Freyja und Diðrik traten in die Wohnung und ließen die Nachbarin ohne weitere Worte im Gang stehen.

Die Wohnung sah nicht so aus, als würden ihre Bewohner beim Discounter einkaufen. Der Flur ging in ein imposantes Wohnzimmer mit schicken Möbeln über, alles aus Edelstahl, der frisch poliert aussah. An einer Wand stand ein riesiger Gaskaminofen, an den anderen hingen abstrakte Gemälde. Die bunten Pinselstriche implizierten gewiss bedeutende Aussagen über die Welt und die zerbrechliche Existenz des Menschen, aber Freyja konnte damit herzlich wenig anfangen. Die Möbel fungierten eher als Kunstwerke denn als Gebrauchsgegenstände, und Freyja musste zugeben, dass sie noch nie eine coolere Wohnung betreten hatte.

Die Fensterfront des Wohnzimmers schien frisch geputzt zu sein, obwohl sie sich im elften Stock befanden. Die angrenzende Wand war ebenfalls bodentief verglast und entpuppte sich als Tür zu einer großen Terrasse mit Aussicht über die Bucht Faxaflói. Freyja ging zu der Glaswand und blickte hinaus. Die Terrasse war mit geschmackvollen Gartenmöbeln ausgestattet, auf denen die Polsterauflagen fehlten. Wahrscheinlich wurden sie nur im Sommer benutzt. In einem Land, das am Meer lag, gab es nur selten gleichzeitig gute Aussicht und Windstille.

Wohin man auch schaute, nichts deutete darauf hin, dass hier jemand wohnte. Keine Post auf der Anrichte beim Eingang, geschweige denn halbvolle Gläser auf den Tischen, eine aufgeschlagene Zeitung oder ein Buch auf dem Sofa, Socken auf dem Boden oder sonst etwas, das auf normales Wohnen schließen ließ.

Während Freyjas Blick durch das große Wohnzimmer schweifte, zog Diðrik seine Jacke aus, hockte sich neben den Jungen und zeigte ihm seinen Arm. Freyja gab ihm zu verstehen, dass sie abchecken würde, ob sich außer dem Kleinen tatsächlich niemand in der Wohnung befand. Diðrik nickte, während er dem neugierigen Jungen erlaubte, mit dem Zeigefinger vorsichtig über die Tattoos zu streichen.

Freyja ging zuerst in die offene Küche am Ende des Wohnzimmers. Hier war es genauso ordentlich, nur auf dem Küchentisch thronte ein großes buntes Paket mit Geschenkband, das sich üppig an den Seiten hinabkräuselte. Freyja trat näher und warf einen Blick auf das Schildchen. *Für Hallbera – von Helgi.* In einer femininen Handschrift.

Die Arbeitsflächen wirkten wie frisch abgewischt, die leere, glänzende Edelstahlspüle hatte keinen einzigen Kratzer, und die wenigen Gegenstände standen alle am richtigen Platz. An einer Wand befanden sich drei Backöfen untereinander, die alle aussahen, als wären sie noch nie benutzt worden, sowie ein Einbau-Kaffeevollautomat, der ebenfalls nagelneu war. Wer auch immer hier wohnte, er musste einen ganzen Putztrupp engagiert haben, während andere von einer Putzhilfe für zwei Stunden in der Woche träumten. Freyja zügelte ihre Neugier und schaute nicht in den Kühlschrank und die Schränke. Da konnte sich schließlich niemand verstecken, und sie sollte ja nur sichergehen, dass außer dem Jungen niemand in der Wohnung war – dabei hätte sie so gern ihre Vermutung bestätigt, dass die Schränke nach einem penibel durchdachten System eingeräumt waren.

Als Nächstes ging sie in den Flur, an dem sich ein Schlafzimmer mit Ankleide, ein Bad und ein Arbeitszimmer befanden. Es gab auch noch ein zweites Schlafzimmer mit einem kleinen Bad. Welche Tür sie auch öffnete, überall herrschte pedantische Ordnung. Die Ankleide war am interessantesten, weil man sehen konnte, dass hier ein alleinstehender Mann wohnte. Wahrscheinlich besagter Helgi, der Hallbera ein Geschenk machen wollte. Jedenfalls war klar, dass sie nicht hier wohnte, denn es gab keine Frauenkleidung. Auf der einen Seite waren reihenweise teure Anzüge, die alle gleich aussahen, gestärkte Hemden und jede Menge schicke Lederschuhe in gedeckten Farben. In den Regalen auf der anderen Seite lag alltagstauglichere Kleidung. Jeans, T-Shirts und Pullover, Turn- und Straßenschuhe. Freyja beherrschte sich, die Schubladen eines riesigen Möbelstücks aufzuziehen, das in der Mitte des Raums stand und als Tisch und Kommode fungierte. Sie ahnte, was darin war. Aufgerollte Seidenkrawatten, Ledergürtel, bunte Socken und so weiter. Sie hatte schon genug Filme über reiche Junggesellen gesehen. Der einzige Unterschied war, dass sich hier hinter den Klamotten kein Geheimraum mit gefälschten Pässen, Stapeln von Dollarscheinen und waffengeschmückten Wänden befand.

Obwohl das Gesamtbild makellos war, fand Freyja die Wohnung seelenlos und unpersönlich. Selbst der Schreibtisch in dem modernen Arbeitszimmer war bis auf einen Computerbildschirm, eine kabellose Tastatur und eine dazu passende Maus leer. Wie in der gesamten Wohnung war auch hier kein Staubkörnchen zu sehen. Die einzige menschliche Spur war die eingedrückte Bettdecke im Schlafzimmer. Das Bett war frisch bezogen, aber auf der Türseite war eine Kuhle von einem Körper. Von einem kleinen Körper, wahrscheinlich dem des Jungen. Neben der Kuhle lag ein altmodischer Wecker, und auf dem Nachttisch stand eine halbvolle Flasche Orangenlimonade. Zwei Wachsmalstifte, ein roter und ein grüner, lagen neben der Flasche.

Freyja ging zurück ins Wohnzimmer, suchte Diðriks Blick und schüttelte den Kopf. Ohne sich etwas anmerken zu lassen, wandte er sich wieder dem kleinen Jungen zu, der in seinem billigen Anorak und seinen klobigen Winterstiefeln auf keinen Fall hier zu Hause sein konnte.

»Bist du schon lange allein hier?«, fragte Freyja.

»Weiß nicht.«

»Erinnerst du dich, wer dich hergebracht hat? Deine Mama oder dein Papa?«

»Nein.«

»Wer denn sonst?«

»Ein Mann.«

»Ein Mann, den du kennst?«

»Nein.«

»Wohnt der Mann hier?«

»Weiß nicht.«

»Heißt er Helgi?«

»Ich weiß nicht.«

»Kennst du eine Frau oder ein Mädchen, das Hallbera heißt?« Siggi schüttelte nur den Kopf, und Freyja fragte weiter. »Bist du heute Morgen oder gestern hergekommen?«

»Weiß nicht.«

Diðrik richtete sich auf und sagte: »Was meinst du, sollen wir mal gehen und dir einen Hotdog oder ein Eis kaufen? Oder hast du keinen Hunger?«

»Doch.«

»Danach können wir in mein Büro fahren und deine Mama suchen.«

Der Junge riss die Augen auf und wurde ganz aufgeregt. »Ist sie da? Und versteckt sich?«

»Nein.« Lächelnd zog Diðrik seine Jacke an. »Aber da können wir telefonieren und meinen Computer benutzen, um sie zu finden. In meinem Computer steht ganz viel über alle Leute. Auch über dich und deine Mama. Genug, um sie zu finden.«

Freyja hielt Siggi die Hand hin, doch genau in dem Moment, als er seine kleine Hand hineinschieben wollte, ertönte die vertraute Türklingel. Der Junge zog die Hand zurück und starrte erschrocken zur Tür. Freyja und Diðrik hatten auch einen Schreck bekommen und tauschten einen entsetzten Blick, als hätte man sie bei einem Einbruch ertappt. Als es wieder klingelte, ergriff Freyja die Initiative und ging zur Tür.

Davor stand eine kleine junge Frau mit roten Haaren in einer Polizeiuniform.

Und hinter ihr kein anderer als Huldar.

4. KAPITEL

Huldar sah aus dem Augenwinkel, wie Freyja den Strohhalm aus der Plastikhülle drückte, ihn in das Päckchen mit dem Trinkkakao steckte und es dem kleinen Jungen gab. Er saß auf Huldars Schreibtischstuhl und baumelte mit den Beinen. Der Kakao schien genau das Richtige zu sein, er saugte ihn gierig aus dem Päckchen, bis es sich in der Mitte zusammenzog. Zwar hatte man ihm einen Hotdog versprochen, aber solche Köstlichkeiten waren bei der Polizei nicht im Angebot, und alle waren viel zu beschäftigt, um kurz rauszugehen und einen zu holen. Stattdessen hatte der Kleine aus der Kantine Kekse, Weißbrot mit Käse und einen Kakao bekommen. Das Brot und die Kekse hatte er keines Blickes gewürdigt, das Getränk aber bereitwillig angenommen.

Trotz der schlechten Bewirtung schien sich der Junge auf der Polizeiwache ziemlich wohlzufühlen. Jedes Mal, wenn jemand in Uniform hereinkam, machte er große Augen, reckte den kurzen Hals und schaute ihm hinterher. Er wirkte so entspannt, dass Huldar schon befürchtete, er würde seinen Arbeitsplatz okkupieren. Als er mit den Snacks aus der Kantine zurückgekommen war, hatte der Hipster von der Stadt Reykjavík gerade ein Bild, das der Junge gemalt hatte, an die Wand hinter seinem Schreibtisch geklebt. Darauf waren drei Strichmännchen mit einfachen Gesichtern: ein gerader Strich für den Mund und zwei schiefe Kreise für die Augen. Ein Männchen war viel kleiner als die anderen, und eines der beiden größeren breiter als das andere. Vielleicht gar nicht schlecht, dass es dem Jungen auf der Wache so gut gefiel – er würde bestimmt kein Maler werden.

Laut Vorschrift hätte Huldar das Bild sofort wieder abhängen müssen, denn persönliche Deko war an den Arbeitsplätzen nicht erlaubt. Aber der Kleine war so stolz, dass er es aufhängen durfte, außerdem war Freyja genau in dem Moment zurückgekommen, als Huldar ihm das Essen brachte, und da kam es natürlich nicht in Frage, rumzunörgeln und kleinlich zu sein. Besonders als er registrierte, dass sie sich auf der Toilette die Lippen geschminkt hatte – hoffentlich für ihn.

»Würdest du das noch mal wiederholen?!« Erla war auf hundertachtzig. Der Tag hatte schon schlecht angefangen und war nur noch schlimmer geworden. Sie stand unter Beschuss. Sie trug die Verantwortung vor der Polizeidirektion, die gegenüber anderen Behörden auf keinen Fall schlecht dastehen wollte. Als sie gezwungen gewesen war, ihren Chefs mitzuteilen, dass die Leiche des Mannes aus dem Lavafeld am Fundort zurückgelassen worden war, hatte sie sofort einen Anschiss bekommen. Während der Polizeitrupp auf dem Parkplatz an der Tankstelle in Hafnarfjörður gewartet hatte, bis der Besuch des chinesischen Außenministers in Bessastaðir vorbei war, hatte man sie mit Anrufen traktiert. Huldar hatte Mitleid mit ihr gehabt, denn sie hatte kaum zwei, drei erklärende Worte zu der Situation hervorbringen können, als am anderen Ende der Leitung schon losgebrüllt wurde.

Dabei bezweifelte niemand im Team, dass Erla richtig gehandelt hatte. Bis auf Lína natürlich. Sie hätte die Spurensicherung lieber fortgeführt, unabhängig von dem Staatsbesuch. Die Polizeidirektion hätte es hingegen vorgezogen, dass die Leiche fortgeschafft würde, ob es sich nun um einen Mord handelte oder nicht. Erla hatte sich für den Mittelweg entschieden: die Spurensicherung auf Eis gelegt, solange der Staatsbesuch andauerte, und die Leiche verdeckt, damit sie nicht auffiel. Doch wie so oft, wenn man versuchte, unterschiedlichen Standpunkten gerecht zu werden, war niemand mit der Lösung zufrieden.

»Wir haben sie in der Wohnung des Verstorbenen angetroffen«, erklärte Huldar noch einmal. »Freyja, den kleinen Jungen und diesen Typen von der Stadt. Den Hipster.« Er nickte in Richtung des Mannes, der sich mit Freyja um den Jungen kümmerte. Er hatte Huldar zwar nichts getan, aber er mochte ihn trotzdem nicht, schon allein deshalb, weil er Freyja zu gefallen schien. Womöglich hatte sie den Lippenstift sogar für ihn aufgelegt. Huldar runzelte die Stirn, weil er selbst kaum noch Chancen bei Freyja hatte. Aber man konnte ja träumen, und dieser Kerl passte einfach nicht in seine Fantasien. Zumal er ihr jetzt auch noch die Hand auf die Schulter legte und ihr was ins Ohr flüsterte. Huldar drehte sich wieder zu Erla. »Die beiden waren wegen eines Notrufs da. Der Junge hat ihnen die Tür aufgemacht, und soweit ich weiß, hat er keine Ahnung, was los ist. Er kennt den Eigentümer der Wohnung nicht und kann auch nicht erklären, warum er dort war.«

Erla schaute missmutig drein. Sie hatte ein Büschel Heidekraut im Haar, an dem Huldar angestrengt vorbeischaute, weil er sie ungern darauf aufmerksam machen wollte. Genau wie jeder andere, mit denen sie gesprochen hatte, seit man die Leiche unter Gras und Pflanzen versteckt hatte. Eine diesbezügliche Bemerkung würde das Fass zum Überlaufen bringen. »Und? Noch keinen Kontakt zu seinen Eltern aufgenommen? Die müssen doch wissen, was der Junge da zu suchen hatte.«

»Er weiß nur, dass sein Vater Sibbi genannt wird und seine Mutter Systa heißt. Nicht gerade hilfreich. Er kennt seinen Nachnamen und sein Geburtsdatum nicht, weiß nur, dass er vier Jahre alt ist. Lína checkt gerade das Einwohnerverzeichnis und sucht alle vierjährigen Sigurðurs heraus. Das sind ziemlich viele, aber wir werden seine Eltern schon finden. Dauert nur ein bisschen …«

»Und was sollen wir bis dahin machen? Im Büro einen Kindergarten eröffnen? Einen Tisch mit Legosteinen bestellen für eine Kinderecke, wie in der Bank?«, schnaubte Erla. »Falls du es noch nicht bemerkt haben solltest, wir haben genug anderes zu tun. Kann diese … wie heißt sie noch mal … den Jungen nicht mit ins Kinderhaus nehmen und da versuchen, mehr über ihn rauszufinden?«, tobte sie weiter, dabei kannte sie Freyjas Namen haargenau. »Es ist noch zu früh, um potenzielle Zeugen zu vernehmen. Schon gar keine Zeugen, die kaum sprechen können. Wenn er noch nicht mal seinen vollen Namen kennt, wird er uns auch nicht auf die Spur des Täters bringen. Und das ist jetzt das Allerwichtigste. Ich kann mir nicht vorstellen, dass ein Kleinkind was mit der Sache zu tun hat. Wie kannst du ihn in der momentanen Situation hierherbringen? Totaler Schwachsinn!«

Huldar gemahnte sich, dass Erla Dampf ablassen musste. Er würde ihre Wut einfach über sich ergehen lassen, auch wenn sie eigentlich gegen andere gerichtet war. »Mir ist einfach nichts anderes eingefallen. Ich dachte, der Junge könnte vielleicht Licht in die Sache bringen. Findest du es nicht auch merkwürdig, dass in der Wohnung des Ermordeten ein unbeaufsichtigtes Kind gefunden wird?«

»Doch, höchst merkwürdig. Aber ich finde es noch merkwürdiger, dass am Galgenfelsen ein Mann aufgehängt wird.« Erla riss den Hörer ans Ohr, als das Telefon auf ihrem Schreibtisch klingelte. Im selben Moment erschien Lína in der Tür und reichte ein Blatt Papier herein. Ohne zu warten, bis Erla das Gespräch beendet hatte, sagte sie zu Huldar: »Es gibt viertausendfünfhundert männliche Einwohner mit dem Namen Sigurður, von denen sind aber nur einhundertdrei vor drei, vier oder fünf Jahren geboren worden. Die habe ich alle mit reingenommen, falls der Junge sein Alter nicht so ganz genau weiß.«

»Einhundertdrei ist aber ganz schön viel, Lína.«

»Es werden weniger, wenn wir davon ausgehen, dass es stimmt, dass er in Reykjavík wohnt. Achtunddreißig davon sind in Reykjavík gemeldet.«

»Das klingt zwar schon besser, aber können wir die Gruppe noch genauer eingrenzen? Über den Spitznamen des Vaters seinen Nachnamen rausfinden? Er ist ja wahrscheinlich nach ihm benannt.«

Lína lächelte selbstzufrieden. »Genau das habe ich gemacht. Ich habe gecheckt, welche Männernamen mit dem Spitznamen Sibbi abgekürzt werden, aber das sind jede Menge. Sighvatur, Sigurbjörn, Snæbjörn, Sindri, Steingrímur und Sigurður sind die häufigsten. Þorsteinn und Ingibergur können aber auch Sibbi genannt werden. Es scheint da kein festes System zu geben, außer dass die meisten mit S anfangen. Wenn wir das mal annehmen, bleiben fünfzehn Jungen übrig. Plus eventuell drei, die nach ihrer Mutter benannt sind. Einer von denen ist aber gerade erst drei geworden und einer wird bald sechs. Das passt nicht so ganz.«

»Also fünfzehn oder sechzehn Jungen?«

Lína nickte.

Das war zu bewältigen. Doch auf dieser Liste standen weder die Siggis, die zwar in Reykjavík wohnten, aber woanders gemeldet waren, noch die, deren Väter nicht mit S anfingen, aber trotzdem Sibbi genannt wurden. Und auch nicht die Jungen, die zwar Siggi genannt wurden, aber nicht Sigurður hießen. »Gibt es den Namen Siggi auch als eingetragenen Vornamen?«

»Ja, es gibt zwei Isländer mit dem Vornamen Siggi, aber das sind in beiden Fällen Zweitnamen, und das Alter passt auch nicht.«

Erla beendete ihr Telefonat und erhob sich. »Das war die Gerichtsmedizin. Sie schauen sich jetzt die Leiche an.«

Huldar holte tief Luft und hoffte, dass sie ihn nicht bitten würde, sie zu begleiten. Er wollte sich lieber um den Fall des kleinen Jungen kümmern und dadurch in Kontakt mit Freyja bleiben. Außerdem mochte er keine Leichen. Aber aus diesem Plan wurde nichts, denn Erla verkündete, Guðlaugur solle sich um Siggi kümmern, und befahl Huldar und Lína, sie zur Uniklinik zu begleiten. Anscheinend hatte sie doch noch die Hoffnung, Lína schocken zu können.

* * *

Der Verstorbene lag bekleidet auf dem Stahltisch in der Gerichtsmedizin, die Arme an den Seiten, die Beine kerzengerade, ein Fuß mit Schuh und der andere im Socken. An seiner Kleidung hafteten Moos und vertrocknetes Gras, und an einer Hand schienen zwei Finger ausgerenkt oder gebrochen zu sein. Vor dem Sturz auf den Boden hatten sie noch normal ausgesehen. Zum Glück waren seine Hände schlecht zu erkennen durch die »Leichenhandschuhe«, Plastiktüten, die man benutzte, um mögliche DNA-Spuren unter den Fingernägeln des Toten zu konservieren.

Es war ein deprimierender und abstoßender Anblick, doch entgegen Erlas Erwartungen ließ Lína sich nicht davon schocken. Sie musterte das verzerrte Gesicht des Toten aus einer derartigen Nähe, dass Huldar schon dachte, sie wolle ihn auf die Stirn küssen. Selbst dem Rechtsmediziner war das zu viel, und er bat sie, zurückzutreten.

»Wir obduzieren ihn erst morgen.« Als er sah, dass Erla protestieren wollte, fügte er hinzu: »Das lässt sich nicht ändern. Wir haben übers Wochenende geschlossen, und ich bin nur für diese Inaugenscheinnahme hergekommen, um euch einen Gefallen zu tun.«

Huldar atmete erleichtert auf, ließ sich aber nichts anmerken. Morgen würde er Erla aus dem Weg gehen, damit sie ihn nicht wieder mitschleppte. Lína war doch wie geschaffen dafür.

Der Rechtsmediziner knöpfte seinen Kittel zu und zog einen Mundschutz an. Routiniert stülpte er sich Latexhandschuhe über, die er an den Handgelenken flitschen ließ. Sein Assistent tat es ihm nach, und alle waren froh, als sein mürrisches Gesicht hinter dem Mundschutz verschwand. Der Mann war noch genervter als sein Chef, an einem Sonntag herausgeklingelt worden zu sein.

»Irgendwelche Mutmaßungen über die Wahl des Tatorts?«, fragte der Rechtsmediziner, dessen Lippen sich hinter dem Mundschutz gar nicht zu bewegen schienen. »Ist ja ziemlich abgelegen.«

»Das wird wohl mit ein Grund gewesen sein. Da draußen in der Lava ist nachts kein Mensch unterwegs. Ziemlich unwahrscheinlich, da gestört zu werden oder dass jemand Schreie hört. Trotzdem noch im Großraum Reykjavík«, sagte Erla achselzuckend. »Der Ortsname könnte auch eine Rolle gespielt haben. Galgenfelsen in der Galgenlava. Passt gut zu der Tat.«

»Ist das eine alte Hinrichtungsstätte?« Der Rechtsmediziner richtete die große Lampe über dem Tisch auf den Toten.

»Dem Namen nach zu schließen ja, auch wenn es keine schriftlichen Quellen über Exekutionen gibt. Soweit ich weiß, handelte es sich um die Hinrichtungsstätte des alten Thingbezirks von Kópavogur. Den Felsen kann man von Bessastaðir aus sehen, sodass der Vertreter des dänischen Königs von zu Hause aus zuschauen konnte. Eine hübsche Sache.« Da keiner der Anwesenden etwas dazu sagte, sprach Erla weiter. »Es wurden wohl Knochen dort gefunden, angeblich menschliche Überreste von Verbrechern, die man unter Steinhaufen begraben hat. Man hielt es offenbar nicht für nötig, die Leichen über eine längere Strecke wegzuschleppen. Aber wir sind nicht auf Knochen gestoßen, und ich hoffe, dass es so bleibt. Wir haben schon genug zu tun. Archäologische Grabungen am Tatort würden mir das Leben nicht gerade erleichtern.«

Die Augen des Gerichtsmediziners funkelten wütend über dem weißen Mundschutz. »Euer Umgang mit der Leiche erleichtert mir das Leben auch nicht.«

Nachdem die beiden Männer sich lang und breit über den Zustand des Toten beklagt hatten, leerten sie schweigend die Taschen seines Mantels und zogen drei Kreditkartenbelege heraus. »Die lasse ich euch einscannen und zumailen. Vielleicht werfen sie Licht auf die letzten Stunden seines Lebens.« Der Rechtsmediziner ließ die Belege in einen Indizienbeutel fallen, den sein Assistent ihm hinhielt. Dann inspizierte er weiter die Taschen und förderte ein Kaugummipapier, ein Streichholzbriefchen und eine eingeschweißte Zigarre der teureren Sorte zutage. Mehr war nicht zu finden.

Die Brieftasche des Mannes hatte die Polizei bereits vor Ort aus der Innentasche des Mantels geholt, um an seinen Namen und seine Adresse zu kommen. Die erste Recherche hatte nicht viel ergeben, der Mann war im Telefonverzeichnis als Investmentbanker eingetragen, schien allein zu wohnen, war nicht in sozialen Netzwerken aktiv und tauchte auch nicht in aktuellen oder älteren Meldungen auf, was für jemanden seiner Berufssparte ungewöhnlich war. Der protzigen Wohnung nach zu urteilen, die Huldar gesehen hatte, schien er seinen Job trotzdem zu beherrschen.

Während die Mediziner die Fundstücke aus den Taschen fachmännisch sicherten, sah Huldar ein zufriedenes Glänzen in Línas Augen. Zweifellos lächelte sie unter ihrem Mundschutz. Endlich ging mal jemand nach Lehrbuch vor. Sie entfernten die Plastiktüten von den Händen des Toten, schabten unter seinen Fingernägeln und beförderten das Ergebnis in kleine Indizienbeutel. Dann zogen sie ihm den Mantel aus, musterten ihn ausgiebig von allen Seiten und vergewisserten sich, dass nichts mehr in den Taschen steckte. Danach legten sie ihn in eine wesentlich größere Tüte. Der Rechtsmediziner sah zu, wie sein Assistent ihn in das untere Regal eines Rolltischs legte. »Kaschmir«, bemerkte er. »Muss ein Vermögen gekostet haben.« Mit einer kleinen Zange hob er den linken Hemdsärmel des Toten an. »Und eine sauteure Uhr.« Er ließ den Ärmel wieder fallen, und die Uhr wurde verdeckt, bevor Huldar, Erla oder Lína sie richtig sehen konnten. Was keine große Rolle spielte, da sich keiner von ihnen mit Markenuhren auskannte.

»Dieser Nagel in seiner Brust scheint dagegen nichts Besonderes zu sein. Kriegt man in jedem Baumarkt.« Der Rechtsmediziner beugte sich über die Leiche und betrachtete den Nagelkopf, richtete sich dann auf und machte dem Assistenten mit dem Fotoapparat Platz.

»Was glaubst du, woran er gestorben ist, an dem Nagel oder durch Erhängen?«

»Durch Erhängen. Das ist ziemlich klar. Das erkennt man an seinem verzerrten Gesicht und an der heraushängenden dunklen Zunge. Die typische Totenfratze eines Gehängten«, warf Lína ein und errötete leicht, als der Rechtsmediziner sie irritiert anschaute, weil sie für ihn geantwortet hatte. Zum Glück bemerkte sie nicht, wie sich Erlas Gesicht vor Wut verzerrte.

»Wer sind Sie eigentlich?«, fragte der Rechtsmediziner entnervt.

»Studentin im Betriebspraktikum. Sie wird sich nicht noch mal äußern. Mach weiter.« Erla warf Lína, die auf ihre Zehen schaute und noch röter wurde, einen bösen Blick zu.

»Der Tote hat weder ein Handy noch Wohnungsschlüssel oder andere Schlüssel dabei. Ungewöhnlich.« Der Rechtsmediziner blickte kurz zu Lína, als rechne er mit Einwänden aus ihrer Richtung, doch sie ließ immer noch den Kopf hängen. »Wurde außer der Brieftasche noch etwas vor Ort entnommen?«

»Nein, nur die Brieftasche.« Erla starrte auf den Toten. »Am Tatort waren kein Handy und keine Schlüssel, aber die Suche ist noch nicht abgeschlossen. Wir haben seine Handynummer, aber das Gerät ist ausgeschaltet.«

Schweigend wartete der Rechtsmediziner, bis sein Assistent mit Fotografieren fertig war und ihm wieder Platz machte. »Was soll dieser Nagel? Außer dem Mann zusätzliche Qualen zu bereiten? Ist bekannt, ob er Drogenschulden oder einen Geldeintreiber am Hals hatte?«

Erla antwortete hastig, damit Lína nicht wieder das Wort übernehmen würde: »Wir wissen noch sehr wenig über den Mann. Die Ermittlungen haben gerade erst begonnen. Aber es hat ihm wohl nicht an Geld gemangelt, wie man an der Uhr und dem Mantel sehen kann. Gut möglich, dass er Drogen genommen hat, aber die hat er bestimmt auch bezahlt. Unter dem Nagel hing noch ein Papierschnipsel, der muss sich bei der … äh … Abnahme der Leiche gelöst haben. Vermutlich wurde mit dem Nagel ein Stück Papier an dem Mann befestigt. Der Schnipsel muss Teil eines größeren Blatts gewesen sein, das schon vom Wind abgerissen wurde, bevor wir zum Tatort kamen.«

Huldar zwang sich, den Nagel in Augenschein zu nehmen. Der Nagelkopf war gemustert, und er glaubte, die Sorte zu kennen. »Das ist wahrscheinlich ein 3 oder 4 Zoll Nagel aus einer Nagelpistole.« Erklärend fügte er hinzu: »Ich bin gelernter Tischler.«

»3 bis 4 Zoll.« Der Rechtsmediziner schwieg einen Moment. »Saubere Arbeit.«

»Willst du ihn nicht rausziehen?«, fragte Erla. Alle im Raum starrten den Nagel an.

»Nein, das machen wir bei der Obduktion. Heute werde ich ihn nur entkleiden, seine Sachen sichern, Blut abnehmen und Temperatur messen. Der Rest muss bis morgen warten.«

Huldar trat einen Schritt zurück. Er hatte schon wegschauen müssen, als die SpuSi am Tatort ein Thermometer in die Leber des Toten gesteckt hatte und wollte das nicht noch mal sehen, genauso wenig wie die Blutabnahme. Als das Handy in seiner Tasche klingelte, ging er schnell in eine Ecke. Auf dem Display sah er, dass es Guðlaugur war, und betete still, er möge sich mit seinem Anliegen Zeit lassen.

Doch Guðlaugur kam sofort zum Thema. »Es ist unmöglich, die Familie dieses Jungen ausfindig zu machen. Ich hab versucht, Erla zu erreichen, aber ihr Handy ist ausgeschaltet. Freyja und dieser Diðrik werden langsam ungeduldig. Der Mann versteht nicht, warum der Junge auf der Wache rumhängen muss. Er will ihn mitnehmen, damit er was zu essen kriegt und so.«

»Warum kann er nicht kurz rausgehen und was kaufen? Wir sind in einer halben Stunde wieder da. Höchstens in einer Stunde. Der Typ wurde ja nicht auf der Wache festgesetzt. Von mir aus kann er gerne abhauen und braucht nicht wiederzukommen. Freyja kann doch mit dem Jungen warten. Dieser

Typ ist nicht gerade hilfreich, scheint mir ein ziemlicher Chaot zu sein.«

»Nein, überhaupt nicht. Er ist total nett.«

Huldar lag auf den Lippen, Guðlaugur zu sagen, er lasse sich doch nur von dem Kerl blenden, weil er gut aussah, hielt sich aber zurück. Ihre Freundschaft hatte sich verändert. Und das war Huldars Schuld. Seit Guðlaugur ihm erzählt hatte, dass er schwul war, fiel es Huldar schwer, sich ihm gegenüber normal zu verhalten. Nicht weil ihn Guðlaugurs Homosexualität störte. Ganz und gar nicht. Er ertappte sich nur ständig dabei, übervorsichtig mit ihm umzugehen, was total unnatürlich wirkte. Er wollte einfach nichts Dummes oder Lächerliches sagen. Was bescheuert war, weil er genau deshalb dumm und lächerlich rüberkam. »Versuch, sie dazubehalten, bis wir zurück sind. Ich bringe dem Kleinen was mit. Hamburger oder Pizza. Oder beides.«

»Ich bemühe mich, aber ich kann nichts versprechen. Sie sind ja nicht verhaftet und können gehen, wann sie wollen.«

»Danke.« Nachdem sie sich verabschiedet hatten, war Huldar gezwungen, sich wieder der Leiche auf dem Tisch zuzuwenden. Er versuchte sich abzulenken, indem er darüber nachdachte, wie es ihm gelingen könnte, Erla dazu zu bringen, ihm zusammen mit Freyja den Fall des Jungen zu übertragen. Es schadete nichts, gut vorbereitet zu sein, da Erla womöglich Verdacht schöpfen könnte, dass ihm etwas anderes viel wichtiger wäre als die Zeugenaussage des Jungen. Was zumindest teilweise stimmte.

5. KAPITEL

Der Filmausschnitt war kurz und so abwegig, dass Jón ihn zweimal abspielen musste, um den Inhalt zu begreifen. Zu allem Überfluss war er gerade auf einem Kindergeburtstag, und als er endlich Zeit hatte, sein Handy rauszuholen, hatte das Fest den Höhepunkt erreicht. Die kleinen Gäste waren im Zuckerrausch, brüllten, kreischten und heulten und rannten wie aufgescheuchte Hühner herum. Obwohl die meisten erst drei Jahre alt waren, hatten sie überraschend schnell den Grundriss der Wohnung abgespeichert und eine Art Kreisparcours ausgemacht. Sie rannten von der Küche ins Esszimmer und von dort ins Wohnzimmer, dann in die Diele und wieder zurück in die Küche, wo alles von vorn anfing. Die Sinnlosigkeit dieses Zirkeltrainings war typisch für Dreijährige – in diesem Alter galt es schon als Triumph, wenn man eine Treppe hinaufsteigen konnte, ohne mit beiden Füßen auf jede Stufe zu treten. Man durfte also nicht allzu viel erwarten.

Jón ließ die Aufnahme noch einmal laufen und ignorierte die Blicke seiner Frau Sigrún. Er hatte versprochen, ihr bei der Geburtstagsfeier zu helfen. Versprochen, das Handy und den Computer nicht anzurühren. Er durfte zwar den Fernseher einschalten, aber nur, um einen Film zu zeigen, den sie für die

Kinder runtergeladen hatten. Doch als sein Handy gepiept und eine Nachricht im Chatforum angekündigt hatte, waren die Interimsregeln seiner Frau vergessen. Erst hatte er ihr noch den Rücken zugedreht, doch als er kapierte, worum es in dem Film ging, war er so geschockt, dass er unaufmerksam wurde. Sigrún beobachtete ihn stinksauer, aber das war ihm egal.

Ein kleines Mädchen mit Tortencreme auf der Oberlippe und einem Zopf mit zwei rosa Schleifchen kam angelaufen. Sie kreischte mit aufgerissenem Mund, passte nicht auf und rannte Jón zwischen die Beine. Fast wäre ihm das Handy aus der Hand gefallen, und bei dem Aufprall gegen sein Schienbein jammerte er laut. Am liebsten hätte er das Mädchen an der Schulter gepackt und ausgeschimpft, aber er beherrschte sich. Ein solcher Wutanfall würde ihm nur kurz Genugtuung bereiten, wäre aber auf längere Sicht unvernünftig. Sigrún wäre nicht begeistert und die Mutter des Mädchens noch weniger. Es war zwecklos, die Mutter zu fragen, warum sie das wüste Gebaren ihrer Tochter ignorierte, denn anscheinend hielt man das für normal. Die Mütter hatten sich mit ihren Kaffeetassen und Kuchentellern ins Wohnzimmer gesetzt und ihre Kinder schlagartig vergessen. Wenn sich eines von ihnen wehtat und in die Arme der Mutter flüchtete, machte die ein irritiertes Gesicht, bis ihr urplötzlich wieder einfiel, dass dieses verstörte, heulende Kind ihr gehörte. Es folgte eine jähe Trostprozedur, dann wurde das Kind wieder in den Kampf entlassen.

Die einzige Frau, die nicht saß, war Sigrún. Sie hechtete den Kindern durch die ganze Wohnung hinterher, verhinderte, dass sie Wohnungsschlüssel verschluckten, mit Gläsern warfen, Dinge umschmissen und sich um das begehrteste Spielzeug prügelten. Vor dem Eintreffen der Gäste hatte sie sich eine halbe Stunde lang zurechtgemacht, und jetzt sah sie aus, als wäre sie in einen Tornado gekommen. Was ihre Laune nicht gerade besserte.

Jón hatte ihr so gut es ging geholfen und sich die Frage verkniffen, warum sie nicht ihren Teenie-Sohn Fannar rief, der wie üblich in seinem Zimmer vor dem Computer festgewachsen war. Es würde den Jungen bestimmt nicht umbringen, ein bisschen zu helfen, aber Jón hielt sich zurück. Er war der Stiefvater des Jungen, und ihr Verhältnis war zur Zeit nicht besonders innig. Da Fannar immer hinter verschlossener Tür hockte, ließ es sich auch schwer verbessern. Die Zeiten, in denen man ihn noch regelmäßig zu Gesicht bekommen hatte, waren vorbei, seit er einen eigenen Computer besaß.

Jón spähte verstohlen zu Sigrún, die sich zu einem Mädchen hinunterbeugte, um Kaugummi aus ihren Haaren zu entfernen. Das war die Gelegenheit. Noch einmal. Er musste den Film noch einmal anschauen. Vielleicht entdeckte er ja etwas, das ihm bestätigte, dass es sich um eine fingierte Szene handelte. Das konnte doch nicht echt sein. Ausgeschlossen. Er hielt das Handy schräg, damit sich die Deckenlampe nicht darin spiegelte.

Die Lichtverhältnisse waren schlecht, und die Aufnahme war dunkel, es schien Nacht gewesen zu sein. Trotzdem erkannte Jón seinen Freund Helgi. Er trug dieselben Klamotten wie bei ihrer gestrigen Kneipentour und hatte eine weiße Serviette auf der Brust, an die Jón sich nicht erinnern konnte. Sie hatten Helgi allerdings im Laufe des Abends verloren, sodass er sich das Ding auch später angesteckt haben konnte. Der Strick um seinen Hals war mit Sicherheit auch vorher nicht da gewesen.

Jón zwang sich, den Blick von dem Strick und dem Lätzchen – oder was auch immer es war – abzuwenden. Doch es war weder die Serviette noch das Seil, was ihn schockierte, sondern das, was auf dem Bildschirm geschah. Jón hielt sich das Handy vors Gesicht, so nah wie möglich, ohne den Fokus zu verlieren.

Eine behandschuhte Hand erschien im Bild und versetzte Helgi einen Stoß. Er machte ein verblüfftes Gesicht und verschwand vom Bildschirm. Dann schwenkte die Kamera nach unten, die Perspektive wurde breiter, und man sah die dunkle Silhouette eines Mannes, der in der Luft baumelte. Seine Füße traten ins Leere, und seine Hände tasteten panisch nach der Schlinge um seinen Hals. Dann wurden die Tritte immer schwächer, bis er sich nicht mehr bewegte. Seine Arme fielen an den Seiten herab, und seine Beine hingen kerzengerade nach unten. Der Mann an dem Seil schwang sanft vor und zurück. Damit endete der Film.

Jón atmete aus. Die Kommentare seiner Freunde unter dem Post spiegelten seine eigenen Gedanken haargenau.

Soll das etwa witzig sein?

Wer von euch hat das gepostet?

Moment mal, was soll der Scheiß?

Ich dachte, das Forum wäre für eine andere Sorte Film, hahaha. Keine Ahnung, was das soll.

Jón überlegte, ob er selbst einen Kommentar schreiben sollte, hatte dem aber nichts hinzuzufügen. Wenn er begann, auf seinem Handy herumzutippen, würde Sigrún es ihm womöglich aus der Hand reißen und aus dem Fenster schmeißen.

»Jón!«

Er hob den Kopf und klappte das Handy zu, als er in die funkelnden Augen seiner Frau blickte. Sie hielt ein mit Haaren verklebtes Kaugummi hoch.

»Bitte bring den Mädels frischen Kaffee!«

Er brauchte einen Moment, um zu begreifen, dass sie ihre Freundinnen und nicht die Kinder meinte. Prompt steckte er das Handy weg und gehorchte.

Er holte frischen Kaffee und schenkte den Frauen gedankenverloren nach. Sie merkten es gar nicht, sondern quatschten einfach weiter, als wäre er ein Kellner in einem Restaurant und nicht ihr Gastgeber.

Anschließend beauftragte ihn Sigrún, einem Mädchen, das die Wand im Flur mit Schokocreme von der Geburtstagstorte beschmiert hatte, die Hände zu waschen. Anstandslos nahm er einen feuchten Waschlappen entgegen, machte sich auf die Suche nach dem Mädchen und wischte ihr die klebrigen kurzen Finger ab. Dann hastete er zur Toilette, wohl wissend, dass Sigrún es merken würde, wenn er zu lange im Bad blieb. Er nahm das Handy und wählte Helgis Nummer. Er wollte von ihm persönlich hören, was dieser Gag sollte. Doch das Einzige, was er zu Ohren bekam, war eine vertraute Ansage:

Der gewünschte Gesprächspartner ist zurzeit nicht erreichbar. Bitte rufen Sie später wieder an.

6. KAPITEL

Siggi saß an einem Tisch in der Kaffeeküche des Kinderhauses und ließ sich einen Hotdog schmecken. Das Brötchen war so groß, dass er es mit beiden Händen umfassen musste und es kaum in den Mund bekam. Am Ende gab er es auf und biss abwechselnd in das Brötchen und das Würstchen. Als noch ein Drittel übrig war, legte er den Rest auf den Teller, den Freyja ihm gegeben hatte, und sagte laut und deutlich: »Danke schön.«

»Bitte sehr!« Der Junge war so höflich, dass er eine gute Erziehung genossen haben musste, weshalb es unverständlich war, warum niemand seine Abwesenheit bemerkt zu haben schien. Die Polizei behauptete steif und fest, dass er nicht als vermisst gemeldet worden sei, und beim Notruf sagten sie dasselbe. Freyja fragte sich, ob der Anruf der verzweifelten Eltern irgendwo im System untergegangen war. Aber man versicherte ihr, dass das unmöglich sei.

»Wo ist Mama?« Siggi schaute sich in der kleinen Kaffeeküche um, als erwarte er, sie hätte sich dort irgendwo versteckt.

»Sie ist nicht hier. Aber wir suchen nach ihr.«

»Hat sie sich verirrt?«

»Nein, das glaube ich nicht. Manchmal suchen wir auch Leute, die gar nicht verschwunden sind.«

Siggi hatte ein großes Fragezeichen im Gesicht. »Warum?«

Freyja lächelte ihn an. »Na ja, aus allen möglichen Gründen. Manchmal meint man vielleicht, jemand wäre verschwunden, aber man erreicht ihn einfach nicht. Ich bin mir sicher, dass *sie* weiß, wo sie ist.«

»Meine Mama hat sich nicht verirrt.«

Freyja ließ die Worte des Jungen so stehen, denn sie war sich keineswegs sicher, dass er recht hatte. Seine Mutter hatte sich vielleicht nicht verirrt, so wie ein Kind es sich vorstellte – sie stand nicht an einer Kreuzung irgendwo in der Pampa und kratzte sich am Kopf. Aber es war durchaus möglich, dass ihr etwas zugestoßen war. Es bedeutete nichts Gutes, dass man Siggi in der Wohnung eines Mannes vorgefunden hatte, der unter merkwürdigen Umständen zu Tode gekommen war. Weder Freyja noch Diðrik hatte man über Details informiert, nur dass der Wohnungsbesitzer tot aufgefunden worden war und man in einem Mordfall ermittelte.

Huldar stellte die Tasse mit dem dünnen Kaffee ab, den Freyja für Diðrik und ihn gekocht hatte. Sie begnügte sich mit einem Glas Wasser, weil das Kaffeepulver in der Dose nicht mehr für alle gereicht hatte. Eigentlich noch nicht einmal für zwei Tassen, aber sie hatte es wenigstens versucht, was ihr, dem Gesichtsausdruck der Männer nach zu schließen, jedoch nicht besonders gut gelungen war.

»Also, vielleicht sollten wir jetzt mal anfangen … du weißt schon …«, sagte Huldar zu Freyja, die sofort wusste, worauf er hinauswollte. Als Erla zusammen mit Huldar und der jungen rothaarigen Polizistin auf der Wache eingetroffen war, hatte sie Freyja und Diðrik angewiesen, Siggi wegzubringen. Huldar war mitgekommen und sollte dafür sorgen, dass sie etwas aus dem Jungen herausbekämen. Huldar war ganz zufrieden mit dieser Aufgabe gewesen, bis sich herausgestellt hatte, dass Diðrik auch dabei sein würde. Doch seine Einwände wurden ignoriert, weil der Junge unter der Aufsicht der städtischen Sozialbehörden stand, bis man einen Erziehungsberechtigten ausfindig gemacht hätte. Da Freyja dort nur als Vertretung angestellt war, musste Diðrik den Jungen begleiten und damit basta.

Bisher hatte Huldar es immerhin geschafft, Diðrik gegenüber höflich zu sein, aber Freyja kannte ihn gut genug, um zu merken, dass es ihm schwerfiel, und gab ihm Pluspunkte für seine Selbstbeherrschung. Die bestand größtenteils darin, so zu tun, als wäre Diðrik gar nicht anwesend, und ihn nie von sich aus anzusprechen.

Trotz der Wichtigkeit der Befragung hatte Freyja darauf bestanden, dass der Junge zuerst etwas zu essen bekam. Huldar hatte den Fehler gemacht, ihm eine kleine Pizza mit auf die Wache zu bringen, die mit Champignons belegt war. Siggi hatte das Gesicht verzogen, als er sie gesehen hatte, den Kopf geschüttelt und die Lippen zusammengepresst. Vierjährige mussten schon sehr ausgehungert sein, um so etwas zu essen. Auf dem Weg von der Polizeiwache ins Kinderhaus waren sie an einem Kiosk vorbeigekommen und hatten einen Hotdog gekauft. Das hatte die Sache zwar hinausgezögert, aber Freyja wusste, dass es wesentlich leichter wäre, dem Jungen Informationen zu entlocken, wenn er satt war. Solange er Hunger hatte, würde er nur auf seinem Stuhl herumrutschen und könnte sich nicht auf die Fragen konzentrieren. Die Befragung war schon schwierig genug. Kinder in diesem Alter konnten weder ihre eigene Situation richtig einordnen noch sich genau erinnern oder verstehen, wie es dazu gekommen war. In ihren Augen lief das Leben einfach weiter, und sie trieben mit. Deshalb erinnerten sie sich nur an Dinge, die sie besonders fasziniert hatten – Katzen, Hunde oder Eiscafés.

»Hast du Lust, mal mitzukommen, Siggi?« Freyja lächelte den Jungen an. Er hatte Ketchup im Mundwinkel und klebrige Finger. »Es wäre toll, wenn wir uns ein bisschen unterhalten könnten.«

»Worüber denn?«

»Ach, dies und das. Das könnte uns helfen, deine Mama zu finden.«

Der Kleine überlegte einen Moment und nickte dann. Freyja brachte ihn in den kleinen Gesprächsraum, wo er sich auf das weiche Sofa setzen durfte, und gab ihm einen Teddybär mit einem Auge. Er übte eine unerklärliche Anziehungskraft auf Kinder aus, besonders auf jene, die etwas Traumatisches erlebt hatten. Siggi bildete da keine Ausnahme. Während er das Stofftier begutachtete, brachte Freyja die Männer ins Nebenzimmer. Dort konnten sie ihr Gespräch mit dem Jungen durch einen Einwegspiegel und über Lautsprecher mitverfolgen. So, wie sich die beiden bisher verhalten hatten, würden sie Freyjas Konzentration bestimmt nicht durch Gequatsche stören.

Freyja schaltete die Lautsprecheranlage ein, steckte sich das Mikrofon an und ging dann wieder zu Siggi. Normalerweise hätte sie sich auch einen Kopfhörer ins Ohr gesteckt, um die Fragen von Polizei, Anwälten oder Richtern weitergeben zu können. Dabei kam es vor allem auf ihre Fähigkeit an, lange und komplizierte Fragen so umzuformulieren, dass ein Kind sie verstehen und ehrlich beantworten konnte. Sie musste darauf achten, ihm keine Worte in den Mund zu legen oder Suggestivfragen zu stellen. Kinder neigten dazu, so zu antworten, dass die Erwachsenen zufrieden mit ihnen waren. Doch diesmal war Freyja die Einzige, die Fragen stellte. Sie hatten erst so wenige Informationen über den Jungen, dass alle Antworten von Belang waren.

Das Einzige, was sie wussten, war, dass er Sigurður hieß und Siggi gerufen wurde; seine Mutter wurde Systa und sein Vater Sibbi genannt. Höchst ungeeignete Spitznamen, um die richtigen Namen herauszufinden. Der Junge hatte erzählt, er wohne in Reykjavík, kannte aber weder den Namen seiner Straße noch den seines Stadtteils. Sie hofften, dass er doch noch mehr wusste, aber auf der Polizeiwache war er von der aufregenden Umgebung so abgelenkt gewesen, dass er sich unmöglich konzentrieren konnte. In einer ruhigeren Atmosphäre würde er vielleicht mitteilsamer sein.

»Na, Siggi, magst du den Teddy?« Freyja setzte sich neben ihn und fixierte den Spiegel an der Wand gegenüber dem Sofa. Sie ging davon aus, dass Huldar sie beobachtete.

»Wo ist sein Auge?«

»Es ist abgefallen. Aber das ist nicht schlimm, er kann mit einem Auge gut sehen. Wusstest du, dass Spinnen acht Augen haben? Die wundern sich bestimmt, dass wir mit nur zwei Augen auskommen.«

»Acht?«, fragte Siggi beeindruckt.

Freyja nickte und tastete sich dann langsam an das Thema heran. »Hast du auch einen Teddy zu Hause, Siggi?«

»Ich hab ein Kaninchen. Das hat aber nur zwei Augen. Nicht acht.« Siggi starrte den Teddy noch eine Weile an und legte ihn dann auf seinen Schoß.

Freyja fragte nicht weiter nach dem Kaninchen. Der Vorteil bei so kleinen Kindern war, dass sie gar nicht merkten, wenn Fragen aus dem Zusammenhang gerissen waren. »Wie heißt deine Mama, Siggi?«

»Hab ich dir doch schon gesagt. Systa. Aber ich nenne sie Mama.«

»Weißt du, was ein Spitzname ist?« Der Junge schüttelte den Kopf, und Freyja erklärte es ihm. Da er zu verstehen schien, was sie meinte, fuhr sie fort: »Ich glaube, Systa ist ein Spitzname. Wird deine Mama manchmal anders genannt?« Sie brannte darauf, Namen vorzuschlagen, bremste sich aber.

»Nein. Sie heißt Systa. Systa ist ein schöner Name.«

»Sehr schön.« Freyja ließ sich ihre Enttäuschung nicht anmerken. »Und dein Papa? Hat der vielleicht noch einen anderen Namen als Sibbi?«

»Nein, der heißt nur Sibbi.«

»Hast du eine Oma und einen Opa, Siggi?«

»Ja.« Der Junge straffte sich und antwortete mit geschwellter Brust: »Ich hab zwei Omas und einen Opa. Und einen toten Opa. Der lebt nicht mehr, weil er alt war und gestorben ist.« Der Junge wirkte nicht traurig über den Tod seines Opas, es musste also schon länger her sein.

»Wie heißen deine Opas?«

»Ich weiß nicht. Mein Opa heißt nur Opa. Und mein toter Opa hat keinen Namen. Der ist ja tot.« Siggi runzelte die Stirn. »Willst du nicht wissen, wie meine Omas heißen?«

Freyja nickte lächelnd.

Der Junge setzte sich noch etwas aufrechter hin, stolz, dass er den Gesprächsverlauf beeinflusst hatte. »Meine eine Oma heißt Sísí, und die andere heißt nur Oma.«

Freyja bemühte sich, weiterzulächeln. »Ich verstehe.« Das reichte wohl erst mal mit Namensfragen. Sísí konnte die Abkürzung für alles Mögliche sein. »Dann erzähl mir doch mal, wo du wohnst. Ich weiß, das ist in Reykjavík, aber weißt du auch, wo in Reykjavík?«

»In Reykjavík.« Siggi wirkte geknickt, weil Freyja mit dem Namen der Stadt nicht zufrieden war.

»Prima, dann erzähl mir was anderes. Weißt du, wie die Straße heißt, in der du wohnst?« Siggi schüttelte den Kopf, offensichtlich enttäuscht, dass er schon wieder keine Antwort wusste. Freyja beeilte sich, eine Frage zu stellen, von der sie annahm, dass er sie beantworten konnte. »Und in welchen Kindergarten gehst du?« Kinder in Siggis Alter kannten vielleicht nicht unbedingt ihre Adresse, wussten aber alle, wie ihre Tagesmutter oder ihr Kindergarten hieß.

»Ich bin nicht im Kindergarten. Mama sagt, ich darf im Sommer hin.«

Das lief wirklich sehr stockend. Freyja konnte sich vorstellen, wie Huldar bei der letzten Antwort aufstöhnte. Diðrik bestimmt auch. Wenn es ihnen nicht gelänge, die Angehörigen des Jungen ausfindig zu machen, wäre er dafür zuständig, eine Bereitschaftspflege für ihn zu organisieren, mit allen damit verbundenen Begleiterscheinungen. Freyja beschloss, ein wenig vom Thema abzuweichen und Siggi ein paar allgemeine Fragen zu stellen, die er leicht beantworten konnte. Anschließend wusste sie, dass er am liebsten Nudeln aß, mit Stützrädern Fahrrad fahren konnte, schon oft im Haustierzoo gewesen war und bis fünfzehn zählen konnte, einmal sogar schon bis zwanzig. Nachdem der Kleine das alles ohne nachzudenken beantwortet hatte, war er wesentlich besser gelaunt, und Freyja lenkte das Gespräch wieder auf seine Familie. »Was macht dein Papa, Siggi?«

»Papa ist *Lektriker.*«

»Wow, Elektriker! Weißt du, wo er arbeitet?« Freyja wusste, dass die Wahrscheinlichkeit gering war, und war nicht überrascht, als Siggi den Kopf schüttelte. »Und was macht deine Mama?«

»Die ist Lehrerin.«

»Toll!« Freyja riss bewundernd die Augen auf, um dem Jungen eine Freude zu machen. »Weißt du, wie die Schule heißt, an der sie arbeitet?«

»Nein. Sie geht nicht zu einer Schule. Erst wenn ich in den Kindergarten komme.«

Siggis Mutter arbeitete also zurzeit nicht. So wie es aussah, kamen sie mit den Eltern kein Stück weiter. »Was siehst du, wenn du vor eurem Haus stehst, Siggi? Vielleicht hilft es dir, wenn du die Augen schließt. Stell dir vor, du stehst vor eurem Haus und schaust dich um.«

Siggi presste die Augen zusammen, und da das wohl nicht ausreichte, hielt er sich auch noch die Hände vors Gesicht. »Ich sehe Autos.«

»Sonst noch was? Siehst du vielleicht die Hallgrímskirkja? Die große Kirche mit dem hohen, spitzen Turm?«

»Nein.«

»Kannst du das Meer sehen?«

Siggi überlegte und schüttelte dann den Kopf. »Nein. Nur Autos.« Dann erhellte sich sein Gesicht, er nahm die Hände von den Augen und öffnete sie wieder. »Und Häuser!«

»Wohnst du in einem Haus, Siggi, oder in einem Block mit mehreren Wohnungen?«

Der Junge schloss die Augen erneut und hielt sich die Hände vors Gesicht, bevor er antwortete. »In einem Haus. Einem großen Haus.«

Freyja war sich nicht sicher, ob er die Frage verstanden hatte. »Wohnen da noch mehr Leute in dem Haus?«

»Ja, jede Menge. Es ist ein großes Haus.«

»Solche großen Häuser heißen Wohnblocks, Siggi. Die Häuser, die du siehst, wenn du vor deinem Haus stehst, sind das auch Wohnblocks?«

»Hm, ja.«

»Kannst du auch Berge sehen?«

»Hm … ein bisschen.«

Mehrere Stadtteile von Reykjavík passten zu dieser Beschreibung. Zu viele. »Werden in der Nähe von deinem Wohnblock noch mehr Häuser gebaut, Siggi?«

»Ich weiß nicht.«

»Gibt es da Kräne? Bauarbeiter oder Zementlaster? Häuser, in denen noch keiner wohnt, weil sie noch keine Fenster haben?«

»Nein. Die haben alle Fenster.«

Freyja fragte den Jungen weiter nach verschiedenen Orientierungspunkten, die ihr einfielen. Nach dem Haustierzoo, Burger-Läden, Kinos, Kiosken, Eiscafés und Spielplätzen. Er meinte, das sei alles von seinem Haus aus nicht zu sehen. Sie fragte ihn nach Sportvereinen in seinem Viertel, aber Siggi wusste nicht, wie sie hießen. Als Freyja nichts mehr einfiel, sagte sie dem Jungen, er solle seine Augen wieder aufmachen.

»Haben deine Eltern ein Auto, Siggi?«

»Ja.«

»Weißt du, was für ein Auto das ist?«

»Ein weißes.«

Freyja lächelte. »Weißt du, welche Marke?«

Siggi strahlte, froh, dass er ihre Fragen wie am Fließband beantworten konnte. »Ein Yaris. Der kommt aus Japan.«

Na klar, Siggis Eltern, Sibbi und Systa, besaßen natürlich die am häufigsten vertretene Automarke in ganz Island. Das wusste Freyja, nachdem sie stundenlang im Internet nach Autos recherchiert hatte, da sie den Wagen ihres Bruders nicht länger nutzen konnte, weil er die alte Schrottkarre jetzt wieder selbst brauchte. Doch noch nicht einmal die massenweise zum Verkauf stehenden Yarise konnte sie sich derzeit leisten. Es war wichtiger, Geld für eine Wohnung zu sparen. Mehr arbeiten, weniger ausgeben. Kein besonders inspirierendes Lebensmotto, deshalb hing viel davon ab, ob es mit der Wohnung von Baldurs Freund klappte.

Als sie merkte, dass ihre Gedanken abschweiften, zwang sich Freyja, sich wieder auf den Jungen zu konzentrieren. »Ich frage dich jetzt nach dem Ort, wo wir dich gefunden haben, Siggi. Du erinnerst dich doch daran, oder? Das ist ja noch nicht lange her.«

»In dem Haus von dem Mann.«

»Ja, genau. Warst du da vorher schon mal?« Siggi schüttelte

den Kopf. »Kennst du den Mann, der da wohnt? Er heißt Helgi.« Wieder schüttelte er den Kopf. »Kennt er deine Mama oder deinen Papa?«

»Ich weiß nicht.«

»War Helgi – der Mann, der da wohnt, wo wir dich gefunden haben – schon mal bei euch zu Besuch, oder hast du ihn mit deiner Mama oder deinem Papa schon mal woanders getroffen?« Die Frage war zu lang, und der Junge sah verwirrt aus. Freyja unterteilte sie in zwei kürzere Fragen, und Siggi verneinte beide.

»Jetzt erzähl mir mal, wer hat dich denn in die Wohnung gebracht? Deine Mama oder dein Papa?«

»Nein. Der Mann.«

»Helgi? Der Mann, der da wohnt?« Als Siggi demonstrativ mit den Schultern zuckte, holte Freyja das Foto des Ermordeten heraus, das Huldar ihr gegeben hatte. Es war ein klassisches Profilbild, das nur seinen Kopf und seinen Oberkörper zeigte. Der Mann auf dem Foto war Mitte dreißig und trug ein Jackett und ein Hemd – wahrscheinlich eins von denen, die sie in seinem Kleiderschrank gesehen hatte. Er sah durchschnittlich aus, weder hübsch noch hässlich, wirkte aber sehr selbstsicher, wie jemand in einer Führungsposition. Perfekter Haarschnitt, frisch rasiert und ein Blick, der signalisiert, dass er eigentlich keine Zeit für ein Fotoshooting hat.

»Ist das der Mann, der dich in die Wohnung gebracht hat?«

Siggi beugte sich über das Foto und musterte es ausgiebig. Er legte die Hand über die untere Gesichtshälfte des Mannes und wiegte den Kopf hin und her. »Ja. Nein. Er hatte keine schicken Sachen an.«

Freyja ignorierte Siggis Bemerkung über die Kleidung. Sie hätte jetzt gern Huldars Stimme im Ohr gehabt. Was meinte der Junge damit? Ja oder nein? Hatte dieser Helgi ihn in seine Wohnung gebracht, bevor er ermordet worden war? Was sollte sie ihn jetzt fragen? »Siggi, der Mann auf dem Foto heißt Helgi. Er wohnt in der Wohnung. War er es, der dich dahin gebracht hat?«

»Vielleicht.«

Freyja wollte den Jungen nicht unter Druck setzen. Weitere Fragen würden auch kein Licht auf Dinge werfen, die er schlicht und ergreifend nicht wusste. »Seid ihr mit dem Auto dahin gefahren?«

»Ja. Aber nicht mit unserem Auto. Es war dreckig. Unser Auto ist sauber.«

»Wo bist du in das Auto gestiegen, Siggi? Hat der Mann dich zu Hause abgeholt?«

»Ich weiß nicht. Ich bin aufgewacht, und dann war ich im Auto. Hinten.«

Freyja schwieg einen Moment. »Hat der Mann dich in die Wohnung gebracht?« Siggi nickte, und Freyja beließ es dabei. »Ist er bei dir geblieben?«

»Er ist gegangen.«

»Hat er dir wehgetan oder irgendwas mit dir gemacht? In der Wohnung oder im Auto?«

Siggi zögerte. »Nein.«

Freyja fiel ein Stein vom Herzen. Sie spürte, wie sich ihre Schultern lösten, nahm sich aber trotzdem vor, nach dem Gespräch einen Arzt hinzuzuziehen. Der Junge musste untersucht werden. Vielleicht wollte er nicht darüber sprechen, was passiert war, oder man hatte es ihm verboten. »Wie lange warst du schon in der Wohnung, als wir kamen?«

»Ich weiß es nicht. Sehr lange.«

»Bist du heute Morgen oder heute Nachmittag dahin gekommen?« Freyja besann sich und formulierte ihre Frage anders. »Hattest du schon gefrühstückt und zu Mittag gegessen oder nur gefrühstückt?«

»Ich hab nichts gegessen. Es war dunkel.«

»Du bist nachts in die Wohnung gekommen?«

»Ja. Dann war es hell. Aber erst spät, weil wir Winter haben. Im Sommer ist es immer hell.«

»Das stimmt.« Freyja überlegte, was sie als Nächstes fragen sollte, und bedauerte es wieder, sich den kleinen Kopfhörer nicht ins Ohr gesteckt zu haben. Ein Stichwort von Huldar wäre jetzt hilfreich gewesen. Dieses Gespräch war sehr wichtig, denn Kinder in Siggis Alter vergaßen schnell. Morgen wären seine Erinnerungen an die Ereignisse schon nicht mehr so frisch und verzerrt. Aber Freyja wusste nichts Genaues über den Mord, keine Details, wann, wie oder wo Helgi zu Tode gekommen war. »Warum bist du nicht aus der Wohnung gegangen, um Hilfe zu holen, Siggi?«

Wieder zögerte der Junge und rutschte auf dem Sofa herum, bevor er antwortete. »Das durfte ich nicht. Das hat der Mann gesagt.«

»Durftest du die Tür auch nicht aufmachen?«

»Nein, ich durfte erst gehen oder die Tür aufmachen, wenn der Wecker klingelt. So lange sollte ich warten. Aber ich durfte schlafen. Und Orangenlimo trinken. Ich hab auch ins Klo gepinkelt. Das durfte ich.«

»Was hat der Mann denn gesagt, was passieren würde, wenn du nicht tust, was er sagt?«

»Ich musste tun, was er sagt. Sonst würde Mama sich wehtun. Mama darf sich nicht wehtun. Nicht jetzt.«

»Warum nicht?«, rutschte es Freyja heraus.

»Sie hat ein Baby im Bauch.« Siggi streckte die kurzen Arme weit von sich. »Ihr Bauch ist so groß.«

Falls er nicht übertrieb, musste die verschollene Mutter hochschwanger sein. Vielleicht hatte man deshalb nichts von ihr oder dem Vater gehört. Sofern sie nicht mitten in den Wehen auf der Entbindungsstation lag, waren das schlechte Neuigkeiten. Sehr schlechte Neuigkeiten.

Eine kleine Hand zupfte an Freyjas Ärmel. Sie begegnete dem ernsten Blick des Jungen. »Der Mann ist böse. Sehr böse.« Er zog noch einmal fester an ihrem Ärmel. »Du musst meine Mama finden.« Dann ließ er los und starrte auf seinen Schoß. »Ich will nicht, dass sie stirbt.«

7. KAPITEL

Der Hausmeister nahm Huldar und Guðlaugur an der Tür des exklusiven Hochhauses, in dem Helgi gewohnt hatte, in Empfang. Er war ein schlanker Mann in den Fünfzigern mit noch vollem Haar, auch wenn seine Gesichtszüge ein wenig erschlafft waren. Er schüttelte ihnen beiden die Hand und bat sie mit gedämpfter Stimme, ihn Doddi zu nennen. In diesem Moment stieg eine fröhlich lachende Frau mit einem Handy am Ohr aus dem Aufzug, und Doddi warf ihr einen bösen Blick zu. Ihre Heiterkeit schien dem Hausmeister gegen den Strich zu gehen, vielleicht hielt er eine Begräbnisstimmung unter den gegebenen Umständen für angemessener. Doch zurzeit wusste noch niemand außer Doddi, dass Helgi tot war. Wegen der Dringlichkeit des Falls hatten sie ihn darüber informieren müssen, dass es sich um einen Mord handelte. Da man in Helgis Manteltaschen keine Schlüssel gefunden hatte, waren sie auf die Kooperation des Hausmeisters angewiesen, um in die Wohnung zu gelangen und die Aufnahmen der Überwachungskameras in dem Gebäude sicherzustellen.

Als die Frau gegangen war, nahmen sie den Aufzug in die oberste Etage, auf der sich Helgis Wohnung befand. Auf dem Weg nach oben schwiegen alle drei, die Augen auf die Leuchtanzeige geheftet, die die Stockwerke angab. Oben angekommen, ertönte ein Klingelton, die Tür schob sich auf, und die Männer stiegen aus. Augenblicklich war die angespannte Stimmung wie weggeblasen, und sie fanden ihre Sprache wieder.

»Ihres Wissens wurde also nicht eingebrochen?« Huldar hatte die Frage unten schon gestellt, wollte aber noch einmal sichergehen. »Es gibt doch bestimmt mehrere Hauseingänge.«

»Garantiert nicht. Alle Türen sind unbeschädigt, da hat sich niemand dran zu schaffen gemacht. Und an Helgis Wohnungstür auch nicht. Da ist niemand eingebrochen.«

»Kannten Sie Helgi genauer?« Huldar sah zu, wie der Hausmeister einen Schlüsselbund mit mehreren Schlüsseln herausholte und sie abcheckte.

»Nein, nicht wirklich. Wir sind uns im Flur begegnet, und ich war ihm behilflich, wenn nötig.«

»Hat er irgendwelchen Ärger gemacht?«

Der Hausmeister schüttelte den Kopf und steckte einen Schlüssel ins Schloss. »Nein, gar nicht. Er war ein sehr ruhiger Mensch, wie die meisten, die hier wohnen.« Die Tür ging auf, und sie traten ein. Die Wohnung war tadellos gewesen, als Huldar sie vorhin gesehen hatte, aber jetzt sah die Sache anders aus. Die SpuSi hatte überall Reste von Fingerabdruckpulver hinterlassen und die Möbel verschoben, sodass das perfekte Gesamtbild Schaden genommen hatte. Der Tod hatte vor nichts Respekt.

»Hatte er oft Besuch?« Guðlaugur schaute sich mit großen Augen um. Vermutlich hatte Huldar auch so ein verblüfftes Gesicht gemacht, als er das erste Mal hier gewesen war.

»Davon kriege ich nicht viel mit. Ich bin Hausmeister, kein Türsteher.«

Guðlaugur errötete leicht. »Das ist mir durchaus bewusst.«

Der Hausmeister Doddi, der kein Türsteher war, registrierte, dass seine Bemerkung ziemlich barsch gewesen war, und bemühte sich um Wiedergutmachung. »Natürlich habe ich ihn ab und zu mit Leuten rein- oder rausgehen sehen. Er hatte also Gäste. Aber ich weiß nicht, wie oft.«

»Frauen? Männer? Kinder?« Huldar ging durch das Wohnzimmer und sah, dass das Geschenk vom Küchentisch verschwunden war. Wahrscheinlich hatte die SpuSi es zusammen mit weiteren zu untersuchenden Gegenständen mit auf die Wache genommen.

»Hauptsächlich Männer. Hin und wieder eine Frau.«

»Und Kinder?«

»Nein.« Der Mann überlegte kurz und fügte dann hinzu: »Doch, ich habe ihn einmal mit einem Mann aus dem Haus gehen sehen, der ein Kind auf dem Arm hatte.«

»Einen Jungen?«

»Nein, ein Mädchen. Etwa ein oder zwei Jahre alt.«

Huldar trat an die Glasfront im Wohnbereich. Sie waren unter anderem noch einmal hergekommen, weil die SpuSi vergessen hatte zu überprüfen, ob man von einem angrenzenden Hochhaus oder den Nachbarwohnungen in die gardinenlose Wohnung hineinschauen konnte. Ein kurzer Blick bestätigte, dass dem nicht so war. Außerdem sollten sie die Aufnahmen der Überwachungskameras abholen und den Hausmeister über den Lebensstil des Toten ausquetschen. »Hat er hier die ganze Zeit allein gewohnt? Keine Freundin? Oder Freund?«

Doddi zuckte die Achseln. »Seit er hier eingezogen ist, wohnte er allein. Über sein Liebesleben weiß ich nichts, das geht mich auch nichts an.«

»Wann ist er eingezogen?«

Der Mann kniff nachdenklich die Augen zusammen. »Das muss vor etwa anderthalb Jahren gewesen sein. Nein, kürzer. Vor einem Jahr. Ungefähr. Ich kann das nachschlagen, wenn Sie möchten.«

»Ja, bitte.« Huldar blickte an die Decke. »Gibt es in der Wohnung Überwachungskameras?«

»Nicht, dass ich wüsste. Aber für so was bin ich nicht zuständig. Ich kümmere mich nur um die Instandhaltung und den täglichen Kleinkram. Gut möglich, dass Helgi so was hat installieren lassen. Aber das hätte seine Sicherheit wohl kaum vergrößert. Wir haben hier im Gebäude eine ausgefeilte Alarmanlage und zahlreiche Überwachungskameras. Aber natürlich entscheidet jeder selbst, was er in seiner Wohnung macht.« Der Hausmeister ließ den Blick über die Decke und die Wände schweifen. »Hier scheint mir nichts zu sein, aber er könnte ja auch versteckte Kameras haben.«

Die SpuSi hatte jedenfalls nichts Derartiges gefunden.

»Wir brauchen die Aufnahmen der Überwachungskameras. Dafür habe ich eine richterliche Anordnung.«

»Die brauchen Sie nicht.« Der Hausmeister stand immer noch vor der geschlossenen Wohnungstür im Flur und schien die Wohnung nicht weiter betreten zu wollen. »Die Hausgemeinschaft und ich unterstützen Sie selbstverständlich.«

Huldar lächelte, insgeheim hoffend, dass es nicht so weit kommen würde, dass sie bei der Lösung des Falls auf die Hilfe der Hausgemeinschaft angewiesen wären. »Danke.« Er schaute sich noch einmal um, bevor er die nächste Frage stellte. »Sie waren nicht zufällig derjenige, der angerufen und gemeldet hat, dass sich hier ein Kind befindet?«

Der Hausmeister schüttelte den Kopf. »Nein. Ich hätte erst mal angeklopft, wenn ich etwas Ungewöhnliches gehört hätte. Helgi war ein seriöser Mieter, es gab keinen Grund, so was zu melden, ohne der Sache vorher auf den Grund zu gehen.«

»Wissen Sie, wie sein Verhältnis zu den anderen Hausbewohnern war? Könnte es sein, dass die anderer Meinung sind?«

»Das weiß ich nicht. Ich habe nie jemanden schlecht über ihn reden hören. Bei den Hausversammlungen hat sich auch keiner über ihn beschwert, und das wäre der richtige Ort gewesen, wenn ihn jemand hätte anschwärzen wollen. Helgi kam nämlich nie zu Versammlungen. Wobei sowieso kaum einer kommt.«

Huldar nickte, voll des schlechten Gewissens, weil er selbst noch an keiner einzigen Hausversammlung seines Wohnblocks teilgenommen hatte. »Es kommen aber nicht viele Wohnungen in Frage, oder? Hier gibt es doch bestimmt eine gute Schallisolierung.«

»Der Junge müsste ganz schön gebrüllt haben, damit ihn jemand hört. Und selbst wenn, dann hätte man ihn höchstens in den direkt angrenzenden Wohnungen gehört, rechts und links und unter uns. Unter uns ist zurzeit niemand, die Eigentümer sind seit zwei Wochen im Ausland.«

»Könnten sie ihre Wohnung verliehen haben?«, fragte Guðlaugur, der nicht mehr die Einrichtung anglotzte und sich zu Huldar und dem Hausmeister gesellt hatte.

»Nein. Sie haben mich gebeten, die Blumen zu gießen und nach dem Rechten zu schauen. Seit sie weg sind, war niemand in der Wohnung. Aber wenn Sie möchten, kann ich noch mal reinschauen und mich vergewissern, dass dort alles unverändert ist.«

Huldar gab dem Mann seine Visitenkarte. »Das eilt nicht. Schauen Sie einfach bei Gelegenheit mal rein und geben Sie mir Bescheid.«

Sie gingen zurück in den Gang und klopften bei den rechts und links angrenzenden Wohnungen. Deren Bewohner wussten nichts von einem Anruf bei der Polizei und erkannten Siggi auch nicht auf dem Foto, auf dem er auf Huldars Schreibtischstuhl saß und mit offenem Mund in die Kamera starrte, als erwarte er, dass ein Einhorn durch die Linse sprang. Trotzdem war der Junge auf dem Bild gut zu erkennen.

Die Nachbarn hatten dieselbe Meinung über Helgi wie der Hausmeister: sehr seriös, macht keinen Ärger. Wenig zu Hause, hat selten Besuch.

Keiner der drei Personen, mit denen sie sprachen, war in den letzten vierundzwanzig Stunden etwas Ungewöhnliches aufgefallen. Lediglich der Mann aus der weiter hinten liegenden Wohnung sagte, seine Frau habe mitbekommen, wie man einen kleinen Jungen aus Helgis Wohnung geholt hätte. Sie war nicht zu Hause, aber er versicherte ihnen, dass sie nichts Negatives über ihren Nachbarn sagen würde.

Huldar gab den Nachbarn seine Visitenkarte, falls ihnen noch etwas einfallen sollte. Alle waren natürlich sehr neugierig, wurden aber mit der Aussage abgewimmelt, dass man ihnen zum jetzigen Zeitpunkt keine weiteren Infos geben könne.

Nach der Befragung der Nachbarn gingen sie runter in das gebäudeeigene Parkhaus, wo Doddi ihnen Helgis Autos zeigte. Sie standen beide nebeneinander auf ihren Parkplätzen, ein schwarzer Range Rover und ein dunkelblauer Audi. Der Range Rover war ein bisschen eingestaubt, was zu dem Kommentar des Hausmeisters passte, Helgi benutze den Wagen nur selten. Durch die Wagenfenster war nichts Interessantes zu sehen, bis auf ein Paar Lederhandschuhe auf dem Beifahrersitz des Audis, offensichtlich eine Herrengröße, vermutlich Helgis eigene.

»Wenn Sie mal reinschauen wollen … ich habe Zweitschlüssel für beide Autos. Viele Bewohner handhaben das so.« Der Hausmeister schien es ernst gemeint zu haben, dass er ihnen gern behilflich sein würde. Huldar nahm das Angebot an, und nachdem die Autos aufgeschlossen waren, streifte er Latexhandschuhe über, schaute in die Handschuhfächer, unter die Sitze, in die Aschenbecher und alle Ecken und Winkel. Er fand lediglich zwei Zulassungen, die er wieder zurücklegte. Keine Haschischreste in den Aschenbechern, keine kleinen weißen Umschläge oder Tütchen mit Dope in den Handschuhfächern.

Nachdem Huldar dem Hausmeister die Schlüssel zurückgegeben hatte, brachte er sie zu dem Kellerabteil, das zu Helgis Wohnung gehörte. Es war leer, und Huldar registrierte eine leichte Irritation bei dem Mann. »So was hab ich ja noch nie gesehen. Außer bei leer stehenden Wohnungen natürlich. Meistens sind die Kellerabteile vollgestopft mit Kisten und Krempel.«

»Glauben Sie, dass der Keller leer geräumt wurde?«

Doddi zuckte nur mit den Achseln.

Die drei Männer gingen durch das Parkhaus zum Büro des Hausmeisters, wo der Computer mit den Aufnahmen der Überwachungskameras stand. Dabei kamen sie an einer Luxuskarosse nach der anderen vorbei, und Huldar rechnete im Geiste deren Wert zusammen, gab es aber auf, als er bei gut über hundert Millionen Kronen angelangt war. Hoffentlich sorgte dieses reiche Pack wenigstens dafür, dass der Hausmeister für seine Arbeit angemessen bezahlt wurde. Wobei das nicht gesagt war. Sein Büro stand nämlich in keinem Verhältnis zu der Ausstattung des Gebäudes – eine fensterlose Kammer mit einem alten, wuchtigen Schreibtisch, der vermutlich spottbillig über eine Kleinanzeige gekauft worden war. Außerdem gab es noch einen moosgrünen Aktenschrank, der aussah wie aus Zeiten des Vietnamkriegs, und Wandregale voller Aktenordner. Decke und Boden bestanden aus demselben nackten Beton wie das Parkhaus. Dagegen sah Huldars Arbeitsplatz in der Ecke bei der Kripo aus wie ein Chefbüro.

Nachdem der Hausmeister die Kamera-Dateien kopiert und ihnen ausgehändigt hatte, rutschte ihm etwas heraus, das seine Hilfsbereitschaft erklärte. »Helgi hat mir an Weihnachten ein dickes Trinkgeld gegeben. Als Dankeschön für meine gute Arbeit im letzten Jahr. So was hat sonst noch nie einer gemacht. Die Leute wünschen einem frohe Weihnachten, wenn sie einen zufällig an Heiligabend sehen und tun ansonsten so, als hätte man eine andere Religion.«

»Das war anständig von ihm.« Huldar wusste nicht, was er sonst dazu sagen sollte.

»Jedenfalls hoffe ich, dass die Aufnahmen Ihnen helfen, dem Täter schnell auf die Spur zu kommen. Und dass nichts Zwielichtiges über Helgi dabei herauskommt. Ich will einfach glauben, dass er ein guter Kerl war.«

»Es geht nicht darum, ihm irgendwas anzuhängen«, sagte Huldar und sah zu, wie der Hausmeister den Namen eines Mitarbeiters der Sicherheitsfirma aufschrieb, die für die Überwachungsanlage zuständig war. Huldar nahm den Zettel entgegen und steckte ihn in die Tasche.

»Es gibt ziemlich viele Kameras, aber ich kann Ihnen leider nicht viel über die Dateien sagen. Dieser Typ weiß genau, wie das alles zusammenhängt.«

Nach diesen Worten erhob sich Doddi und begleitete sie nach draußen. Er schloss das Büro gewissenhaft hinter ihnen ab und antwortete auf Huldars Nachfrage, das würde er immer so machen. Es konnte also niemand an die Schlüssel gekommen sein, die an beschrifteten Haken auf einer großen Korktafel über seinem Schreibtisch hingen, darunter auch ein Schlüssel zu Helgis Wohnung, zu dem Doddi die Autoschlüssel gehängt hatte. Wer auch immer den Jungen hergebracht hatte, musste Helgis eigenen Schlüssel benutzt haben, was darauf hindeutete, dass dieselbe Person ihn auch getötet hatte. Es sei denn, der Junge war doch von Helgi hergebracht worden; seine Aussage war ja nicht ganz eindeutig gewesen.

Als sie sich im Foyer verabschiedeten, druckste der Hausmeister herum und wich ihren Blicken aus, was Huldar wunderte, weil der Umgang mit ihm bisher so angenehm gewesen war. Doch dann brach es plötzlich aus dem Mann heraus: »Ich weiß, das ist vertraulich, aber könnten Sie mir sagen, was eigentlich passiert ist? Wie und wo er zu Tode gekommen ist?«

Huldar schnalzte mit der Zunge. »Nein, tut mir leid.«

8. KAPITEL

»Kann mal jemand zusammenfassen, was wir inzwischen über den Toten wissen?«, rief Erla laut und vernehmlich durch das Großraumbüro. Sie hatte gerade erst die Abteilung betreten und trug immer noch ihren Anorak. Die meisten starteten den Tag erst mal mit einem Kaffee und plauderten kurz mit den Kollegen, bevor sie an die Arbeit gingen. Erla nicht. Bei ihr begann die Arbeit in dem Augenblick, wenn sie über die Türschwelle trat. Meistens kam sie morgens als Erste, aber gestern Abend hatte sie noch lange gearbeitet und sich deshalb verspätet.

Huldar sah, wie Erla energisch auf ihren Glaskäfig zuschritt. Sie versuchte, Augenkontakt zu ihrem Team aufzunehmen, aber fast alle interessierten sich plötzlich ungemein für ihre Computerbildschirme. Nur Lína blickte sie mit ihrem jungen Gesicht an, die roten Haare zu einem dicken Zopf gebunden. Ihr Kopf war sofort über ihrem Bildschirm nach oben geschossen, als sie Erlas Stimme gehört hatte. Huldar hätte sich nicht gewundert, wenn sie Finger schnippend aufgezeigt hätte, denn Erla ignorierte sie.

Doch Lína tat nichts dergleichen. Stattdessen stand sie auf und heftete sich an Erlas Fersen. Huldar warf Guðlaugur einen vielsagenden Blick zu. Der junge Kollege saß immer noch an dem Schreibtisch ihm gegenüber, auch wenn ihr Verhältnis deutlich abgekühlt war. Huldar konnte an seinem Gesicht ablesen, dass ihm die Entwicklung der Dinge ebenso wenig behagte wie ihm selbst. Er erhob sich. »Ich gehe mal lieber hinterher.«

Mit seinen langen Schritten holte Huldar die beiden Frauen im selben Moment ein, als Erla sich auf der Türschwelle ihres Büros umdrehte und die Praktikantin direkt hinter sich bemerkte. Erlas ungläubiger Gesichtsausdruck überzeugte Huldar davon, dass er richtig gehandelt hatte. Sie sah aus, als hätte sie gerade ein Stück Klopapier an ihrem Schuh kleben sehen.

»Was ist?«, blaffte sie.

»Ich habe mit allen Kollegen gesprochen und zusammengestellt, was wir bisher über den Toten wissen. Helgi Friðriksson.«

»Danke, ich kenne seinen Namen.« Erla zog den Anorak aus, hängte ihn an einen Haken und setzte sich an ihren Schreibtisch. »Dann schieß mal los.« Bevor Lína etwas sagen konnte, drehte Erla sich zu Huldar und herrschte ihn an: »Und was willst du hier?«

»Ich wollte dich auf den neuesten Stand über den Jungen bringen. Interessiert dich vielleicht.« Huldar hatte Freyja am Morgen angerufen, als er sich einigermaßen sicher gewesen war, dass er sie nicht wecken würde. Doch es gab nicht viel zu berichten, denn seit gestern hatte sich kaum etwas geändert. Immer noch keine Spur von den Eltern.

Erla schnaubte nur und durchbohrte Lína mit ihrem Blick. »Leg los!«

Lína straffte sich und hielt sich das Blatt mit den Notizen

vors Gesicht. Sie erinnerte Huldar wieder einmal an die fleißigen Mädchen in seiner Grundschule. »Also, der Tote war fünfunddreißig Jahre alt und wäre im Dezember sechsunddreißig geworden.«

»Na, dann ist der Fall ja schon fast gelöst.« Erla verdrehte die Augen.

Lína lief rot an, das Blatt in ihren Händen zitterte, aber sie sprach weiter: »Er hat am Wirtschaftsgymnasium Abitur gemacht, als Drittbester seines Jahrgangs.« Lína hatte Erlas bissige Bemerkung schon weggesteckt und schaute von ihren Notizen auf. »Das war bestimmt enttäuschend für ihn. So knapp vorbei, und noch nicht mal Zweitbester. Für gute Noten gibt's halt keine Bronzemedaille. Nicht gerade motivierend.«

Huldar hätte alles darauf gewettet, dass Lína aus eigener Erfahrung sprach.

Erla war so irritiert über die Anmerkung, dass sie die junge Frau nur mit offenem Mund anglotzte, woraufhin diese weitersprach, als wäre überhaupt nichts gewesen. Sie spähte wieder auf ihr Notizblatt, das jetzt nicht mehr zitterte. »Wie dem auch sei, es reichte jedenfalls, um auf eine renommierte amerikanische Universität zu gehen und diverse Stipendien zu bekommen. Laut seinen Eltern machte er dort drei Jahre später den Bachelor in Finanzmanagement als einer der Jahrgangsbesten, wechselte dann auf eine noch angesehenere Uni und machte den Master. Danach bekam er einen Job bei einer Investmentbank an der Wall Street, bis er umsattelte und für einen Hedgefonds arbeitete. Dort managte er den Kauf und Verkauf von Gläubigeransprüchen, die im Zuge des Bankencrashs den Markt fluteten. Er hatte einen Bonusvertrag und machte bei der

Abwicklung kräftigen Reibach. Vor gut einem Jahr schien er dann genug zu haben und kehrte nach Island zurück. Er war so vermögend, dass er sich zur Ruhe setzen und in Saus und Braus leben konnte. Aber er lebte ja nur noch ein knappes Jahr, deshalb werden wir wohl nie erfahren, ob sein Vermögen bis ins hohe Alter gereicht hätte. Wobei er noch weitergearbeitet und seine eigenen Investitionen gemanagt hat.«

»Wer beerbt ihn?«, fragte Erla, die bei der Erwähnung des Geldes hellhörig geworden war.

»Äh …«, Lína schaute wieder auf ihre Notizen, »er hat nie geheiratet und hatte in Island keine Kinder. Die US-Behörden haben unsere Anfrage von gestern Abend noch nicht beantwortet. Gestern war ja Sonntag, und dann die Zeitverschiebung, wahrscheinlich können wir nicht vor heute Mittag mit einer Antwort rechnen. Aber es wäre seltsam, wenn er in den USA Kinder hätte, von denen seine Eltern nichts wissen. Er hat auch noch einen Bruder. Seine Eltern beerben ihn, sofern er keine Nachkommen hat und kein Testament geschrieben hat. Sie müssen aber noch genauer befragt werden, die Kollegen waren bisher nur da, um sie über den Tod ihres Sohnes zu informieren. Da konnten sie noch nicht viel sagen. Verständlicherweise.« Lína holte kurz Luft, bevor sie weitersprach. »Wir haben auch Informationen über die Firma, mit der Helgi sein Vermögen verwaltet hat, aber da muss es ziemliche Verstrickungen geben. Mehrere Konten und diverse Tochterfirmen befinden sich in Steueroasen, deshalb wird es wohl noch etwas dauern, bis wir genau wissen, wie groß das Erbe ist – falls wir das überhaupt jemals entwirren werden. Es gibt jede Menge Tochtergesellschaften, Ableger und Briefkastenfirmen mit

Konten auf der ganzen Welt. Dabei geht es in erster Linie um Steuervermeidung.«

»Während unsere Gehälter für die Untersuchung seiner Ermordung vom Geld des isländischen Steuerzahlers bezahlt werden«, schnaubte Erla. »Vielleicht sollten wir der Polizei auf den Virgin Islands den Fall überlassen, sollen die sich doch um den Scheiß kümmern.«

Lína trat unsicher von einem Bein aufs andere, gab sich dann einen Ruck und fuhr fort mit ihrer Zusammenfassung. »Nun, außerdem haben wir Auskünfte von seiner Bank, seiner Kreditkartenfirma und seinem Telefonanbieter angefordert, die müssten größtenteils heute eingehen. Seine Computer werden gecheckt, dabei kommt hoffentlich etwas heraus, aber ich habe noch nichts gehört. In seiner Wohnung wurden ein Rechner und ein Laptop gefunden, höchstwahrscheinlich kommen noch welche dazu, wenn wir das Büro durchsuchen, das er angemietet hat. Wir warten darauf, dass du das an jemanden delegierst.«

Erla schwieg. Sie hatte nicht die Absicht, ihre Personalplanung mit Lína zu diskutieren. »Weiter.«

»Tja, also, der Kollege, der den Galgen inspiziert hat, ist sich ziemlich sicher, dass das Brett nicht in der Nacht zum Sonntag zum Tatort gebracht wurde. Er hält es für so gut wie undenkbar, dass der Täter etwas so Schweres und Unhandliches transportiert hat, während er gleichzeitig Helgi durch das Lavafeld dirigiert hat. Es sei denn, sie waren zu zweit, oder er hatte das Brett schon vorher von der Straße zu dem Felsen geschleppt. Möchtest du, dass in dem Gebiet weiter nach dem Papier gesucht wird, das an Helgis Brust genagelt war? Gestern hat der

Suchtrupp nichts gefunden. Keine Nagelpistole, kein Papier. Keine Spur von einem Handy oder einem Schlüssel.«

Erla fühlte sich nicht bemüßigt, Lína zu antworten, und in dem Büro wurde es still. Lína räusperte sich ungeduldig und sprach weiter: »Es wurde gecheckt, ob Helgi eine Verbindung zu Bessastaðir hatte, aber es sieht nicht so aus. Soweit wir wissen, hatte er auch keine Verbindung zu China, auch wenn es sich nicht ausschließen lässt, dass er während seiner Zeit in den USA mit chinesischen Kunden zu tun hatte. Die Bank und der Hedgefonds, für die er gearbeitet hat, müssten das wissen, und soweit ich informiert bin, wirst du dich mit denen in Verbindung setzen.« An dieser Stelle wich Lína von ihrer trockenen Auflistung ab und erlaubte sich eine persönliche Anmerkung. »Ich denke, das wäre der richtige Weg. Die werden dir sicher eher Auskunft geben als jemandem mit einem niedrigeren Dienstgrad. Vielleicht solltest du sogar überlegen, jemand noch höher Gestellten damit zu betrauen, den Polizeipräsidenten oder so.«

Erla ging sofort an die Decke. »Warum nicht gleich die Premierministerin? Oder, nein, ich weiß schon … den Papst! Dem geben sie bestimmt Auskunft.«

Huldar verkniff sich ein Grinsen. Lína hatte unbewusst einen wunden Punkt getroffen, der allerdings nichts mit Erlas Position zu tun hatte. Dabei ging es vielmehr um ihre Sprachkenntnisse. Erla sprach nämlich ausgesprochen schlecht Englisch, und es war schwer vorstellbar, wie sie damit ein Gespräch über Helgis komplexe Finanzen führen sollte.

Erla wechselte schnell das Thema. »Was ist mit dem Samstagabend? Wissen wir inzwischen, wie Helgi ihn verbracht hat?«

Lína schaute wieder auf ihre Zusammenfassung. Bei Erlas zynischer Bemerkung war sie nicht mehr ganz so rot angelaufen wie sonst, vielleicht setzte schon ein Gewöhnungseffekt ein. »Da gibt es noch ein paar Lücken, aber wir wissen jetzt, dass er essen gegangen ist. Seine Eltern wussten, dass er sich mit ein paar alten Schulfreunden treffen wollte. Mit denen müssen wir noch reden. Die Quittungen aus seiner Tasche beweisen, dass er um halb acht von zu Hause ein Taxi genommen und um zehn Uhr die Rechnung im Restaurant bezahlt hat. Die Anzahl der Speisen auf der Rechnung lässt darauf schließen, dass er für sich und vier weitere Personen bezahlt hat. Außerdem gab es noch Quittungen für Getränke in der Bar 101. Was danach passiert ist, liegt im Dunkeln. Die letzte Kreditkartenabrechnung stammt aus dieser Bar, er scheint also nicht mehr woanders hingegangen zu sein, es sei denn, er hat weitere Getränke bar bezahlt. Seine Brieftasche war ja voller Bargeld, das wäre also durchaus möglich. Das werden wir hoffentlich bald wissen, die Aufnahmen der Überwachungskameras aus der Innenstadt sind nämlich zum Checken bereit. Wir warten darauf, dass du jemanden damit beauftragst. Ach ja, und dann kam noch eine Nachricht von dem Gerichtsmediziner wegen der Obduktion. Er ist bald fertig und bittet dich, ihn anzurufen.«

Erla stöhnte. »Auch das noch. Warum kann er uns nicht einfach den Todeszeitpunkt mitteilen?« Da Lína keine Anstalten machten, den Mann zu verteidigen, fragte Erla: »Was ist mit den Überwachungskameras aus Helgis Wohnhaus? Sind die Aufnahmen brauchbar?«

Huldar hatte in Erlas Büro vorbeigeschaut, als er die Aufnahmen gestern Abend zur Wache gebracht hatte, und ihr von seinem und Guðlaugurs Besuch in dem Hochhaus berichtet. Als er eine Stunde später nach Hause gegangen war, hatte sie immer noch dagesessen. Aus der zentralen Zeiterfassung war ersichtlich, dass sie erst um zwei Uhr morgens Feierabend gemacht hatte.

Lína nickte, und Huldar übernahm das Wort. »Ich kann die Aufnahmen checken, ich kenne das Gebäude und den Jungen am besten. Mit ein bisschen Glück kriegen wir dadurch raus, wann und mit wem er ins Haus gekommen ist. Ich habe den Namen einer Kontaktperson bei der Sicherheitsfirma, die das System installiert hat und betreut.«

Erla ging nicht näher auf das Angebot ein, was Huldar als Zustimmung interpretierte. Sie schaltete den Computer ein und starrte auf den Bildschirm, während er hochfuhr. »Wurden die Eltern des Jungen gefunden?«

»Nein«, antwortete Huldar knapp.

»Verstehe.« Erla fixierte ihn. »Du kommst also als Erster hier reingestürmt, um mir zu sagen, dass sich bezüglich des Jungen nichts getan hat?«

Huldar widerstand der Versuchung, sie darauf hinzuweisen, dass Lína noch vor ihm da gewesen war. »Wir haben sämtliche Hebel in Bewegung gesetzt. Guðlaugur hat bereits die Eltern von elf der sechzehn Sigurðurs kontaktiert, die in Reykjavík wohnen, aber von denen vermissen keine ihren Sohn. Er versucht weiter, die restlichen fünf zu erreichen. Da der Junge nach eigener Aussage einen Vater und eine Mutter hat, werden wir sie am Ende finden. Vielleicht handelt es sich ja um ein Junkie-Pärchen, das irgendwo im Nirwana schwebt. Von den Eltern, die wir noch nicht erreicht haben, steht allerdings niemand bei uns im Drogen-Register. Außerdem wirkt der Junge nicht so, als würde er aus einer Problemfamilie kommen.«

»Vielleicht springen die Großeltern bei Bedarf ein. Das wäre nicht ungewöhnlich.«

»Ja, kann sein.« Huldar war skeptisch, obwohl er es nicht begründen konnte.

»Wo befindet sich der Junge jetzt?«

»In einer Notunterkunft des Sozialamts. Da hat er die Nacht verbracht. Ich habe da heute Morgen angerufen, weil ich wissen wollte, ob er noch was über seine Eltern erzählt hat, aber Fehlanzeige. Da er nicht als vermisst gemeldet wurde, wissen seine Eltern entweder gar nicht, dass er verschwunden ist, oder sie stecken in Schwierigkeiten. Wir müssen in Betracht ziehen, dass sie womöglich Opfer desselben Täters sind, der Helgi getötet hat.«

Erla nickte nachdenklich. »Daran habe ich natürlich auch schon gedacht. Oder ob sie für den Mord verantwortlich sind. Falls man dem Jungen glauben kann, dass es möglicherweise Helgi war, der ihn in die Wohnung gebracht hat. Mitten in der Nacht, vielleicht nach seiner Kneipentour? Oder bevor er losgezogen ist?«

Da Huldar nichts entgegnete, fragte Erla: »Wie läuft's mit der Rekonstruktion des zeitlichen Ablaufs?«

Lína mischte sich wieder in das Gespräch ein, erfreut, darauf antworten zu können. »Daran arbeiten wir, aber es gibt noch ziemlich viele Lücken, beispielsweise den genauen Todeszeitpunkt.«

Erla würdigte sie keines Blickes, sondern löcherte Huldar weiter über Siggi. »Was ist mit dem Anrufer, der das mit dem Jungen gemeldet hat? Wurde der gefunden?«

»Nein, der Anruf ging beim Notruf ein, aber er kam von einer unterdrückten Rufnummer. Das Traurige ist, dass pro Jahr um die zehntausend Meldungen beim Jugendamt eingehen, die meisten zwar nicht über den Notruf, aber so selten ist das nicht. Nur merkwürdig, dass es keiner der Nachbarn gewesen sein will. Und dass der Anruf quasi zur gleichen Zeit einging, als der Wecker des Jungen klingelte. Man hatte ihm verboten, die Tür aufzumachen, ans Telefon zu gehen oder sich sonst wie bemerkbar zu machen, bevor der Wecker klingeln würde. Vielleicht purer Zufall, aber das kommt mir irgendwie verdächtig vor.«

Erla schaute finster drein. »Wir besprechen das alles gleich beim Meeting.«

Lína räusperte sich. »Eine Sache solltest du noch bedenken.«

»Ich höre.«

»Der Tatort. Warum ausgerechnet der Galgenfelsen? Das müssen wir uns doch fragen.«

»Meinst du wirklich, damit erzählst du mir was Neues?«

»Nein.« Hellrote Flecken bildeten sich auf Línas Wangen, aber sie sprach trotzdem weiter. »Wenn das für dich okay ist, würde ich mal mögliche Gründe für die Wahl dieses Orts recherchieren.«

»Gut. Von mir aus.« Erla wandte sich ohne weitere Worte wieder ihrem Bildschirm zu. Huldar verstand die Ansage: *Danke. Und jetzt verpisst euch.* Er drehte sich lässig um und gab Lína ein Zeichen, ihm zu folgen. Sie wäre durchaus imstande, stehen zu bleiben, bis Erla sie rausschmiss.

* * *

Huldars Augen waren schon ganz trocken vom langen Starren auf den Bildschirm. Nachdem er ein paar Mal geblinzelt hatte, klickte er die nächste Datei an. Er hatte gehofft, vor dem Meeting mit Erla in den Filmaufnahmen zu finden, wonach er suchte, aber es sah nicht gut aus. Das Problem war die große Anzahl der Überwachungskameras in dem Hochhaus. Das beruhigte zwar sicherlich die Bewohner, verkomplizierte aber die Auswertung. Es gab so viele Dateien, dass Huldar eine Ewigkeit brauchte, um zu begreifen, welchen Gebäudebereich er sich gerade anschaute, denn die Kameras waren nach irgendeinem undurchschaubaren System installiert worden. Der Mitarbeiter der Sicherheitsfirma, der für die Codierung zuständig war, ging nicht ans Telefon, und anscheinend konnte ihm dort sonst niemand helfen.

Immerhin hatte Huldar einen Ausschnitt gefunden, auf dem Helgi durch den Vordereingang das Haus verließ. Da sie ungefähr wussten, wann das Taxi eingetroffen war, war das nicht so schwierig gewesen, doch über Siggis Kommen hatten sie keinerlei Informationen. Zu allem Überfluss gab es in dem Gebäude drei verschiedene Eingänge: einen Vordereingang, eine Hintertür und einen durch das Parkhaus im Keller. Huldar hatte die Aufnahmen vom Vordereingang schon im Schnelldurchlauf abgespult, ohne ein einziges Kind zu entdecken. Die Aufnahmen der beiden anderen Eingänge hatte er noch nicht ausfindig gemacht.

Auf dem Computer erschien das Bild eines weiteren Flurs. Sie waren alle identisch: dekoriert mit riesigen exotischen Pflanzen, die Huldar noch nie in einem Blumenladen gesehen hatte und die aussahen, als wären sie samt Wurzel in einem bedrohten Regenwald ausgerissen worden. Die Bewohner hatten auch nichts unternommen, um ihren Wohnungstüren einen persönlichen Anstrich zu geben, vor allen lagen die gleichen Fußmatten, und bei der groben Auflösung des Films konnte man unmöglich die Wohnungsnummern auf den kleinen Schildchen neben den Türen lesen. Huldar spulte vor, in der Hoffnung, sich auf der richtigen Etage zu befinden. Er hätte es fast aufgegeben, als eine Tür aufging und ein vertrautes Gesicht in der Öffnung erschien. Das musste Helgi sein, auch wenn seine Gesichtsfarbe wesentlich frischer aussah als auf dem Tisch in der Gerichtsmedizin.

Huldar stoppte die Aufnahme, spulte ein Stück zurück und notierte die Zeitangabe. Es war kurz vor halb acht, also war Helgi vermutlich auf dem Weg nach unten zum Taxi, das ihn zum Restaurant bringen sollte. Er lief durch den Flur, doch anstatt auf den Aufzug zuzusteuern, ging er in die andere Richtung zu einem in die Wand eingelassenen Müllschlucker. Davor blieb er stehen, zerriss ein Stück Papier in kleine Stücke, öffnete die Luke und warf sie hinein. Dann knallte er die Luke schwungvoll zu und öffnete sie noch einmal, nur um sie noch fester wieder zuzuknallen. Huldar spulte zurück und vergrößerte das Bild, um genauer sehen zu können, was Helgi in der Hand hatte. Er meinte, ein Blatt Papier und einen Umschlag zu erkennen, war sich aber nicht sicher. Bestimmt nur irgendein Brief, über den er sich geärgert hatte, aber man konnte nie wissen. Wenigstens hatte Huldar die Aufnahme von der richtigen Etage erwischt.

Sicherheitshalber checkte er das Datum. Es passte. Nachdem er ein ganzes Stück vorgespult hatte, ohne den Jungen zu entdecken, war er doch nicht mehr so überzeugt, auf der richtigen Spur zu sein. Doch dann ploppte Siggi endlich ins Bild. Samstagnacht, Viertel nach drei.

Huldar ließ den Film langsamer laufen und fragte Guðlaugur mit gedämpfter Stimme, ob er mitschauen wolle. Er wollte auf keinen Fall das gesamte Team im Nacken sitzen haben. Nachdem Guðlaugur zu ihm rübergekommen war, spulte er ein Stück zurück, und sie verfolgten gemeinsam, wie der Junge zu Helgis Wohnungstür geführt wurde.

Automatisch rückten sie näher an den Bildschirm heran, aber das Gesicht des Mannes, der Siggi an der Hand hielt, war nicht zu erkennen. Er trug eine Kapuze und darunter ein Käppi. Einmal konnten sie ihn kurz im Profil sehen, aber seine untere Gesichtshälfte war mit einem Tuch oder Schal verdeckt, wie bei einem Bösewicht im Western. Jetzt begriff Huldar, warum Siggi eine Hand über Helgis Mund gelegt hatte, als er ihn auf dem Foto identifizieren sollte. Ohne vorschnelle Schlüsse ziehen zu wollen, war sich Huldar ziemlich sicher, dass der Mann nicht zum ersten Mal in dem Gebäude gewesen war. Er musste definitiv von den Kameras gewusst haben.

Trotz der Maskierung war die Person eindeutig als Mann zu erkennen. Seine ungefähre Größe würde man, in Relation zu dem Jungen, festmachen können. Er hatte eine normale Statur, nicht dick, aber auch nicht unnatürlich dünn. Auch seine Kleidung war unauffällig, Jeans, ein etwas längerer Anorak mit Kapuze und Turnschuhe, deren Marke sie hoffentlich noch herausfinden würden. Schwer zu sagen, ob es sich um Helgi oder jemand anderen handelte. Vielleicht würde man sein Gesicht in anderen Filmausschnitten, auf denen er das Haus betrat oder auf dem Weg nach oben war, erkennen. Aber wenn er kein völliger Idiot war, hatte er es schon vorher verdeckt.

Sie beobachteten, wie der Mann einen Schlüsselbund aus der Jackentasche zog und einen Schlüssel ins Schloss steckte. Er brauchte eine Weile, bis sich der Schlüssel drehen ließ, aber der Mann trug auch dicke Handschuhe. Unterdessen sah man Siggis Gesicht, der sich verwirrt umschaute. Besonders schien ihn die große Pflanze zu beeindrucken, und er betrachtete sie lange, bis ihm langweilig wurde und er sich gähnend wieder seinem Begleiter zuwandte.

Endlich gelang es dem Mann, die Tür aufzuschließen, doch anstatt reinzugehen, beugte er sich zu Siggi hinunter. Wegen des Tuchs konnten sie nicht sehen, ob sich seine Lippen bewegten, doch Siggi nickte. Dann richtete der Mann sich wieder auf, und beide betraten die Wohnung. Bevor Siggi aus dem Sichtfeld verschwand, warf er einen Blick zurück und schaute für den Bruchteil einer Sekunde direkt in die Kamera, als wollte er Guðlaugur und Huldar in die Augen schauen.

Huldar drückte auf Pause. »Was meinst du? Ist das dieser Helgi?«

Guðlaugur atmete scharf aus. »Ich kann es echt nicht sagen. Jedenfalls trägt er nicht dieselben Klamotten wie zum Zeitpunkt seines Todes. Wenn er es ist, wollte er nicht erkannt werden. Ziemlich seltsam, weil er den Jungen ja mit in seine eigene Wohnung nimmt. Warum hat er ihn nicht woanders hingebracht, wenn er nicht erkannt werden wollte?«

Huldar kopierte die Dateien auf das gemeinsame Laufwerk. Er wollte Erla wissen lassen, dass er den Zeitpunkt kannte, an dem Siggi das Gebäude betreten und Helgi es verlassen hatte, und dass Helgi wütend etwas weggeworfen hatte. »Das hängt davon ab, was der Junge überhaupt da zu suchen hatte.«

Guðlaugur trat von einem Bein aufs andere und machte keine Anstalten, sich wieder an seinen Platz zu setzen. Huldar bekam einen steifen Nacken, wenn er weiter zu ihm hochschaute, und drängte: »Was ist?«

»Hat Erla zufällig erwähnt, wer die Überwachungskameras aus der Innenstadt checken soll?«, fragte Guðlaugur beiläufig, aber Huldar kannte seinen Kollegen inzwischen gut genug, um zu wissen, dass mehr dahintersteckte.

»Nein, warum fragst du?«

»Ach, nur so.« Eine verräterische Röte zog sich über Guðlaugurs Gesicht.

»Na komm schon, warum fragst du?«

»Wirklich nur so. Ich dachte, ich könnte das übernehmen. Mir ist nicht danach, durch das Gálgahraun zu stapfen und nach irgendwas zu suchen, das wir sowieso nicht finden, oder die Mülltonnen aus Helgis Haus zu durchwühlen.«

»Aha.« Als Guðlaugur das Lavafeld erwähnte, musste Huldar an den Zustand seines Kollegen am Sonntagmorgen am Tatort denken. »Warst du Samstagnacht in der Stadt unterwegs?«

Guðlaugur lief bis zum Haaransatz rot an. »Das ist nicht der Grund.«

»Nee, klar.« Huldar hatte den Nagel auf den Kopf getroffen, empfand aber keine Genugtuung. »Kriegen wir bestimmt hin, dass du das übernehmen kannst. Es sind ja nicht mehr viele im Haus.« Der Besuch der chinesischen Delegation hatte nicht nur den Abtransport der Leiche erschwert, sondern auch einen Personalmangel ausgelöst, weil so viele Polizisten für Sicherheitszwecke gebraucht wurden. »Hast du eigentlich noch Schmerzen im Knöchel?«

»Hä?«

»Na, du weißt schon, nach dieser leichten Verstauchung am Sonntag im Lavafeld …« Da Guðlaugur immer noch schwer von Begriff war, fügte Huldar hinzu: »Schon blöd, dass du wegen der Verletzung nichts übernehmen kannst, wobei man viel laufen muss. Vielleicht findet Erla ja was für dich hier auf der Wache. Die Aufnahmen checken zum Beispiel. Verstehst du?«

Guðlaugur nickte. Die Röte wich langsam aus seinem Gesicht. »Ja, klar, danke.« Dann stand er auf und humpelte demonstrativ zu Erlas Büro.

9. KAPITEL

Heiðrún faltete die Zeitung und legte sie weg. Wie üblich nichts Neues. Eine Wahlumfrage zeigte, dass sich die Prozentpunkte der Parteien kaum verändert hatten; die Isländer regten sich weiterhin über Touristen auf, die aus Mangel an öffentlichen Toiletten wild pinkelten, und der chinesische Außenminister genoss seinen Staatsbesuch, trotz des Wetters. Der Rest waren als Nachrichten getarnte Pressemeldungen. Was nicht weiter schlimm war, da sie ohnehin nur die Überschriften lesen konnte. Auf der Arbeit hatte sie weder Zeit, ausgiebig Zeitung zu lesen, noch im Internet zu surfen.

Die vier Kinder, die sich in ihrer Obhut befanden, fühlten sich inmitten des im Raum verstreuten abgegriffenen Spielzeugs sichtlich wohl. Ihnen genügten die verblichenen Holzklötze, die Barbie-Puppe mit den verfilzten langen Haaren und die Autorennbahn, die nicht mehr richtig zusammenhielt. Mehr gab es nicht. Das übliche Spielzeug war zur Desinfektion weggebracht worden, nachdem bei einem Jungen die Masern diagnostiziert worden waren. Er lag jetzt im Krankenhaus, und Heiðrún hoffte, dass seine Mutter endlich begreifen würde, wie absurd es war, ihr Kind nicht impfen zu lassen, es aber stattdessen zu Hause mit hemmungslosem Drogenkonsum zu konfrontieren. Sie zweifelte jedoch daran.

Das normale Wohnheim, das höchstens Platz für zwölf Kinder hatte, platzte aus allen Nähten. Da keine neue Unterkunft in Sicht war, hatte man diese Wohnung angemietet, um im Notfall zusätzliche Kinder unterbringen zu können. Die Wohnung war nicht besonders groß und bot Raum für insgesamt sechs Kinder, aber die Finanzen reichten nur für eine Mitarbeiterin pro Schicht. Das war problematisch, sobald mehr als zwei Schützlinge da waren, außerdem vermisste Heiðrún die Gesellschaft von Erwachsenen, wenn sie hier Dienst schob. Doch das war alles nur vorübergehend, genau wie die Unterkunft selbst.

Heiðrún schaute den Kindern beim Spielen zu. Aufgrund ihres unterschiedlichen Alters entbehrte ihr Spiel jeglicher Logik. Das einzige Mädchen in der Gruppe war mit sieben Jahren die Älteste und hatte die Führungsrolle übernommen. Sie teilte nach Gutdünken das Spielzeug aus und achtete darauf, dass regelmäßig getauscht wurde, damit sich niemand langweilte oder vernachlässigt fühlte. Sie war es eindeutig gewohnt, zu vermitteln, jedoch aus dem traurigen Grund, dass ihre Mutter ein Junkie war. Laut den Berichten der Sozialarbeiter gab die Kleine zu Hause ihr Bestes, um die Situation zu beschönigen und den Anschein zu erwecken, dass ihre Mutter alles im Griff hätte. Einmal hatte sie ihrer weggetretenen Mutter eine Butterblume aus dem Garten hinters Ohr gesteckt, als das Jugendamt vor der Tür stand. Da war sie erst vier Jahre alt gewesen. Aus der Sicht des Kindes hatte der Schmuck die Mutter hübsch, sauber und nüchtern gemacht, so wie andere Mütter. Damit sie weiter bei ihr bleiben durfte. Doch es hatte nichts gebracht, und inzwischen war die Kleine regelmäßiger Gast in der Notunterkunft. Das Tragische an der Geschichte war, dass Heiðrún schon so lange bei den städtischen Heimeinrichtungen arbeitete, dass sie sich an die Mutter des Kindes im selben Alter erinnern konnte. In derselben ausweglosen Situation.

Die vier Kinder waren alle erst kürzlich in die Unterkunft gebracht worden, was am Wochenende häufig vorkam. Das Mädchen war seit Samstagmittag da, nachdem man ihre Mutter wegen einer Überdosis Fentanyl ins Krankenhaus eingeliefert hatte. Da der Rest der Familie auch nicht zuverlässiger war als die Mutter, war die Notunterkunft der einzige Ausweg. Dasselbe galt für die beiden Brüder, zwei und fünf Jahre alt. Sie waren am Samstagnachmittag gebracht worden, weil es keine andere Lösung gab. Ihre Eltern waren keine Junkies, aber Alkoholiker.

Das vierte Kind, Siggi, hatte eindeutig einen anderen Hintergrund. Er trug saubere Kleidung, und Heiðrún musste ihn nicht als Erstes baden und kämmen, ihm die Nägel schneiden oder Kleider leihen. Er war zutraulich, schaute einem in die Augen und aß ohne zu quengeln alles, was auf den Tisch kam. Er klappte sogar nach dem Pinkeln den Klodeckel runter. Laut dem städtischen Mitarbeiter, der den Jungen vorbeigebracht hatte, konnte man seine Eltern nicht ausfindig machen. Mehr hatte Heiðrún nicht erfahren, aber wenn seine Eltern drogenabhängig waren, mussten sie sehr speziell sein.

Den Kindern wurde es langsam langweilig. Der kleinere Bruder schlug den Kopf der Barbie-Puppe auf den Boden, während das Mädchen vergeblich versuchte, ihn davon abzuhalten. Als Heiðrún sah, dass die Kleine bei jedem Schlag panischer wurde, griff sie ein. »Hört mal, Kinder, habt ihr schon Hunger? Möchtet ihr was essen?« Es war noch eine halbe Stunde bis zum Mittagessen, aber die Kinder mussten noch ihre Hände waschen und konnten beim Tischdecken helfen. Dann wäre der Lieferservice bestimmt auch schon bald da.

Heiðrún stand auf und nahm den kleineren Bruder auf den Arm, der die Barbie-Puppe umkrallte und Anstalten machte, sie damit zu schlagen. Heiðrún musste jeden seiner Finger einzeln lösen, um ihm die Puppe abzunehmen. Als sie auf den Boden fiel, brüllte er los, beruhigte sich aber, weil Heiðrún mit ihm in die Küche ging und die Puppe aus seinem Sichtfeld verschwand. Als sie ihn in den Hochstuhl am Küchentisch gesetzt hatte, war die Barbie schon vergessen.

Das Mädchen und der größere Bruder folgten Heiðrún in die Küche, während Siggi alleine zurückblieb – ein weiteres Zeichen, dass er aus guten Verhältnissen stammte. Er bekam immer etwas zu essen, wenn er Hunger hatte, und spielte lieber weiter, wenn er das gesamte Spielzeug für sich hatte. Die anderen Kinder hatten immer Angst, vergessen zu werden, und rannten ihr ständig hinterher.

»Was gibt's zu Mittag?« Das Mädchen starrte auf den nackten Küchentisch, und ihr Gesicht sprach Bände. Sie war so dünn, dass es bei ihr zu Hause bestimmt häufig keine Mahlzeiten gab. Heiðrún hatte das Band ihrer geliehenen Jogginghose fest zuziehen müssen.

»Milchreis.«

Die Kleine freute sich, schaute aber sofort wieder besorgt und fragte, ob es dazu auch Zimt und Zucker gebe. Als Heiðrún bejahte, schien ihr ein großer Stein vom Herzen zu fallen. Sie sang sogar vor sich hin, während sie die tiefen Teller entgegennahm und auf den Tisch stellte. Da der größere Bruder noch so ungeschickt war, dass man ihm nichts Zerbrechliches anvertrauen konnte, gab Heiðrún ihm die Plastikkanne für die Milch und vier Löffel. Nachdem die Kinder alles verteilt hatten, sah der Tisch aus wie nach einem kleinen Erdbeben: alles mehr oder weniger am richtigen Platz, aber ziemlich verrutscht.

Heiðrún rief nach Siggi, der sofort kam und sich an den Tisch setzte. Er wirkte geknickt und starrte auf seinen leeren Teller. »Ich will nach Hause.«

Das Mädchen, das neben ihm saß, legte ihm die Hand auf die Schulter, beugte sich zu ihm und sagte sanft: »Du darfst ja wieder nach Hause. Man darf immer nach Hause, aber manchmal nicht direkt.« Der größere Bruder, der ihnen gegenübersaß, nickte eifrig.

Heiðrún wollte gerade etwas sagen, damit die Kinder auf andere Gedanken kamen und nicht zu traurig wurden, als es klingelte. Sie musste zur Tür gehen und dem Lieferservice aufmachen, und als sie mit dem dampfenden Milchreis zurückkam, bestätigte sich ihre Befürchtung. Die älteren Kinder wirkten bedrückt und ließen sich auch von dem Essensduft nicht aufheitern. Ihr Geplapper war verstummt, als sie hereinkam.

»Worüber habt ihr denn gesprochen, Kinder?«

»Nichts«, antworteten die drei Älteren im Chor, während der Jüngste mit seinem Löffel auf die Plastikkanne haute und die Zunge rausstreckte.

»Ach? Ich dachte, ich hätte euch reden gehört.« Heiðrún packte das Essen aus und verteilte den Milchreis. »Ist das ein Geheimnis?«

Der größere Bruder konnte sich nicht beherrschen, rutschte auf seinem Stuhl herum und platzte dann heraus: »Siggi sagt, seine Mama ist verschwunden. Er sagt, ein böser Mann hat sie geholt.« Der Junge musste eine Pause machen, um Luft zu holen, und redete dann fieberhaft weiter. »Dann darf er nie wieder nach Hause, oder?«

»Jetzt fangt mal an zu essen. Und erzählt nicht solchen Unsinn. Natürlich darf Siggi nach Hause, genau wie ihr.«

»Aber er hat gesagt, dass der böse Mann Leute totmacht.«

»Unsinn, es gibt keinen bösen Mann.« Aus dem Spielzimmer drang ein vertrauter Klingelton, und Heiðrún eilte aus der Küche, um ihr Handy zu holen. Sie hoffte, dass die Kinder unterdessen nicht weiter darüber reden würden. Ihre Schwester war am Apparat und wollte wissen, ob sie eine Einladung zum vierzigsten Geburtstag der Ex-Frau ihres Bruders bekommen hätte. Während sie zuhörte, wie sich ihre Schwester über diese Einladung echauffierte, fiel Heiðrúns Blick auf die Barbie-Puppe. Umgehend beendete sie das Gespräch und versprach, am Abend zurückzurufen.

Mit dem Handy in der Hosentasche ging sie zu dem Wäschereck, das vor einem der Fenster stand. Am Morgen hatte sie zwei Küchentücher und ein verschlissenes Handtuch darauf gehängt, und nun war die Barbie hinzugekommen. Sie baumelte direkt über dem Boden, und ihre für High Heels modellierten Plastikfüße zeigten nach unten, als versuchten sie, das Parkett zu berühren und Halt zu bekommen. Ein Stück Schnur von einem Spielzeugauto, das die Kleinsten gern hinter sich herzogen, war um ihren Hals gewickelt und mit dem anderen Ende an das Wäschereck geknotet worden. Das konnte nur Siggi getan haben.

Das konnte keine Absicht gewesen sein, aber es sah aus, als hätte er die schäbige Barbie-Puppe erhängt. Heiðrún knotete die Schnur vom Wäschereck, und die Puppe fiel auf den Boden. Nachdem sie ihr den Strick vom Hals gewickelt hatte, fühlte sie sich besser. Sie räumte die Puppe in die Spielzeugkiste und steckte das Stück Schnur in ihre Tasche. Das kleine Mädchen würde Angst bekommen, wenn Siggi dieses Spiel noch einmal wiederholen würde. Und die Arme hatte es schon schwer genug.

Heiðrún ging zurück in die Küche, wo die Kinder schweigend saßen. Sie überlegte, Siggi zu fragen, was er sich dabei gedacht hätte, sah sich aber mit einem anderen Problem konfrontiert, das viel schlimmer war als eine gehängte Barbie, ein böser Mann oder wer nach Hause durfte und wer nicht. Es fehlten Zimt und Zucker. Der Lieferdienst hatte beides vergessen.

10. KAPITEL

Jón saß schon in dem Lokal und beobachtete die Tür. Es war Viertel nach zwölf und noch immer kein Zeichen von seinen Kumpels. Er hatte das Treffen angeleiert und Ort und Zeit vorgeschlagen. In dem Raum war es schön dunkel, und es kamen fast nur Touristen. Viel vernünftiger, als sich im Wald auf dem Öskjuhlíð-Hügel zu treffen, dem klassischen Ort für konspirative Treffen in Island, wo jeder, der sie sah, sofort Verdacht geschöpft hätte. An diesem Ort bestand hingegen keine Gefahr, dass sich Isländer dorthin verirrten.

Der Innenarchitekt hatte sich bemüht, einen neuen Stil zu kreieren, den man als postmoderne Touristenfalle bezeichnen konnte: ausgestopfte Papageitaucher, große gerahmte Fotos von Vulkanausbrüchen und lieblos gemalte Bilder von den heißen Quellen beim Geysir. Den Angestellten hatte man Islandpullis und Wikingerhelme mit gelben Plastikhörnern aufgezwungen. Die Speisekarte hatte auch ihren Teil abbekommen und sah nicht so aus, als wäre sie für Einheimische bestimmt. Jóns Exemplar war auf Englisch, und auf seine Frage, ob es auch welche auf Isländisch gebe, hatte die junge Frau, die ihn zu seinem Tisch gebracht hatte, ihn nur komisch angeguckt. Es gab keine.

Endlich ging die Tür auf, und Bjarni und Tómas kamen herein. Jetzt war Jón wenigstens nicht mehr der einzige Gast ohne Rucksack. Die beiden waren, genau wie er, von der Arbeit gekommen, Tómas aus der Notenbank und Bjarni aus dem Außenministerium. Sie trugen Anzüge, schicke Mäntel und dünne Schals. Junge Männer auf Erfolgskurs, die vielleicht schon am Ende ihrer Karriere angelangt waren, ohne dass es ihnen bewusst war. So etwas merkte man immer erst in der Rückschau.

Die Tür war gerade hinter den beiden zugefallen, als Gunni eintraf. Er trug ähnliche Klamotten, nur noch etwas edler. Er arbeitete bei einer Finanzfirma und war immer todschick, außer freitags, wenn es keine Kleidungsvorschriften gab.

Jetzt waren alle da – bis auf Helgi. Jón war sich ziemlich sicher, dass er nicht mehr kommen würde.

»Was ist das denn für'n Schuppen?« Gunni nahm den Schal ab und warf ihn auf die Bank neben ihrem Tisch. »Hier gibt's massenweise gute Läden, und du suchst dir ausgerechnet den aus? Was ist los?«

Jón wollte ihm das nicht erklären. Er befürchtete, die anderen wären weniger besorgt wegen des Films als er, und wollte auf keinen Fall töricht wirken. Wie ein Weichei. Anstatt zu antworten, reichte er die Speisekarten herum, was Gunni noch mehr aufregte. »Oh Mann, was soll der Scheiß? Viking Burger?«

Tómas und Bjarni schwiegen ausnahmsweise. Sie musterten konzentriert ihre Speisekarten, als würden sie den Kaufvertrag für ein Einfamilienhaus gegenlesen. Das sah ihnen gar nicht ähnlich, und Jón hielt es für einen Hinweis, dass sie seine Sorgen teilten, anders als offenbar Gunni.

»Wie war der Geburtstag?« Tómas legte die Speisekarte weg, ohne den anderen zu sagen, was er bestellen wollte. »Dísa war total fertig, als sie nach Hause kam. Und Silla auch.«

»Äh, ganz nett. Sehr nett.« Jón verkniff sich die Frage, wie zum Teufel Tómas' Frau Silla hatte erschöpft sein können, nachdem sie den ganzen Nachmittag getratscht und sich bedienen lassen hatte – während ihre Tochter Dísa durch die Wohnung gedüst war und mehr Energie verbrannt hatte als ein Fitnesscenter-Besucher im Januar.

Weder Bjarni noch Gunni wollten über Kindergeburtstage reden. Gunni war kinderlos, und Bjarnis Sohn war erst ein paar Monate alt und wurde noch nicht mit Einladungen überschüttet, so wie Jóns und Tómas' Töchter.

»Fuck, warum sind wir in diesem Lokal? Jetzt mal im Ernst.« Nachdem Gunni die anderen Gäste ungläubig angeglotzt hatte, drehte er sich wieder zu seinen Freunden.

»Darum.« Jón wusste, wie idiotisch es klänge, wenn er seine Sorge äußern würde, dass sie womöglich belauscht würden. »Es ist auch nicht schlechter als andere, außerdem werden wir hier nicht andauernd von Mitgliedern aus deinen zahlreichen Clubs gestört.« Gunni sammelte Clubmitgliedschaften, so wie Nerds Briefmarken sammelten. Golfclub, Angelclub, Round Table, Zigarrenclub, Gourmetclub, Weinverkostungsclub, Laufclub plus Mitarbeit bei der jeweiligen Partei, die er gerade unterstützte. Wohin er auch kam, er traf überall Leute aus diesen Vereinen.

»Ich nehme ein Gletscher-Sandwich.« Typisch Tómas. Er ging immer jeder Auseinandersetzung oder Unannehmlichkeit aus dem Weg. Mit seiner Ankündigung erstickte er die Diskussion zwischen Jón und Gunni im Keim. Wenn sich mal nichts anderes anbot, warf er garantiert eine Bemerkung über das Wetter ein. »Wollt ihr beide euch nicht mal entscheiden? Die Bedienung ist im Anmarsch.«

Gunni verdrehte die Augen. »Ich möchte nichts.«

Eine Bedienung im Islandpullover bezog am Ende des Tisches Position. Ihr Helm saß schief, und sie richtete ihn verlegen lächelnd. Es schien ihr peinlich zu sein, in diesem Aufzug Isländern zu begegnen. Sie zückte Stift und Schreibblock und fragte, was sie ihnen bringen könne, und als sie die Bestellung aufnahm, wunderte es Jón überhaupt nicht, dass Gunni trotz seiner vorherigen Ankündigung beiläufig das Gericht des Tages bestellte. Genauso wenig wunderte es ihn, dass er nach einem großen Bier verlangte.

Schweigend sahen sie der schlanken jungen Frau hinterher, die sich von ihrem Tisch entfernte. Als sie sich einander wieder zuwandten, beschloss Jón, das Thema anzusprechen. Wenn er es jetzt nicht tat, würde ihm die Gelegenheit durch die Lappen gehen. Sobald das Essen auf dem Tisch stünde, wären sie abgelenkt, und je mehr der Pegel in Gunnis Bierglas sänke, desto unaufmerksamer würde er. Nach dem Essen würde sich die Gruppe dann schnell auflösen und es käme kein Gespräch mehr zustande. »Hat einer von euch Helgi erreicht?«, fragte er.

Alle verneinten, obwohl sie es angeblich versucht hatten. Jón hatte zwar damit gerechnet, war aber trotzdem enttäuscht und spürte, wie das mulmige Gefühl stärker wurde. »Glaubt ihr, das hat was mit diesem Videoclip zu tun?«

Gunni prustete Bier in sein Glas. »Bist du verrückt? Das war doch nur ein Gag. Irgendwas aus dem Internet.«

»Der Typ sah aber wirklich aus wie Helgi. Er war ihm total ähnlich.« Jón hatte eigentlich gehofft, dass jemand anders auf die Ähnlichkeit hinweisen würde. Er wollte ja nicht als naiv dastehen. »Ist euch das nicht aufgefallen?«

Tómas senkte den Kopf und schlug seine Serviette auf, in die das Besteck eingewickelt war. Bjarni zuckte mit den Schultern und antwortete ausweichend: »Ich dachte erst, er wäre es, aber dann war ich mir nicht mehr sicher. Das Bild war ja ziemlich unscharf. Meint ihr nicht, dass es wirklich ein Gag war, so wie Gunni sagt? Dass Helgi das nur gepostet hat, weil der Mann ihm ein bisschen ähnlich sieht? Das war doch der ganze Witz, oder?«

»Warum geht er dann nicht ans Telefon?«

Gunni verdrehte schon wieder die Augen. »Du spinnst doch, Mann! Du weißt doch, dass Helgi ständig im Ausland rumgondelt. Er sitzt bestimmt im Flieger und hat sein Handy ausgeschaltet.«

»Und wohin soll er gerade fliegen? SpaceX bietet noch keine Flüge ins Weltall an. Sein Handy ist seit mindestens anderthalb Tagen ausgeschaltet, er müsste doch längst gelandet sein. Ich hab's schon gestern Mittag versucht und auch in der Nacht ein paar Mal bei ihm angerufen.« Jón konnte Tómas und Bjarni ansehen, dass sie ebenfalls beunruhigt waren, auch wenn sie nichts sagten. Doch da Gunni nicht überzeugt wirkte, sprach er weiter. »Außerdem hat er gar nicht erzählt, dass er wegwollte. Er meinte sogar, er würde vor dem Geburtstag ein Geschenk vorbeibringen. Aber er kam nicht.«

Sie schwiegen, bis Bjarni die erdrückende Stille durchbrach: »Das ist echt ein bisschen seltsam, aber dafür wird's schon eine Erklärung geben.«

»Welche denn? Das ist wirklich nicht witzig, und ich weiß nicht, was dieser Post bezwecken soll. Für solchen Schwachsinn haben wir das Forum nicht eingerichtet.«

Tómas schien die Hoffnung aufgegeben zu haben, dass sie noch auf die Premier League zu sprechen kommen würden. Er legte das Besteck ab und holte sein Handy heraus. »Wisst ihr, was ich seltsam fand?« Er tippte schweigend auf dem Display herum, hielt das Handy dann hoch und sagte: »Wer ist dieser *administrator*, der den Clip hochgeladen hat?«

Das Handy wurde herumgereicht. Gunni warf nur einen kurzen Blick auf den Post, reichte das Telefon sofort weiter an Jón und trank einen großen Schluck Bier. »Wir haben alle Admin-Status. Das muss von Helgi sein, wie ich schon gesagt habe. Irgendein bescheuerter Gag.« Er trank noch einen Schluck und wischte sich den Schaum von der Oberlippe.

Bjarni, der das Handy gerade entgegengenommen hatte, fragte: »Aber warum Helgi? Es könnte genauso gut einer von uns gewesen sein. Wir sind doch alle als Admins registriert.«

Ihre Stimmen überschlugen sich, als alle beteuerten, nichts mit dem Videoclip zu tun zu haben. Bjarni, der das Telefon noch in der Hand hatte, starrte aufs Display. »Tómas hat recht. Wieso wurde der Post von einem *administrator* hochgeladen? Wenn einer von uns oder Helgi das gemacht hätte, wäre der jeweilige Benutzername erschienen. Unabhängig davon, ob wir Admin-Status haben oder nicht. Das müsste dann genauso aussehen wie andere Posts von uns.«

Gunni nahm ihm das Handy ab, runzelte die Stirn und schien endlich zu kapieren, dass das nicht normal war. Die anderen sahen zu, wie er auf dem Display herumwischte. Dann hob er den Kopf, und seine sorglose Miene war verschwunden. »Was läuft denn da?«

»Wieso?« Tómas grabschte als Erster nach dem Handy. »Scheiße, Mann.«

Bjarni, der näher an Tómas saß als Jón, nahm ihm aufgeregt das Handy ab.

»Was ist denn?«, fragte Jón ungeduldig.

»Da sind sechs registrierte Benutzer im Forum. Wir vier, Helgi und jemand mit dem Benutzernamen *administrator*.« Wortlos und blass hielt Bjarni Jón das Handy hin.

Jón riss es an sich und starrte aufs Display. Da stand es klar und deutlich: Sechs Personen hatten Zugang zum Chatforum. Das konnte nicht sein.

»Seit wann gibt es diesen neuen Benutzer?« Tómas' Stimme zitterte leicht, was niemanden überraschte. Sie waren alle besorgt.

Jón suchte in den Einstellungen und leckte sich nervös über die Lippen. »Der sechste Benutzer wurde vor einem guten Jahr hinzugefügt. Das merkt man nur, wenn man in die Einstellungen geht. Da hab ich nicht mehr reingeschaut, seit wir das Forum erstellt haben. Wie lang ist das her? Zehn Jahre?«

»Ja, ungefähr. Ich hatte auch keinen Grund, die Einstellungen zu checken, aber trotzdem, wie konnte das passieren?« Tómas reckte sich nach seinem Handy, aber Jón hielt es von ihm weg und starrte weiter darauf. »Wer hat diesem Kerl Zugang gewährt?«, fragte Tómas aufgebracht.

»Kerl? Könnte doch auch eine Frau sein.« Kalter Angstschweiß trat auf Jóns Stirn. Hatte Sigrún oder eine der anderen Ehefrauen die Seite entdeckt? Doch dann zwang er sich, logisch zu denken. Sigrún hätte unmöglich ein Jahr lang den Mund gehalten, wenn sie dahintergekommen wäre. Er suchte nach weiteren Informationen, aber vergeblich, denn die Seite war extra so eingerichtet worden, dass man keine Aktivitäten nachverfolgen konnte. »Es gibt keinen Hinweis, wer ihm – oder ihr – den Zugang gewährt hat. Kein Name, keine Mailadresse, nichts. Aber wer auch immer es ist, er war ein ganzes Jahr lang inaktiv. Hat nichts gepostet außer dieses eine Video.«

»Und gesehen? Hat er gesehen, was wir gepostet haben?« Tómas stellte die Frage, die allen unter den Nägeln brannte. Die Seite war nur für ihren Freundeskreis bestimmt. Für niemanden sonst.

»Keine Ahnung.« Jón gab auf und schob das Handy zurück zu Tómas. »Ich denke schon, dass er unsere Posts gesehen hat. Das liegt doch auf der Hand.«

Keiner sagte ein Wort, aber alle dachten dasselbe. Sie dachten an das, was sie hochgeladen hatten. Um sich zu bespaßen. Sonst niemanden.

Jóns Sorge um Helgi war einer Panik gewichen, die mit ihm selbst zu tun hatte. Wenn das Forum an die Öffentlichkeit geriet, wäre er geliefert. Beruflich und privat. Das galt auch für die anderen. Und für Helgi. Selbst sein ganzes Geld könnte ihn nicht vor dem Sturm schützen, der dann losbrechen würde.

Als die Bedienung in ihrem albernen Kostüm das Essen brachte, saßen die Freunde schweigend da. Ihnen war der Appetit vergangen, und als sie das Lokal verließen, hatte selbst Gunni noch einen Rest Bier in seinem Glas.

11. KAPITEL

Die Obduktion war abgeschlossen, und Huldar hatte sich erfolgreich davor gedrückt. Erla hatte Lína mitgenommen, und der Farbe ihres Gesichts nach zu urteilen, war es Erla endlich gelungen, die Studentin zu schocken. Sie war immer blass, aber jetzt war sie kreidebleich.

»Trink mal was, das hilft.« Huldar reichte Lína eine eiskalte Cola aus dem Automaten. Er wollte hören, was es Neues gab, und erkundigte sich lieber bei Superhirn Lína als bei seiner Chefin. Gierig trank Lína das süße Gesöff, und Huldar wartete, bis sie die Dose auf den Tisch gestellt hatte, bevor er ihr auf den Zahn fühlte.

»Also, was ist denn jetzt rausgekommen?«

»Puh. So einiges, was ich mir lieber erspart hätte. Das Wichtigste ist, dass sie in der Urinprobe, die Helgi gestern entnommen wurde, Flunitrazepam gefunden haben. Sie gehen davon aus, dass die Blutuntersuchung diesen Befund bestätigen wird. Die ist nämlich genauer.«

Huldar kannte das Medikament, das besser unter dem Markennamen Rohypnol bekannt war, umgangssprachlich als »Vergewaltigungsdroge«. Es handelte sich um ein Schlafmittel mit unerwünschten Nebenwirkungen, das oft mit Vergewaltigungsfällen in Verbindung gebracht wurde, sich aber nur selten nachweisen ließ. Huldar würde lieber die ganze Nacht wach liegen, als sich von dieser sogenannten Droge einschläfern zu lassen.

Lína belehrte ihn ungerührt weiter, als wäre sie die Expertin und er der Neuling. »Das Medikament wirkt beruhigend und ist fast zehnmal stärker als Valium oder Diazepam. Die Wirkung setzt nach circa zwanzig Minuten ein und erreicht nach zwei Stunden ihren Höhepunkt. Sie dauert vier bis sechs Stunden an, wobei man bis zu zehn Stunden nach der Einnahme noch etwas davon spüren kann. Manchmal auch länger. Aber das traf auf Helgi ja nicht zu – er starb, während das Medikament in seinem Körper noch wirksam war.«

Huldar hob die Augenbrauen. »Hast du das alles auf der Uni gelernt oder bei der Obduktion aufgeschnappt?«

Lína wurde ganz kleinlaut. »Bei der Obduktion. Ich hab's nur überlebt, indem ich mich voll und ganz auf die Aussagen des Gerichtsmediziners konzentriert habe – Hauptsache es hatte nichts mit Sägen, Messern oder Zangen zu tun. Sorry, wenn ich mich in Details verliere, aber dann fällt es mir leichter, über diesen Horror zu reden.«

Huldar lächelte. »Das kann ich gut verstehen. Besser, als du denkst. Für mich gibt's nichts Schlimmeres als Obduktionen. Beim nächsten Mal probiere ich auch deine Methode, dann lerne ich vielleicht noch was. Bisher war ich immer zu sehr damit beschäftigt, nicht in den offenen Brustkorb der Leiche zu kotzen.«

Lína wirkte erleichtert, als sie hörte, dass sie nicht als Einzige so zimperlich war. Sie lächelte Huldar zu, bevor sie den

Faden wieder aufnahm. Ihr Lächeln war strahlend und schön, in krassem Gegensatz zu dem, was sie sagte. »Helgi stand also unter Einfluss dieses Medikaments, als er starb. Das heißt, dass es für den Mörder relativ leicht war, ihn zum Tatort zu bringen. Helgi muss alle Anweisungen widerstandslos befolgt haben, sofern die Dosis nicht zu hoch war. Dann wäre er bewegungsunfähig gewesen und der Mörder hätte ihn tragen müssen.«

»Woher weiß man, welche Dosis passt? Kann man das googeln? Im Beipackzettel steht ja wohl kaum, wie viel man braucht, um jemanden zum Zombie zu machen.«

»Ich weiß es nicht, aber das kann ich checken. Recherche ist meine große Stärke.«

»Daran habe ich nicht den geringsten Zweifel«, entgegnete Huldar grinsend. »Falls Erla dir noch nichts Neues gegeben hat, wäre es toll, wenn du das machen könntest. Aber zurück zu der Obduktion. Was noch?«

»Der Gerichtsmediziner geht davon aus, dass Helgi zwischen halb drei und drei am Sonntagmorgen gestorben ist.«

Huldar strich sich übers Kinn, wobei ihm auffiel, dass er vergessen hatte, sich zu rasieren. Egal, das musste warten. Es wunderte ihn nicht, dass der Todeszeitpunkt nicht genauer eingegrenzt werden konnte. Das wäre nur möglich, wenn der Betreffende im Beisein eines Zeugen starb, bestenfalls eines Mediziners. »Siggi wurde um Viertel nach drei von der Überwachungskamera aufgenommen. Demnach kann Helgi ihn nicht in seine Wohnung gebracht haben. Zu diesem Zeitpunkt hing er schon an einem Strick draußen in Álftanes, mit Drogen vollgepumpt und tot.«

»Er stand nicht nur unter Drogen. Laut dem Gerichtsmediziner war er auch betrunken. Er muss durch diese Mischung aus Flunitrazepam und Alkohol ziemlich weggetreten gewesen sein.«

»Wie betrunken genau? Weißt du das noch?«

»Eins Komma zwei Promille. Betrunken, aber nicht sturzbesoffen. Ich habe das mal im Internet recherchiert, in diesem Zustand kann man sich nicht mehr klar artikulieren, das logische Denken und das Urteilsvermögen sind eingeschränkt. Genau wie die Motorik.«

Huldar kannte diesen Zustand – besser, als er zugegeben hätte. »Hat der Gerichtsmediziner was dazu gesagt, wie das Rohypnol in Helgis Blut gekommen ist?«

»Er hat keine Einstiche gefunden, es wurde ihm also wahrscheinlich nicht gespritzt. Sein Mageninhalt hat gezeigt, dass …« Línas Mund zuckte unfreiwillig, und sie musste sich kurz sammeln. »Helgi hatte sich wohl übergeben, deshalb war nicht mehr viel Mageninhalt da. Der Rest entsprach seiner Bestellung im Restaurant, und es gab keine Hinweise, dass er danach noch etwas gegessen hat. Da er gegen zehn Uhr das Restaurant verlassen haben muss, kann das Medikament nicht in seinem Essen gewesen sein. Es wirkt ja schon nach zwanzig Minuten, und dann hätte er keine Drinks in der Bar 101 mehr kaufen können. Der Gerichtsmediziner meint, dass ihm das Zeug wahrscheinlich ins Glas getan wurde, wie meistens in solchen Fällen. Er hält es aber auch nicht für ganz ausgeschlossen, dass Helgi es absichtlich genommen hat. Was ich mir kaum vorstellen kann.«

»Vielleicht dachte er, es wäre was anderes. Ecstasy oder Ritalin. Oder Crystal Meth oder Koks. Wenn er öfter Drogen genommen hat, wäre ihm das allerdings nicht passiert.«

»Hm.« Lína sah nicht so aus, als würde sie sich mit Drogen auskennen. Sie war eher der Typ, der ein Bier trank, sich ein zweites bestellte und nicht ganz leertrank. Klar, dass sie Huldars Vorschlag abwegig fand. Warum sollte ein erfolgreicher Mann wie Helgi sein Leben mit Drogen zerstören? Aber sie würde mit der Zeit schon noch lernen, dass nicht immer alles so eindeutig war. Die unwahrscheinlichsten Leute begingen den Fehler, die Leere in ihrem Leben mit Drogen zu füllen, und viele merkten zu spät, dass die Sucht die Leere nur vergrößerte.

»Was war denn nun die Todesursache? Das Erhängen?«

»Ja. Erstickung durch den Strick um seinen Hals. Der Nagel in seiner Brust hat keine lebenswichtigen Organe verletzt. Er wäre furchtbar schmerzhaft, aber nicht tödlich gewesen, es sei denn, die Wunde hätte sich entzündet.«

»Heftig.«

»Ja.« Lína erschauerte. »Ich erzähle dir lieber nicht, wie es war, als er den Nagel rausgezogen hat. Es gab so ein saugendes Geräusch …« Sie verstummte.

»Danke, das reicht.« Huldar hatte nicht das geringste Verlangen, die grausigen Details zu hören. Er hatte sich ja nicht vor der Obduktion gedrückt, um sich jetzt eine Hörbuchversion davon anzuhören. »Sonst noch irgendwas Wichtiges?«

»Nein. Nur dass Helgi kerngesund und topfit war. Er scheint sehr gesund gelebt zu haben.«

»Hat nur leider nichts gebracht.« Huldar verkniff sich die Bemerkung, dass Helgi lieber mal eine geraucht hätte, als sich beim Sport zu verausgaben.

Línas Gesicht erhellte sich plötzlich. »Ach doch, da ist noch was. Hat nichts mit der Obduktion zu tun, aber ich habe mir die Geschichte des Tatorts mal genauer angeschaut. Diesen Galgenfelsen und seine Umgebung, falls es da irgendeinen Zusammenhang gibt.«

»Und was hast du rausgefunden?«

Lína lächelte. »Viel. Ein bisschen zu viel vielleicht.« Sie nahm ein Blatt, das genauso gewissenhaft formatiert war wie die Zusammenfassung, die sie Erla am Morgen vorgelesen hatte. »Also, Gálgahraun ist ein Teil des Lavafelds Búrfellshraun, das vor achttausend Jahren entstanden sein soll.«

Huldar musste grinsen. Eigentlich hätte er sie darauf hinweisen müssen, dass das kaum relevant war, aber weil sie einen so zufriedenen Eindruck machte, wollte er ihr den Moment nicht verderben. Am besten ließ er sie einfach reden und strich danach alles Überflüssige durch, bevor sie es Erla präsentierte. Nur dumm, dass nichts übrig bleiben würde, wenn es sich nur um Infos dieser Art handelte.

»Jedenfalls wurde das Lavafeld nach diesem gespaltenen Felsen benannt, wo wir Helgi gefunden haben: der Galgenfelsen, wo Verbrecher gehängt und unter Steinhaufen begraben wurden.« Sie schaute von ihrem Blatt hoch und lächelte entschuldigend. »Das hat Erla ja am Sonntag schon erwähnt, sorry.«

»Kein Problem. Ein gutes Gedicht kann man nicht oft genug rezitieren. Mach weiter.«

»Das Lavafeld ist sehr zerklüftet, voller Krater, Felszacken und Spalten, das hast du ja gesehen.« Lína schaute auf. »Ich habe auch Menschen und Ereignisse in der Gegend recherchiert, im Internet und in unserer Datenbank.«

»Und?«

»Das Lavafeld ist in erster Linie deshalb bekannt, weil Jóhannes Kjarval zahlreiche Bilder davon gemalt hat.« Als Lína merkte, dass Huldars Interesse sich in Grenzen hielt, fügte sie hinzu: »Mir ist schon klar, dass das in diesem Fall kaum eine Rolle spielt, aber ich hab noch mehr gefunden.«

Huldar hoffte inständig, dass er endlich etwas Brauchbares zu hören bekäme.

»In der Polizeidatenbank taucht die Gegend mehrmals auf. Im Oktober 2013 wurden mehrere Demonstranten, die sich »Lava-Freunde« nennen, festgenommen, weil sie versuchten, den Bau einer Straße durch den südlichen Teil des Lavafelds zu verhindern.«

»Hatte Helgi eine Verbindung zu den Demonstranten?«

»Soweit ich weiß nicht.«

»Dann mach weiter.« Huldar begann langsam zu verzweifeln. Von Línas Notizen würde praktisch nichts übrig bleiben.

»Okay. In den letzten zwanzig Jahren wurden drei Wasserleichen in der Nähe des Galgenfelsens an den Strand gespült. Vor achtzehn Jahren ein sechzigjähriger Mann, der an der Südküste des Skerjafjörðurs ins Meer gegangen war. Dort fand man seine Kleidung, seine Schuhe und seine Geldbörse. Da er unter schweren Depressionen litt, ging man nicht von einem Verbrechen aus. Vor fünf Jahren wurde eine junge Frau am Strand gefunden. Mutmaßlich soll sie in Fossvogur ins Meer gegangen sein. Sie litt ebenfalls an Depressionen, hatte aber so viel Alkohol im Blut, dass es möglicherweise ein Unfall war und kein Suizid, wobei Letzteres wahrscheinlicher ist. An der Leiche waren keine Spuren von Gewalteinwirkung, und ihre Sachen wurden oben am Strand gefunden. Dann wurde vor drei Jahren ein achtundzwanzigjähriger Mann gefunden. Er war beim Schwimmen in der Bucht Nauthólsvík ertrunken und nach Álftanes getrieben.«

»Zwei Selbstmorde und ein Ertrunkener.«

»Ja.«

»Gibt es Anhaltspunkte, dass diese Fälle etwas miteinander zu tun haben?«

»Auf den ersten Blick nicht. Das müsste man sich genauer anschauen.«

»Sonst noch was?«

»Ja, ein aktuellerer Fall.«

»Was für einer?« Huldar wurde hellhörig. Vielleicht hatte Lína am Ende doch eine Spur entdeckt.

»Im Frühjahr wurde die Polizei gerufen, wegen illegalem Daunensammeln. Daunendiebstahl sozusagen.«

»Daunendiebstahl?«

»Ja. Es kam zu einer Auseinandersetzung zwischen einem Grundbesitzer und einem Mann, der ohne Erlaubnis Daunen aus Nestern von Eiderenten gesammelt hatte. Der Dieb wurde festgenommen und angeklagt. Mehr passierte meines Wissens nicht. Zumindest kam die Sache nie vor Gericht, und es wurde kein Strafgeld verhängt.«

»Jetzt sag bloß, Helgi war einer dieser beiden Männer?«

Beschämt antwortete Lína: »Nein, leider nicht. Ich sehe da auch keine Verbindung. Aber rat mal, was!«

»Was?«

»Gálgahraun liegt auf einem Grundstück namens Selskarð.

Und das ist im Besitz der Familie von Bjarni Ben, dem ehemaligen Premierminister.«

Huldar fehlten die Worte. Er massierte seinen Unterkiefer und dachte über Línas politische Einstellung nach. Jung, das Herz am richtigen Fleck, motiviert. Wenn sie nicht Polizeiwissenschaft studiert hätte, hätte er sie den Links-Grünen zugeordnet, nicht den Konservativen von Bjarni Benediktsson. »Ich denke, Bjarni Ben hat mit der Sache nichts zu tun, Lína. Oder sonst jemand aus seiner Familie.«

»Das ist mir auch klar«, entgegnete Lína gereizt. »Aber Helgi war Investor, und dieses Land ist potenzielles Baugebiet. Vielleicht gibt es einen politischen Hintergrund.«

Huldar hielt nichts von dieser abwegigen Theorie. »Darf ich die Punkte durchstreichen, von denen ich glaube, dass du sie Erla lieber nicht vorlesen solltest?«

Lína reichte ihm ihre Zusammenfassung und verfolgte frustriert, wie er einen Großteil ihres Textes durchstrich. Es blieben nur die Infos aus der Polizeidatenbank übrig, die beiden Selbstmorde, der Ertrunkene und die Lava-Freunde. »Bitte sehr. Bedanken kannst du dich später.« Er lächelte Lína an, aber sein Lächeln wurde nicht erwidert.

* * *

Guðlaugur hatte seinen Bildschirm ein kleines Stück gedreht. Nicht viel, aber genug, damit Vorbeigehende nicht sehen konnten, was er machte. Erla war auf sein Hinken reingefallen und hatte ihm seine Wunschaufgabe übertragen.

»Hast du Helgi schon entdeckt?« Huldar ließ sich auf seinen

Stuhl fallen und hätte fast Kaffee aus seiner randvollen Tasse verkleckert. Eigentlich wollte er etwas anderes fragen. Er wollte wissen, ob Guðlaugur sich selbst auf den Aufnahmen der Überwachungskameras gefunden hatte.

»Nein, noch nicht.«

Huldar ging davon aus, dass Guðlaugur zuerst die Aufnahmen in der Nähe der Lokale checkte, die er an dem Samstagabend selbst besucht hatte. Sofern er sich noch an sie erinnern konnte. Angesichts seines Zustands am Sonntagmorgen hatte er bestimmt Gedächtnislücken. Huldar trank einen Schluck Kaffee und sprach es dann einfach aus: »Hast du dich selbst entdeckt? Unzensiert?«

Guðlaugur wurde sofort sauer. »Ich suche nicht nach mir.«

»Nee, ist klar.« Huldar unterdrückte ein Grinsen und trank noch einen Schluck Kaffee. Er musste zugeben, dass es eine nette Abwechslung war, ausnahmsweise mal nicht selbst in einer peinlichen Lage erwischt zu werden. »Aber sag mal … ich verspreche dir auch, dass ich es für mich behalte … Was willst du mit den Ausschnitten machen, auf denen du zu sehen bist?«

»Wir waren bestimmt nicht in denselben Läden. Wenn ich zufällig irgendwo auftauche, dann ist der Ermordete garantiert nicht in der Nähe.« Da Huldar nichts entgegnete, fügte Guðlaugur hastig hinzu: »Ich meine, der Typ war steinreich, und ich muss jede Krone umdrehen. Der war bestimmt nur in teuren Hotelbars.«

»Da liegst du falsch. Wenn sich diese Snobs einen angetrunken haben, sind sie nicht mehr zu halten. Dann zieht es sie dahin, wo richtig was los ist. Und das sind meistens die Clubs, wo jüngere, hippere Leute hingehen. Deshalb wäre ich mir an deiner Stelle nicht so sicher.«

»Ich mache mir keine Sorgen, mit ihm gefilmt worden zu sein, glaub mir.«

»Welche Location schaust du dir denn gerade an? Du checkst doch die exklusiven Bars, oder?«

Guðlaugur zögerte. Er war ein schlechter Lügner und versuchte, sich herauszuwinden, indem er den Ball zurückgab. »Spielt das eine Rolle?«

»Nee, reine Neugier. Ich steh nicht so auf schicke Hotelbars und wollte nur wissen, ob ich die kenne, die du dir gerade anschaust.«

»Die kennst du garantiert nicht.« Guðlaugur sagte nichts mehr, und man hörte nur noch das Klicken seiner Maus. Dann stand er auf und kündigte an, er werde sich einen Kaffee holen.

»Vergiss nicht, zu humpeln!« Huldar grinste in seine Tasse hinein, während er seinen jungen Kollegen Richtung Kaffeemaschine hinken sah. Er drehte sich mehrmals um, wahrscheinlich weil er Huldar in Verdacht hatte, sich zu seinem Computer zu schleichen. Doch auf die Idee wäre Huldar nie gekommen. Er wusste einfach, dass er recht hatte. Als Guðlaugur zu seinem Platz zurückhumpelte, saß er noch genau in derselben Position, die Beine auf der Tischplatte und die Kaffeetasse in der Hand. Und so saß er noch immer, als Guðlaugur mit der Maus klickte, die Aufnahme weiterlaufen ließ und kurz darauf laut seufzte.

Er musste sich entdeckt haben, und seinem Seufzen nach zu urteilen, befand Helgi sich ebenfalls im Bild.

Erst tat Huldar so, als hätte er nichts mitbekommen. Dann

schlug er plötzlich mit den Händen auf die Stuhllehnen, stand auf und ging rüber zu seinem Kollegen. »Na komm, zeig mal!«

Guðlaugur hatte das Fenster hastig weggeklickt. »Ach, das war gar nicht wichtig. Ich glaube, Helgi ist vorbeigegangen. Allein. Nichts, was relevant wäre, außer für die Rekonstruierung des zeitlichen Ablaufs. Wir werden sicher noch mehr solche Bilder finden. In der Innenstadt gibt es etwa vierzig Überwachungskameras, plus die aus den Lokalen, die wir gerade sammeln.«

»Kann ich mal sehen?«, sagte Huldar mit Nachdruck, aber unaufgeregt. Er wollte Guðlaugur lediglich daran hindern, eine Dummheit zu begehen, die ihm später Ärger einbringen könnte.

Guðlaugur wollte protestieren, besann sich dann aber und vergrößerte das Fenster auf dem Bildschirm wieder. Er spulte den Film ein Stück zurück und ließ ihn laufen. Man sah die Geschäftsstraße Laugavegur im Wochenendmodus. Die Kamera filmte den rechten Bürgersteig, von der Ecke Klapparstígur aufwärts führend. Es war halb zwei. Laut Aussage seines Freundes hatte Helgi die Bar 101 gegen eins verlassen, er musste also von dort aus den Laugavegur hinaufgegangen sein.

Zuerst war Helgi nirgends zu sehen. Leute strömten vorbei, schwankend und in unterschiedlichen Stadien der Alkoholisierung. Wenn sie stehen blieben und ein paar Worte miteinander wechselten, gestikulierten sie übertrieben wie Schauspieler in der Kinderstunde im Fernsehen. Sie winkten ausgelassen, bogen sich vor Lachen weit nach hinten und verhielten sich wie Kälber, die im Frühling das erste Mal auf die Weide gelassen werden. Dass es mitten im Winter war, tangierte sie nicht im

Geringsten, aber das Wetter war für diese Jahreszeit auch ungewöhnlich gut gewesen: kalt, windstill und trocken.

Ein Mann, der ins Bild getreten war, blieb abrupt stehen und wandte sich einer jungen Frau zu, die allein über den Bürgersteig ging. In diesem Moment sah man sein Gesicht, und Huldar stimmte Guðlaugur zu, dass es Helgi sein musste. Die Frau, die ihn zum Stehenbleiben verleitet hatte, war schlank und hatte lange blonde Haare. Unmöglich zu sagen, was zwischen ihnen ablief, aber das kurze Gespräch endete damit, dass sie in verschiedene Richtungen gingen, sie runter zum Lækjartorg, er rauf zum Hlemmur.

Guðlaugurs Finger auf der Maus zuckten, als wollte er jeden Moment die Aufnahme stoppen. Da erschien er auf der Bildfläche, zusammen mit einem Mann, dem er den Arm um die Schultern gelegt hatte. Sie blieben stehen und küssten sich leidenschaftlich, gingen dann weiter und verschwanden aus dem Bild. Ihr Verhalten war nicht anders als das der anderen Nachtschwärmer, sie waren betrunken und hatten eine gute Zeit.

Guðlaugur stoppte den Film. Sie schwiegen, bis Huldar die peinliche Stille durchbrach. »Das ist doch lächerlich, Guðlaugur. Wenn ich mit einer Frau im Arm durch die Stadt gezogen wäre, wäre da aber erheblich mehr abgegangen. Mach dir keine Gedanken darüber.«

»Ich werde das löschen. Ab der Stelle, an der Helgi weiter den Laugavegur raufgeht. Dieses Stück mit mir ist völlig irrelevant.«

»Das kannst du nicht wissen. Vielleicht sieht man darauf seinen Mörder, der ihn verfolgt. Natürlich nicht du oder dieser Typ, mit dem du zusammen bist, aber einer von den anderen.«

Huldar zeigte auf die erstarrten Passanten auf dem Bildschirm. »Es ist keine gute Idee, die Datei zu manipulieren. Lass es bleiben.«

Guðlaugur schüttelte resigniert den Kopf. »Na toll.«

»Nein, überhaupt nicht toll. Scheiße. Genauso scheiße, wie wenn ich das wäre, betrunken mit einer Frau im Arm. Oder Erla. Oder irgendjemand aus dem Team. Es ist peinlich, aber für dich nicht mehr als für jeden anderen. Das begreift selbst ein Trottel wie ich.«

Guðlaugur antwortete nicht. Was sollte man dazu auch sagen?

12. KAPITEL

Mit unbewegter Miene schaute Erla sich die Aufnahme an. Sie spulte zurück und schaute sie noch einmal an, mit unverändertem Pokerface. Dann hob sie den Kopf und fixierte Huldar. »Na und? Ist das ein Problem?«

Huldar zuckte die Achseln. »Für mich nicht, und für dich anscheinend auch nicht. Aber Guðlaugur ist es peinlich, und das kann ich gut verstehen. Ich fände es auch nicht toll, wenn die ganze Abteilung sehen würde, wie ich besoffen eine Frau anbaggere.«

Erla schaute den Film noch ein drittes Mal an, während Huldar vor ihrem Schreibtisch von einem Bein aufs andere trat. Seit ihrer flüchtigen Bettgeschichte war es ihm immer unangenehm, mit Erla über Sex und Zwischenmenschliches zu reden. Aber jetzt war es wichtiger, Guðlaugur den Rücken zu stärken.

»Ich verstehe nicht, warum er sich so anstellt.« Erla schob die Maus beiseite. »Schwul sein ist doch in Island kein Thema mehr. Das solltest du ihm mal verklickern. Scheint so, als hätte er ein Problem damit.«

»Aber das hat noch nicht jeder im Team mitbekommen, Erla. Einige männliche Kollegen sind noch auf dem Stand von Neandertalern. Wahrscheinlich macht sich Guðlaugur wegen denen Gedanken. Da reichen schon einer oder zwei, um ihm das Leben zur Hölle zu machen, selbst wenn der Rest nicht mitzieht.« Er verkniff es sich, Jóel in diesem Zusammenhang zu erwähnen, aber dieses Arschloch war der Schlimmste von allen. Er würde Guðlaugur bei jeder Gelegenheit fiese Sprüche reindrücken.

»Ja, ja, mir ist schon klar, dass einige Jungs schon mal blöde Bemerkungen machen, aber das ist doch nicht böse gemeint. Ich bin mir sicher, dass sie das bei Guðlaugur nicht tun würden. Er ist doch einer von uns.«

Huldar war anderer Meinung, aber es würde nichts bringen, weiter auf dem Thema herumzureiten. Erla konnte wahnsinnig störrisch sein und würde ihre eigene Position eher bis aufs Blut verteidigen, als sich von Argumenten überzeugen zu lassen.

Da Huldar nicht widersprach, fügte sie hinzu: »Und außerdem, wenn die Situation hier so schlimm ist, dann kann sie sich dadurch nur verbessern. Wenn sich alle immer nur verstecken, ändert sich nie was.«

»Ich finde, Guðlaugur sollte selbst entscheiden, ob, wann und wie er das seinen Kollegen mitteilt.« Als Huldar seinem Kollegen gesagt hatte, es sei ihm völlig egal, ob er sich outen würde oder nicht, hatte Guðlaugur wutentbrannt entgegnet, er habe sich längst geoutet. Er wolle nur nicht mit seinen Arbeitskollegen über seine sexuelle Orientierung reden, das gehe sie einfach nichts an. Huldar konnte diese Einstellung gut verstehen. Er hatte null Interesse am Liebesleben seiner Kollegen und wollte ihnen auch keine Details über seines erzählen. »Und überleg mal, in Island gibt es um die siebenhundert Polizisten, davon sind bestimmt fünfhundert Männer. Von wie vielen ist dir bekannt, dass sie schwul sind?«

»Ich weiß es von drei. Oder vier«, antwortete Erla gereizt, weil sie keine höhere Zahl nennen konnte. »Aber ich kenne nicht alle, Huldar. Und du auch nicht.« Sie schwieg einen Moment. »Und dass Guðlaugur so kurz nach Helgi im Bild erscheint, macht die Sache nicht gerade leichter. Du weißt doch, dass wir überprüfen müssen, ob Helgi verfolgt wurde. Ich kann nicht zulassen, dass das gelöscht wird. Guðlaugur muss akzeptieren, dass die Ermittlungen wichtiger sind als seine persönlichen Interessen. Tut mir leid, aber so ist es.«

»Aber …«

»Kein aber, Huldar. Wir untersuchen den Mord an einem reichen Investor, der sehr angesehen war. Wenn der Fall an die Öffentlichkeit kommt, stehen wir im Schlaglicht der Medien und dürfen uns keine Fehler erlauben. *Millionenschwerer Banker grausam erhängt.* Stell dir mal vor, was dann los ist! Die Presse berichtet doch lieber über so was als über einen chinesischen Minister, der darauf wartet, dass der Geysir eruptiert! Die Leitungen laufen nur deshalb noch nicht heiß, weil wir am Anfang von einem Selbstmord ausgegangen sind und das offiziell noch nicht dementiert haben. Aber jetzt, nach der Obduktion, können wir uns nicht mehr dahinter verstecken.« Erla verschränkte die Arme und schaute Huldar in die Augen. »Die Ermittlung muss hundertprozentig korrekt ablaufen. Ich will da kein Risiko eingehen. Anders als du damals will ich meinen Job nämlich behalten.«

Dagegen konnte Huldar nichts mehr einwenden, aber vielleicht gab es ja einen Kompromiss. »Mein Vorschlag: Du lässt

Guðlaugur weiter die Aufnahmen checken. Wenn sich herausstellt, dass Helgi von jemandem verfolgt wurde, der zusammen mit Guðlaugur im Bild ist, dann muss er eben damit leben.«

Erla überlegte einen Moment.

»Außerdem ist das der ideale Job für ihn. Du weißt doch, er humpelt …« Die Lüge ging Huldar glatt über die Lippen.

»Einverstanden, aber wenn …«

»Alles klar!« Huldar wechselte schnell das Thema, bevor Erla ihre Meinung wieder änderte. »Hat Lína dir erzählt, was sie in der Datenbank über die Gegend gefunden hat?«

Seufzend verdrehte Erla die Augen. »Ja, aber was soll ich dazu sagen? Wir haben nicht genug Leute und müssen uns auf das Hier und Jetzt konzentrieren. Die Lava-Freunde?« Ein Grinsen zog sich über ihr Gesicht. »Echt jetzt?«

»Das ist natürlich absurd, aber was ist mit den angetriebenen Leichen? Da könnte es doch eine Verbindung geben …«

»Ich habe die Fälle überflogen und muss sagen, das würde mich sehr wundern. Damals ist den Kollegen nichts Ungewöhnliches aufgefallen, und ich wüsste nicht, was diese tragischen Fälle mit Helgi zu tun haben könnten. Wir können seine Eltern natürlich fragen, ob er die betreffenden Personen kannte, aber wenn nicht, sollten wir keine weitere Zeit darauf verschwenden.« Erla schaute auf die Uhr an der Wand. »Ich treffe sie gleich. Am besten kommst du mit.«

* * *

Zum vierten Mal, seit sie bei Helgi Friðrikssons Eltern waren, lehnte Huldar einen Kaffee ab. Erla tat es ihm gleich. Immer, wenn eine kurze Pause vor der nächsten Frage entstand und alle stumm dasaßen, bot die Mutter ihnen Kaffee an. Jetzt starrte die Frau sie ausdruckslos an, von Trauer überwältigt. »Wirklich nicht? Ganz sicher?«

»Danke, ganz sicher«, antwortete Huldar höflich lächelnd, während Erla gar nichts sagte.

Sie saßen zu viert im Wohnzimmer. Friðrik, Helgis Vater, war Maschinist und seine Mutter, Þórhildur, Kindergärtnerin. Sie standen beide unter Schock, Þórhildur hatte verquollene Augen und Friðrik zerzauste Haare und graue Bartstoppeln. Ihr Haus war völlig normal, weder besonders ärmlich noch protzig – bis auf das Wohnzimmer. Huldar und Erla hockten auf einem äußerst unbequemen Ledersofa, das eher fürs Auge als für Gesäß und Rücken konstruiert worden war. Die Eheleute saßen ihnen auf ebenso unbequem anmutenden Stühlen gegenüber. Die gesamte Einrichtung passte nicht zu ihnen und sah aus, als wäre sie von einem wesentlich jüngeren Menschen ausgesucht worden, besonders die cartoon-artigen Gemälde. Huldar war überzeugt, dass ihr Sohn seine Hand im Spiel gehabt haben musste. Mit Sicherheit hatte er ihnen auch die sündhaft teure, in einer Ecke vor sich hin staubende Anlage und die Lautsprecher geschenkt, mit denen man große Partys hätte beschallen können.

Alles andere, was sie von dem Haus gesehen hatten, stellte einen starken Kontrast zu dem modernen Wohnzimmer dar und erinnerte Huldar an das Haus seiner Eltern, die ungefähr im selben Alter waren. Im Esszimmer hatte er einen Glasschrank mit Weingläsern und kitschigen Figürchen gesehen, die nach dem Ableben der Eheleute garantiert in einem

Ramschladen landen würden. An den Wänden hingen kleine Landschaftsbilder und ein Kalender mit einem längst vergangenen Monat als Deckblatt. Auf Anrichten und in Regalen reihten sich gerahmte Fotos, Vasen und unnütze Schalen – die Beute jahrzehntelangen Sammelns.

Huldar zwang sich, den Blick auf das trauernde Paar zu richten, aber er wanderte immer wieder zu der Anlage in der Ecke. Am liebsten wäre er aufgestanden, hätte Musik aufgelegt und voll aufgedreht.

Die Eltern hatten ihnen die Namen von Helgis Freunden genannt, von denen sie meinten, sie seien am Samstagabend dabei gewesen. Erla hatte sie notiert: Jón, Bjarni und bei Gunnar und Tómas auch deren Spitznamen, Gunni und Tommi, die den Eltern leichter über die Lippen gingen. Helgis Freunde aus der Grundschule hielten immer noch Kontakt. Als Helgi am Freitag bei seinen Eltern zu Mittag gegessen hatte, hatte er ihnen erzählt, dass sich der Freundeskreis treffen wolle. Es hatte Milchreis und gesüßtes Roggenbrot gegeben. Helgis Vater bremste seine Frau sanft, als sie aufzählen wollte, womit Helgi sein Brot belegt hatte. Dann sagte er, sie hätten seitdem nichts mehr von ihrem Sohn gehört, und seine Frau fügte eilig hinzu, das sei aber nicht ungewöhnlich. Es vergingen oft mehrere Tage, in denen sie nichts voneinander hörten, weil ihr Sohn so viel zu tun hätte, sowohl im Ausland als auch bei seinen Geschäften in Island. Er verbringe schätzungsweise genauso viel Zeit im Ausland wie zu Hause, vor ihrem gemeinsamen Mittagessen sei er beispielsweise gerade von einer einwöchigen Reise aus New York zurückgekehrt. Die beiden waren sich uneinig darüber, ob ihr Sohn am Freitag- oder

Donnerstagmorgen zurückgekommen war, und auch wenn das vermutlich keine Rolle spielte, machte Erla sich eine Notiz.

Darüber hinaus brachte das Gespräch kaum neue Erkenntnisse. Unter wiederholten Tränenausbrüchen bestätigten Helgis Eltern alles, was die Polizei bereits wusste. Immerhin fügten sie noch ein paar private Details hinzu, die man im Internet und in Datenbanken nicht finden konnte. Die Beschreibungen von Helgi als Kind klangen glaubwürdig, wurden aber immer unrealistischer, wenn es um ihn als Erwachsenen ging. Kein Wunder. Ihr Sohn war nach dem Abitur zu Hause ausgezogen und ins Ausland gegangen.

Die Eltern konnten detaillierte Geschichten von Helgis Freunden aus der Kindheit und Schulzeit erzählen, bei denen die vier Männer, die er am Samstagabend getroffen hatte, tragende Rollen spielten. Alles drehte sich darum, wie nett, hübsch und intelligent ihr Sohn gewesen war und dass er auf sämtlichen Gebieten, in schulischer wie sozialer Hinsicht, herausgestochen war. Wenn sie sich einmal kritisch äußerten, dann am ehesten darüber, dass Helgis Freunde ihm intellektuell nicht das Wasser reichen konnten, und wenn ihr Sohn ausnahmsweise einmal Mist gebaut hatte, dann war es deren Schuld. Sie hatten zu viel getrunken, geraucht, Computerspiele gespielt, die Schule geschwänzt und Helgi mit in den Abgrund gerissen. Doch die Fehltritte in Helgis Jugend wirkten so unschuldig, dass Huldar sich wunderte, wie die Eltern auf die Idee kamen, dass sie für die Ermittlungen nützlich sein könnten, bis ihm klar wurde, dass sie es einfach nicht fertigbrachten, über die Gegenwart zu reden. Die Vergangenheit war neutrales Gebiet, wo nichts wirklich Schlimmes passiert war und es für jedes Problem eine Lösung gegeben hatte.

Die Eltern hatten ein paar alte Fotoalben herausgesucht, die jetzt aufgeschlagen auf dem Couchtisch und auf Erlas und Huldars Schoß lagen. Sie hatten beide nicht das geringste Interesse an Helgis Kinderfotos, nahmen aber mit überspielter Ungeduld ein Album nach dem anderen entgegen und lächelten den Eltern immer wieder kurz zu, während sie Fotos von einem grinsenden Jungen mit Zahnlücken und später mit Zahnspange durchblätterten. Auf vielen Bildern war auch Leifur, Helgis jüngerer Bruder, zu sehen. Fotos von Weihnachten, Geburtstagsfeiern und Sommerferien, typisch für Zeiten ohne Smartphones, als noch nicht alle Ereignisse gleich wichtig waren.

»Wie haben sich die Brüder verstanden?« Huldar schaute von einem Foto hoch, auf dem Helgi und Leifur mit strahlenden Gesichtern nebeneinander auf einem Sofa saßen. Beide hatten Weihnachtsgeschenke im Arm und waren sichtlich gespannt, sofort das Geschenkpapier aufzureißen, sobald das Foto geknipst wäre. Sie waren gleich angezogen und hatten dieselbe frisch geschnittene Frisur, wobei Helgi einen Kopf größer war als sein kleiner Bruder.

»Meinen Sie Helgi und Leifur?«, fragte der Vater unnötigerweise. Huldar nickte. »Gut, schlecht und alles dazwischen. Manchmal gab es Streit, besonders als Helgi in die Pubertät kam. Da ging ihm Leifur ziemlich auf die Nerven, weil er noch so klein war. Aber das besserte sich wieder. Sie sind … sie waren … ziemlich unterschiedlich und hätten wahrscheinlich nicht viel miteinander zu tun gehabt, wenn sie keine Brüder gewesen wären. Aber wie das bei Geschwistern nun mal so ist, kamen sie trotz aller Unterschiede miteinander aus.«

»Wo befindet sich Leifur jetzt? Ist er in Island?«

Die Eheleute tauschten einen Blick, und die Trauer in ihren Gesichtern wurde zu Wut. Die Ehefrau antwortete zuerst: »Sie glauben doch wohl nicht, dass Leifur irgendwas damit zu tun hat! Das ist so lächerlich, dass ich Ihnen am liebsten gar nicht sagen würde, wo er ist. Das Letzte, was er jetzt gebrauchen kann, ist, mit absurden Verdächtigungen konfrontiert zu werden.«

»Darum geht es nicht, das versichere ich Ihnen. Wir möchten einfach nur mit ihm reden. Möglicherweise hat Helgi ihm andere Dinge anvertraut als Ihnen. Das ist das Einzige, was uns interessiert. Zum jetzigen Zeitpunkt.« Erla hatte die Stimme gesenkt, sodass der letzte Satz kaum zu hören war.

Die Trauer kehrte in die Gesichter der Eheleute zurück. »Natürlich ist Leifur in Island. Wo sollte er sonst sein?« Die Frau hob blitzschnell die Hand und wischte sich eine Träne aus den Augen. »Er verreist nicht oft. Er ist Sportlehrer und hat im Winter während des Schuljahres keinen Urlaub. Und selbst wenn er nicht hier wäre, hätte er die erste Maschine nach Hause genommen.«

»Ja, natürlich.« Erla und Huldar wandten sich wieder den Fotoalben zu. Leifurs Adresse und Telefonnummer würden sie am Ende des Besuchs erfragen. Sie sollten die Eltern jetzt lieber nicht noch weiter aufregen.

Das Album auf Huldars Schoß war voller Fotos aus Helgis Oberstufenzeit, weshalb er kein Interesse mehr heucheln musste. Er bat die Mutter, ihm die Freunde zu zeigen, mit denen ihr Sohn den Samstagabend verbracht hatte, und sie wirkte erleichtert über diese einfache Aufgabe. Unterdessen blätterte Erla genervt ein Album mit Fotos von Helgi im Alter von drei Jahren und dem neugeborenen Leifur durch.

Mit faltigen Fingern mit dunkelrotem Nagellack tippte die Mutter auf die Gesichter von vier Heranwachsenden: Gunni, Tommi, Bjarni und Jón. Schlaksig und ungelenk.

»Ist einer von denen zufällig Tischler?«, fragte Huldar, weil er an die Nagelpistole und das Brett denken musste, das als Galgen gedient hatte. Helgis Eltern schüttelten irritiert die Köpfe. Als er fragte, ob einer von ihnen handwerklich begabt sei, grinste Helgis Vater und beteuerte, das sei definitiv nicht der Fall. Schnell wandte Huldar sich wieder den Fotos zu, um weitere Nachfragen abzublocken.

Er durchblätterte seitenweise Fotos von fast nicht auseinander zu haltenden Jungs, Typ unauffällig, eher unbeholfen, mit null Prozent Anziehungskraft für das weibliche Geschlecht. Das schien den armen Kerlen auch bewusst zu sein, bis auf einen, den Helgis Mutter als Gunni identifiziert hatte. Er besaß anscheinend das größte Selbstbewusstsein und trug etwas stylishere Klamotten als die anderen. Der Coole in der Gruppe.

Tommi hingegen war der Kleinste und sah aus, als wäre er am liebsten im Boden versunken. Wahrscheinlich wäre er gern größer gewesen und wollte so nicht fotografiert werden. Helgi und Jón sahen sich ähnlich und waren leicht zu verwechseln. Ähnliche Haarfarbe und gleich groß, den Pony ins Gesicht gekämmt, um die Pickel auf der Stirn zu verbergen.

Mädchen gab es nur wenige, außer auf Klassenfotos oder Bildern von gemeinsamen Schulaktivitäten. Selbst darauf standen sie nur im Hintergrund, nie neben Helgi oder seinen Freunden.

»War Helgi mal mit einem dieser Mädchen zusammen?« Huldar drehte das Album mit einem Klassenfoto zu Helgis Mutter.

»Nein. Für die hat er sich nicht interessiert. Die waren nichts für ihn.«

Huldar konnte nichts Falsches an diesen Mädchen erkennen, sie waren hübsch und lächelten in die Kamera. Er vermutete, dass Helgi und seine Freunde durchaus in Mädchen verliebt waren, aber nicht umgekehrt. »War Ihr Sohn homosexuell?«

Die Eltern schienen moderner zu sein als Huldars Kollegen und waren von der Frage kein bisschen überrascht oder schockiert. »Nein, ganz sicher nicht. Er hätte keinen Grund gehabt, das vor uns zu verbergen, und er hat so was nie erwähnt.«

Erla und Huldar widmeten sich wieder den Fotoalben, doch es gab nichts, was sie weitergebracht hätte. Erla wurde bei den Geschichten der trauernden Eltern noch ungeduldiger als Huldar. Sie war ja nicht als Seelsorgerin hier. Als die Mutter nach einem weiteren Album griff, sagte sie ziemlich barsch: »Ich denke, es ist relativ klar, dass die Kindheit Ihres Sohnes nicht zur Lösung des Falls beitragen wird. Es tut mir leid, wenn ich Sie unterbreche, aber könnten Sie uns etwas über die Gegenwart sagen, zum Beispiel über die Beziehungen Ihres Sohnes in den letzten paar Jahren?«

Huldar lächelte die Eltern zerknirscht an und fügte entschuldigend hinzu: »Wir gehen davon aus, dass Helgi und der Täter sich kannten. Außerdem vermuten wir, dass der Tat ein Streit vorausging. Es ist ziemlich unwahrscheinlich, dass das irgendwas mit Helgis Schulzeit zu tun hat. Eine Möglichkeit wäre, dass Helgi eine Freundin hatte oder sich mit einer Frau getroffen hat, deren Ex-Freund eifersüchtig oder ein Stalker war.«

Der Vater antwortete sofort und blickte dabei zu seiner Frau, als wollte er ihre Reaktion abchecken. Bei Erlas schroffer Unterbrechung hatte sie die Lippen aufeinandergepresst und eine abweisende Haltung eingenommen. »Helgi hatte keine Beziehung. Nicht in letzter Zeit. Nicht, dass wir wüssten. Während seiner Auslandszeit ist er mit Frauen ausgegangen, wenn er hier zu Besuch war, und auch nach seiner Rückkehr nach Island, aber nie öfter mit derselben. Er hatte sich noch nicht gebunden, und jetzt ist es zu spät.«

Da Erla vermutete, dass gleich wieder Tränen fließen würden, warf sie schnell ein: »Haben Sie diese Frauen mal getroffen, oder hat er von ihnen erzählt? Kennen Sie zufällig ihre Namen?«

Die Eltern schauten betreten drein. »Nein. Er hat nie mit uns über sein Liebesleben gesprochen«, sagte die Mutter. »Seit er zurück in Island war, haben wir auf den Facebook-Seiten seiner Freunde schon mal Partyfotos von ihm gesehen. Manchmal auch mit Frauen. Aber das war nie was Ernstes, soweit ich weiß. Er hat uns jedenfalls nie eine vorgestellt.« Sie warf ihrem Mann einen fragenden Blick zu, doch der hatte dem nichts hinzuzufügen.

»Nein, er hat mit uns nicht über Frauen gesprochen. Aber bitte verstehen Sie das nicht falsch. Wir hatten ein gutes Verhältnis. Als er im Ausland lebte und auch nach seiner Rückkehr. Aber solche Dinge waren einfach kein Thema.«

Huldar fühlte sich bemüßigt, die Verlegenheit der Eltern zu

dämpfen, und warf ein: »Das kann ich gut verstehen. Ich spreche mit meinen Eltern auch nicht über mein Liebesleben.« Er erzählte nicht, dass seine Eltern vermutlich entsetzt wären. »Ich glaube, das ist ganz normal. Vielleicht hat er ja mit seinem Bruder darüber geredet. Möglicherweise finden wir ein paar Frauen über die Facebook-Seiten, die Sie erwähnt haben, oder seine Freunde können uns helfen. Bitte machen Sie sich keine Gedanken.« Da die Eltern sichtlich erleichtert waren, fragte er weiter: »Hat Helgi bei Ihnen gewohnt, wenn er aus New York nach Island kam? Ich meine, bevor er wieder hierherzog?«

Helgis Mutter lächelte. »Nein, er hatte eine Wohnung. Eine sehr schöne Dachgeschosswohnung in einem Mehrfamilienhaus. Die hat er nach seiner Rückkehr aufgegeben und eine größere gekauft.«

Huldar nickte. Natürlich hatte der Mann nicht auf dem Schlafsofa bei seinen Eltern übernachtet, so wie er, wenn er seine Familie in Ostisland besuchte. »Sie wissen also nichts von einem etwaigen Streit wegen einer Frau oder so? Ist Ihnen sonst etwas an seinem Verhalten aufgefallen?«

Die Eltern verneinten, und Huldar überließ Erla wieder das Feld, die sofort die nächste Frage abschoss: »Was ist mit seinen Geschäften? Könnte es da jemanden geben, der sich betrogen fühlte?«

»Nein. Helgi hatte nichts mit dem Bankencrash zu tun. Das haben wir Ihnen ja schon gesagt. Er hat bis letztes Jahr in den USA gearbeitet.«

»Er ist ohne nennenswerte finanzielle Mittel fortgegangen, und als er zurückkam, war er einer der reichsten Isländer«, fuhr Erla fort. »Soweit wir wissen, hat er im Zusammenhang mit Gläubigeransprüchen gegen insolvente Banken einen Haufen Geld verdient. Er machte ein Vermögen – und andere machten Verluste. Das muss ja nicht unbedingt unredlich sein, ändert aber nichts an der Tatsache, dass Leute sauer sind, wenn sie alles verlieren. Hat er mal erwähnt, dass er bedroht wurde oder dass es Auseinandersetzungen gab?«

»Nein, nie. Er hat mit uns nicht über Geld oder seine Arbeit geredet. Wir wussten nur, dass er Erfolg hatte. Das war ja nicht zu übersehen.«

»Sie haben nie von irgendwelchen Gerüchten gehört? Böse Kommentare unter seinen Fotos in den sozialen Netzwerken oder so?«

Die Eltern schüttelten die Köpfe und behaupteten, sie wüssten von nichts. In ihrer Welt sprachen alle immer nur lobend über ihren Sohn.

»Wissen Sie vielleicht, ob Ihr Sohn einen Mann namens Dagur Diðriksson kannte? Er starb vor achtzehn Jahren und war gerade sechzig geworden.«

Erneutes Kopfschütteln. »Nein, warum fragen Sie?«

»Wir überprüfen ein paar Dinge, damit wir sie ausschließen können. Bitte haben Sie noch etwas Geduld.« Als die beiden nickten, fuhr Huldar fort. »Was ist mit einem jungen Mann namens Olgeir Magnússon? Er ist vor drei Jahren beim Schwimmen in der Bucht Nauthólsvík ertrunken und war in Helgis Alter, nur ein Jahr jünger.«

»Der Name sagt mir nichts.« Helgis Vater blickte fragend zu seiner Frau, die ihm zustimmte.

»Gut. Und eine junge Frau namens Maren Þórðardóttir? Sie starb vor fünf Jahren und war sechs Jahre jünger als Helgi.«

Dieselbe Antwort: Nein, nie was von ihr gehört. Blieb nur noch eine Frage. »Hatte Ihr Sohn zufällig Kontakt zu den Lava-Freunden?«

»Den Lava-Freunden?« Die Eltern waren so verblüfft, dass jegliche Trauer aus ihren Gesichtern wich. »Sie meinen die Leute, die gegen die Straße in Álftanes demonstriert haben?«

»Ja, genau.«

»Nein, mit Sicherheit nicht. Helgi hat zu der Zeit im Ausland gelebt und sich nicht im Geringsten für den Straßenbau in Island interessiert«, antwortete Helgis Mutter entschieden.

Erla stieß Huldar unter ihrem Fotoalbum fest gegen den Oberschenkel. Er war froh, dass er nicht auch noch die Eiderdaunen und Bjarni Ben erwähnt hatte, sonst hätte sie ihm bestimmt ein Loch ins Bein gebohrt. Schnell änderte er den Kurs und legte das Foto von Siggi auf den Tisch. »Kennen Sie diesen Jungen?«

Die Eltern beugten sich über das Foto und schauten dann mit verständnislosen Mienen wieder auf. »Nein, wer ist das?«

»Er heißt Siggi. Kurzform für Sigurður.«

»Hm, da klingelt nichts. Wie heißt er weiter?«

»Das wissen wir nicht. Seine Mutter hat den Spitznamen Systa, und sein Vater wird Sibbi genannt.«

Die Eltern sahen immer verwirrter aus. Zumindest der Vater. Die Mutter nahm das Foto in die Hand und musterte es eindringlich.

»Kommt er Ihnen bekannt vor?«

»Ich meine, ich hätte ihn schon mal irgendwo gesehen.« Sie starrte weiter das Bild an und legte es dann wieder auf den Tisch. »Nein, ich vertue mich. Ich kenne ihn nicht.« Sie legte die Hände in den Schoß. »Aber ich verstehe nicht … was hat dieser kleine Junge mit Helgi zu tun?«

Erla antwortete ehrlich: »Wir wissen es nicht. Womöglich gar nichts.« Sie machte eine Pause, und Huldar wusste, dass sie hin- und hergerissen war, ob sie den Leuten die Wahrheit sagen sollte. Schließlich fügte sie hinzu: »Er befand sich in Helgis Wohnung. Am selben Tag, an dem die Leiche Ihres Sohnes in dem Lavafeld entdeckt wurde.«

»Was?«, fragten die Eltern perplex. »Wie meinen Sie das?«

Kein Wunder, dass die Leute überrascht waren. »Wir versuchen rauszufinden, was der Junge dort zu suchen hatte. Falls Sie irgendetwas darüber wissen … Könnte er vielleicht der Sohn eines Bekannten von Helgi sein? Wissen Sie, ob seine Freunde Kinder haben?«

»Puh …« Der Mann wirkte überfragt, aber seine Frau war offenbar besser informiert.

»Ich habe noch nie von einer Systa oder einem Sibbi in Helgis Freundeskreis gehört. Einige seiner Freunde sind verheiratet und haben Kinder, aber ich glaube nicht, dass es darunter einen Sigurður oder Siggi gibt.«

»Er hat also mit Ihnen über die Kinder seiner Freunde geredet?«

»Na ja, nicht direkt. Während seiner Zeit im Ausland habe ich für ihn Geschenke besorgt, wenn in seinem Freundeskreis ein Kind zur Welt kam. Später habe ich mich weiter um Geschenke gekümmert, wenn er zu Kindergeburtstagen eingeladen war, weil er sich mit Kindern nicht auskannte. So haben wir es auch mit Weihnachts-, Hochzeits- und Geburtstagsgeschenken gehandhabt. Er hat mich immer gebeten, ihm bei der

Auswahl zu helfen, und er war immer sehr großzügig.« Die Frau schloss die Augen und atmete tief ein, um die Tränen zurückzuhalten. »Ich habe auch Glückwunschkarten ausgesucht und für ihn geschrieben. An eine Karte für einen Sigurður kann ich mich nicht erinnern.«

»Haben Sie vor Kurzem ein Geschenk für eine Hallbera gekauft?«, fragte Huldar.

»Ja.« Eine Träne floss über ihre Wange. »Letzte Woche. Ihr Geburtstag war am Wochenende.« Ihre Stimme zitterte. »Ich hatte keine Ahnung, dass es das letzte Geschenk sein würde, das ich für Helgi kaufe. Ich hatte schon angefangen, mir Sorgen zu machen, wenn die Kinder bald größer werden. Es ist ja so schwierig, etwas für Jugendliche zu finden. Dabei hätte ich mir um ganz andere Sachen Sorgen machen müssen …«

Alle schwiegen, bis die Frau Anstalten machte, ihnen schon wieder einen Kaffee anzubieten, und Huldar schnell das Wort ergriff: »Gab es Anfeindungen, die nichts mit einer Freundin oder seiner Arbeit zu tun hatten? Fällt Ihnen da irgendwas ein?«

»Nein.«

»Und Helgi hat sich nie mit seinen Freunden überworfen?«

»Nein«, antwortete die Mutter mit Nachdruck, lenkte dann aber ein. »Jedenfalls nicht wirklich. Sie haben sich am Ende immer wieder vertragen.«

»Also keine Streitereien in letzter Zeit?«

»Ich kann mich an nichts erinnern«, warf der Vater energisch ein.

»Ich auch nicht. Zumindest sind alle seine Freunde dieses Jahr auf der Weihnachtsgeschenkeliste.«

Erla runzelte die Stirn. »Mussten Sie denn schon mal Namen von der Liste streichen?«

Die Frau wirkte ertappt, strich sich über die Haare und richtete sich auf dem unbequemen Stuhl auf. »Nur einmal. Aber das war nichts Ernstes, er stand im nächsten Jahr wieder drauf.«

»Welcher Freund war es denn?«

»Jón … es war Jón.«

Huldars und Erlas Blicke wanderten automatisch wieder zu den Fotoalben. Jón war auf vielen Fotos gewesen, und im Gegensatz zu den anderen Jungen hatte Helgis Mutter an ihm nichts auszusetzen gehabt. Sie hatte sogar positiv über ihn gesprochen und zweimal erwähnt, dass er heute Zahnarzt sei. »Ist das der Jón, von dem Sie gesagt haben, er wäre heute noch Helgis bester Freund?«

»Ja.« Die Frau presste die Lippen aufeinander und schien ihre Aussage bereits zu bereuen. »Das war keine große Sache, und sie haben sich, wie gesagt, schnell wieder versöhnt.«

»Und Sie wissen nicht zufällig, worum es dabei ging?« Huldar nahm eines der Fotoalben und blätterte bis zu einem Foto von Helgi und Jón. Darauf hielt Helgi stolz seinen Führerschein hoch und schwenkte breit grinsend die Autoschlüssel. Neben ihm grinste Jón genauso breit, mit der Hand auf Helgis Schulter, beste Freunde, die es kaum erwarten können, ihre erste Spritztour zu machen. Wieder fiel Huldar auf, wie ähnlich sich die beiden sahen: zwei schlaksige Außenseiter mit Führerschein, die beide nicht ahnten, dass ihre Chancen beim anderen Geschlecht in ein paar Jahren schlagartig steigen würden. Zahnärzte standen vielleicht nicht ganz so hoch im Kurs wie reiche Investoren, galten im Reykjavíker Nachtleben aber immer noch als guter Fang.

»Nein. Helgi wollte nicht darüber sprechen, und ich habe ihn nicht dazu gedrängt. Aber wie gesagt, es kann nichts Ernstes gewesen sein. Es ist vier, fünf Jahre her und bestimmt längst vergessen. Sie haben sich versöhnt und sind seitdem wieder beste Freunde.«

»Ist Jón verheiratet oder in einer Beziehung?« Erla dachte offenbar dasselbe wie Huldar: dass Helgi etwas mit der Frau seines Freundes gehabt hatte. So was kam vor, besonders bei übermäßigem Alkoholgenuss. Damit kannte Huldar sich aus. Und auch mit den Folgen solcher Fehltritte.

Doch Helgis Mutter schaltete nicht und antwortete arglos: »Ja, Jóns Frau heißt Sigrún. Sie ist Anwältin, ein paar Jahre älter als er. Hallbera ist ihre Tochter, die letztes Wochenende ihren dritten Geburtstag gefeiert hat, und Sigrún hat noch einen Sohn im Teenageralter aus einer früheren Beziehung.«

Das kleine Mädchen hieß definitiv nicht Siggi, und der Stiefsohn war zu alt, um von Interesse zu sein. Es war an der Zeit, zum Aufbruch zu blasen. Erla klappte das Fotoalbum zu und sprach die Zauberworte: »Tja, also dann …«

13. KAPITEL

Freyja knallte die Fahrertür zu und ging nach hinten, um Saga aus dem Kindersitz zu holen. Als sie sich hinunterbeugte, traf sich ihr Blick mit dem ihres Bruders, der die Tür auf der anderen Seite aufgemacht hatte und sich ebenfalls über den Rücksitz beugte. Sie lächelte verlegen und trat einen Schritt zurück. Es würde noch eine Zeit lang dauern, bis sie sich daran gewöhnt hatte, dass sie nicht mehr Baldurs Vertretung war. Er konnte jetzt selbst seine Vaterrolle ausüben – jedenfalls meistens. Freyja kümmerte sich an den Papawochenenden abends und nachts noch allein um Saga, wenn Baldur in der Einrichtung Ausgangssperre hatte. In ein paar Monaten würde er das auch übernehmen und Freyja wäre nur noch die Tante. Sie freute sich nicht darauf.

»Und, wie gefällt's dir?« Baldur hob Saga auf seine Hüfte, schloss die Wagentür und nickte in Richtung des Wohnblocks, in dem sein Freund Tobbi wohnte. »Cool, oder? Vielleicht sollte ich ja hier einziehen und du bleibst in meiner Wohnung?« Er zwinkerte ihr zu, dabei wusste sie genau, dass das nie passieren würde. Dafür hing er viel zu sehr an seiner alten Bude. Besonders an dem isolierten Abstellraum mit den Wärmelampen.

Freyja lächelte kurz und musterte dann das Haus. Sie war

verblüfft über das schicke Gebäude, ließ sich aber nichts anmerken. Als sie den Blick über den Parkplatz schweifen ließ, registrierte sie, dass die meisten Autos neu und teuer waren. Da musste es doch einen Haken geben. Für die Miete, die Tobbi haben wollte, bekäme man gerade mal eine fensterlose Besenkammer in irgendeinem Vorort.

Baldur behauptete jedoch steif und fest, dass das alles seine Richtigkeit hätte und sie für dieses unverhoffte Geschenk dankbar sein solle. Seiner Aussage nach hatte Tobbi eine Aufforderung bekommen, in zehn Tagen seine Haftstrafe anzutreten. Als Freyja fragte, für wie lange und warum er in den Knast müsse, entgegnete Baldur, anderthalb Jahre, sofern er den Ball flach halten würde. Über den Grund für die Haftstrafe hielt er sich bedeckt. Als Freyja insistierte, behauptete er, dass er sich nicht daran erinnern könne. Sie gab auf. Was spielte es schon für eine Rolle? Sie musste Tobbi ja nicht bei seinen kriminellen Machenschaften vertreten, während er hinter Gittern saß.

»Was meinst du, Saga? Würdest du Tante Freyja hier besuchen?« Baldur zeigte auf das Haus, was seine Tochter nicht interessierte. Stattdessen starrte sie auf eine Möwe, die über ihnen kreiste, wie üblich mit undurchdringlicher Miene. Wer die Kleine nicht kannte, hätte vermuten können, sie sei wütend auf den Vogel, aber Freyja wusste es besser. Saga blickte immer so finster drein, egal ob sie gerade ein Eis oder eine Spritze bekam. Am ehesten lächelte sie noch bei Baldurs Hündin Mollý. Besonders wenn Mollý etwas anstellte, was ziemlich oft vorkam.

Freyja blieb abrupt stehen. »Scheiße, Baldur, was ist mit Mollý?«

»Mollý? Wieso?«, fragte Baldur verwundert.

»Wer soll abends und nachts auf sie aufpassen, wenn ich hier einziehe und du noch in der Einrichtung bist?«

»Das ist kein Problem. Du darfst sie mitnehmen, bis ich rauskomme. Tobbi hat überhaupt nichts gegen Hunde.«

Mollý war nicht irgendein Hund – sie entsprach zwei oder drei normalen Hunden, wenn nicht gar vier, wenn man von kleinen Hunden ausging. »Das ist ja nicht nur Tobbis Entscheidung. Was, wenn Hunde im Haus nicht erlaubt sind?«

»Ach komm schon, mach dir keinen Kopf. Das geht doch niemanden was an. In meinem Haus sind bestimmt auch keine Hunde erlaubt. Wen interessiert das denn?«

Freyja verkniff es sich, ihn darauf hinzuweisen, dass es einen großen Unterschied zwischen der Toleranzschwelle von Baldurs lauten Nachbarn und den Bewohnern dieses ehrenwerten Hauses gab. Sie erwähnte auch nicht, dass er ein Meister darin war, Leute um den kleinen Finger zu wickeln. Wenn sich jemand über Mollý beschwerte und Baldur seinen Charme sprühen ließ, würde derjenige sich anschließend garantiert auf die Warteliste für einen von Mollýs Welpen setzen lassen. Freyja war für so was viel zu steif und ungeschickt. Der Einzige, dem sie in letzter Zeit den Kopf verdreht hatte, war Huldar. Nur leider verhielten sie sich zueinander wie Tetris-Steine: Ob es passte, hing davon ab, wie sie ausgerichtet waren. Horizontal harmonierten sie perfekt, aber vertikal überhaupt nicht.

»Das muss klappen, Baldur!« Freyja hielt ihrem Bruder und seiner Tochter die Haustür auf. »Sonst hast du mich bis in alle Ewigkeit am Hals. Und ich dich.«

»Das klappt schon.« Baldur fand die richtige Klingel, pflanzte sich vor die kleine Linse und winkte, als die Stimme seines Freundes durch die Gegensprechanlage drang.

»Jo, man!«

Das klang nicht gerade so, als wäre Tobbi wegen Finanzbetrugs verdonnert worden. Eher wegen Drogenhandels.

Das Summen des Türöffners übertönte Baldurs Entgegnung, und sie traten durch die gläserne Flurtür und gingen in den ersten Stock. Kurz bevor Baldur an die Wohnungstür klopfte, flüsterte er: »Stell dich nicht an, wenn er dich bittet, auf sein Haustier aufzupassen. Das ist die Voraussetzung für den Mietvertrag.«

Die Tür ging auf, bevor Freyja etwas entgegnen konnte. Der Zeitpunkt für diese Eröffnung war sicherlich nicht zufällig gewählt. Das musste der Grund für die unglaublich günstige Miete sein. Tobbi wollte gar nicht die Kosten für einen Lagerraum für seine Möbel einsparen, wie Baldur behauptet hatte. Nein, sie sollte ein Tier hüten. Das konnte ja wohl nicht so anstrengend sein. Eine Katze oder ein Hund? Wohl eher kein Kleintier wie ein Hamster. Vielleicht ein durchgeknallter Papagei, der die ganze Nacht fluchte und einen vom Schlafen abhielt. Freyja machte sich auf das Schlimmste gefasst.

* * *

»Eine Giftschlange! Bist du verrückt? Wie kommst du auf die Idee, dass ich eine Giftschlange hüten würde?« Freyja schaute an sich hinunter auf die schicke Hose und die eleganten Schuhe, die sie extra angezogen hatte, um einen guten Eindruck zu machen. Was für ein Witz. Khakifarbene Safariklamotten hätten besser gepasst.

»Sie ist nicht giftig«, protestierte Baldur und bog in die Einfahrt zum Kinderhaus.

»Oh wohl! Du hast sie doch gesehen, das war jedenfalls kein Regenwurm.« Freyja warf einen genervten Blick auf die Uhr am Armaturenbrett. Sie hatte ihre Mittagspause für die Wohnungsbesichtigung genutzt und kam auf den letzten Drücker, doch Baldur tat so, als hätte er alle Zeit der Welt. Dabei hätte er selbst auf der Arbeit sein müssen, denn das war die Bedingung für seinen Aufenthalt in der Resozialisierungseinrichtung. Anscheinend hatte er mit einem seiner dubiosen Freunde einen Deal gemacht. Immerhin musste man ihm zugute halten, dass er die Zeit mit seiner Tochter verbracht und nicht das nächste Verbrechen geplant hatte.

»Freyja, es ist eine Python. Die sind nicht giftig.«

»Verdammt noch mal, Baldur, das ist auch nicht besser. Was meinst du, warum die Tierchen Würgeschlangen heißen?« Freyja öffnete den Sicherheitsgurt, als der Wagen zum Halten kam. »Außerdem sind die in Island illegal. Ich bin mir sicher, dass Pythons ganz oben auf der Liste der verbotenen Haustiere stehen.«

»Entspann dich.« Baldur ließ das Lenkrad los. »Denk drüber nach. Es gibt Schlimmeres. Die Schlange lebt in einem Extraraum und braucht nur einmal die Woche Futter. Sie schläft fast die ganze Zeit. Du würdest sie gar nicht merken. Du musst ja nicht mit ihr Gassi gehen, sie nur füttern und ab und zu ihren Käfig sauber machen. Sonst nichts. Dafür kriegst du die Wohnung so gut wie geschenkt.«

Freyja bekam eine Gänsehaut. Sie wollte gar nicht daran denken, wie das Füttern ablief. Vor Tobbi, der trotz seines exotischen Haustiers und eines vermutlich illustren Strafregisters ziemlich normal wirkte, hatte sie es geschafft, ihre Gesichtszüge unter Kontrolle zu halten. Sie hatte nicht losgekreischt, als er die Tür zu dem Schlangenraum geöffnet hatte, oder ihm vor die Füße gekotzt, als er ihr die Speisegewohnheiten des Tieres beschrieben hatte. Sie wollte ihn nicht vor den Kopf stoßen, und vor allem wollte sie verhindern, dass er sich nach einem anderen Mieter umschaute, bevor sie sich entschieden hatte. Ansonsten war die Wohnung nämlich super. »Ich kann jetzt nicht darüber reden, Baldur. Ich bin schon zu spät. Außerdem muss ich das erst mal verdauen.«

»Lass dir nicht zu lange Zeit. Tobbi braucht einen Mieter, und zwar bald.«

»Ich weiß.« Freyja drehte sich um und warf Saga hinten im Kindersitz eine Kusshand zu. Ihr Schmollmund bewegte sich nicht, aber sie hob immerhin die Hand und deutete mit ihren kleinen Wurstfingern eine Art Winken an. Freyja war nicht im Geringsten überrascht gewesen, als ihre kleine Nichte beim Anblick der Schlange gestrahlt hatte.

»Aber mach bloß keinen Scheiß und erzähl der Polizei nichts von der Schlange! Das würde dem armen Tobbi den Rest geben. Die Python ist für ihn wie sein Kind.« Baldur duckte sich und spähte durchs Fenster zu Freyja.

»Natürlich nicht.« Auf diese Idee wäre sie tatsächlich nie gekommen. Sie war zwar von Natur aus ehrlich und gesetzestreu, machte aber bei Baldur Ausnahmen. Für ihn galten andere Gesetze. Er war ihr Bruder, der einzige Verwandte, der ihr wichtig war. Neben Saga natürlich. »Ich rufe dich nachher an.«

Freyja warf die Tür zu und ging zurück zur Arbeit. Hoffentlich hatten ihre Kolleginnen vergessen, warum sie weggefahren war. So wie die Dinge lagen, hatte sie keine große Lust mehr, ihnen begeistert die Wohnung zu beschreiben.

* * *

Freyja hob die Augen vom Bildschirm, tief in Gedanken. Nachdem sie die anstehenden Gespräche mit den Schutzbefohlenen des Kinderhauses geführt hatte, war sie in ihr Büro gegangen und hatte die Datenbank des Jugendamts nach Jungen in Siggis Alter mit dem Namen Sigurður durchforstet. Andere Kollegen hatten das sicherlich auch schon gemacht, aber sie wollte es mit eigenen Augen sehen.

Vorher hatte sie noch im Internet über Schlangen als Haustiere recherchiert. Sie brauchte zwar dringend eine Wohnung, aber eine Schlange zu hüten, war ihr unheimlich. Wobei sie sich mehr Sorgen um Saga machte als um sich selbst. Würde die Kleine sie gefahrlos besuchen und bei ihr übernachten können? Erstaunlich, wie viele Infos es im Netz darüber gab – Schlangen schienen als Haustiere ziemlich beliebt zu sein. Selbst vor Würgeschlangen schreckten die Leute nicht zurück und tauschten eifrig ihre Erfahrungen aus. Freyja erfuhr, dass es relativ ungefährlich war, eine Python zu halten – sofern sie nicht länger als zweieinhalb Meter war. Freyja hatte keine Ahnung, wie lang Tobbis Schlange war, da sie sich zusammengerollt hatte. Der Größe des Käfigs nach zu urteilen, handelte es sich jedenfalls nicht um ein Jungtier. Sie würde Baldur bitten, Tobbi nach der Länge der Schlange zu fragen, und wenn er das nicht wusste, würde sie mit einem Maßband bei ihm auf der Matte stehen.

Normalerweise blieb ihr auf der Arbeit kaum Zeit für Privates, aber jetzt hatte sie ausnahmsweise nichts zu tun. Seit Baldur in der Resozialisierungseinrichtung lebte, verbrachte er tagsüber viel Zeit zu Hause in seiner Wohnung, deshalb arbeitete sie länger und hatte morgens meistens einen leeren Schreibtisch. Keine Berichte, aufgeschlagenen Aktenordner, losen Blätter oder halbvollen Kaffeetassen. Keine Haufen von Stiften, als würde sie Mikado spielen. Ihr Schreibtisch sah jetzt morgens so aus, als wäre sie neu in diesem Job. Dabei war es gar nicht so, dass sie ihrem Bruder aus dem Weg ging, sie wollte ihm nur seinen Raum lassen. Schließlich war es seine Wohnung, und sie war nur bei ihm untergeschlüpft. Außerdem brauchte Baldur Zeit für sich, um sich an seine neu gewonnene Freiheit zu gewöhnen. Freyja hoffte, dass er endlich die Ruhe fände, um sein Leben in den Griff zu bekommen, musste sich aber eingestehen, dass er den Freiraum wahrscheinlich nur nutzte, um neue, noch raffiniertere Gaunereien auszutüfteln.

Nach der Surferei im Internet war sie zwar wesentlich schlauer, was Schlangen anging, aber bezüglich des Jungen keinen Schritt weiter. Sie hatte in der Datenbank zwar ein paar Sigurðurs gefunden, aber keiner war im selben Alter wie der kleine blonde Junge, der sich noch immer in der Notunterkunft befand. Siggi hatte sich allerdings auch nicht auffällig verhalten und nicht den Eindruck gemacht, als wäre er in irgendeiner Weise benachteiligt oder misshandelt worden. Im Gegenteil. Sie musste an das Bild denken, das er auf der Polizeiwache gemalt hatte. Sie wäre gern dabei gewesen, weil er beim Malen bestimmt vor sich hin geplappert hatte. Leider musste sie kurz zur Toilette und bekam nur seine Erklärung zu hören, als das Bild schon an der Wand hing. Die Mutter schien die zentrale Person in seinem Leben zu sein, denn sie war am größten gemalt, und mit ihr hatte er sich die meiste Mühe gegeben. Er selbst war am kleinsten, sein Vater stand in der Mitte. Die Mutter und Siggi lachten, während der Vater nur einen waagerechten Strich als Mund hatte. Freyja hoffte so sehr, dass Siggis Eltern nichts zugestoßen war.

Wenn es nach Huldar ging, war das allerdings eher unwahrscheinlich. Er und die junge Polizistin waren im Zusammenhang mit einer Mordermittlung in die Wohnung gekommen. Freyja wusste, dass die Wohnung, in der Siggi gefunden worden war, dem Mordopfer gehörte, einem Mann namens Helgi. In der Presse war noch nichts über die Sache erschienen, die Inlandsnachrichten der letzten vierundzwanzig Stunden drehten sich hauptsächlich um den Staatsbesuch des chinesischen Außenministers. Es gab Fotos von ihm in einem Geothermiekraftwerk, am historischen Parlamentssitz im Nationalpark Þingvellir, im Höfði-Haus, vor dem Präsidentensitz in Bessastaðir, beim Geysir und auf einem nicht namentlich erwähnten Bauernhof. Er und seine Entourage bemühten sich tapfer, interessiert auszusehen, was ihnen schlecht gelang. Kein Wunder bei dem straffen Programm.

Freyja schreckte aus ihren Gedanken hoch, als die Bürotür aufging und die Leiterin des Kinderhauses hereinkam. Sie fragte, ob sie störe, und Freyja verneinte wahrheitsgemäß.

»Wir haben gerade das Ergebnis der ärztlichen Untersuchung des kleinen Jungen bekommen, der in der Wohnung gefunden wurde«, sagte sie. »Dem Jungen wurde keine Gewalt angetan. Weder sexuell noch sonst wie körperlich.«

Freyja überflog den Bericht. Sie hatte bereits die mündliche Version gehört, und es gab nichts Neues. Ihre Chefin stand neben ihr, während sie las, als erwarte sie eine Reaktion – aber was sollte sie dazu sagen? Siggi hatte keine Verletzungen. Normalerweise waren Spuren von Gewalteinwirkung, die fast nie von einem Unfall herrührten, an bestimmten Körperstellen deutlich zu sehen: an der Innenseite der Handgelenke und Oberschenkel, am Rücken, an den Geschlechtsorganen und dem Gesäß. Bei dem Jungen hatte man nichts dergleichen gefunden: keine frischen Verletzungen und keine Narben von älteren Wunden. So war es auch auf den Röntgenbildern: keine Brüche, keine zusammengewachsenen Knochen.

Doch Gewalt gegen Kinder beschränkte sich nicht auf körperlichen oder sexuellen Missbrauch. Vernachlässigung und psychische Gewalt konnte man auf Röntgenbildern und an den Gliedmaßen nicht sehen. Freyja war in ihrem Job schon unzähligen Kindern begegnet, die so etwas erlebt hatten. Manche zeigten chronische Stresssymptome, andere auffällige Verhaltensmuster. Ihrer Ansicht nach passte Siggi nicht in diese Kategorie, aber natürlich konnte man sich nie sicher sein. Kinder reagierten sehr unterschiedlich auf seelische Belastungen, und manche verkrafteten sie besser als andere, verfügten teilweise sogar über eine erstaunliche innere Stärke.

Ungewöhnlich war jedoch, dass Siggi nicht besonders besorgt oder traurig über die Abwesenheit seiner Eltern zu sein schien. Die meisten Kinder wären in seiner Situation untröstlich gewesen. Freyja konnte sich nicht erinnern, den Jungen auch nur einmal weinen gesehen zu haben, wobei sich das vielleicht auch durch die Umstände erklären ließ. Kleine Kinder ließen sich schnell von etwas faszinieren, und Polizisten waren für sie eine tolle Sache. Es konnte also gut sein, dass Siggi einfach zu sehr mit dem ganzen Trubel um ihn herum beschäftigt gewesen war. Vielleicht hatte er erst später in der Notunterkunft geweint, wo die Atmosphäre ruhiger und entspannter war.

Freyja dankte ihrer Chefin, und sie verließ das Büro. Als die Tür hinter ihr zugefallen war, rief Freyja bei der Notunterkunft an. Eine Heiðrún kam an den Apparat und wusste sofort, um wen es ging. Sie hatte den Jungen in Empfang genommen, als Diðrik ihn gestern Abend vorbeigebracht hatte.

»Ich frage mich, ob Sie festgestellt haben, dass Siggi seine Eltern vermisst?«

»Er spricht kaum über sie«, antwortete die Frau. »Aber das ist nicht ungewöhnlich. Wir versuchen, die Kinder zu beschäftigen, damit sie sich wohlfühlen. Er hat seine Mutter allerdings den anderen Kindern gegenüber erwähnt, als ich nicht im Raum war. Die Kinder meinten, er hätte ihnen erzählt, sie sei vom bösen Mann entführt worden. So was sagen Kinder in dem Alter natürlich schon mal. Er muss nicht unbedingt einen bestimmten Mann gemeint haben.«

»Keine Tränen oder Anzeichen von Panik? Mussten Sie ihn trösten, als er gestern Abend im Bett lag?«

»Nein, er ist einfach eingeschlafen. Ziemlich schnell sogar.«

»Bemerkenswert. Ich hätte gedacht, dass er traurig oder besorgt ist.«

»Ja, schon, aber das kommt wie gesagt öfter vor. Manche Kinder kommen besser mit der Situation zurecht als andere. Und Siggi scheint mir eher der optimistische Typ zu sein, der daran glaubt, dass am Ende alles gut wird. Er vertraut uns, wenn wir ihm sagen, dass seine Eltern ihn bald abholen.« Die Frau schwieg einen Moment und fügte dann hinzu: »Haben Sie gehört, wie es mit der Suche nach den Eltern läuft?«

»Nein, ich glaube eher schlecht.«

»Schon seltsam.« Wieder machte die Frau eine Pause. »Apropos seltsam, mir ist da etwas Merkwürdiges am Verhalten des Jungen aufgefallen. Ist vielleicht nichts Schlimmes, aber Sie sollten es wissen.«

»Ach ja? Was denn?«

»Er hat eine Barbie-Puppe erhängt. Vielleicht war das gar nicht seine Absicht, und er hat sich nur vorgestellt, dass sie sich aus einem Hubschrauber abseilt oder so. Aber als ich ihn darauf angesprochen habe, hat er abgestritten, es gewesen zu sein. Dabei kommt sonst niemand in Frage. Dass er gelogen hat, fand ich eigentlich noch seltsamer. Der Junge ist so brav, das passt gar nicht zu ihm. Seine Zeichnungen sind übrigens auch ziemlich brutal, alles mit roter Farbe vollgekritzelt, und wenn ich ihn frage, sagt er, das wäre Blut.«

Freyja hob die Augenbrauen. »Wirklich? Auf der Polizeiwache hat er ein ganz friedliches Bild von sich und seinen Eltern gemalt. Da hatte er allerdings keinen roten Stift.«

Nachdem Freyja aufgelegt hatte, saß sie grübelnd da. War Siggi seinen Eltern gegenüber doch nicht so gleichgültig, wie sie gedacht hatte? Vielleicht drückte er mit diesen Bildern seine Ängste aus. Oder hatte er etwas gesehen, über das er nicht reden mochte?

Freyjas Handy klingelte. Als Huldars Name auf dem Display erschien, schnitt sie eine Grimasse, unsicher, ob es um die Ermittlung ging oder ein erneuter Versuch war, sie zum Essen einzuladen.

»Hi, was hältst du von einem kleinen Autoausflug?«

Bevor Freyja ablehnen konnte, erklärte er ihr den Hintergrund, und sie nahm das Angebot sofort an. Der Plan war, den kleinen Siggi durch die Stadt zu kutschieren, in der Hoffnung, sein Zuhause zu finden. Die Suche nach Jungen in seinem Alter mit dem Namen Sigurður und Vätern, deren Vornamen mit S anfingen, war ergebnislos geblieben. Das Jugendamt hatte grünes Licht gegeben und eingewilligt, dass Freyja als Vertreterin mitfahren sollte, da sonst alle beschäftigt waren.

Freyja legte auf und machte sich zum Gehen bereit. Als sie den Reißverschluss ihres Anoraks zuzog, war sie fast ein wenig enttäuscht, dass Huldar nicht mit ihr geflirtet hatte.

Dann gab sie sich einen Ruck und verließ das Büro.

14. KAPITEL

Das Auto hielt an einer roten Ampel. Siggi drehte sich vom Fenster weg und starrte auf Guðlaugurs Hinterkopf auf dem Fahrersitz. Huldar zwinkerte dem Jungen vom Beifahrersitz aufmunternd zu. Seine Aufregung darüber, in einem Polizeiauto sitzen zu dürfen, hatte sich gelegt, denn sie kurvten schon seit über einer Stunde durch die Stadt. Sie hatten gehofft, dass er etwas Vertrautes wiedererkennen würde, aber bis jetzt hatte er nur auf Gebäude gezeigt, die jeder kannte: das Schwimmbad im Laugardalur, das Shoppingcenter Kringlan, die Hallgrímskirkja und die große Glaskuppel Perla.

Zuerst hatten sie sich auf jene Stadtteile konzentriert, die zu Siggis Beschreibungen passten: keine Sicht auf den Berg Esja, die Hallgrímskirkja und das Meer. Freyja wusste nicht mehr, wie viele Straßen sie schon erfolglos abgeklappert hatten. Der Junge musterte die vorbeiziehenden Wohnblocks und Reihenhäuser, ohne etwas wiederzuerkennen. Es stellte sich heraus, dass er noch zu klein war, um Ähnlichkeiten zwischen bestimmten Gebäudetypen und seinem Zuhause zu erkennen. Für ihn gab es nur »sein Haus« und »nicht sein Haus«.

Sie waren kurz in das an Reykjavík angrenzende Kópavogur hineingefahren, aber dort wirkte Siggi noch verwirrter. Er kannte weder das Shoppingcenter Smáralind noch den Toys'R'Us-Laden.

»Krieg ich jetzt ein Eis?« Siggi schaute Freyja, die neben ihm auf der Rückbank saß, erwartungsvoll an.

»Bald. Wir checken noch ein paar Straßen, und danach holen wir uns ein Eis. Mit Schokosoße.«

Der Junge lächelte und drehte sich wieder zum Seitenfenster. Er saß auf einem Kissen, um hinausschauen zu können. »Ich will nach Florida. Ins Disneyland.« Das war eindeutig ein Test, wie weit er gehen konnte. Wenn schon kein Eis mit Schokosoße, dann vielleicht eine Reise nach Disneyland.

»Da können wir jetzt nicht hinfahren«, antwortete Freyja lachend. »Aber du bekommst dein Eis.«

»Kannst du dein Haus irgendwo sehen, Siggi?« Während der Wagen noch an der Ampel stand, nutzte Guðlaugur die Gelegenheit, um nach hinten zu dem Jungen zu schauen. Sie hatten ihm die Frage schon so oft gestellt, dass es langsam lächerlich wurde. Siggi kannte den Grund für die Autofahrt durchaus.

»Nein.«

Guðlaugur drehte sich wieder nach vorn, die Ampel schaltete auf Grün, und sie fuhren weiter.

»Meine Mama darf nicht Auto fahren«, platzte der Junge heraus, und wie immer versuchte Freyja, ihn am Reden zu halten.

»Warum denn nicht, Siggi?«

»Ihr Bauch ist so dick. Das Baby da drin ist ganz groß. Wenn sie bremst, kann der Bauch am Lenkrad platzen«, erzählte der Junge lebhaft und fasste sich an den eigenen Bauch.

»Ach so, klar.« Fieberhaft versuchte Freyja, die Geschichte

weiterzuspinnen. »Fährt dein Papa sie dann, wenn sie irgendwohin muss?«

»Ja, manchmal.«

»Und darfst du dann mitfahren?«

»Ja, immer. Ich darf nicht allein zu Hause bleiben.«

»Wo seid ihr denn schon hingefahren? Weißt du das noch?«

»Einmal ins Krankenhaus.«

»Ja, klar. Hat der Arzt deine Mama untersucht?«

Siggi schaute Freyja verblüfft an. »Woher weißt du das?«

»Weil Mamas, die ein Baby kriegen, öfter zum Arzt gehen. Der muss gucken, ob es dem Baby im Bauch gut geht.«

Siggis Gesicht verfinsterte sich. »Das war nicht wegen dem Bauch.«

»Nein? Warum denn dann?«

»Wegen der Beule hier.« Siggi fasste sich an die Schläfe. »Sie hat sich übergeben. Im Auto.«

»Verstehe, wie ist das denn passiert?«

»Sie hat sich wehgetan.«

»Oh je, wie denn?«

Siggi zuckte die Achseln und starrte aus dem Fenster auf die Häuserzeile. »Einfach so.«

Freyja wollte ihn nicht weiter bedrängen und fragte: »Konnte der Arzt ihr helfen?« Erneutes Schulterzucken. »Hat er ein Pflaster draufgemacht?«

»Nein.«

»Wann war das denn?«

»Lange her.«

Freyja zwang sich zu einem Lächeln. Das Zeitempfinden von Vierjährigen war sehr abstrakt. Sie verstanden »davor« und

»danach«, aber wenn sie erzählten, etwas sei gestern passiert, konnte es genauso gut vor einigen Tagen oder gar Wochen gewesen sein. Siggi konnte ihnen nicht sagen, ob es letzten Monat oder vor einem halben Jahr gewesen war. »War das am Süßigkeiten-Tag?« Möglicherweise konnten sie dadurch Samstage, an denen Kinder in Island oft Süßigkeiten bekamen, ausschließen oder den Vorfall aufs Wochenende beschränken. Freyja dachte an das Telefonat mit der Frau von der Notunterkunft, die ihr von Siggis Lüge erzählt hatte, und hoffte, dass die Geschichte nicht erfunden war.

»Nein.«

»War es vielleicht an Weihnachten?«

»Nein.«

»War Weihnachten schon vorbei?«

Siggi blickte sie nachdenklich an. »Ja! Ich hab Mama einen Schal zu Weihnachten geschenkt. Der ist rosa. Aber da ist Blut drangekommen, im Auto. Das ist nicht mehr rausgegangen. Jetzt ist Blut auf dem Schal.« Seinem Gesichtsausdruck nach zu urteilen, war der Schal dadurch wesentlich cooler.

»Hatte sie den Schal mit dem Blut auch beim Feuerwerk an Silvester an?« Freyja sah, wie Huldar sich abrupt umdrehte, genauso gespannt auf die Antwort wie sie.

Siggi überlegte einen Moment. »Ja. Papa wollte nicht, dass sie damit zum Feuerwerk geht, aber sie hat es trotzdem gemacht. Er war wütend. Er ist immer wütend.«

Weiter würde Freyja wohl nicht kommen. Diese Zeitangaben mussten reichen. »Im Krankenhaus, war deine Mama da in der Notaufnahme?«

»Ich weiß nicht.«

»Bist du mit reingegangen?«

»Ja, aber ich hab im Flur gewartet. Mit Papa. Wir durften nicht rein, weil wir nicht verletzt waren. Nur Mama.«

»Haben da viele Leute gewartet?«

»Ja, manche waren betrunken.« Er beobachtete Freyja, gespannt, wie sie auf diese schockierende Neuigkeit reagieren würde. »Das hat Papa gesagt. Einer hatte sogar Bier dabei!«

Siggi musste in der Notaufnahme gewesen sein. Betrunkene tauchten eher selten im Ärztezentrum auf.

Huldar hob die Faust und versetzte dem Autodach einen leichten, triumphierenden Schlag. Das war der entscheidende Hinweis. Jetzt mussten sie keine weiteren Stadtviertel mehr abfahren und dem Jungen endlose Häuserzeilen zeigen.

»Okay, Siggi, was hältst du von einem Eis?«

* * *

Diðrik vom Jugendamt wartete in der Notunterkunft auf Freyja, Huldar und Guðlaugur. Er kam gerade von einem Einsatz, der ziemlich heftig gewesen sein musste, und saß mit einer Tasse Kaffee in dem kleinen, engen Büro. Nachdem sie sich alle reingequetscht hatten, hätte nicht einmal mehr ein Kleinkind durch die Tür gepasst, aber das war der einzige Ort, an dem sie die Tür hinter sich zumachen konnten.

»Nichts?«, fragte Diðrik Freyja nach einem kurzen höflichen Smalltalk. Sie musste zugeben, dass der Mann verdammt gut aussah. Bei ihrer ersten Begegnung hatte sein Hipster-Bart ziemlich affig auf sie gewirkt, aber jetzt fand sie die gezwirbelten Enden seines Oberlippenbarts cool. Genau wie seine Frisur mit den ausrasierten Seiten und dem längeren zurückgegelten Haarschopf in der Mitte. Selbst an den Ring in seiner Nase hatte sie sich gewöhnt. Einen Typen wie ihn würde im Bett bestimmt auch keine Schlange im Nachbarzimmer schocken. Mit dem leichten Duft von Zitronengras, den er verströmte, konnte er auch bei ihr punkten. Huldar sah das offenbar anders, rümpfte die Nase, als sie sich die Hand gaben, und wirkte eingeschnappt.

Gerechterweise musste Freyja zugeben, dass Huldar sich von einer Schlange im Nachbarzimmer auch nicht ablenken lassen würde. Selbst nicht, wenn sie unter dem Bett läge – oder darin.

»Kein Glück?«, insistierte Diðrik.

»Wir haben sein Haus leider nicht gefunden. Aber wir haben etwas über seine Mutter erfahren, das uns hoffentlich weiterhilft.«

Huldar schien das Gespräch zwischen Freyja und Diðrik zu missfallen. Er zog etwas aus seiner Hosentasche und hielt es Freyja hin. Als sie sah, dass es ein Maßband war, schoss ihr sofort durch den Kopf, dass er von der Python gehört haben musste und ihr Hilfe beim Messen anbot. Doch ihre Sorge entpuppte sich als überflüssig.

»Ich muss wissen, wie groß der Junge ist«, sagte Huldar abrupt. »Muss einer von euch dabei sein, wenn ich ihn messe?«

Diðrik und Freyja schüttelten die Köpfe.

Wortlos verließ Huldar den Raum, mit Guðlaugur auf den Fersen. Freyja hatte nichts dagegen, mit Diðrik allein zu sein. Er hatte eine angenehme Ausstrahlung, eine Ich-wurde-schon-cool-geboren-Aura. Freyja hatte solche Typen schon immer attraktiv gefunden, die sich viel zu wohl in ihrer Haut fühlten, um Stress oder negative Stimmung zu verbreiten. Sie ertappte sich dabei, wie sie seine Hände auf einen Verlobungs- oder Ehering abcheckte, und musste grinsen, weil sein einziger Ring ein großer silberner Totenkopf war. Selbst Leute, die sich nicht um Konventionen scherten, würden nicht mit Totenkopfringen vor den Altar treten, oder?

Diðrik bemerkte Freyjas Interesse an seinen Händen gar nicht, nippte seelenruhig an seinem Kaffee und sagte: »Ich muss einen Bericht über den Jungen schreiben. Weißt du, wie es mit der Suche nach den Eltern läuft? Sonst schreibe ich halt nur, wie wir ihn gefunden haben und was Heiðrún über sein Verhalten und seinen Entwicklungsstand gesagt hat. Meinem Chef ist es egal, ob er gelb und grün auseinanderhalten kann. Der will nur wissen, ob wir eine dauerhafte Unterbringung für ihn beantragen müssen.«

»Die Suche läuft nicht so gut, aber vielleicht kommt jetzt Bewegung rein. Möglicherweise verfügt die Notaufnahme über Infos, mit deren Hilfe seine Mutter ausfindig gemacht werden kann. Mehr weiß ich leider auch nicht.« Freyja hätte sich gewünscht, ihm bei seinem Bericht besser helfen zu können. Noch mehr hätte sie sich allerdings gewünscht, dass er mit ihr ausgehen würde. Es war viel zu lange her, seit sie ein Date gehabt hatte, das nicht mit einem peinlichen Händedruck und der beidseitigen Hoffnung geendet hatte, dass das Gerede von wegen, man wolle in Kontakt bleiben, nur leeres Gewäsch sei.

»Schon seltsam, die Sache.« Diðrik streckte die Hand nach der Kaffeetasse aus, wobei sein Ärmel ein Stück hochrutschte und seine Tattoos zum Vorschein kamen. Unter dem Ärmelbündchen lugten die gelben gespreizten Krallen des Adlers hervor, der Siggi so fasziniert hatte. Im Begriff, die Beute im Flug zu ergreifen und nicht mehr loszulassen. Die Krallen verschwanden, als Diðrik die Kaffeetasse an seine Lippen hob. »Willst du mal sehen?« Er gab Freyja ein Blatt mit Heiðrúns Bericht.

Freyja überflog den Text, der mit dem übereinstimmte, was sie am Telefon besprochen hatten. Dass Siggis Zeichnungen für einen Vierjährigen ungewöhnlich brutal waren, vielleicht weil er im Fernsehen etwas gesehen hatte, das nicht für Kinder bestimmt war. Darüber hinaus deutete nichts auf einen schwierigen Familienhintergrund hin. Der Junge war gepflegt, sauber und trug an die Jahreszeit angepasste Kleidung. Seine Zähne waren in einem guten Zustand, seine Haare und seine Nägel geschnitten und seine Ohren gesäubert. Er hatte keine Gesichtsmerkmale, die auf ein fetales Alkoholsyndrom schließen ließen, und seine körperliche Entwicklung zeugte von einer guten Ernährung. Es gab keine äußerlichen Anzeichen von Gewalteinwirkung bis auf ein paar Schrammen an den Handflächen, die er damit erklärte, dass er auf dem Spielplatz hingefallen sei. Seine sprachliche Entwicklung war für sein Alter normal, und er hatte keine Schwierigkeiten, mit Erwachsenen und anderen Kindern zu kommunizieren. Seine geistige Entwicklung war ebenfalls im Normalbereich. Er zeigte keine Anzeichen von Stress oder Traurigkeit, die nicht mit dem Verschwinden seiner Eltern zusammenhingen. Alles in allem war es sehr unwahrscheinlich, dass der Junge nicht in guten, stabilen Verhältnissen aufgewachsen war.

Diðrik nahm den Bericht wieder entgegen und fragte: »Könnten seine Eltern das Land verlassen haben? In Urlaub sein? Den Jungen so lange bei einem Babysitter gelassen haben, was total danebenging? Oder aufs Land gefahren sein und einen Unfall gebaut haben, bei dem ihr Auto von der Straße aus nicht zu sehen ist?«

Freyja schüttelte den Kopf. »Glaube ich nicht.«

Diðrik fantasierte weiter. »Oder eine Vergiftung? Sie sind zusammengeklappt, weil irgendein Chemiezeug in der Luft hing oder sie was Giftiges gegessen haben, und jetzt liegen sie bewusstlos zu Hause?«

»Bei den Problemen, die wir haben, das Haus des Jungen zu finden, befürchte ich, dass die Geschichte nicht gut ausgehen wird. Hoffentlich liege ich falsch.«

In diesem Moment ging die Tür auf, und Huldar und Guðlaugur kamen zurück. Es wurde wieder eng in dem kleinen Raum, und Freyja musste näher an Diðrik heranrücken. Sie spürte die Wärme seines Körpers durch ihren dünnen Pullover und hoffte, dass die Polizisten nicht so schnell wieder gehen würden.

»So, wir haben den Jungen gemessen und müssen weitermachen. Kann dich jemand mitnehmen, Freyja?«, sagte Huldar, dem die Frage offensichtlich gegen den Strich ging.

Bevor Freyja antworten konnte, sie werde den Bus nehmen, warf Diðrik ein: »Ich bin ausnahmsweise mit dem Auto da. Ich kann dich mitnehmen.«

Das passte Freyja hervorragend, aber sie achtete darauf, keine übertriebene Begeisterung an den Tag zu legen, als sie das Angebot annahm. Sie hätte sich auch auf den Gepäckträger von Diðriks Fahrrad gesetzt, wenn es sein musste. Huldars Entzücken hielt sich sichtlich in Grenzen.

15. KAPITEL

In der Notaufnahme herrschte eine gedämpfte Atmosphäre. Die Leute saßen frustriert auf Plastikstühlen und hatten sich mit der endlosen Warterei abgefunden. Die meisten beugten sich über ihre Smartphones, aber ihren gelangweilten Mienen nach zu urteilen, hatten sie bereits die entlegensten Winkel des Internets durchstreift. Fast alle hoben die Köpfe, als Huldar und Guðlaugur zum Empfang gingen und verkündeten, sie seien von der Polizei. In ihren Gesichtern zeichnete sich ein Hauch von Erwartung ab, der jedoch sofort erstarb, als die beiden Männer hineingebeten wurden. Keine Festnahme, keine Action.

Huldar und Guðlaugur fanden sich in einem menschenleeren Flur wieder, gesäumt von den geschlossenen Türen der Behandlungsräume und vollgestellt mit tragbaren Geräten und diversen Rollwagen, die auf ihren Einsatz warteten. Eine Tür ging auf, doch die herauseilende Krankenschwester ignorierte sie und hastete sofort in den nächsten Raum. Die langen Wartezeiten waren definitiv nicht auf die Faulheit der Mitarbeiter zurückzuführen.

»Ich muss zurück zur Wache. Wo ist denn diese Ärztin?« Guðlaugur stand schon unter Strom, seit Erla ihm und Huldar die Autofahrt mit Siggi aufgedrückt hatte.

»Vielleicht operiert sie gerade einen offenen Bruch. In den Online-Nachrichten stand, dass schon wieder ein Tourist von einem Berg gestürzt ist. Könnte sein, dass wir den ganzen Tag warten müssen.«

Bei Guðlaugurs geschocktem Gesichtsausdruck bereute Huldar seine Frotzelei schon wieder. Er glaubte zu wissen, warum sein Kollege so nervös war: Er musste sich vor der Teambesprechung morgen früh noch die restlichen Aufnahmen aus der Innenstadt anschauen und fürchtete, dass Erla jemand anderen damit beauftragen würde, wenn er nicht rechtzeitig wieder an seinem Schreibtisch saß. Aber dummerweise vergaß er auch meistens zu humpeln, wenn sie in der Nähe war.

»Wir sind schnell wieder auf der Wache«, versicherte Huldar ihm. »Keine Sorge – Erla überlässt die Aufnahmen bestimmt niemand anderem. Dafür sind wir viel zu unterbesetzt.« Das stimmte. Erla hatte Schwierigkeiten, alle Aufgaben zu verteilen, und musste einiges selbst übernehmen, worunter ihre Teamleitung litt. Gerade erst hatte sie Helgis Bruder Leifur allein vernehmen müssen, ihrer Ansicht nach pure Zeitverschwendung, denn er hatte genau dasselbe gesagt wie seine Eltern: Helgi hatte keine Feinde, er kannte keinen Siggi, geschweige denn irgendwelche an Land gespülten Leichen.

Die Ermittlungen gingen einfach nicht voran. Aber mit ein bisschen Glück hatten sie jetzt vielleicht einen Wendepunkt erreicht.

Bevor Guðlaugur etwas entgegnen konnte, tippte jemand Huldar auf die Schulter, und er drehte sich um. Hinter ihm stand eine Frau mittleren Alters in einem weißen Kittel. Sie war dünn und sah müde aus. Als sich herausstellte, dass es die

Ärztin war, die die Polizisten empfangen sollte, stellten sie sich höflich lächelnd vor. Der Händedruck der Ärztin war fest, und nach einer knappen Begrüßung sagte sie: »Ich habe höchstens eine Viertelstunde Zeit, wir sollten also direkt loslegen.« Ohne viel Aufhebens brachte sie Huldar und Guðlaugur in einen kleinen Raum mit Schreibtisch, Computer und zwei Stühlen für Gäste. Es gab eine kurze Unterbrechung, als die Männer sich bemühten, ihre langen Beine in dem Kabuff unterzubringen.

»Wir haben unser Archiv auf die Informationen überprüft, die Sie uns durchgegeben haben.« Die Frau legte die Hand auf einige Ausdrucke neben ihrer Tastatur. Ihre Fingernägel waren extrem kurz geschnitten, und sie trug keine Ringe oder anderen Schmuck. »Habe ich das richtig verstanden, dass Sie eine Frau suchen, die zwischen Weihnachten und Neujahr mit einer Kopfverletzung hier war?« Huldar und Guðlaugur nickten pflichtschuldig, unterbrachen die Ärztin aber nicht, um ihre kostbare Zeit nicht zu vergeuden. Sie nickte zurück und sagte: »Ich glaube, wir haben die Frau gefunden.«

Huldar hielt es für gerechtfertigt, wenigstens kurz mal den Mund aufzumachen. »Sehr gut. Das ist sehr gut.« Endlich ging es voran.

Die Ärztin ignorierte seine Zustimmung und sprach weiter: »Wir können zwar nicht ganz sicher sein, dass es sich um die Person handelt, nach der Sie suchen, aber das ist die einzige Patientin, auf die Ihre Beschreibung zutrifft.« Sie warf einen Blick auf die Ausdrucke, nahm das oberste Blatt und fasste mit mechanischer Stimme zusammen: »Der Vorfall, den wir für passend halten, ist folgender: 27. Dezember, Kopfverletzung nach einem Schlag. Die Frau hatte eine stark angeschwollene blutende Wunde an der rechten Schläfe, begleitet von Übelkeit und Kopfschmerzen, was auf eine Gehirnerschütterung hindeutete. Die Wunde wurde mit fünf Stichen genäht, die Patientin blieb zur Beobachtung hier, bis wir eine schlimme Gehirnerschütterung oder Einblutung ausschließen konnten. Zudem haben wir uns vergewissert, dass ihr ungeborenes Kind keinen Schaden genommen hatte. Da es diesbezüglich keine Komplikationen gab, wurde sie nach vier Stunden entlassen. Ihr wurde empfohlen, sich Ruhe zu gönnen und im Falle von Schwindel sofort Kontakt aufzunehmen. Oder bei Kopfschmerzen, Übelkeit oder Verwirrung. Aber wir hörten nichts mehr von ihr. Ich weiß nicht, wo die Fäden gezogen wurden, vermutlich bei ihrem Hausarzt.«

Huldar rutschte ungeduldig auf seinem Stuhl herum. Er wollte keine detaillierte Beschreibung der Verletzungen, sondern den Namen der Frau. Er hatte schon beschlossen, dass Guðlaugur sie zurück zur Wache fahren sollte, damit er unterwegs nach Siggis Mutter googeln konnte. »Verstehe.« Doch bevor er sie danach fragen konnte, fuhr die Ärztin bereits fort:

»Bevor ich weiter ins Detail gehe, sollte ich Ihnen etwas über die Ursache der Verletzung sagen.«

Huldar stöhnte innerlich, nickte aber mit geheucheltem Interesse.

»Die Frau behauptete, gegen eine offene Schranktür gestoßen zu sein. Ich hatte an dem Abend Dienst und habe sie untersucht.« Die Ärztin machte eine Kunstpause. »Ich bin mir sehr sicher, dass sie sich das ausgedacht hat.«

»Ausgedacht?«, fragte Guðlaugur, obwohl sie beide genau wussten, worauf die Ärztin hinauswollte.

»Ja, ausgedacht. Die Wunde war kreisrund und ganz anders, als wenn man sich an einer Tür stößt. Wenn ich raten sollte, würde ich sagen, jemand hat ihr ein Glas an den Kopf geschmissen. Oder absichtlich gegen den Kopf geknallt. Das würde den Schnitt erklären, der von einem scharfen Gegenstand verursacht wurde. Mir ist noch keine runde Schranktür mit messerscharfem Rand begegnet.«

»Häusliche Gewalt«, warf Huldar ein.

»Ja, sehr wahrscheinlich.« Die Ärztin schaute von ihren Ausdrucken hoch. »In meinen Augen ein klassischer Fall, auch wenn die Patientin das nicht zugeben wollte. Kein Augenkontakt, eine unglaubwürdige Aussage und leichte Anzeichen von älteren Verletzungen, die sie nicht überzeugend erklären konnte. Ich habe im Geiste alle typischen Faktoren abgehakt. Die Frau wirkte geradezu erleichtert, was auch typisch ist für Opfer von häuslicher Gewalt. Sie wissen schon lange, dass es bald zu einem neuen Übergriff kommt, und wenn der vorbei ist, können sie kurz aufatmen, alles läuft gut, und sie können sich entspannen. Das Schlimmste ist vorbei, vorübergehend.«

Auf ihrer Stirn bildeten sich tiefe, waagerechte Falten. »Jemand hat das mal als Erdbeben beschrieben. Die Spannung baut sich auf und löst sich in einem heftigen Beben. Danach beginnt der Prozess von vorne.« Sie nahm ein anderes Blatt und überflog es. »Wie üblich in solchen Fällen, habe ich sie zu einem Screening geschickt, aber ihre Antworten waren alle darauf ausgerichtet, ihren Mann zu schützen. So ist es meistens.« Sie legte die Ausdrucke weg. »Aber vielleicht liege ich auch falsch, das kann ich nicht ausschließen. Solche Fälle sind kompliziert. Aber ich hielt es für richtig, Ihnen das zu sagen.«

Huldar war hellhörig geworden. Der Name konnte warten. Unter diesen Umständen konnte der gewalttätige Ehemann am ehesten etwas mit dem Verschwinden seiner Frau zu tun haben. Es war kein Geheimnis, dass es sich bei jedem zweiten Mord in Island um eine Beziehungstat handelte. Hoffentlich war Siggis Mutter nicht die nächste in der Statistik. »Soweit wir wissen, hatte ihr Mann sie hergebracht. Und ihr kleiner Sohn war dabei. Haben Sie mit dem Mann gesprochen?«

»Ja, kurz. Die Frau wollte, dass er mit in den Untersuchungsraum kommt, aber das habe ich verhindert. Ich hatte sofort den Verdacht, dass er sie geschlagen hat, und ein Screening ist natürlich in Anwesenheit des Täters sinnlos. Sie musste meine Entscheidung akzeptieren, war aber sehr nervös, wahrscheinlich weil sie Angst hatte, dass ihr Mann sich aufregen würde, wenn er draußen warten musste. Ich habe ihren kleinen Sohn als Grund vorgeschoben, es sei nicht gut für ihn, bei der Behandlung dabei zu sein, und das schien der Mann zu verstehen. Daraufhin hat er sich beruhigt.«

»War das der einzige Kontakt zwischen Ihnen und dem Ehemann?«

»Nein. Ich habe ihn zur Seite genommen, während sie entlassen wurde, und ihm gesagt, auf welche Symptome er achten soll und dass seine Frau in den nächsten vierundzwanzig Stunden Ruhe braucht.«

»Sie haben Ihren Verdacht nicht geäußert?«

»Doch, aber ich habe ihm nur gesagt, dass die Beschreibung des Unfalls meiner Ansicht nach nicht stimmen kann. Der Junge schien bei der langen Warterei eingeschlafen zu sein, aber ich konnte sein Gesicht nicht sehen und wollte nicht weiter darüber sprechen, für den Fall, dass er doch wach war und uns zuhörte. Außerdem hätte ich dem Mann nicht viel sagen können, was er nicht sowieso schon wusste. Wenn gewalttätige Partner ihr Verhalten noch nicht einmal für ihre Familie ändern – für die Menschen, die ihnen am nächsten sind –, warum sollten sie es dann für uns tun, nur weil wir ihnen hier im Krankenhaus ins Gewissen reden? Aber er war erschrocken. Ich kann nur hoffen, dass die Möglichkeit, aufzufliegen, eine abschreckende Wirkung auf ihn hat. Aber vielleicht ist das ja naiv.«

Huldar gab der Ärztin ein Foto von Siggi. »Ist das der Junge?«

Die Frau nahm das Bild in die Hand und betrachtete es kurz. »Das kann ich leider nicht sagen. Ich habe sein Gesicht nicht richtig gesehen.«

»Sie haben den Vorfall nicht gemeldet?«

»Nein, habe ich nicht. Wir sind unseren Patienten gegenüber zu Vertraulichkeit verpflichtet und melden nur Vorfälle, bei denen wir glauben, dass der Betreffende oder ihm Nahestehende in Gefahr sind.« Die Ärztin holte tief Luft, bevor sie weitersprach. »Da Sie ja nun hier sind, nehme ich an, dass meine Einschätzung falsch war.«

»Sieht leider ganz so aus.«

»Zu meiner Entschuldigung kann ich nur sagen, dass die Frau zum ersten Mal hier war. Die älteren Verletzungen, die ich bei der Untersuchung gesehen habe, waren alte Prellungen und ein blauer Fleck an einer Stelle auf der Kopfhaut, wo nur Haarstoppel waren. Ich nahm an, dass ihr dort vor kürzerer Zeit Haare ausgerissen wurden. Diese Verletzungen waren allerdings bei Weitem nicht so schlimm wie der Schlag auf den

Kopf. Häusliche Gewalt steigert sich häufig. Wenn es richtig ernst wird, finden die Opfer manchmal einen Ausweg. Sie sind gezwungen, der Tatsache ins Auge zu schauen, dass sich die Situation nicht bessern, sondern immer schlimmer werden wird. Ich dachte, die Frau wäre an diesem Punkt angelangt, auch wenn sie sich mir nicht anvertraut hat.«

Die Ärztin musste sich Huldar gegenüber nicht rechtfertigen. Ihm war vollkommen bewusst, dass häusliche Gewalt ein schwieriges Thema war. Die Beziehung zwischen Opfer und Täter war komplexer als bei vielen anderen Verbrechen, mit denen sie zu tun hatten. Auch wenn Huldar kein Experte auf diesem Gebiet war, wusste er, dass die Opfer in widersprüchlichen Emotionen gefangen waren: Angst, Wut, Liebe, Hass, Schuldgefühle, Selbstvorwürfe, Verachtung und Scham. Diese Mischung machte es den Opfern fast unmöglich, ihre Ehepartner anzuzeigen oder zu verlassen. Stattdessen resignierten sie oder klammerten sich an die absurde Hoffnung, dass es bald aufhören würde.

»Es ist keineswegs sicher, dass ihr Verschwinden etwas mit ihrem Mann zu tun hat«, erklärte Huldar, um es der Ärztin leichter zu machen. »Wir wissen noch nicht einmal, ob sie wirklich verschwunden ist. Wir können sie nur nicht finden.«

Die Ärztin schaute wieder auf ihren Bericht. »Wenn ich richtig gerechnet habe, müsste sie jetzt im achten Monat sein.« Sie schaute Huldar in die Augen. »Wenn sie wirklich verschwunden ist, dann hoffe ich sehr, dass Sie sie möglichst schnell finden.«

»Wir auch.« Huldar zog ein Notizbuch aus seiner Anoraktasche und klappte es in der Mitte auf. Trotz der eingeknickten

Ecken waren noch alle Seiten leer. Normalerweise vertraute er auf sein gutes Gedächtnis, doch bei dem sehnlich erwarteten Namen von Siggis Mutter ging er lieber auf Nummer sicher. »Wenn wir den Namen der Frau haben, können wir die Suche beschleunigen.«

Die Ärztin machte ein abweisendes Gesicht. »Den kann ich Ihnen leider erst sagen, wenn es einen Gerichtsbeschluss gibt. Das wissen Sie doch. Wir sind zur Vertraulichkeit gegenüber unseren Patienten verpflichtet. Ich habe offen mit Ihnen über den Fall geredet, aber nur unter der Wahrung der Anonymität der Patientin. Hier muss ich leider einen Strich ziehen.«

Guðlaugur verzog den Mund. »Das verstehe ich nicht. Können Sie nicht einfach Anzeige wegen häuslicher Gewalt erstatten? Das liegt doch in Ihrem Ermessen.«

»Nur wenn ich es begründen kann. Das kann ich jetzt nicht mehr, mehr als sechs Wochen nach dem Vorfall. Verstöße gegen die Vorschriften werden hier sehr ernst genommen. Und wir sind schon unterbesetzt – es wäre eine Katastrophe, wenn man mich vorübergehend suspendiert, solange der Fall untersucht wird.«

»Aber das ist ein Notfall.« Guðlaugur wollte noch nicht aufgeben. Auch wenn man bei Mordfällen relativ leicht einen Gerichtsbeschluss bekam, würden die Formalitäten etwas dauern. Bei Durchsuchungsbefehlen, Telefonüberwachung und der Herausgabe von Bankdaten ging das schneller als bei sensiblen persönlichen Daten wie Krankenberichten. Besonders, wenn die Polizei sich nicht einmal sicher war, dass es sich wirklich um die richtige Person handelte.

»Wenn ich das dem Ethikkomitee beschreiben müsste,

würde Ihr Notfall so lauten: Die Polizei suchte eine Frau, von der sie nicht wusste, ob sie wirklich verschwunden war oder wie sie hieß. Sie behaupteten, sie sei zwischen Weihnachten und Neujahr in die Notaufnahme gekommen, waren sich aber nicht sicher. Ich händigte ihnen die Krankenakte und den Namen einer Frau aus, von der ich meinte, es könnte die richtige sein. Aber ich war mir auch nicht ganz sicher.« Die Ärztin erhob sich. »Nein, tut mir leid. Ich brauche einen Gerichtsbeschluss.« Sie schob die Ausdrucke in die Mitte des Tischs. Bevor Guðlaugur weiter protestieren konnte, fügte sie hinzu: »Doch da es wirklich dringend ist, werde ich den diensthabenden Oberarzt konsultieren. Vielleicht bewertet er die Situation ja anders, wobei ich das nicht glaube. Bitte warten Sie einen Moment.«

Als sie an der Tür stand, drehte sie sich noch einmal um und warf einen demonstrativen Blick auf den Schreibtisch. Dann ging sie raus.

Grinsend griff Huldar nach den Ausdrucken. Guðlaugur hob empört die Augenbrauen, machte aber keine Anstalten, ihn davon abzuhalten.

»Sigurlaug Lára Lárusdóttir.« Huldar legte die Ausdrucke zurück auf den Tisch. Der Rest interessierte ihn nicht. Endlich.

Als die Ärztin zurückkam, eröffnete sie ihnen, dass der Oberarzt ihre Bitte abgelehnt habe. Als sie sich zum Abschied die Hände schüttelten, wirkte sie nicht im Geringsten erstaunt, als Huldar ihr sein allerherzlichstes Lächeln schenkte und sich überschwänglich für ihre Hilfe bedankte.

Zurück auf dem Parkplatz, warf er Guðlaugur die Autoschlüssel zu. »Du fährst.«

16. KAPITEL

Huldar hatte noch nie eine Wohnung von einer Familie mit Kindern betreten, die so aussah. Dabei ging es nicht um die Möbel, die Einrichtung oder die Aussicht – das war ziemlich unspektakulär –, sondern um die Ordnung. Die Wohnung sah aus wie ein Showroom. Nicht der Hauch eines Staubkörnchens und keine herumliegenden Sachen. Selbst die Küchentücher schienen mit Hilfe eines Lineals zusammengefaltet worden zu sein. In den Schränken war alles perfekt sortiert, in geraden, ordentlichen Reihen, und noch nicht einmal die Konservendosen waren verstaubt. Der Kühlschrank sah nagelneu aus, von außen wie von innen – keine eingetrockneten Milchreste am Ausguss der Verpackung, keine verschrumpelten Zitronen oder matschiger Salat im Gemüsefach.

Huldar mochte kein Chaos, aber dieser Ordnungswahn war selbst ihm zu viel. Zumal hier ein Kind lebte. Seine fünf Schwestern hatten alle Kinder, eine sogar vier – ausschließlich Jungs wie Siggi –, und Huldar war bisher nach jedem Besuch nach Hause gehumpelt, weil er über Legosteine gestolpert war. Siggis Spielzeug befand sich hingegen nur im Kinderzimmer, einsortiert in Spielzeugkisten oder aufgereiht in einem kleinen Regal. Selbst seine Kleidung lag gefaltet in Schubladen oder hing im

Schrank. Keine einzelne Socke unter dem Bett oder in einer Ecke. Das Einzige, was nicht aussah wie ein Foto in einem IKEA-Katalog, war sein ungemachtes Bett.

Bei dieser Pingeligkeit musste Huldar sofort an Helgi denken. In beiden Wohnungen befand sich alles am richtigen Platz, und alle Oberflächen glänzten. Doch da hörte die Ähnlichkeit auf. Helgis Wohnung war protzig, während man hier direkt sah, dass das Geld knapp war.

»Sieht aus, als wäre der Junge schlafend aus dem Bett geholt worden. Das passt ja auch zu seiner Aussage.« Huldar stieß mit seiner latexbehandschuhten Hand einen Globus an, der auf einer weiß lackierten Kommode stand, und sah zu, wie er sich drehte. Als der Globus anhielt, war das Mittelmeer vorne. Die Insel Mallorca war mit einem roten Filzstift eingekreist. »So, wie das hier aussieht, wird morgens garantiert sofort sein Bett gemacht.«

»Hm.« Schwer zu sagen, ob Guðlaugurs Gemurmel Zustimmung oder Zweifel ausdrücken sollte. Er kniete auf allen vieren und spähte unter Siggis Bett. Nach ihrer Rückkehr ins Büro war er erleichtert gewesen, hatte aber gerade erst die Überprüfung der Aufnahmen fortgesetzt, als Erla den Hausdurchsuchungsbefehl bekam und Huldar und ihn wieder losschickte.

Huldar war froh darüber gewesen, anders als Guðlaugur, aber der hatte sich auch wieder eingekriegt, nachdem Erla ihm grünes Licht gegeben hatte, dass er für das restliche Checken der Aufnahmen Überstunden machen könne.

»Ist es bei dir zu Hause auch so ordentlich?« Huldar zog eine Schublade mit gefalteten T-Shirts heraus. Auf dem obersten prangte eine Comicfigur, ein fetter Dinosaurier mit breitem

Grinsen, roten Wangen und einer Blume in der Pranke. Fern jeglicher Realität.

»Nee, überhaupt nicht.« Guðlaugur erhob sich wieder. »Keine einzige Fluse unter dem Bett.«

Lína erschien in der Türöffnung, genauso verwundert wie die Männer. Sie hatte das Badezimmer durchsucht, in dem auch die Waschmaschine stand. »Ist ja echt strange hier.«

Guðlaugur zuckte nur die Achseln, während Huldar entgegnete: »Entweder war hier ein ganzer Reinigungstrupp zugange oder jemand hat einen krankhaften Putzfimmel.«

»Noch nicht mal Zahnpastareste im Waschbecken. Der Spiegel sieht aus wie poliert und das Klo, als wäre es heute Morgen installiert worden. Ich hab eher den Eindruck, dass hier gar keiner wohnt. Das ist nur ein Fake.«

Huldar schaute sich um. »Oder jemand hat gründlich geputzt, um die Spuren eines Verbrechens zu beseitigen.«

Sie hatten Sigurlaug Láras Adresse im Einwohnerverzeichnis gefunden. Die Wohnung befand sich in einem Wohnblock in Grafarholt, einem neuen Vorort am Stadtrand. Siggis Beschreibung stimmte nicht ganz, denn man konnte das Meer erahnen, ein großes Hochhaus verdeckte die Hallgrímskirkja nur zum Teil, und der Berg Esja war auch zwischen den Nachbarhäusern zu sehen.

Erla hatte nicht weiter nachgefragt, wie Huldar an Sigurlaugs Namen gekommen war. Anscheinend vertraute sie ihm noch genug, um nicht nachzuhaken, als er ihr erklärt hatte, sie solle das lieber nicht wissen. Im Gegenzug hatte er sie nicht gefragt, wie sie ihren Antrag auf einen Durchsuchungsbefehl begründen wolle. Vielleicht hatte sie einfach nur betont, dass es bei der Suche nach den Vermissten um Leben und Tod ginge. Jedenfalls wurde der Antrag in Rekordtempo genehmigt.

Der Eintrag im Einwohnerregister hatte auch ans Licht gebracht, warum die Suche nach Siggis Eltern erfolglos geblieben war. Sein Vater hieß Margeir – ein Name, der überhaupt nicht mit S anfing, wie man bei dem Spitznamen Sibbi vermuten würde.

Erla war an die Decke gegangen, als das rausgekommen war. Wie konnte jemand, der Margeir hieß, einen solchen Spitznamen haben? Lína kriegte den Tobsuchtsanfall ab, ließ ihn aber regungslos über sich ergehen, bis Huldar es nicht mehr mitansehen konnte und sich einmischte. Daraufhin richtete sich Erlas Wut gegen ihn, aber er war einiges gewöhnt.

Vor der Beantragung des Durchsuchungsbefehls waren Sigurlaugs Mutter und die Eltern ihres Ehemanns befragt worden. Die sagten, sie hätten nur sporadisch Kontakt zu ihrem Sohn und hätten sich deshalb keine Sorgen gemacht. Bei Sigurlaugs Mutter sah die Sache anders aus. Sie sagte, sie sei ein bisschen beunruhigt gewesen, weil sie seit Samstag nichts mehr von ihrer Tochter gehört hätte. Normalerweise hätten sie täglich Kontakt, aber sie habe selbst nicht bei ihr angerufen, aus Sorge, dass ihr Mann Margeir ans Telefon gehen würde, und das wolle sie möglichst vermeiden. Telefonate mit engeren Freunden des Ehepaars, deren Namen sie von den Eltern bekommen hatten, ergaben dasselbe Bild. Seit mehreren Tagen hatte keiner mehr etwas von Sigurlaug oder Margeir gehört. Doch auch hier lautete die einhellige Aussage, man stünde nicht mehr regelmäßig in Kontakt. Alle, mit denen die Polizei gesprochen hatte, waren sich einig, dass Siggi von seinen Eltern heiß geliebt wurde. Keiner glaubte, dass sie sich einfach aus dem Staub machen und ihn allein lassen würden. Und keiner wusste von einer Verbindung der Eheleute zu Helgi, dem Ermordeten.

Huldar ließ den Blick weiter durch das mustergültige Kinderzimmer streifen. Guðlaugur und er hatten hier schon alles durchforstet. »Ich glaube, wir finden hier nichts. Vielleicht kann die SpuSi Spuren von Blut ausmachen, das weggewischt wurde. Die sollen auch den Bettrahmen auf Fingerabdrücke untersuchen, falls die Person, die Siggi mitgenommen hat, ihn angefasst hat. Würde mich zwar wundern, aber man weiß ja nie.« In dem Wohnblock gab es kein Überwachungssystem, das hätte aufzeichnen können, wer den schlafenden Jungen aus der Wohnung getragen hatte. In dem Stadtviertel gab es auch keine Sicherheitskameras, sodass man kein wegfahrendes Auto identifizieren konnte.

»Mit dem Schlafzimmer sind wir auch fertig«, verkündete Lína. »Das ist genauso makellos wie der Rest der Wohnung. Das Bett ist frisch bezogen. Willst du das auch auf Fingerabdrücke untersuchen lassen?«

»Das soll Erla entscheiden. Sie kommt bestimmt gleich zurück.« Erla hatte die Wohnungsdurchsuchung geleitet, bis sie einen Anruf bekommen hatte und in den Hausflur gegangen war. Huldar vermutete, dass es ihr Vorgesetzter war, der die Ermittlungen genau verfolgte, seit die Presse am Nachmittag darüber berichtet hatte. Das würde ihre Laune bestimmt nicht verbessern.

Alle mutmaßlich wichtigen Dinge, die sie gefunden hatten, lagen auf dem Wohnzimmertisch: Ein Schal mit dunklen Flecken – wahrscheinlich Siggis Geburtstagsgeschenk an seine

Mutter –, ein weißer und ein schwarzer Laptop, zwei Aktenordner mit ordentlich eingehefteter Haushaltsführung, Post, die zerrissen im Müll gelegen hatte, der Personalausweis der Mutter, ihr Portemonnaie mit Kreditkarten und Führerschein. Außerdem noch eine kaputte Tonvase, in drei Teile zersplittert, die man im Schrank gefunden hatte. Womöglich war das bei einer tätlichen Auseinandersetzung geschehen, wobei die Vase dann wohl eher nicht aufbewahrt worden wäre. Im selben Schrank lagen noch mehr kaputte Gegenstände, zerbrochenes Porzellan und zerrissene Halsketten, offenbar, um sie irgendwann reparieren zu lassen. Jeder hatte doch eine solche Schublade, in der die Dinge verstaubten. Die Familie des kleinen Siggi schien allerdings ungeschickter zu sein als andere Leute. Das würde jedenfalls alles in die Kriminaltechnik geschickt und auf Fingerabdrücke untersucht werden.

»Ich kann ja mal versuchen, die Papierschnipsel zusammenzusetzen«, schlug Lína vor, die neben dem Tisch mit den Beweismitteln stand. »Ich hab in der Grundschule einen Puzzlewettbewerb gewonnen.« Sie hob die Hände hoch, um zu zeigen, dass sie ihre Latexhandschuhe noch anhatte.

»Von mir aus.« Huldar zog einen Stuhl von dem Bartresen heran, der die Küche vom Wohn- und Esszimmer abgrenzte. »Aber lass das lieber nicht Erla sehen, sonst drückt sie dir bestimmt auf, den Müll aus Helgis Hochhaus nach dem Brief zu durchsuchen, den er zerrissen hat. Soviel ich weiß, wurde der nämlich zur Wache gebracht, und zwar tonnenweise.« Er setzte sich und starrte die glänzenden Fliesen über dem Herd an. Er bezweifelte, dass der Ehemann für diese obsessive Putzerei verantwortlich war.

»Das sind Briefe von der Bank. Und einer von der Firma, von der sie den Autokredit haben.« Lína puzzelte weiter. »Scheiße, die waren total verschuldet. Kurz davor, das Auto zu verlieren. Und ihr Wohnungskredit sollte auch gekündigt werden.«

»Da sind sie nicht die Einzigen. Trotzdem haut nicht jeder gleich ab und lässt sein Kind in einer fremden Wohnung«, warf Guðlaugur ein, leicht genervt von Lína.

»Aber wer Gefahr läuft, alles zu verlieren, verhält sich anders als sonst. Das ist also auf jeden Fall wichtig«, lenkte Huldar ein. »Wir müssen beim Kreditgeber nachfragen, ob ihnen der Wagen schon abgenommen wurde. Vielleicht steht er ja deshalb nicht vorm Haus.« Bevor sie hereingekommen waren, hatten sie den Parkplatz des Wohnblocks nach einem weißen Yaris abgesucht, aber keinen gefunden.

In diesem Moment ging die Tür auf, und Erla kam herein. »Seid ihr fertig? Kann ich die SpuSi rufen?«

»Ja, ich denke schon.« Huldar versuchte, an Erlas Gesicht abzulesen, ob das Telefonat ausnahmsweise einmal positiv gewesen war, aber sie schaute ihn ausdruckslos an. »Das Ehepaar scheint kurz vor der Pleite gewesen zu sein.«

»Ach, wirklich?« Erla steckte das Handy in die Tasche und ging zu dem Tisch mit den Papierschnipseln, ohne zu fragen, wer sie zusammengesetzt hatte. »Das wirft ein ganz neues Licht auf den Fall. Vielleicht haben wir es mit Selbstmord zu tun.«

Huldar hatte plötzlich eine Idee. »Wurde die Leiche aus dem Lavafeld schon offiziell identifiziert?«

»Ja, von den Eltern. Wieso?« Erla schaute von den Briefen auf.

»Ach, ich dachte nur, der Tote könnte vielleicht dieser Margeir sein – mit Helgis Portemonnaie in der Tasche. Das Ganze könnte eine Verwechslung sein, und dieser reiche Typ badet gerade in der Karibik in Champagner, ohne die geringste Ahnung, dass wir ihn für tot halten.«

»Nein, es ist Helgi. Falls dieses Ehepaar Suizid begangen hat, müssen wir ihre Leichen noch finden.«

»Ich glaube nicht, dass eine hochschwangere Frau Selbstmord begehen würde.« Línas entsetztem Gesichtsausdruck nach zu urteilen, schien sie sich die Szene gerade lebhaft vorzustellen. »Nicht so kurz vor der Geburt. Das Kind könnte zur Welt kommen, während sie in den letzten Zügen liegt, das könnte doch keine Mutter ertragen.«

Guðlaugur schnaubte nur verächtlich, aber Erla ignorierte ihn. »Da hast du sicher recht. Es ist kein Problem, ein Neugeborenes in gute Hände zu geben. Falls die Frau sich umbringen wollte, hätte sie damit gewartet. Ich glaube eher, dass dieses Arschloch von Ehemann sie wie üblich verdroschen hat und zu weit gegangen ist.«

»Davon sieht man hier aber nichts.« Huldar ließ den Blick durch den Raum wandern. »Er hätte die Spuren natürlich beseitigen können, die Wohnung ist extrem sauber und ordentlich. Aber wenn man einen Mord oder einen brutalen Übergriff vertuschen will, faltet man wohl kaum die Wäsche und legt sie in den Schrank. Bleibt die Frage, wo die beiden sind, lebendig oder tot.«

»Und wer den Investor getötet hat.« Erla zeigte auf die Gegenstände auf dem Tisch. »Ihr habt keine Verbindung zu ihm gefunden?«

»Nein, nichts. Wir müssen noch die Computer checken, vielleicht findet sich da was. Oder bei den Telefonverbindungen.«

»Was ist mit Handys? Keine Spur davon?«

»Nein, leider nicht.« Sigurlaugs Handy war nicht in ihrer Handtasche. Auf den Nachttischen im Schlafzimmer lagen zwei Ladegeräte, die Kabel sorgfältig aufgerollt. Warum war Sigurlaugs Handy verschwunden, aber ihr Portemonnaie mit allen Kreditkarten noch da? Da sie ihre Handtasche zurückgelassen hatte, schien sie die Wohnung nicht freiwillig verlassen zu haben, aber warum hätte derjenige, der sie entführt hatte, ihr Handy mitnehmen sollen? Heutzutage wusste doch jedes Kind, dass man eingeschaltete Handys orten konnte. Oder Sigurlaug hatte das Handy mitnehmen können, ohne dass er es bemerkt hatte. Aber warum rief sie dann keine Hilfe? Das sah gar nicht gut aus. Die Brieftasche ihres Mannes war hingegen spurlos verschwunden.

»Ich soll ein paar Klamotten für den Jungen mitnehmen. Könntet ihr was zusammensuchen? Sieht so aus, als würde er zu seiner Großmutter kommen.« Erla wartete auf Freiwillige, doch alle schwiegen verbissen. Keiner von ihnen hatte Kinder. Am Ende erhob sich Huldar von dem Barhocker und erklärte sich dazu bereit. Er hatte immerhin einen Haufen Neffen.

Mit einer Tüte ging Huldar ins Kinderzimmer. Zuerst legte er Unterwäsche und Socken hinein, sehr sorgfältig, da er sich dem Einfluss der penibel eingeräumten Schubladen nicht entziehen konnte. Dann nahm er ein paar T-Shirts, darunter das mit dem Dinosaurier, und drei Hosen. Schließlich noch einen

Schlafanzug, das musste reichen. Hoffentlich fanden sie Siggis Eltern, bevor er noch mehr Kleidung benötigte.

Huldars Blick fiel wieder auf das Bett und schweifte dann durchs Zimmer. Das Kaninchen, von dem Siggi gesprochen hatte, war nirgends zu sehen. Es war auch nicht in Helgis Wohnung gewesen. Vielleicht hatte er es im Auto des Entführers liegen gelassen, aber das kam Huldar angesichts seiner Erfahrungen als Streifenpolizist unwahrscheinlich vor. Damals hatte er öfter Kinder aus schwierigen Familien holen müssen, und wenn sie ein Lieblingsstofftier hatten, hätte man es ihnen nur mit Gewalt entreißen können, sobald sie sich in einer fremden Umgebung befanden.

Irgendetwas stimmte hier nicht. Huldar korrigierte sich: Hier stimmte gar nichts. Absolut gar nichts.

17. KAPITEL

Siggi saß seiner Großmutter gegenüber auf einem Stuhl und malte, als könnte er kein Wässerchen trüben. Die Frau war um die sechzig, groß und schlank, mit geradem Rücken und hellen Augen. Sie war gebräunt, aber von der Halsmitte abwärts käseweiß, ein Outdoortyp, Wandern oder Golfen, jedenfalls keine, die sich sofort in die Sonne legte, wenn es aufklarte. Sie sah zehn Jahre jünger aus, aber ihre Hände verrieten sie, ausgeprägte Adern unter einer schlaffen Haut. Sie hieß Margrét, hatte Freyja aber gebeten, sie Magga zu nennen.

Freyja hatte den Eindruck, dass sie sich für den Besuch zurechtgemacht hatte, aber der Lippenstift stand ihr nicht besonders gut – vielleicht hatte sie ihn unterwegs in einer Apotheke gekauft.

»Ich bin wirklich sprachlos. Man hört ja so viel über Ihre unmenschlichen Methoden, aber ich wäre nie auf die Idee gekommen, dass das stimmt!« Ihr Blick wanderte von Freyja zu ihrem Enkel.

»Wir müssen uns an bestimmte Regeln halten, das hat nichts mit Ihnen persönlich zu tun, glauben Sie mir.« Freyja war die undankbare Aufgabe zugefallen, Siggis Großmutter mitzuteilen, dass sie ihren Enkel noch nicht zu sich nehmen konnte. Es mussten diverse Formalitäten eingehalten werden, um die Interessen der Kinder zu wahren, die in der Obhut des Jugendamts landeten. Nahe Verwandte mochten das für ungerecht und für die Willkür eines rücksichtslosen Systems halten.

Was keineswegs stimmte. Die Situation war nun mal höchst ungewöhnlich. Normalerweise waren einer oder beide Elternteile anwesend, um den Maßnahmen zuzustimmen. »Wir werden eine vorübergehende Lösung finden, mit der Sie hoffentlich zufrieden sind. Es wird nicht lange dauern. Alle, die in den Fall involviert sind, wissen, dass es dringend ist.« Freyja musste in Anwesenheit von Siggi auf ihre Wortwahl achten. Er zeigte zwar kein besonderes Interesse an dem Gespräch, hörte aber trotzdem zu.

»Wollen Sie wirklich meine Wohnverhältnisse überprüfen?« Die Großmutter musterte das dürftig ausgestattete Wohnzimmer in der kleinen Notunterkunft. »Soll das ein Witz sein? Wer hat denn das hier eingerichtet?« Ihr Blick blieb an dem abgegriffenen Spielzeug hängen, das im Raum verstreut lag.

Freyja zog es vor, nicht darauf einzugehen. Sie schaute zu Siggi, der gerade mit einem roten Stift den Kopf eines Strichmännchens überkritzelte. »Hat Siggi eigentlich schon immer so gemalt, Magga?«

Die Großmutter drehte sich zu ihrem Enkelkind und sah zu, wie Siggi weiterkritzelte, bis der Kopf der Figur unter den roten Strichen nicht mehr zu erkennen war. Dann schaute sie irritiert zu Freyja. »Das habe ich noch nie gesehen. Aber ich muss gestehen, dass ich im letzten Jahr kaum Kontakt zu ihm hatte. Viel weniger, als meine Tochter und ich uns gewünscht hätten.«

»Was stand dem denn im Wege?«

Die Frau formte mit den Lippen die Worte »sein Vater«.

»Ich verstehe.« Dann fragte Freyja Siggi: »Was ist denn das Rote auf deinem Bild?«

Der Junge hörte auf zu kritzeln und schaute Freyja schläfrig an. »Sag ich nicht.«

»Verstehe.« Freyja lächelte. »Und wer ist das auf dem Bild? Das kannst du mir doch ruhig sagen.«

»Mama.«

Die Großmutter sog scharf die Luft ein. Im selben Moment steckte die Betreuerin den Kopf durch die Tür und fragte, ob Siggi mit den anderen Kindern Kakao trinken und Schmalzgebäck essen wolle. Er wollte, rutschte von seinem Stuhl und folgte ihr aus dem Raum. Siggi hatte sich gefreut, seine Oma zu sehen, sie aber nur verhalten begrüßt und sich schnell aus ihrer überschwänglichen Umarmung befreit. Er wollte lieber allein auf einem Stuhl sitzen und malen.

»Er kommt gleich wieder, keine Sorge«, versicherte Freyja der Frau. »In der Zwischenzeit können wir offen miteinander reden. Ich habe das Gefühl, dass Ihnen etwas auf der Seele brennt, das nicht für seine Ohren bestimmt ist.«

Die Frau schloss die Augen und massierte ihre Stirn. »Was ist mit meiner Tochter passiert?«

»Ich weiß es leider nicht. Ich bin nicht von der Polizei. Die haben sicher irgendwelche Theorien, aber darüber bin ich nicht informiert. Auch wenn das ein schwacher Trost ist: Die Suche nach Ihrer Tochter und Ihrem Schwiegersohn hat absolute Priorität.«

»Sibbi ist mir schnurzegal. Von mir aus brauchen sie den gar nicht zu suchen. Ich will, dass sie Systa finden.« Die Frau räusperte sich und schaute dann auf die Tischkante. »Lebendig.«

Freyja wunderte sich nicht, dass Margrét kein großer Fan von ihrem Schwiegersohn war, seit sie wusste, dass der seine Frau misshandelte. Diese Information hatte sie vom Jugendamt, das von der Polizei über die Situation in Kenntnis gesetzt worden war.

Da Freyja bereits in den Fall involviert war, hatte man sie gebeten, weiter daran mitzuarbeiten, beispielsweise der Großmutter mitzuteilen, dass sie ihren Enkel noch nicht mitnehmen durfte, ihre Fragen zu beantworten und ein offenes Ohr für sie zu haben.

Die Anfrage, mit Margrét zu sprechen, war gegen Spätnachmittag bei ihr eingegangen, als sie noch am Schreibtisch gesessen hatte. Zwar handelte es sich um eine vergleichsweise unbedeutende Aufgabe, aber Freyja hatte sich, wie immer, über Mehrarbeit gefreut. Das Jugendamt war derzeit so überlastet, dass sie noch Mitarbeiterin des Monats würde, wenn das so weiterginge. Wenn sie jedoch Tobbis Wohnung bekäme, würden ihre Finanzprobleme der Vergangenheit angehören, und sie müsste keine Überstunden mehr machen. Diese verdammte Schlange hatte auch ihre Vorteile.

»Soweit ich weiß, war Ihr Schwiegersohn Ihrer Tochter gegenüber gewalttätig. War das schon länger so? Schon seit Beginn ihrer Beziehung?«

»Ich weiß nicht, wann das anfing. Kann schon sein, dass es von Anfang an so war. Sie haben sich vor sechs Jahren kennengelernt, waren ein Jahr zusammen, und dann hat Systa die Beziehung beendet. Er ist ihr hinterhergerannt, und sie hatten ein paar Monate lang eine On-Off-Beziehung, bis sie schwanger wurde, da zogen sie zusammen und heirateten. Ich wünschte, sie hätte nicht nachgegeben, aber dann gäbe es Siggi nicht. Es ist kompliziert.« Die Frau hob den Kopf und tupfte sich die feuchten Augen. Dann riss sie sich zusammen, räusperte sich und sprach weiter: »Aber im Nachhinein weiß man ja immer alles besser. Vor drei Jahren, nach Siggis Geburt, ist mir zum ersten Mal was aufgefallen. Systa wollte es nicht zugeben, und ich hatte keine Beweise, aber ich weiß genau, wann sie lügt. Ich habe sie allein großgezogen und kenne sie in- und auswendig. Trotzdem habe ich eine Weile gebraucht, um es zu merken. Ich wäre nie auf die Idee gekommen, dass sie in eine solche Situation gerät, eine so kluge und starke Frau. Aber inzwischen weiß ich, dass das jedem passieren kann.« Sie runzelte die Stirn. »Sie können sich sicher vorstellen, dass ich mich heute frage, ob ich nichts hätte unternehmen können. Aber was hätte ich tun sollen? Ich habe so oft versucht, es anzusprechen. Vielleicht hätte ich die Polizei anrufen und ihnen von meinem Verdacht erzählen sollen. Dann säße ich jetzt vielleicht nicht hier.«

Freyja konnte nicht viel dazu sagen. Das Unaussprechliche hing in der Luft, die Angst, dass ihr Schwiegersohn ihre Tochter totgeschlagen hatte. Sie schauten beide unabsichtlich auf Siggis Bild auf dem Tisch. Freyja hoffte, dass Margrét nicht dasselbe dachte wie sie: dass der Junge dabei gewesen sein könnte. »Siggi hat erzählt, dass seine Mutter Lehrerin ist«, sagte Freyja, bemüht, nicht in der Vergangenheit von Systa zu sprechen. »Wenn ich das richtig verstanden habe, entschied sie sich dafür, bei ihm zu Hause zu bleiben. Die wenigsten isländischen Mütter nehmen vier Jahre Elternzeit, aber Siggi scheint wirklich davon profitiert zu haben.« Bis auf das Desinteresse am Schicksal seiner Eltern und die blutroten Bilder.

»Systa wollte nie vier Jahre Elternzeit nehmen. Sie hatte erst drei Jahre als Lehrerin gearbeitet, als Siggi auf die Welt kam, und liebte ihren Job. Ich glaube, Sibbi hat ihr verboten, zu arbeiten.«

Das war typisch. Wenn der Täter sein Opfer isolieren konnte, war es viel leichter für ihn, seine Taten zu vertuschen, und es bestand weniger Gefahr, dass Außenstehende sich einmischten. »Siggi hat erzählt, dass sie wieder arbeiten wollte, sobald er in den Kindergarten kommt. Aber damit wird sie bestimmt noch warten, bis das neue Baby aus dem Gröbsten heraus ist.«

»Systa hat oft darüber gesprochen, dass sie wieder arbeiten will. Nach Siggis Geburt freute sie sich sehr darauf, wieder aus dem Haus zu kommen. In dem Herbst nach seiner Geburt hatte sie sogar wieder angefangen, zu unterrichten. Siggi war acht Monate und hatte einen Platz bei einer Tagesmutter. Zwei Monate später hörte sie wieder auf, ohne mir zu sagen, warum. Ich habe sie bedrängt, aber dann merkte ich, wie schwer es ihr fiel, mir vorzulügen, dass das wirklich ihre Entscheidung gewesen war. Das war es nicht, das weiß ich genau. Das war alles auf Sibbis Mist gewachsen. Das wird mir jetzt erst so richtig klar.«

Freyja ließ diese Verdächtigungen unkommentiert. Systas Entscheidung konnte die unterschiedlichsten Gründe haben, unabhängig von ihrem Mann, beispielsweise eine Wochenbettdepression oder zu hoher Druck auf der Arbeit. »Hoffen wir mal, dass sie diesmal nach der Babypause wieder arbeiten geht. Gute Lehrer werden dringend gebraucht.«

Margréts Gesicht erhellte sich für einen Moment, doch dann

ließ sie wieder den Kopf hängen. »Wann finden sie Systa endlich? Das Baby könnte jeden Moment kommen. Was geschieht mit dem Kind, wenn sie irgendwo gefangen gehalten wird?«

Freyja legte ihre Hand auf die knochige Hand der Frau. »Es wird bestimmt alles gut gehen mit Ihrer Tochter und dem Baby.«

Die tröstenden Worte bewirkten genau das Gegenteil. Die Frau fing an zu weinen und zog die Hand zurück, um die Tränen wegzuwischen. Freyja sprach einfach weiter, damit sie sich wieder fangen konnte: »Was ist mit dem Vater? Siggi hat mir erzählt, er sei Elektriker. Hat er einen Job?« Freyja vermutete es, da der Junge so stabil wirkte. Wenn er den ganzen Tag mit beiden Elternteilen zusammen gewesen wäre, hätte er vermutlich Schläge, Erniedrigungen, Streit und Geschrei mitbekommen. Wenn der Vater tagsüber arbeitete, beherrschte er sich abends vielleicht, bis der Junge eingeschlafen war. Möglicherweise wirkte Siggi deshalb so ruhig und entspannt. Er war noch so klein, dass seine Eltern viel vor ihm verbergen konnten. Doch diese Zeit wäre bald vorbei.

Margrét schniefte, wischte sich eine Träne von der Wange und antwortete: »Sibbi hatte bis vor einem halben Jahr eine feste Stelle. Jetzt nimmt er wohl Gelegenheitsjobs an. Er redet nicht mit mir, ich weiß nur, was Systa mir erzählt hat. Aber wir sehen uns so selten und sprechen fast nie über ihn. Ich habe auch kein Interesse daran.«

»Gab es einen Streit zwischen Ihnen?«

»Ja, könnte man so sagen. Vor etwa einem Jahr habe ich ihm offen gesagt, dass ich glaube, dass er Systa misshandelt. Sie waren in Spanien im Urlaub gewesen, und danach konnte man deutlich sehen, dass er sie geschlagen hatte. Vor dem Urlaub wirkte alles ungewöhnlich harmonisch, aber das hielt wohl nicht lange. Als sie zurückkamen, hatte sie zwei Veilchen und Blutergüsse am Hals. Sie erzählte was von einem Sturz mit dem Fahrrad, aber das habe ich ihr einfach nicht geglaubt. Als ich Margeir darauf ansprach, drehte er durch und hätte mich fast angegriffen. Es endete damit, dass er mich rausschmiss und Systa jeglichen Kontakt zu mir untersagte. Sie traut sich nicht, ihm zu widersprechen, deshalb treffen wir uns heimlich. Solange Sibbi noch den Job hatte, funktionierte das ganz gut, aber seit seiner Kündigung haben wir uns nicht mehr oft gesehen.«

Eine Lehrerin, die nur Hausfrau war, und ein arbeitsloser Elektriker. Leute mit besonders gefragten Berufen, vor allem bei der momentanen Wirtschaftslage. Als Freyja vor einem Monat einen Elektriker gebraucht hatte, hatte man ihr empfohlen, Elektrotechnik zu studieren – dann wäre sie ungefähr zur selben Zeit fertig, wenn der nächste freie Elektriker bei ihr vor der Tür stünde. »Ich hoffe, Ihre Tochter schafft es, wieder aus dieser Situation herauszukommen. Da das Jugendamt ja jetzt involviert ist, können wir sie unterstützen und beraten, damit sie ihr Leben wieder in den Griff bekommt und dem Jungen ein sicheres Zuhause bieten kann. Das gehört zu unserer Arbeit und liegt im Interesse des Kindes.«

»Beratung, ha.« Die Frau stieß ein kurzes, bitteres Lachen aus. »Ein Auftragskiller wäre wohl hilfreicher. Systa hat kein Problem. Das ist alles Sibbis Schuld. Wenn er aus ihrem Leben verschwindet, wird sie wieder wie früher. Aber solange er lebt und sich in diesem Land aufhält, wird sie ständig Angst haben. Aus gutem Grund. Er muss sich ändern oder endgültig aus ihrem Leben verschwinden. Und er wird sich nicht ändern. Erwachsene ändern sich nicht.«

Damit hatte Margrét nicht ganz unrecht, aber das Gerede von einem Auftragskiller war natürlich absurd. »Die Lösung der Probleme Ihrer Tochter muss nicht so drastisch sein, wie Sie meinen«, entgegnete Freyja freundlich lächelnd. In einer solchen Situation redeten die Leute häufig Unsinn. Da wechselte sie lieber das Thema. »Haben Sie noch weitere Kinder, die Ihnen beistehen können, solange wir auf Neuigkeiten warten?«

»Ja, einen Sohn, Systas älterer Bruder, er heißt Daði. Er ist jetzt auf der Arbeit. Ich warte, bis er fertig ist, und erzähle ihm dann alles. Davor fürchte ich mich ein bisschen.«

»Klar, es ist ja nicht schön, Überbringer schlechter Nachrichten zu sein«, sagte Freyja, erleichtert, dass Margrét jemanden an ihrer Seite hatte. »Weiß er über die Situation seiner Schwester Bescheid?«

»Ja. Deshalb habe ich ja Angst, es ihm zu sagen. Er konnte sich natürlich nicht damit abfinden und hat versucht, mit ihr zu reden. Und auch mit Sibbi, diesem Mistkerl, aber das lief nicht gut. Er stieß auf Granit, genau wie ich. Er konnte einfach nicht begreifen, dass sie sich das bieten ließ. Darunter hat ihr Verhältnis sehr gelitten. Er war nicht bereit, ihre Lügen mitzutragen.«

In diesem Moment kam Siggi zurück, mit einem braunen Kakaoschnäuzer auf der Oberlippe. Die Betreuerin stand in der Türöffnung und bat ihn, sich von seiner Oma zu verabschieden, weil sie gleich gehen müsse. Der Junge befolgte die Aufforderung ohne Tränen oder Anstellerei. Er ging einfach zu seiner Großmutter, ließ sich küssen und drücken. Dann machte er sich los und lief zu der Betreuerin. In der Tür blieb er noch einmal stehen, drehte sich um, winkte kurz und verschwand.

Die Großmutter blieb zurück, immer noch mit ausgebreiteten Armen, als hoffte sie, dass ihr Enkel wieder zu ihr zurücklaufen würde.

18. KAPITEL

Das Magengrummeln war so laut geworden, dass es Huldar schon bei der Arbeit störte. Er hatte versucht, seinem Magen mit Kaffee ein Schnippchen zu schlagen, aber der wehrte sich gegen das Gesöff und rumorte nur noch mehr. Huldar wusste, dass er keine Ruhe geben würde, stand auf und fragte Guðlaugur, ob er mit zum Burger-Laden kommen wolle. Sein Kollege lehnte das Angebot ab, ohne auch nur vom Bildschirm aufzuschauen. Seit sie zurück auf der Wache waren, hing er davor. Obwohl er morgen früh mit dem Zusammenschnitt der Filmschnipsel, auf denen Helgi zu sehen war, fertig sein musste, wollte er keine Hilfe von Huldar. Dann eben nicht.

Huldar ging zu Erla, um ihr zu sagen, dass er kurz zum Essen rauswolle. Die meisten aus dem Team waren schon nach Hause gegangen, die Übriggebliebenen waren entweder Singles, so wie er, oder ältere Männer, deren Kinder schon erwachsen waren. Alle jungen Väter hatten Feierabend gemacht. Und ein Single mit Katze. Lína war natürlich noch da, hochzufrieden, dass es so viel zu tun gab. Huldar wollte sie warnen, nicht zu eifrig zu sein, da noch jemand den Müll durchsuchen musste, aber sie sah so glücklich aus, während sie hochkonzentriert vor dem Computer saß, dass er es nicht über sich brachte, ihr den

Spaß zu verderben. Er hatte auf der Wache schon lange niemanden mehr gesehen, der so viel Zufriedenheit ausstrahlte.

Er klopfte an Erlas Bürotür und trat ein, ohne ihr »Herein!« abzuwarten. Sie war sowieso nicht der Typ, der einen hereinbat.

Die Tür stieß gegen den Rücken eines Mannes, der direkt dahinter stand, möglichst weit von Erlas Schreibtisch entfernt. Huldar kannte den Mann flüchtig. Er trat nervös von einem Bein aufs andere, während Erla ihn als Geir aus der IT vorstellte.

»Gibt's schon was Neues?«

Geir drehte sich zu Huldar, offensichtlich froh, mit jemand anderem reden zu können als mit Erla. »Wir haben ganz interessante Dateien auf dem Rechner aus Helgis Wohnung gefunden.«

»Nun sag schon! Was sind das für Dateien?« Erla warf Huldar einen genervten Blick zu. »Er steht seit fünf Minuten hier und redet um den heißen Brei herum. Er ist wie seine Computer: Manchmal braucht er einen kleinen Schubs, um in Gang zu kommen.«

»So geht man aber nicht mit Computern um«, protestierte Geir stellvertretend für alle Mikroprozessoren und Motherboards dieser Welt. »Das sind ja keine Münzautomaten.«

»Verdammt noch mal, jetzt spuck's schon aus: Was – sind – das – für – Dateien?«

Geir straffte sich, bevor er antwortete. »Sexfilme.«

»Oh Mann, warum hast du das nicht gleich gesagt?« Erla verdrehte die Augen. »Was für Sexfilme?«

»Wir glauben, dass sie selbst gedreht sind.«

»Selbst gedreht? Woher wollt ihr das wissen?«

»Weil sie so aussehen.« Geir blickte hilfesuchend zu Huldar, doch der war auch nicht scharf darauf, Erla den Unterschied zwischen selbst gedrehten und professionellen Pornos zu erklären. Da musste Geir jetzt durch. »Immer derselbe Raum, dasselbe Bett, aus derselben Perspektive gefilmt. Derselbe Bettkopf, unterschiedliche Bettwäsche. Schlecht gefilmt, und der Sex ist kürzer als bei professionell produzierten Filmen.«

»Gibt es keine Kurzfilmpornos?«, fragte Erla. Sie sah nicht so aus, als hätte sie einen Witz gemacht.

Geir schaute wieder verzweifelt zu Huldar, der dem jungen ITler nur zulächelte und ihn aufforderte, weiterzusprechen.

Geir räusperte sich. »Keine Ahnung. Jedenfalls glaube ich, dass der Mann in den Filmen dieser Helgi ist, auch wenn ich mir nicht hundertprozentig sicher bin.«

Huldar vermutete, dass Geir deshalb unsicher war, weil er mehr auf die Frauen geachtet hatte. Wenn er selbst mal einen Porno schaute, vermied er es auch gezielt, die Männer anzusehen – sie waren nur Requisiten.

»Leider wurden die Filme mit einer Kamera ohne GPS-Empfänger aufgenommen«, fügte Geir hinzu, »sonst hätten wir anhand der Metadaten die Location identifizieren können.«

»Metadaten?« Erla hob forschend die Augenbrauen.

»Das sind die Datei-Informationen. Es gibt unterschiedliche Formate, aber meistens zeigen sie das Datum, wann und mit welchem Programm die Datei erstellt wurde, wann sie zuletzt geändert wurde und so weiter. Aber in diesem Fall bringt uns das wie gesagt nicht viel. Es war keine Webcam oder GPS-Kamera.«

»Wäre ja auch zu schön gewesen. Wie viele Filme sind es?«

»Insgesamt dreizehn. Der älteste ist zwei Jahre alt, und der neueste wurde vor knapp vier Wochen gedreht. Es könnten aber noch mehr sein.«

»Waren die Dateien verschlüsselt?«

»Nein. Der Computer war noch nicht mal mit einem Passwort geschützt. Die Leute sind bei ihren PCs zu Hause oft so nachlässig. Bei Helgis Bürocomputer und Laptop brauchte man Passwörter, aber die konnten wir leicht knacken.«

»Waren auf denen auch solche Dateien?«

»Wir haben noch keine gefunden.«

Erla schwieg nachdenklich, und Huldar warf ein: »Könnten es auch mehrere Männer sein? Weil du dir ja nicht ganz sicher bist, dass es Helgi ist?«

»Nein. Der Mann ist in allen Filmen leicht wiederzuerkennen, auch wenn man sein Gesicht fast nie sieht. Er hat einen großen weißen Fleck auf dem unteren Rücken. Eine Brandnarbe oder so. Die ist gut zu sehen, weil er der Kamera fast die ganze Zeit den Rücken zudreht.«

Erla zog einen Stapel Papier zu sich und blätterte darin, bis sie das Richtige fand, einen Bericht, den sie überflog. »Im Obduktionsbericht steht, dass Helgi einen ovalen, pigmentfreien Fleck im Lendenbereich hat, zehn mal fünf Zentimeter, sie nennen das Vitiligo.« Erla legte den Bericht wieder auf den Stapel. »Es ist also definitiv Helgi. Aber was ist mit der Frau? Ist das auch immer dieselbe?«

»Nein. Das scheint jedes Mal eine andere zu sein, aber sie sehen sich ziemlich ähnlich.«

Geir bewegte sich langsam Richtung Tür, aber Erla stoppte

ihn. Seufzend drehte er sich wieder um. Huldar vermutete, dass die IT-Leute sich nicht gerade darum gerissen hatten, mit Erla über Pornofilme zu reden. Wahrscheinlich hatten sie gelost, und der arme Kerl hatte verloren.

Doch sein Martyrium war noch nicht zu Ende, denn Erla fragte ihn unerbittlich nach seiner Meinung, warum Helgi diese Filme auf seinem Computer gespeichert hätte. Geir nuschelte nur, er wisse es nicht, aber das reichte Erla nicht. Sie wollte wissen, ob solche Filme normalerweise für den Eigenbedarf produziert oder verkauft wurden, und wenn ja, wo. Wieder gab der IT-Mann vor, keine Ahnung davon zu haben. Erla bohrte nach, ob er glaube, dass die Filme mit dem Wissen und dem Einverständnis der Frauen gedreht worden seien. Er zuckte nur mit den Schultern. Ob Helgi selbst gewusst hätte, dass er gefilmt wurde. Erneutes Schulterzucken. Dann fragte sie, ob der Sex in den Filmen sich im Rahmen des Normalen abspiele. Jetzt hatte Geir endgültig genug und verwies sie ans Sittendezernat, die IT beschäftige sich ausschließlich mit Datenanalyse. Er leierte den Link herunter, unter dem er die Dateien abgespeichert hatte und ging zur Tür, doch Erla rief ihm hinterher, ob er auch daran gedacht hätte, den Speicherort auf dem Server zu verschlüsseln. Geir sah ertappt aus, und seine Antwort bestätigte Huldars Vermutung. Er hatte es vergessen, versicherte aber, es sofort nachzuholen und Erla das Passwort zu mailen.

Nachdem der Mann endlich gegangen war, trat Huldar an die Glaswand, die Erlas Büro vom Rest der Abteilung trennte, und tatsächlich: Fast alle, die noch da waren, klebten an ihren Bildschirmen. Die Entdeckung der IT-Abteilung musste sich in

Windeseile herumgesprochen haben. Er sagte Erla lieber nichts davon, sie hatte schon genug Stress.

Als sie ihn ansprach, drehte er sich um.

»Ich nehme an, du kennst dich ein bisschen mit Pornos aus.«

»Ist das eine Frage oder eine Anmerkung?«

»Eine Anmerkung.« Erla lehnte sich auf ihrem Stuhl zurück und verschränkte die Arme. »Wie läuft's eigentlich mit der Recherche über die Mutter des Jungen?«

»Ganz gut. Sie hatte in den letzten Jahren nicht mehr viel Kontakt zu ihren Freundinnen und ihrer Familie. Ihre Mutter und ihr Bruder sind davon überzeugt, dass ihr Mann sie geschlagen hat, und die Freundinnen, mit denen ich gesprochen habe, vermuten dasselbe. Aber keiner hat es von Sigurlaug direkt gehört. Kein Wunder, sie ist nicht das erste Opfer, das versucht, die Dinge zu verheimlichen. Ich schreibe noch eine Zusammenfassung und schicke sie dir. Dann kannst du entscheiden, wen du zu einem weiterführenden Gespräch herbestellen willst.«

Erla wirkte nicht gerade begeistert. »Dann hättest du also Zeit für andere Aufgaben?«

»Ja. Ich wollte nur kurz rausgehen, was essen. Und es vielleicht für heute gut sein lassen.«

»Bleib noch ein bisschen. Ich leite dir den Link zu den Sexfilmen und das Passwort weiter. Bevor ich die Sache an die Sitte übergebe, würde ich gern deine Meinung dazu hören. Ich möchte, dass sich das jemand aus der Abteilung anschaut, aber ich bin nicht die richtige Person dafür. Achte bitte besonders darauf, ob den Frauen bewusst ist, dass sie gefilmt werden – und Helgi selbst auch.«

Anstatt Erla darauf hinzuweisen, dass ein Großteil ihrer männlichen Mitarbeiter die Filme wahrscheinlich bereits gesehen hatte, nickte er nur. Er war nicht begeistert über diese Aufgabe und übernahm sie nur, weil das schlauer war, als zu protestieren. Angesichts ihrer gemeinsamen Vergangenheit wollte er es tunlichst vermeiden, mit Erla über Sex zu reden. Ihr unüberlegter One-Night-Stand hatte zu einer internen Untersuchung wegen sexueller Belästigung geführt, was für sie beide höchst unangenehm gewesen war, und ihr Arbeitsverhältnis hatte sich seitdem nie wieder richtig normalisiert.

Dann lieber Klappe halten und sich an die Arbeit machen. Der Hamburger musste warten.

* * *

Nachdem Huldar sich sechs unterschiedlich lange Filme angeschaut hatte, musste er aufstehen und sich strecken. Das Interesse der Kollegen an ihren Computerbildschirmen war deutlich gesunken, nachdem die Dateien gesperrt worden waren, und die Atmosphäre war wieder wie immer. Einige hämmerten auf ihre Tastaturen, andere telefonierten, steckten die Nasen in Unterlagen oder unterhielten sich. Alles ganz normal. Auch wenn keiner von ihnen eine besondere Augenweide darstellte, zog Huldar ihren Anblick eindeutig Helgis Vögelei mit diversen Frauen vor.

Er schüttelte sich und registrierte dann, dass Guðlaugur ihn über den Rand seines Bildschirms hinweg beobachtete. »Scheiße Mann, ich würde mich nie in die Sitte versetzen lassen.«

»So schlimm?«

»Ich weiß nicht, was ich davon halten soll. Es ist pervers, irgendwie infam.«

»Wie meinst du das?«

»Na ja, infam, falls es ohne das Einverständnis der Frauen ablief.«

Guðlaugur musste furchtbar gelangweilt von den Aufnahmen der Sicherheitskameras sein, denn er bombardierte Huldar weiter mit Fragen: »Echt? Glaubst du, dass die Frauen bewusstlos sind? Alkoholisiert oder unter Drogeneinfluss?«

»Nein, bewusstlos nicht. Angetrunken vielleicht, aber nicht völlig weggetreten. Aber sie scheinen nichts von der Filmerei zu wissen. Keine hat in die Kamera geschaut, außer vielleicht mal zufällig. Der Einzige, der versucht, cool rüberzukommen, ist Helgi.« Huldar griff nach seinem Anorak. »Wobei ich nicht weiß, wie sich eine Frau verhält, die sich freiwillig beim Sex filmen lässt. Ich hatte noch nie das Bedürfnis, solche Filme zu drehen. Aber ich habe schon Hunderte von Frauen Selfies machen sehen und denke, wenn sie wissentlich beim Sex aufgenommen werden, würden sie sich ähnlich verhalten. In den Filmen posiert keine für die Kamera.«

Guðlaugur zuckte die Achseln. »Was für Frauen sind das denn? Welche, die man kennt?«

»Nein, aber ich bin noch nicht ganz durch. Es sind ziemlich viele Filme, kann schon sein, dass jemand Bekanntes dabei ist – sofern alle Isländerinnen sind.« Huldar zog den Anorak an. »Aber wir haben ihre Namen. Die Dateien sind nach den Vornamen der Frauen und dem jeweiligen Datum benannt. Er könnte ihnen auch willkürlich Titel wie anna060517 oder greta261116 gegeben haben, aber ich bezweifle es.«

»Was hat er mit den Filmen gemacht? Lässt sich das rausfinden?«

»Die IT-Abteilung checkt seine Mails. Er hatte offenbar verschiedene Social-Media-Accounts unter falschem Namen. Hoffentlich kriegen wir raus, ob er die Filme geteilt hat, aber vielleicht wollte er sie auch nur für sich haben. Eine private Sammlung fürs Alter.«

»Er könnte sie auch auf ausländischen Pornoseiten gepostet haben.«

»Warum sollte er?« Huldar zog eine Packung Zigaretten aus der Jackentasche und spähte hinein. Gut, noch eine da.

»Um anzugeben. Oder die Frauen zu demütigen. Sind Rache-Pornos nicht das große Ding?«

Als Huldar die Packung jetzt in der Hand hielt, überkam ihn eine unbändige Gier nach einer Zigarette. »Ich glaube nicht, dass es ihm um Rache ging. Er scheint ja hauptsächlich One-Night-Stands gehabt zu haben. Rache-Pornos sind in der Regel mit Trennungen verbunden, und soweit wir wissen, hatte Helgi keine längeren Beziehungen.«

Guðlaugur hatte dem nichts hinzuzufügen, und Huldar ging endlich eine rauchen. Doch das vom Nikotin ausgelöste Wohlgefühl verschwand rasch, als er wieder vor dem Computer saß und weiterguckte. Ein weiterer Hintern, Brüste, lange blonde Haare. Die Frauen in den Filmen hätten alle Schwestern sein können. Helgi hatte definitiv ein klassisches Beuteschema.

Nichts in den Filmen ließ auf den Ort des Geschehens schließen. Man sah kein Fenster, und das Zimmer war ganz normal, so wie tausend andere weiß gestrichene Schlafzimmer in Island.

Sicher war nur, dass es sich nicht um das Schlafzimmer in Helgis Luxuswohnung handelte.

Der Film war zu Ende, und Huldar klickte den nächsten an. Dísa071017. Es wunderte ihn nicht, dass diese Dísa der Anna aus dem letzten Film ähnlich sah. Und der Sigrún aus dem davor. Neues Bettzeug, ansonsten alles gleich. Dasselbe Tempo, dieselben Stellungen, dieselbe Mimik – es handelte sich ja auch um denselben Regisseur: Helgi. Er hatte der Kamera meistens den Rücken zugedreht, nur wenn das Paar auf dem Bildschirm die Stellung wechselte, war sein Gesicht manchmal kurz zu sehen. Zwar nicht besonders deutlich, aber da der Fleck auf dem unteren Rücken des Mannes immer an derselben Stelle blieb, bestand kein Zweifel, dass es sich um Helgi handelte.

Nicht nur die Optik war eintönig, sondern auch die Akustik. Unregelmäßiges Stöhnen, das immer heftiger wurde. Huldar setzte die Kopfhörer ab und drückte auf Pause. Er hatte fürs Erste genug.

»Wohin gehst du? Du warst doch gerade erst eine rauchen«, sagte Guðlaugur und fügte dann eilig hinzu: »Nur, falls Erla nach dir fragt …«

»Für den unwahrscheinlichen Fall, dass Erla wissen will, wo ich bin, dann sag ihr, dass ich kurz mit der Sitte spreche.«

Die Antwort schien Guðlaugur zu genügen, und er wandte sich wieder seinen Sicherheitskameras zu.

* * *

Der Kaffee im Sittendezernat war deutlich besser. Huldar nippte an der weißen Tasse, die hier Standard war. Private Kaffeebecher mit Sprüchen und Witzen waren nicht gern gesehen, um geschmacklose sexuelle Anspielungen von vorneherein zu vermeiden.

»Du glaubst also, dass der Mord an diesem Helgi etwas mit seinen selbst gedrehten Pornos zu tun hat?«, fragte der Polizist, der Huldar an dem runden Tisch in der kleinen Kaffeeküche gegenübersaß. Er war ein alter Kollege, der sich zur Sitte hatte versetzen lassen, um ein bisschen Abwechslung zu haben, die er offenbar gefunden hatte. »Das wäre der erste Mord in Island in Verbindung mit Pornografie.«

»Ich weiß nicht, ob es einen Zusammenhang gibt, aber das ist das Einzige, was wir bei dem Mann gefunden haben, das nicht … na ja … makellos ist.« Huldar trank noch einen Schluck Kaffee aus der neutralen Tasse. »An Rache-Pornos dachten wir auch, aber das passt eigentlich nicht. Der Ermordete hatte nie eine längere Beziehung und hätte keinen Grund gehabt, sich an einer Ex-Freundin zu rächen. Deshalb sollten wir daran nicht viele Gedanken verschwenden.«

»Dir ist aber schon klar, dass solche Filme und Fotos nicht ausschließlich aus Rache in Umlauf gebracht werden?« Dem müden Gesichtsausdruck des Mannes nach zu urteilen, hatte die erhoffte Abwechslung auch ihre Schattenseiten.

»Ja.« Huldar stellte seine Tasse auf den Tisch. »Aber die Filme sehen nicht so aus, als wollte er sie auf kommerziellen Pornoseiten oder Amateurseiten verhökern. Glaub mir, das hatte er nicht nötig.«

»Es geht nicht nur um Rache oder Profit.« Der Polizist klappte seinen Laptop auf. »Es gibt zahlreiche Webseiten, auf denen solches Material getauscht wird. Manche wurden speziell für isländische Frauen, oder eher Mädchen, erstellt. Es geht in der Regel um sehr junge Frauen. Wie alt sind die Frauen in den Filmen?«

»Ich weiß es nicht genau, ich schätze unter dreißig.« Die Bilder von Helgis nahezu identischen Sexpartnerinnen liefen vor Huldars innerem Auge ab. Sie hatten alle eher wie zwanzig als dreißig gewirkt, aber zum Glück hatte keine von ihnen minderjährig ausgesehen.

»Eine Frau über dreißig gilt auf solchen Webseiten als uralt.« Der Mann tippte auf der Tastatur und drehte den Laptop dann zu Huldar. »Sieh's dir selbst an.«

Huldar inspizierte die Seite. Ganz oben prangte die isländische Flagge, und darunter war eine ziemlich dilettantische Benutzeroberfläche mit Userbeiträgen. In den meisten Threads postete ein User zunächst ein Alltagsfoto von einer namentlich genannten Frau und fragte, ob jemand Nacktfotos von ihr hätte. Darauf folgten haufenweise Kommentare über die besagte Frau, ob sie heiß, willig, geil und so weiter sei. Manchmal wurden dann unter allgemeinem Jubel Fotos von ihr gepostet, auf denen sie oben ohne oder ganz nackt war. Wenn es keine Fotos gab, wurde meistens gefragt, ob jemand bei dem Alltagsfoto einen Röntgen-Effekt herstellen könne. Darauf folgten diverse Versuche der User, das Foto so zu bearbeiten, dass man durch die Kleidung schauen konnte.

»Was für ein Mist ist das denn?« Huldar beugte sich vor, um den Link lesen zu können. »Nie davon gehört …«

»Nein, kein Wunder. Du bist zu alt. Die User sind in der Regel sehr junge Männer oder Teenager. Natürlich auch ein paar ältere, aber nicht viele. Das vermuten wir zumindest. Es ist verdammt schwierig, sie ausfindig zu machen.«

»Ist das im Darknet?«

»Nein, diese spezielle Seite ist im Deep Web.«

»Was ist das?«

»Deep Web ist die Bezeichnung für Inhalte und Webseiten, die man mit normalen Suchmaschinen nicht finden kann. Das meiste ist illegal oder moralisch fragwürdig. Das Darknet, das du erwähnt hast, ist ein Teil des Deep Web, dessen Inhalte noch besser verschlüsselt sind. Man geht davon aus, dass über die Hälfte der Inhalte im Darknet illegale Machenschaften betrifft: Drogenhandel, Prostitution jeglicher Art, Waffenhandel und so weiter. Aber diese Seite ist im Deep Web. Man kann sie mit einer normalen Suchmaschine nicht finden und muss den Link kennen. Wenn sie im Darknet wäre, müsste man einen speziellen Zugang und einen Tor-Browser haben, der die IP-Adresse verschlüsselt. Ansonsten gilt für beide Netze das gleiche. Normale Suchmaschinen haben keinen Zugriff auf ihre Inhalte. Das Darknet ist auch voll mit solchem Dreck, inklusive isländischen Seiten.«

»Unser Mann könnte seine Filme also auf so einer Seite gepostet und mit anderen Usern geteilt haben, im Austausch für deren selbst gedrehte Pornos? Oder einfach nur aus Drang zum Exhibitionismus?«

»Ja, genau.« Der Polizist zog den Laptop wieder zu sich und klappte ihn zu. »Wenn er die Filme auf so einer isländischen Tauschbörse hochgeladen hat, stehen die Namen der Frauen garantiert dabei. Das ist Teil des Kicks – die Opfer namentlich zu nennen.«

»Wozu?«

»Ursprünglich vermutlich, um zu verhindern, dass die User keine Bilder von Ausländerinnen posten, die sie irgendwo im Netz gefunden haben, und behaupten, das wären Isländerinnen. Es geht darum, dass man die Frauen in den sozialen Netzwerken findet. Das Ganze ist total pervers.«

»Allerdings.«

»Kannte er die Namen der Frauen?«

»Ja, davon gehe ich aus. Auf jeden Fall ihre Vornamen, wahrscheinlich auch ihre Nachnamen. Wie finde ich heraus, ob er die Filme geteilt hat? Bitte sag jetzt nicht, dass ich dafür alle diese Seiten durchforsten muss.«

»Lass die Dateinamen von der IT-Abteilung checken. Die sind viel schneller und haben Zugang zu speziellen Suchmaschinen für das Darknet und das Deep Web. Überlass das lieber den Experten.«

Das erschien Huldar sinnvoll. Er hatte sowieso keine Geduld für Internetrecherche und nicht die geringste Lust, durch diese Unterwelten zu surfen. »Sie prüfen die Dateien schon. Ich werde sie bitten, das mit dem Deep Web zu checken.«

»Gut. Aber selbst wenn sie nichts finden, ist das kein Beweis dafür, dass da nichts ist. Das Deep Web heißt nicht umsonst so, es ist endlos. Falls die Dateinamen geändert wurden und die Inhaltsbeschreibungen keine gängigen Schlagwörter enthalten, wird die Suche nicht viel bringen. Vermutlich findet man die Filme am ehesten in den isländischen Tauschbörsen, die wir bereits kennen. Schick uns die Dateinamen doch auch mal, nur für den Fall, dass sie irgendwo bei uns auftauchen oder uns vielleicht schon bekannt sind. Manchmal wenden sich Frauen an uns, wenn sie entdeckt haben, dass Fotos von ihnen auf solchen Seiten gepostet wurden, und möchten Anzeige erstatten. Junge Mädchen resignieren eher oder schreiben hilflose Drohungen unter ihre Fotos in den Threads. Das stachelt diese Mistkerle nur noch an. Leider können wir oft nicht viel machen, weil es sehr schwierig ist, die User zu identifizieren.« Der Kollege machte ein frustriertes Gesicht. »Das ist so gut wie unmöglich, wenn sie sich bemühen, ihre Spuren zu verwischen.«

Huldar ging wieder rauf zu seiner Abteilung und setzte sich an den Computer. Bevor er weitermachte, überlegte er, ob es wirklich etwas bringen würde, die Tauschseiten zu überprüfen. Selbst wenn die Filme geteilt worden waren, würde sie das nicht unbedingt zu Helgis Mörder führen. Keine dieser blonden langbeinigen Schönheiten wirkte auch nur im Geringsten gewalttätig.

19. KAPITEL

Diðrik hatte Freyja nicht zum Essen eingeladen, als sie ihm am Telefon von ihrem Gespräch mit Siggis Großmutter berichtet hatte. Er hatte ihr auch nicht vorgeschlagen, ein Bier trinken zu gehen, oder sonst wie durchblicken lassen, dass ihr Interesse an ihm auf Gegenseitigkeit beruhte. Das war enttäuschend, aber kein Weltuntergang. Vielleicht gar nicht schlecht, weil sie wegen Saga heute Abend und auch an den nächsten Abenden sowieso nicht mit ihm hätte ausgehen können. Baldur hatte Fanney, Sagas Mutter, überredet, die Kleine noch etwas länger bei ihm zu lassen, deshalb musste Freyja auf sie aufpassen, wenn er sich in der Einrichtung zurückmeldete. Er musste zwischen sechs und sieben Uhr zum Abendessen erscheinen und über Nacht dortbleiben. Saga passte nicht richtig in Freyjas Vorstellung von einem romantischen Abend mit einem leidenschaftlichen Verehrer.

Die Kleine schien Freyjas Gedanken lesen zu können, während sie wieder einmal in einem Restaurant in einem Hochstuhl neben ihr saß. Sie schaute finster drein und matschte weiter mit dem Finger in einem Ketchup-Schälchen herum. Das Kind war extrem wählerisch beim Essen, deshalb hatte Freyja zum wiederholten Mal entschieden, mit ihr essen zu gehen.

Sonst würde Saga ihr Essen zu Hause vom Tisch schieben, unter dem Mollý schon mit weit aufgesperrtem Maul lauerte. Diesmal hatte Freyja einen Burger-Laden ausgewählt, entgegen dem ausdrücklichen Wunsch der Mutter, das Kind dürfe nur Bioprodukte und am besten keinen Zucker essen. Manchmal musste man Regeln ein bisschen ausweiten. Solange Saga kaum sprechen konnte, würde das nie rauskommen. Die Chance, dass ihre Mutter diesen Schuppen betrat, war genauso groß, wie dass Freyja Verteidigerin bei der isländischen Fußball-Nationalmannschaft wurde.

Das Lokal hatte null Charme. Es gab eine Spielecke mit einer großen Kunststoffrutsche und einem Bällebad in der Größe einer Badewanne. Die wenigen anwesenden Kinder interessierten sich nicht für diese Attraktionen, sondern saßen bei den Erwachsenen und starrten dumpf auf das Plastikspielzeug, das man zu den Kindergerichten geschenkt bekam.

Saga leckte sich Ketchup vom Finger und steckte ihn dann sofort wieder in das Schälchen. »Jetzt iss mal weiter.« Freyja nahm ein undefinierbares viereckiges Ding vom Teller, das angeblich ein Stück Hühnchen sein sollte, und hielt es Saga vor den Mund. Sie drehte den Kopf weg.

»Versuch mal, es in Ketchup zu tunken. Das könnte funktionieren.«

Freyja schaute auf. Neben ihr stand kein anderer als Huldar. Er hielt ein Tablett mit demselben Junk-Food in der Hand, das noch verpackt vor Freyja stand: Hamburger, Fritten und Cola.

»Darf ich mich zu euch setzen?«

Das konnte sie schlecht ablehnen. Huldar quetschte sich in das Tischabteil dicht neben sie, obwohl eigentlich genug Platz war. Sie spürte seinen Oberschenkel und musste zugeben, dass die Wärme, die er ausstrahlte, gar nicht so unangenehm war. Er war viel besser drauf als in der Notunterkunft, aber jetzt war ja auch kein Diðrik in der Nähe. Die Fröhlichkeit stand ihm gut.

»Wie läuft's mit der Suche nach Siggis Mutter?«, fragte Freyja und tunkte das Hühnchen testhalber in das Ketchup. Saga fiel auf den Trick herein, biss die Hälfte ab, kaute und schluckte. »Seid ihr weitergekommen?«

»Puh.« Huldar wickelte seinen Hamburger aus dem Papier. »Aber das bleibt unter uns, ja?«

»Klar, das weißt du doch.« Freyja schob ihr Tablett weg. Sie hatte gar keinen Appetit mehr und wollte unbedingt hören, was Huldar zu berichten hatte. »Vielleicht kann ich dir behilflich sein. Mit meiner untrüglichen Intuition.« Sie lächelte ihn an, und er lächelte zurück. »Aber erzähl erst mal, wie ihr die Namen der Eltern rausgekriegt habt.«

Huldar biss in seinen Hamburger, sodass fast nur noch die Hälfte übrig war. Er spülte ihn mit einem Schluck Cola herunter und antwortete dann, mit Ketchup im Mundwinkel: »Sorry, das kann ich dir nicht sagen.«

»In der Notaufnahme, nehme ich an?«

»Das kann ich dir nicht sagen.« Er steckte sich eine Fritte in den Mund. »Du bist nämlich nicht die Einzige, die dichthalten kann. Aber ich kann dir sagen, dass es so aussieht, als hätte ihr Mann sie geschlagen. Und dass sie tatsächlich schwanger ist.«

Freyja wandte den Blick von Saga ab. »Das habe ich schon gehört. Wie weit ist sie denn?«

»Im achten Monat.«

»Um Himmels willen.« Freyja wusste nicht, was sie dazu

sagen sollte. Da sie selbst noch nie schwanger gewesen war, konnte sie sich nicht in den psychischen Zustand der Frau hineinversetzen, falls Huldar darauf hinauswollte. Doch das schien nicht der Fall zu sein.

»Kennst du dich mit häuslicher Gewalt aus?«

»Ein bisschen. Genug, um zu wissen, dass es eine vertrackte Situation ist. Wunderst du dich, warum die Frauen ihre Männer nicht verlassen?«

Huldar machte sich weiter über seinen Burger her, sodass nur noch ein kleiner Happen übrig blieb, den er mit dem dritten Biss verschlang. Kein schlechter Schnitt: ein Hamburger in drei Bissen. »Kennst du Frauen, die in einer solchen Lage sind?«, schmatzte er.

»Wahrscheinlich, aber die meisten Opfer versuchen, die Tat zu vertuschen. Das gilt sowohl für weibliche als auch für männliche Opfer. Bei Männern sogar noch häufiger.«

Huldar murmelte etwas, das Freyja als Zustimmung interpretierte. Er war bestimmt nicht der Typ, der gern seine Schwächen offenbarte, schon gar nicht, wenn er im Streit einer Frau unterliegen würde. Was schwer vorstellbar war bei seiner Größe und Fitness. Doch die eigenen vier Wände waren kein Boxring, in dem automatisch derjenige verlor, der k.o. geschlagen wurde. Es ging nicht immer um Körperkraft. Auch wenn physische Schläge eine Rolle spielten, waren die seelischen Verletzungen das Schlimmste und ausschlaggebend dafür, wer am Ende vor die Hunde ging.

»Es ist kompliziert, Huldar. Ich habe keine konkrete Erfahrung damit, aber manchmal haben wir im Kinderhaus mit Fällen von häuslicher Gewalt zu tun. Wir behandeln zwar keine

Erwachsenen, aber wir bekommen einen Einblick, welche Auswirkungen diese Hölle auf Kinder hat.«

»So was habe ich auch schon erlebt. Als Streifenpolizist hatte ich ein paar solcher Fälle und war ehrlich gesagt heilfroh, wenn ich sie los war. Die waren ein Albtraum, und wir konnten kaum etwas ausrichten.« Huldar trank von seiner Cola. »Ich erinnere mich an eine Frau, die dazu bewegt werden konnte, Anzeige zu erstatten, als die Übergriffe immer schlimmer wurden. Sie hatte ein gebrochenes Jochbein, eine gebrochene Nase, zwei ausgeschlagene Schneidezähne und einen Schädelriss. Als sie dann vor Gericht aussagen sollte, zog sie ihre Aussage zurück und behauptete, ihr sei aus einem Schrank eine Schale auf den Kopf gefallen. Sie saß im Gerichtssaal, das Gesicht für immer entstellt, und log, um den Täter zu schützen. Solche Dinge passieren bei anderen Fällen fast nie.«

Saga warf Freyja eine Pommes an den Kopf, ungehalten, weil sie nicht mehr im Mittelpunkt stand. Leider hatte sie sie vorher in Ketchup getunkt, sodass sie einen roten Streifen in Freyjas Haaren hinterließ.

»Soll ich das ablecken?« Huldar blinzelte Freyja zu. Man musste ihm lassen, dass er die absurdesten Situationen zum Flirten nutzen konnte.

Anstatt zu antworten, nahm Freyja eine Serviette und wischte das klebrige Zeug so gut es ging weg. »Ihr glaubt also, dass Siggis Vater hinter dem Verschwinden der Mutter steckt?« Sie hoffte auf eine negative Antwort, aber Huldar nickte.

»Sieht ganz so aus.«

»Und? Glaubst du, dass er sie umgebracht hat?« Entgegen

aller Vernunft hoffte Freyja, dass die Antwort negativ ausfallen würde.

»Das wissen wir nicht, aber es ist leider nicht unwahrscheinlich. Eine andere Erklärung ist schwer vorstellbar, aber wir können auch falschliegen. Manche Dinge passen nicht ins Bild.«

»Zum Beispiel?« Freyja drehte sich zu Saga, um zu verhindern, dass sie weiter mit Essen beworfen wurde.

»Wir haben die Wohnung mit Luminol-Lösung nach Blutspuren durchsucht, aber keine Anzeichen eines größeren Blutverlusts festgestellt. Die Wohnung hat zwar geleuchtet wie ein Weihnachtsbaum, aber das waren nur kleine Blutflecken hier und da, die sich nicht auf einen einzigen Übergriff zurückführen ließen. Wir gehen davon aus, dass es Spuren aus einem längeren Zeitraum mit tätlichen Übergriffen sind.«

Freyja wurde flau im Magen, und sie bot Huldar ihren unangetasteten Hamburger an. Nachdem er zweimal nachgefragt hatte, ob sie sicher sei, nahm er ihn an, und Freyja löcherte ihn weiter: »Das erhöht doch die Chancen, dass sie noch lebt, oder?«

»Man kann auch sterben, ohne die ganze Wohnung mit Blut vollzuspritzen. Sie könnte erwürgt worden sein. Oder in der Badewanne ertränkt. Oder einen Schlag abbekommen haben, der heftige innere Blutungen ausgelöst hat. Oder mehreres gleichzeitig.«

Schweigend schob Freyja ihm auch noch ihre Fritten rüber.

»Bluu.« Saga hatte ein neues Wort zu ihrem begrenzten Wortschatz hinzugefügt. *Mama*, *Papa*, *Freyja*, *Mollý*, *Eis*, *nein*, *nicht*, *laufen* und jetzt *Blut*. Falls ihre Mutter nachfragen sollte, würde Freyja einfach behaupten, die Kleine versuche *Blume* zu sagen. Schnell tunkte sie ein Stück Hühnchen in das Ketchup und schob es Saga in den Mund, damit sie das Wort sofort wieder vergaß.

»Die große Frage ist, was das Ehepaar mit dem Mann zu tun hat, in dessen Wohnung Siggi gefunden wurde. Wir haben alles durchforstet, aber diese Leute haben überhaupt keine Gemeinsamkeiten.«

»Sie waren als Kinder nicht in derselben Schule oder Nachbarn?« Als Freyja die Frage gestellt hatte, merkte sie sofort, wie kindisch das klang. Natürlich hatte die Polizei das überprüft. Doch anstatt ihr das unter die Nase zu reiben, antwortete Huldar nur: »Nein. Sie sind in unterschiedlichem Alter. Siggis Mutter ist zwei Jahre jünger als Helgi und sein Vater ein Jahr älter. Beide waren nie mit ihm in einer Klasse, noch nicht mal auf derselben Schule. Sie wuchsen in unterschiedlichen Stadtteilen auf und waren weder als Kinder noch später jemals Nachbarn. Sie haben nicht zusammen gearbeitet, hatten nicht denselben Freundeskreis und waren noch nicht mal im selben Fitnessstudio. Sie haben in völlig unterschiedlichen Welten gelebt.« Huldar trank einen Schluck Cola. »Trotzdem muss es eine Verbindung geben, vielleicht über eine dritte Person. Das überprüfen wir gerade. Dummerweise sind wir total unterbesetzt wegen dieses chinesischen Außenministers. Zum Glück reist der morgen wieder ab, dann haben wir Verstärkung. Würde mich nicht wundern, wenn Erla mit Luftballons am Flughafen steht, um seinen Abflug zu feiern.«

Freyja konnte sich eher vorstellen, wie sie den Minister in Rambo-Klamotten mit einem Maschinengewehr die Gangway hinauftrieb. »Und was meint ihr, warum Siggi in der Wohnung war?«

»Unsere einzige Theorie ist, dass sein Vater ihn hingebracht hat, um sicherzugehen, dass ihn jemand findet. Aber da sein Sohn ihn auch mit einem Tuch vor dem Gesicht erkannt hätte, muss er jemand anderen damit beauftragt haben. Diese Theorie beruht auf der Annahme, dass er sowohl Helgi als auch Siggis Mutter getötet hat.«

»Und wo ist er dann jetzt?«

Huldar zuckte die Achseln, während er Freyjas Hamburger aus dem Papier wickelte. »Er könnte sich umgebracht haben, ins Ausland geflohen oder hier untergetaucht sein. Aber wir finden ihn. Hoffentlich.«

Freyja hielt Saga einen Pappbecher mit Orangensaft an die Lippen und kippte ihn leicht. Die Kleine trank einen Schluck und wollte dann nichts mehr. »Bluu«, verkündete sie. So viel zu Freyjas Hoffnung, dass sie das Wort wieder vergessen würde.

Sie wandte sich wieder an Huldar. »Es ist noch offen, ob Siggi weiter in der Notunterkunft bleiben muss oder zu seiner Großmutter darf. Der Arme.«

»Ganz schön herzlos.«

»Vielleicht wirkt es so, aber das stimmt nicht. Solche Entscheidungen sind gut durchdacht. Seine Situation ist extrem ungewöhnlich, und man würde ein so kleines Kind niemals einfach jemand anderem als den Eltern überlassen.«

Das schien Huldar zu akzeptieren, zumindest widersprach er nicht. Freyja erzählte ihm von dem Gespräch mit der Großmutter des Jungen, doch Huldar schien das alles schon gehört zu haben, nickte ein paar Mal beiläufig und nutzte die Zeit zum Essen.

Das einzige Detail, bei dem er aufhorchte, war, dass Sigurlaug wieder angefangen hatte zu arbeiten. Er stopfte sich drei Fritten in den Mund und warf ein, das sei gar nicht zur Sprache gekommen, als die Polizei ihre Mutter befragt hätte. Als er erfuhr, dass es schon dreieinhalb Jahre her war, verlor er das Interesse.

Mehr konnte Freyja ihm nicht berichten, und sie wusste auch nicht, was sie ihn noch fragen sollte. Bestimmt würden ihr tausend Fragen einfallen, sobald sie sich verabschiedet hätten. »Kann ich dich was fragen, das nichts mit der Ermittlung zu tun hat?«

»Schieß los. Wenn du wissen willst, ob ich am Wochenende Zeit habe, lautet die Antwort Ja.«

Freyja grinste. »Nein, nicht ganz. Ich wollte dich fragen, ob es in Island Leute gibt, die Schlangen halten.«

Jetzt musste Huldar grinsen. »Das ist genau der Grund, warum ich dich zum Essen einladen will. Du überraschst einen einfach immer wieder aufs Neue, Freyja.« Da sie nicht darauf einging, sagte er: »Ja, die gibt es. Wir haben bei Hausdurchsuchungen, meistens in Verbindung mit Drogendelikten, schon alle möglichen exotischen Tiere gefunden. Taranteln, Echsen, Amphibien, Schlangen, was auch immer. Die werden alle eingeschläfert. Warum fragst du das?«

»Ach, wir kamen nur bei der Arbeit darauf. Ich fand das so unglaubwürdig, dass ich dich danach fragen wollte.« Sie drehte sich zu Saga, für den Fall, dass ihr Gesicht diese Notlüge bloßlegen würde. Die Kleine war jetzt satt und glücklich, und Freyja wischte ihr mit einer Serviette den Mund ab, was nicht ohne Protest ablief. »Wurde denn schon mal jemand verletzt? Gebissen oder so? Oder gewürgt?«

»Hast du so was schon mal gehört?« Freyja murmelte nur etwas, und Huldar fuhr fort: »Meines Wissens wurde in Island noch nie jemand von einer Schlange angegriffen. Aber ein paar Leute hatten schon heftige Salmonelleninfektionen, eine häufige Begleiterscheinung, wenn man Amphibien hält.«

Freyjas Interesse an der Wohnung sank schlagartig. »Verstehe. Danke.«

»Nichts zu danken.« Huldar verspeiste die Reste des zweiten Hamburgers, zerknüllte das Papier und grinste Saga an. »Ich würde dich gern zum Essen einladen. Such dir einen Tag aus.«

»Nett von dir, aber danke, nein.« Freyja griff nach Sagas Mütze und Jacke. Es war Zeit, zu gehen.

»Ich hab nicht mit dir gesprochen, sondern mit ihr.« Huldar zeigte auf Saga. »Wir verstehen uns gut. Und wir haben denselben Geschmack, was Restaurants angeht.«

Freyja musste lächeln. »Hm, stimmt.«

»Nein, im Ernst. Ich lade sie zum Essen ein.«

»Abgelehnt. In ihrem Namen.«

»Sie ist alt genug, um selbst zu antworten, nicht wahr?« Huldar blinzelte Saga zu, die gerade testete, ob die Serviette essbar war.

Freyja nahm der Kleinen das Papier aus der Hand und pulte einen kleinen Schnipsel von ihrer Zunge, die sie herausstreckte, weil die Serviette den Test nicht bestanden hatte. »Also, Saga, möchtest du mit Huldar essen gehen?«, fragte sie, in dem festen Glauben, dass die Antwort ›nein‹ lauten würde. Saga sagte zu allem ›nein‹, auch wenn sie ›ja‹ meinte.

Saga legte die Stirn in Falten, und Freyja wiederholte die Frage. »Möchtest du mit Huldar essen gehen, Saga?«

»Jaaa.« Noch ein neues Wort – und das im denkbar schlechtesten Moment.

»Siehst du!« Huldar stieß Freyja mit dem Ellbogen an. »Nur blöd, dass du mitkommen musst. Sie ist noch viel zu klein, um abends alleine auszugehen.« Er stand auf, nahm sein Tablett und verabschiedete sich mit zufriedener Miene. »Ich melde mich.«

Freyja saß sprachlos neben ihrer treulosen kleinen Nichte und schaute Huldar hinterher. Erinnerungen an ihre gemeinsame Nacht schossen ihr durch den Kopf. Sie waren nebelhaft, da sie beide betrunken gewesen waren, aber sie wusste trotzdem noch, dass er verdammt gut im Bett gewesen war. Huldar Jónas, dieser Mistkerl.

Es war definitiv zu lange her, seit sie das letzte Mal Sex gehabt hatte.

Sie zog Saga die Jacke an, nahm sie auf den Arm und ging. Als sie an der Theke vorbeikam, zeigte sie dem Kind ein beleuchtetes Bild von einem Eis, das hinter dem teilnahmslosen Personal an der Wand hing. Die perfekte Gelegenheit, um das neue Wort im Vokabular der Kleinen zu testen. Sie wollte immer Eis. »Möchtest du ein Eis, Saga?«

Saga stierte das Eis mit sehnsüchtigen Augen an. Dann öffnete sie ihren halbmondförmigen Mund und sagte klar und deutlich: »Nein.«

20. KAPITEL

Im Verhörzimmer war es bereits stickig. Die Klimaanlage schien schon wieder kaputt zu sein, und aus dem Lüftungsgitter kam nicht der leiseste Windhauch. Stattdessen hatten sich Wollmäuse in den Öffnungen festgesetzt. Aber das war jetzt auch egal, denn die Stimmung war ohnehin schon deprimierend gewesen, bevor sie den Raum betreten hatten.

Huldar war am Morgen frisch rasiert und mit Frühstück im Bauch zur Arbeit erschienen, bereit für weitere Pornofilme, doch Erla hatte andere Pläne für ihn. Sie wollte einen von Helgis besten Freunden vernehmen, den Zahnarzt Jón, der an dem Abend, als Helgi starb, mit ihm zusammen gewesen war. Huldar sollte dabei sein – wahrscheinlich hatte die plötzliche Beliebtheit bei seiner Chefin damit zu tun, dass sie immer noch unterbesetzt waren. Erla versprach sich offenbar einiges von der Vernehmung, denn sie hatte dafür sogar das Team-Meeting verschoben.

Jón hatte sich dafür entschieden, lieber auf die Wache zu kommen, anstatt die Polizei bei sich zu Hause oder auf der Arbeit zu empfangen. Das kam ziemlich häufig vor, weil niemand die Polizei vor der eigenen Haustür haben wollte. Das hatte also noch nicht viel zu sagen. Sie mussten sich bei der Vernehmung auf andere Dinge konzentrieren, beispielsweise, ob der Mann sich in Widersprüche verstrickte, ungewöhnlich gestresst war oder bewusst log.

Der Zeuge war allerdings schwer einzuschätzen. Seine Betroffenheit wirkte echt; laut Erla war er ziemlich schockiert gewesen, als sie ihm gesagt hatte, warum sie ihn befragen wollte, und er schien sich noch nicht richtig davon erholt zu haben. Dennoch berichtete er ihnen bereitwillig von dem letzten Abend mit Helgi und erzählte Anekdoten über seinen Freund, sowohl ältere als auch neuere. Aber irgendetwas irritierte Huldar an dem Mann. Er war wie Sushi aus dem Supermarkt – fast authentisch, aber nicht ganz. Außerdem roch er leicht nach Zahnarztpraxis, was Huldar eine Gänsehaut einjagte.

»Ich kann mich natürlich nicht an alles erinnern. Wir haben getrunken, aber ich habe versucht, die Details zusammenzupuzzeln und mir auch meine Kreditkartenbelege angeschaut.« Jón gab ihnen eine ausgedruckte Übersicht seiner Kreditkartenzahlungen.

Erla nahm das Blatt entgegen, ohne es richtig anzuschauen. Das würden sie später überprüfen. »Sie haben ihn also zuletzt in der Bar 101 gesehen?«

»Ja. Er ist aufs Klo gegangen. Wir sind uns auf halbem Weg begegnet, ich kam nämlich gerade von da. Aber danach kam er nicht mehr zurück an unseren Tisch.«

»Fanden Sie und Ihre Freunde das nicht merkwürdig?«

»Doch, aber wir hatten ja, wie gesagt, was getrunken. Und Helgi auch. Die Zeit vergeht ziemlich schnell, wenn man Alkohol trinkt. Wir haben erst nach einer ganzen Weile gemerkt, dass er ungewöhnlich lange weg war, uns aber keine großen

Gedanken darüber gemacht. Er war, wie gesagt, besoffen, und man weiß ja nie, auf was für Ideen die Leute dann kommen.«

»Und was dachten Sie, wo er war?«

Der Mann atmete hörbar aus. »Ich kann nicht für die anderen sprechen, aber ich dachte, er hätte einfach genug. Oder er hätte uns nicht mehr gefunden, weil eine größere Gruppe gekommen war und um unseren Tisch herumstand. Das waren Freunde von einem von uns, aus seinem Angelverein, wenn ich mich recht erinnere. Die hatten ihr alljährliches Vereinsfest gefeiert, aber Gunni war lieber mit uns weggegangen. Es war ein Riesentrupp, gut möglich, dass Helgi uns deshalb nicht mehr gesehen hat. Er war ja, wie gesagt, nicht mehr ganz nüchtern.«

»Und um wie viel Uhr war das?« Erla zückte ihren Stift, um sich die Uhrzeit zu notieren.

»Das muss kurz nach Mitternacht gewesen sein. Ich hatte eine Runde geschmissen, bevor Helgi verschwand, und auf meinem Kreditkartenbeleg steht Viertel vor zwölf. Er hatte sein Glas halb leer getrunken, und als uns klar war, dass er nicht mehr wiederkommen würde, hat einer der Jungs es ausgetrunken.«

»Wer war das?« Erla schaute von ihrem Notizblock hoch.

Jón wirkte überrascht, beantwortete die Frage aber trotzdem: »Das war Gunni. Gunnar. Gunnar Bergsson.«

Huldar vermutete, dass Erla die Möglichkeit ausschließen wollte, dass Helgi die Vergewaltigungsdroge in dem besagten Getränk verabreicht bekommen hatte. Ihre nächste Frage bestätigte, dass er richtiglag. »In welchem Zustand war Gunnar, nachdem er das Glas ausgetrunken hatte?«

»Zustand?«, fragte Jón noch überraschter. »Er war betrunken. Nicht schlimm, aber so, wie das nun mal ist, wenn man Alkohol trinkt. In größeren Mengen.«

»Wie betrunken war er? War er kurz vorm Blackout oder hat er sich merkwürdig benommen?«

Jón lächelte zum ersten Mal, seit er die Wache betreten hatte. »Gunni benimmt sich immer etwas merkwürdig. Aber er war nicht anders als sonst.« Das Lächeln verschwand, und Jón wurde wieder ernst. »Warum fragen Sie mich das? Sie glauben doch wohl nicht, dass Helgi was in seinen eigenen Drink gemischt hat? Ich kann Ihnen versichern, dass er keine Drogen genommen hat.«

Huldar war sich zwar nicht sicher, ob der Mann recht hatte, was seinen verstorbenen Freund anging, aber diese Aussage bestätigte ihm zumindest, dass Jón selbst keine Drogen nahm. Jeder, der sich mit Drogen auskannte, wusste, dass man sie nicht in seinen Drink mischte. »Würden Sie sagen, dass Helgi ein gesundes Leben geführt hat?«

»Auf jeden Fall. Er hatte einen Personaltrainer, war regelmäßig im Fitnessstudio und hat nur Biozeug gegessen und so. Soweit ich weiß, war er topfit.« Jón richtete sich ein wenig auf. »Ich kenne seine Arztberichte natürlich nicht. Aber ich war sein Zahnarzt und kann bestätigen, dass er seine Zähne sehr gut gepflegt hat.« Als er Erlas und Huldars unbewegte Gesichter sah, fügte er hastig hinzu: »Menschen mit einer guten Zahnhygiene achten meistens auch im Allgemeinen auf ihre Gesundheit.«

»Verstehe«, sagte Erla, unbeeindruckt von dieser Logik.

Daraufhin schien sich der Zahnarzt bemüßigt zu fühlen, seinen Berufsstand zu verteidigen. »Es ist nun mal so, dass wir

Zahnärzte Anzeichen von bestimmten Krankheiten feststellen, wenn wir den Leuten in den Mund schauen: Diabetes, Herzkrankheiten, Osteoporose, Stress, Herpes …«

Erla unterbrach ihn und sagte: »Ihr Freund ist aber nicht an Herpes gestorben.«

Bevor der Mann eine gepfefferte Entgegnung einwerfen konnte, fiel Huldar ihm ins Wort und sagte bestimmt, aber höflich: »Was hatten Sie an dem Abend an?«

»Sie meinen meine Kleidung?«

»Ja.«

»Einen Anzug. Der war grau, glaube ich, und ein weißes Hemd. Ach ja, und einen Mantel. Der war blau. Dunkelblau. Warum fragen Sie?«

»Und Ihre Freunde?«

»Äh …« Jón wirkte etwas ratlos, schaffte es aber schließlich, die ungefähre Kleidung seiner Freunde zu beschreiben. Die unterschied sich am ehesten durch die Farbe der Anzüge und Hemden. Keiner hatte Jeans und Turnschuhe getragen, so wie der Mann, der Siggi auf dem Überwachungsvideo begleitet hatte.

»Hatte einer von Ihnen eine Tasche dabei? Klamotten zum Wechseln?«

»Klamotten zum Wechseln?« Jón starrte Huldar verständnislos an. Da der seine Frage nicht näher erläuterte, antwortete er: »Nein. Warum sollten wir Klamotten zum Wechseln dabeigehabt haben? Und was hat unsere Kleidung mit Helgis Tod zu tun?«

Huldar ignorierte die Frage und wechselte das Thema, um den Mann aus der Reserve zu locken. »Sagen Sie mal, hat Helgi erwähnt, dass er an dem Abend noch mit jemand anderem verabredet war?«

»Nein. Das war er sicher nicht. Unsere Treffen haben immer Vorrang. Wie bei Gunni. Der hat ja auch seinen Angelverein sausen lassen, um den Abend mit uns zu verbringen.«

»Könnte Helgi seine Pläne geändert haben? Hat er an dem Abend mal sein Handy benutzt?«, fragte Huldar, obwohl er die Antwort kannte. Niemand ging mehr irgendwohin, ohne zwischendurch aufs Handy zu schauen. Selbst bei Beerdigungen. »Könnte er im Lauf des Abends eine Nachricht bekommen haben, noch jemanden zu treffen?«

»Klar hat er mal aufs Handy geschaut. Aber er hat nicht erwähnt, dass er noch jemanden treffen wollte. Das weiß ich ganz sicher, auch wenn ich ein bisschen benebelt war. Wie gesagt, an solchen Abenden bleiben wir immer unter uns.«

»Aber er war Single, oder?«

»Ja. Er und Gunni.«

»Könnte es nicht sein, dass er eine Frau abschleppen wollte? Oder eine Geliebte hatte, die er noch treffen wollte?«

»Nein, ganz sicher nicht.« Jón machte ein nachdenkliches Gesicht. »Das weiß ich, weil er sich über die Frauen in der Bar beklagt hat, in der wir waren.«

»Beklagt?« Erla wurde hellhörig. »Wie meinen Sie das?«

»Er fand sie ziemlich unspannend.«

»Nicht hübsch genug oder …?« Wegen der Hitze im Raum hatte Erla die Ärmel hochgekrempelt. Huldar hätte schwören können, dass sich bei der Frage die Haare auf ihren Armen aufstellten. Sie konnte zwar gegenüber den weiblichen Teamkolleginnen ziemlich rücksichtslos sein, wurde aber schnell sauer, wenn bei den Ermittlungen schlecht über Frauen geredet wurde. Was nicht selten der Fall war.

»Nein, nein, die waren ihm zu alt.« Bevor Erla etwas sagen konnte, sprach Jón weiter: »Dabei fällt mir ein, dass er vorschlug, noch woanders hinzugehen. In eine Location mit jüngeren Frauen. Vielleicht hat er deshalb noch eine Runde durch die Kneipen gedreht …«

Huldar hatte genug über Helgis letzten Abend gehört. Jón hatte ihnen alles gesagt, was er wusste, und fing an zu spekulieren. Das konnten sie nicht gebrauchen. Erlas nächste Frage zeigte, dass sie anderer Meinung war. »Hat keiner von Ihnen versucht, Helgi anzurufen, als Sie merkten, dass er nicht mehr in der Bar war?«

»Doch. Ich habe es zweimal versucht, glaube ich. Tómas hat es auch probiert. Beim ersten Mal ist keiner rangegangen, und beim zweiten Mal war sein Handy ausgeschaltet.«

»Um wie viel Uhr war das?«

Der Zahnarzt holte sein Handy aus der Jackentasche. »Also, der erste Anruf war um Viertel vor eins und der zweite um halb zwei.« Er schaute auf. »Das stimmt damit überein, dass Helgi gegen Mitternacht aufs Klo gegangen ist. Es hat eine Weile gedauert, bis wir merkten, dass er weg war.«

»Darf ich mal sehen?« Erla streckte die Hand aus. Jón zögerte und starrte mit leicht geöffnetem Mund auf Erlas Handfläche, was nicht unbedingt etwas bedeuten musste. Vielleicht hatte er private Fotos, E-Mails oder Nachrichten auf dem Handy, die er nicht jedem zeigen wollte. Am Ende gab er sein Telefon aus der Hand und beobachtete nervös, wie Erla seine Anrufliste checkte.

Huldar spähte über ihre Schulter auf das Display. Sie checkte nicht nur die beiden erwähnten Telefonanrufe, sondern scrollte in der Liste weiter zu den neueren Aktivitäten. Daraus war ersichtlich, dass Jón sehr oft versucht hatte, Helgi zu erreichen, und auch die drei Freunde, mit denen er den Samstagabend verbracht hatte, mehrmals kontaktiert hatte.

Erla hob den Kopf und fixierte den ziemlich aufgewühlt wirkenden Zahnarzt. »Sie haben seit Sonntagmorgen sehr oft versucht, Ihren Freund Helgi zu erreichen. Gab es dafür einen bestimmten Grund?«

»Ich wollte nur sichergehen, dass ihm nichts passiert war. Aber sein Handy war ausgeschaltet. Das kam mir komisch vor, deshalb habe ich es weiter probiert. Er wollte mittags ein Geschenk für meine Tochter vorbeibringen, kam aber nicht. Das sah ihm gar nicht ähnlich.«

»Ihre Tochter heißt doch Hallbera, oder?« Als Jón nickte, teilte Huldar ihm mit, das Päckchen sei bei Helgi gefunden worden und werde ihm in den nächsten Tagen übergeben. Er sagte nicht, dass es geöffnet worden war und dass sich unter dem Geschenkpapier und dem gekräuselten Geschenkband eine Puppe versteckt hatte. Allerdings keine normale Puppe, sondern eine, die laufen, sprechen, tanzen und rechnen konnte. Mit anderen Worten: das Allerneuste. Die Bemühungen der Polizisten, dieses Wunderding wieder in das glänzende Papier einzupacken, waren leider ziemlich danebengegangen.

Erla scrollte noch immer durch die Anrufliste. »Bei den Nummern, die unter Tommi, Gunni und Bjarni gespeichert sind, handelt es sich vermutlich um Ihre Freunde, die an dem Abend dabei waren?«

»Ja, genau.« Jón leckte sich über die Lippen.

»Die haben Sie gestern auch ziemlich oft angerufen. Wie kommt das?«

»Ich habe mir Sorgen um Helgi gemacht, weil ich ihn nicht erreicht habe. Ich wollte wissen, ob sie was von ihm gehört hatten. Das ist doch ganz normal.«

Huldar wunderte sich, warum der Mann so nervös wirkte, wenn doch angeblich alles normal war. Für einen Moment war es ganz still im Raum, dann gab Erla ihm sein Handy zurück, und er war sichtlich erleichtert.

Als Erla wieder das Wort ergriff, wechselte sie das Thema: »Haben Sie sich öfter gestritten? Sie und Helgi?«

»Nein, nie. Wir waren seit der Grundschule befreundet und haben uns immer gut verstanden.«

»Ach ja? Da haben wir aber was anderes gehört. Gab es da vor vier, fünf Jahren nicht ein paar Meinungsverschiedenheiten?«

Jón tat so, als würde er überlegen, dabei war klar, dass er genau wusste, worauf sie hinauswollte. »Hm, wo Sie es jetzt sagen, doch, wir haben uns mal gestritten.«

»Wissen Sie noch, worüber?«

»Nein, keine Ahnung, das war nur eine Lappalie.« Jón faltete vor sich auf dem Tisch die Hände, wie zum Gebet.

»Könnten Sie das noch mal wiederholen?« Erla fixierte ihn. »Sie sind seit über zwanzig Jahren befreundet, haben sich nur einmal gestritten und erinnern sich nicht mehr, worum es dabei ging? Das erscheint mir ziemlich unglaubwürdig.«

Jón verkrampfte die Hände, und seine Fingerknöchel wurden weiß. »Ich schwöre, ich weiß es nicht mehr. Was spielt das für eine Rolle? Oder glauben Sie etwa, dass ich Helgi wegen einer banalen, fünf Jahre zurückliegenden Streiterei umgebracht habe?«

Erla und Huldar zogen es vor, nicht darauf zu antworten. Es wurde still, bis Erla wieder das Wort ergriff. »Wir gehen gerade die Finanzen Ihres Freundes durch. Das ist alles etwas verworren, aber wir werden es früher oder später durchschauen. Er besitzt Anteile an diversen Firmen, von denen die meisten im Ausland registriert sind. Wenn Sie uns bei einer Sache helfen könnten, würde das die Ermittlungen weiterbringen.«

»Selbstverständlich, gerne.« Jón klang aufrichtig und wirkte erleichtert, dass es nicht mehr um die Freundschaft zwischen ihm und Helgi ging. »Wobei ich dazu sagen muss, dass ich Helgis Finanzen nicht kenne. Ich weiß nur, dass er genug Geld hatte.«

»Es geht nicht um Details. Wissen Sie, ob er neben der Wohnung, in der er lebte, noch weitere Immobilien besaß?«

»Immobilien?«, fragte Jón irritiert, obwohl die Frage kaum falsch zu verstehen war.

»Ja. Besaß er in Island oder im Ausland eine weitere Wohnung oder ein Haus, das möglicherweise auf eine ausländische Firma oder einen anderen Namen angemeldet war?«

Jón schaute sie immer noch begriffsstutzig an, gab sich dann einen Ruck und antwortete zögernd: »Äh, ja, er hatte ein Sommerhaus. Und ein Apartment in New York, weil er oft dort war. Vielleicht hat er das auch vermietet. Ich kann mich nicht erinnern, jemals mit ihm darüber gesprochen zu haben, und ich habe ihn auch nie danach gefragt. Geld war zwischen uns kein Thema.«

»Wo befindet sich das Sommerhaus?«, fragte Erla und zückte ihren Stift. »Sie waren doch bestimmt schon mal dort.«

»Ja, ein paar Mal. Es steht auf einem großen Grundstück in Südisland, das Helgi kurz vor dem Bankencrash gekauft hat. Da stand ein alter Bauernhof, den hat er abgerissen und das neue Haus gebaut. Das war zu der Zeit, als er noch im Ausland lebte, aber wenn er hier war, fuhr er bei gutem Wetter manchmal für ein paar Tage hin.« Jón beschrieb den Weg möglichst genau und erzählte, Helgi habe zwei Wegweiser entfernt, die früher an der Abzweigung gestanden hätten, um seine Ruhe zu haben. Erla machte sich eifrig Notizen und ignorierte Jóns Frage, warum sie das wissen wollten.

»Also keine weiteren Immobilien in Island?« Erla fixierte den Mann mit unbewegter Miene.

Er zögerte und leckte sich über die Lippen, bevor er antwortete. »Nein. Nicht, dass ich wüsste.«

Huldar spürte, wie Erla ihn unter dem Tisch mit dem Bein anstieß. Er begriff sofort und drehte das oberste Blatt von dem Papierstapel vor ihnen um. »Kennen Sie diesen Jungen? Er heißt Sigurður Margeirsson und ist ein Jahr älter als Ihre Tochter. Er wird Siggi genannt.«

Jón betrachtete das Foto verwirrt. Er musterte das Gesicht des Jungen, schaute dann auf und schüttelte den Kopf. »Den kenne ich ganz sicher nicht. Vielleicht ist er mir mal im Kindergarten meiner Tochter über den Weg gelaufen oder so, aber ich glaube nicht.« Sein Blick wanderte zwischen Huldar und Erla hin und her. »Was hat er mit Helgi zu tun?«

Ohne darauf einzugehen, drehte Huldar das nächste Foto um, das von Margeir Arnarson, Siggis Vater. Es stammte von seiner Facebook-Seite, auf der es nur zwei fast identische Profilbilder von ihm gab. Er hatte kaum etwas gepostet und schien nur dann aktiv zu werden, wenn ihn etwas an der politischen Lage oder der öffentlichen Debatte störte. Seine Posts waren alle negativ: Er beschwerte sich über den kabarettistischen Jahresrückblick im Fernsehen, über die Behörden, Feministinnen, Sporttrainer und Erdölfirmen. Zwischendurch gratulierte er ein paar Freunden zum Geburtstag, aber er war weder mit Helgi noch mit einem von dessen Bekannten auf Facebook befreundet.

»Kennen Sie diesen Mann? Er heißt Margeir Arnarson.«

»Nein, den kenne ich nicht. Wer soll das sein? Der Vater des kleinen Jungen? Hat der Helgi umgebracht? Wurde er verhaftet?«, wollte Jón aufgebracht wissen.

»Wir haben zum jetzigen Zeitpunkt noch keinen Verdächtigen in Gewahrsam genommen«, sagte Huldar und musterte Jóns Hände auf dem Tisch. Er hatte sehr gepflegte Fingernägel, keine Hornhaut oder Schrammen. »Sind Sie handwerklich begabt?«

»Ich? Der Zahn, den ich im Studium angefertigt habe, wurde super benotet – dann muss ich es wohl sein.«

»Eigentlich meinte ich eine andere Art von Handwerk. Reparieren Sie zu Hause viel? Haben Sie schon mal eine Holzterrasse in Ihrem Garten gebaut? Solche Sachen.«

Jón runzelte die Stirn. »Ich weiß nicht, warum ich das beantworten soll. Das hat wohl kaum etwas mit Helgis Tod zu tun.« Da Huldar und Erla ihn nur mit versteinerten Gesichtern anschauten, gab er schließlich klein bei: »Nein. Ich habe noch nie eine Holzterrasse gebaut. Als wir das Haus gekauft haben, war da schon eine geflieste Terrasse. Ich repariere alles, was so anfällt, aber das Haus war frisch renoviert, als wir es gekauft haben.«

Huldar beließ es dabei und nahm das Foto von Siggis Mutter in die Hand. Auf ihrer Facebook-Seite hatte es mehr Fotos zur Auswahl gegeben. Die meisten waren jedoch von ihrem Sohn bei den verschiedenen Meilensteinen im Leben eines Kindes, darunter auch zahlreiche Bilder aus Mallorca, vor ungefähr einem Jahr, auf denen der Kleine immer brauner wurde. Huldar musste an den roten Kreis auf dem Globus im Kinderzimmer denken. Seine Mutter oder sein Vater hatte ihm offenbar gezeigt, wohin die Reise gehen würde.

Die Facebook-Posts der Mutter waren viel optimistischer als die ihres Mannes, aber sie hatte trotzdem erstaunlich wenige Freunde, von denen niemand eine Verbindung zu Helgi hatte.

»Und diese Frau?«, fragte Huldar und schob das Foto über den Tisch zu Jón. »Kennen Sie die?« Jón fuhr sich mit den Fingern durchs Haar, während er das Gesicht der lächelnden jungen Frau betrachtete.

»Nein«, sagte er. »Können Sie mir sagen, wer das ist?«

»Sie heißt Sigurlaug Lára Lárusdóttir.«

Jón musterte das Foto genauer. Ihr Gesicht war der Kamera zugewandt, und ihre kurzen dunklen Haare waren zurückgekämmt, sodass sie gut zu erkennen war. Abgesehen von der Haarfarbe sahen sich Mutter und Sohn erstaunlich ähnlich, doch Jón schien es nicht zu bemerken. »Nein, die kenne ich nicht. Jedenfalls kann ich mich nicht an sie erinnern.«

Erla stieß Huldar wieder mit dem Bein an, woraufhin er das letzte Foto umdrehte. »Ist das eines der Betten in Helgis Sommerhaus?« Auf dem Bild war der Bettkopf aus den Sexfilmen. Die nackten Paare waren sorgfältig wegretuschiert worden, was bei ihren heftigen Bewegungen ziemlich schwierig gewesen war.

Jón starrte auf das Foto, wie vom Donner gerührt. Ohne den Blick davon abzuwenden, fragte er: »Was soll das sein?«

»Das Kopfteil von einem Bett.« Huldar schob das Foto näher zu ihm und wiederholte: »Steht dieses Bett in Helgis Sommerhaus?«

»Äh …« Jón wiegte den Kopf hin und her, als wolle er das Möbelstück begutachten. »Nein.«

»Sie haben diesen Bettkopf also nicht in dem Sommerhaus gesehen?«

»Jedenfalls nicht im Gästezimmer. Über die anderen Zimmer kann ich nichts sagen, ich habe immer im selben Bett geschlafen. Nein, so eins habe ich nicht gesehen.«

»Woanders vielleicht? In Helgis Wohnung oder auf Fotos von seinem Apartment in New York?«

Jón räusperte sich. »Nein.«

Er starrte immer noch das Foto an. Erla und Huldar wechselten einen vielsagenden Blick. Der Mann kannte das verdammte Bett. Sie wiederholten abwechselnd ihre Fragen, mit leicht abgewandelter Wortwahl, aber es führte zu nichts. Der Mann beharrte darauf, das Bett noch nie gesehen zu haben.

Als Erla es schließlich gut sein ließ, fragte Huldar ihn nach den Personen, die in der Nähe des Tatorts an Land gespült worden waren. »Sie kennen also weder das Bett noch Margeir, Sigurlaug Lára oder Sigurður. Was ist mit einem Mann namens Dagur Diðriksson?«

Jón war sichtlich erleichtert über diese Kehrtwende. »Nein, nie gehört.«

»Und Olgeir Magnússon?«

»Auch nicht.«

»Was ist mit Maren Þórðardóttir?«

Jón zögerte einen winzigen Moment und sagte dann wieder: »Nein.«

»Ganz sicher?«

»Ja, ganz sicher.«

Huldar und Erla betrachteten den Mann eine Weile schweigend. Nervös rutschte er auf seinem Stuhl herum und leckte sich immer wieder über die Lippen.

Endlich gab Erla auf. Sie dankte Jón für sein Kommen und erläuterte ihm, dass er damit rechnen müsse, noch einmal vernommen zu werden. Er solle mit niemandem über die Vernehmung sprechen, da noch weitere Personen befragt würden. Ansonsten könne er jetzt gehen.

Das ließ der Mann sich nicht zweimal sagen und sprang auf. Er hatte es so eilig, dass er seine Jacke im Gehen anzog, während er mit schnellen Schritten durch den Flur hastete.

»Ist dir aufgefallen, dass er nicht gefragt hat, wie Helgi gestorben ist?« Erla stand mit verschränkten Armen neben Huldar und schaute dem Mann hinterher.

Huldar nickte.

»Dieser Mistkerl hat was zu verbergen. Er kennt den Bettkopf, und er weiß genau, worüber er sich mit Helgi gestritten hat. Und wenn mich nicht alles täuscht, hat er Marens Namen auch schon mal gehört.« Erla atmete hörbar durch die Nase aus. »Aber er ist nicht der Mörder. Dafür ist er ein viel zu großer

Schisser.« Ohne weitere Worte ließ sie die Arme sinken und marschierte in ihr Büro.

Einige Minuten nachdem die Tür hinter Jón ins Schloss gefallen war, rief Huldar ihn auf dem Handy an. Es wunderte ihn nicht, dass besetzt war. Erlas Bitte, er solle mit niemandem über die Vernehmung reden, wurde offensichtlich ignoriert.

21. KAPITEL

Ausnahmsweise saß Fannar – der Letzte, dem Jón in diesem Moment begegnen wollte – im Wohnzimmer. Wobei *saß* nicht das richtige Wort für die Körperhaltung des Jungen war. Er hätte aus geschmolzenem Wachs sein können, wie er da vor dem Fernseher auf dem Sofa hing, die langen Beine auf dem Couchtisch. Die Obstschale, die normalerweise genau in der Mitte des Tisches stand, wankte gefährlich nah am Rand. Daneben stand ein Kuchenteller mit einem halb gegessenen Stück von der Geburtstagstorte seiner Schwester, ein Tortenboden aus Schokolade mit einer knallrosa Creme. Die Zeitschrift, die Sigrún neben die Schale gelegt hatte, war auf den Boden gefallen. Jón bezweifelte, dass der Junge auch nur einen Gedanken daran verschwendet hatte, sie wieder aufzuheben. Aber er war selbst noch jung genug, um sich daran zu erinnern, wie es war, ein Teenager zu sein.

So wie Fannar hatte er damals alles, was sich außerhalb seines eigenen kleinen Horizonts bewegte, todlangweilig gefunden. Das einzig Wichtige waren seine Freunde Bjarni, Tommi, Helgi und Gunni gewesen. Sie verstanden ihn, und er verstand sie. Die einzig erträgliche Musik war die, die seine Freunde hörten. Dasselbe galt für Filme, Computerspiele, Autos, Klamotten und Essen. Ihre einhellige Meinung wog schwerer als die anderer Leute. Der Rest der Welt war von Idioten bevölkert. Doch natürlich war es nicht immer ganz so einfach gewesen. Ab und zu hatte er vorgegeben, etwas zu hassen, weil seine Freunde es uncool fanden. Und ihnen war es bestimmt genauso ergangen.

Jón musste an Anna Guðrún in der neunten Klasse denken. Sie war klein, hatte dunkle Haare, braune Augen und zierliche Hände, die in seiner Fantasie ganz warm und weich waren. Sie kaute ständig Kaugummi, aber diskret und ohne zu schmatzen, und roch nach süßer Minze. Sie war eine gute Schülerin, beteiligte sich am Unterricht und schrieb ihren Namen mit einem Herzchen anstelle des Akzents über dem u. Mit anderen Worten: Sie war völlig uncool. Trotzdem war Jón in sie verknallt. So verknallt, dass er sich kaum auf den Unterricht konzentrieren konnte, wenn sie in seinem Sichtfeld saß. Bis Gunni eines Tages in der Pause eine Grimasse schnitt und verkündete, Anna Guðrún sei das Allerletzte. Da starb Jóns Traum, dass sie jemals seine Freundin werden könnte. Besonders, als die anderen Gunni feixend zustimmten. Es war undenkbar, mit einem Mädchen zu gehen, das von den anderen verachtet wurde. Also tat Jón es seinen Freunden nach, glotzte den coolsten Mädchen der Schule hinterher und klopfte Sprüche darüber, wie sexy und geil sie seien. Dabei wusste er genauso gut wie die anderen, dass keine von ihnen sie jemals eines Blickes würdigen würde.

Der Einzige von ihnen, der schon Freundinnen hatte, bevor sie in die Oberstufe kamen, war Gunni. Er war der Schlagfertigste und belaberte die Mädchen so lange, bis sie nachgaben. Doch keine von ihnen zählte zu den Coolen, von denen sie alle träumten. Und keine war hübscher oder netter als Anna

Guðrún. Gunnis Beziehungen hielten jedoch nicht lange – bis heute. Er war sprunghaft und langweilte sich schnell, in dem ewigen Irrglauben, er könne noch etwas Besseres finden. Seit er zu Geld gekommen war, hatte er an jeder Hand zehn Frauen, was ihm die Entscheidung nicht erleichterte. Im Gegenteil.

Anna Guðrún war unterdessen in der Oberstufe mit einem Jungen zusammengekommen, den sie später heiratete. Er studierte zusammen mit Jón Zahnmedizin und erinnerte ihn ständig daran, was hätte sein können – falls sie sich überhaupt für ihn interessiert hätte, was keineswegs sicher war.

Anstelle von Anna Guðrún hatte Jón Sigrún abbekommen. Sie war acht Jahre älter als er, eine Tatsache, die – anders als befürchtet – bei seinen Freunden Zustimmung fand. Zweifellos, weil sie sowohl hübsch als auch klug und sympathisch war. Fannar, damals noch ein kleiner, einigermaßen süßer Junge, war Teil des Deals. Jón hatte sich damit abgefunden, dass er den Jungen akzeptieren musste, wenn er mit Sigrún zusammen sein wollte. Mit der Zeit begann Jón sogar, ihn zu mögen. Bis er zu einem typischen faulen, launischen, nervigen Teenager mutierte.

»Was guckst du da eigentlich?« Soweit Jón sehen konnte, handelte es sich um irgendein Computerspiel, obwohl Fannar keinen Joystick in der Hand hatte. Vielleicht zeigte der staatliche Sender RÚV so was jetzt schon live, um sich der jungen Generation anzubiedern.

»YouTube.« Fannar hatte noch nicht aufgeschaut, seit Jón hereingekommen war. Er starrte apathisch auf den bunten Mist auf dem Bildschirm.

»Wo ist deine Mutter?«

Der Teenager zuckte die Achseln. Alles, was sich außerhalb des Fernsehers abspielte, war viel zu unbedeutend, um auch nur einen Gedanken daran zu verschwenden. Inklusive seiner Mutter.

Jón war nicht in der Stimmung, dem Jungen ein Gespräch aufzuzwingen. Er hatte sich vorgestellt, nach Hause zu kommen, sich auf das Sofa zu fläzen – das Fannar jetzt in Beschlag genommen hatte –, einfach nur dazuliegen und sich von seinem Besuch auf der Polizeiwache zu erholen. »Müsstest du nicht in der Schule sein?«

»Müsstest du nicht auf der Arbeit sein?«, gab Fannar zurück, den Blick immer noch auf den Bildschirm geheftet.

Jón spürte Wut in sich hochsteigen, beherrschte sich aber. Es wäre höchst unklug, sich mit dem Jungen zu streiten, wenn er so drauf war – wie eine durchgeschüttelte Limodose, die beim Aufmachen überschäumt. Man konnte noch so vorsichtig sein, es endete immer mit einem Desaster. Jón ignorierte Fannars freche Bemerkung. »Ist was mit dem Computer in deinem Zimmer?«

»Der ist kaputt.« Keine weiteren Erklärungen. War der Computer runtergefallen, hatte der Lüfter den Geist aufgegeben, war Wasser über die Tastatur gelaufen oder hatte Fannar sich mal wieder einen Virus eingefangen? Ach egal, die Kosten würden sowieso an Jón hängen bleiben. Fannars Vater konnte kaum den Unterhalt des Jungen zusammenkratzen, geschweige denn Extrakosten übernehmen. Extrakosten – haha! –, es verging kein Tag, an dem der Junge nicht für irgendwas Geld brauchte.

»Ich hatte mich eigentlich darauf gefreut, mich aufs Sofa zu legen.« Jón warf seinen Mantel über die Sofalehne.

»Und was soll ich dann machen? Mein Computer funktioniert nicht!«

»Du könntest zur Abwechslung mal Hausaufgaben machen.« Jón lockerte seine Krawatte, streifte sie sich über den Kopf, ohne den Knoten zu lösen, und warf sie auf den Mantel. »Vielleicht überraschst du dich ja selbst, und es macht sogar Spaß.« Damit brach Jón das ungeschriebene Familiengesetz, sich nicht in Fannars schulische Belange einzumischen. Dafür war Sigrún zuständig, und eigentlich kam ihm das gelegen.

»Wir haben nichts auf.« Endlich löste Fannar den Blick vom Bildschirm und schaute zu Jón. »Kannst du mir deinen Laptop leihen?«

»Kommt nicht in Frage. Den brauche ich, und ich will mir keinen Virus einfangen.«

»Über mich fängst du dir keinen Virus ein.« Fannar verdrehte die Augen, als wäre diese Vorstellung völlig absurd.

»Lies lieber mal ein Buch. Du bekommst meinen Laptop nicht, und auch nicht den von deiner Mutter.« Jón hatte die Nase voll. Schließlich hatte er seinen Patienten für heute nicht abgesagt, um hier herumzustehen und sich mit einem Teenie zu streiten. »Das haben wir schon hundertmal besprochen.« Als Fannar protestieren wollte, herrschte Jón ihn an: »Mein Freund wurde ermordet, ich hab jetzt keinen Nerv für so was. Steh auf!«

Fannar rappelte sich hoch wie ein alter Mann und trollte sich aus dem Wohnzimmer, mit beleidigter Miene und völlig ungerührt angesichts der Erwähnung eines Mordes. Im Flur knallte eine Tür, während Jón sich aufs Sofa fallen ließ. Doch wie er sich auch drehte oder sich das Kissen unter den Kopf stopfte, er konnte sich nicht entspannen. Die Angst brannte wie scharfe Säure in seiner Brust.

Die Bullen waren ihnen auf der Spur. Daran bestand kein Zweifel. Als er das kapiert hatte, war er nur eine Haaresbreite davon entfernt gewesen, ihnen alles zu erzählen und das Video zu zeigen. Zum Glück hatte er sich sofort wieder in den Griff gekriegt, tief durchgeatmet und den Mund gehalten.

Aber das würde ihnen nur eine kurze Atempause verschaffen. Die Polizei wusste schon zu viel, und es war nur eine Frage der Zeit, bis seine Welt zusammenbrechen würde. Der Gedanke, dass Tommi, Gunni und Bjarni mit ihm untergehen würden, tröstete ihn nicht. Selbst Gunni war nervös geworden, als Jón ihm am Telefon von der Vernehmung und den Fotos erzählt hatte, die sie ihm gezeigt hatten. Die Freunde hatten einiges zu verlieren, wenn ihr Geheimnis aufflog. Im Grunde alles.

22. KAPITEL

Der Müll aus Helgis Hochhaus war in einem Schuppen auf dem Parkplatz hinter der Polizeiwache deponiert worden. Erla war hämisch grinsend zu Huldars Schreibtisch marschiert, hatte ihm zwei Paar gelbe Gummihandschuhe hingehalten und dem gesamten Großraumbüro lauthals verkündet, Lína und er sollten den Müll durchsuchen. Sie war furchtbar schlecht gelaunt nach einem desaströsen Anruf bei Helgis amerikanischem Arbeitgeber, den Huldar zufällig mit angehört hatte, als er nach Jóns Vernehmung kurz in ihrem Büro vorbeigeschaut hatte. Vor seinem hastigen Rückzug bekam er noch mit, dass Erlas Gesprächspartner offenbar kein Wort verstand und dachte, er würde verarscht. Erla war es verständlicherweise peinlich, dass Huldar diese Erniedrigung mitgekriegt hatte, und der Mülljob war ihre Rache dafür.

Huldar hatte sich gerade erst hingesetzt, als Erla ihm die Handschuhe auf den Tisch knallte, womit die Hoffnung dahin war, zu Helgis Sommerhaus geschickt zu werden, um nach dem Bett aus den Sexfilmen zu suchen. Das Winterwetter hätte nicht schöner sein können: frostig und windstill, alles mit Neuschnee bedeckt. Perfekt für eine Spritztour aufs Land. Erst wollte er protestieren, das sei unfair und sie solle jemand anderen nehmen, aber dann ließ er es bleiben, weil er sich damit vor seinen Kollegen nur noch lächerlicher gemacht hätte. Er stand auf und bedeutete Lína, ihm zu folgen. Sie hatte sich möglichst unauffällig verhalten, in der irrealen Hoffnung, dass man sie übergehen würde. Falls sie sich bisher noch nicht wieder auf die Uni gefreut hatte, dann spätestens jetzt.

»Scheiße, Mann.« Huldar hielt sich mit der behandschuhten Hand die Nase zu, als er die Tür zu dem Schuppen aufstieß und ihm ein starker, fauliger Müllgestank entgegenschlug. »Vielleicht sollten wir uns Wäscheklammern für unsere Nasen besorgen.« Huldar zählte bis drei und ließ die Hand dann sinken. Am besten, man gewöhnte sich möglichst schnell an den Gestank, bis man selbst genauso roch. Außerdem würden sie kaum vorankommen, wenn sie nur mit einer Hand arbeiteten. »Bitte sehr, ladies first!«

Lína machte einen zaghaften Schritt in den Schuppen, als befürchtete sie, dass der Abfall aus den schwarzen Mülltüten platzen und sich auf sie stürzen könnte. »Was ist die bevorzugte Methode?«

»Ich mache so was zum ersten Mal und dachte, du wüsstest das. Haben sie euch an der Uni nicht beigebracht, wie man Müll durchsucht?«

»Nein.« Lína fand das nicht witzig, und Huldar beschloss, sie nicht weiter aufzuziehen. Besser, sie machten sich an die Arbeit.

Nach seiner Zählung befanden sich einundzwanzig prallvolle schwarze Mülltüten in dem Schuppen, plus eine halbvolle. Da es draußen trocken und ausnahmsweise windstill war, konnten sie die Tüten nach draußen ziehen, einzeln auf dem Parkplatz auskippen und den Inhalt durchsehen. Dann waren sie zwar dem Spott der Passanten ausgesetzt, aber das war immer noch besser, als in dem kleinen stinkenden Schuppen zu arbeiten.

Als sie sechs Tüten durchhatten, wollte Huldar eine Pause einlegen. Bisher hatten sie nur Essensreste, alte Zeitungen, Werbeprospekte, Milchtüten und diverse Verpackungen ausgegraben. Diese Dinge waren schnell aussortiert, nur bei der Post mussten sie genauer hinschauen. Leider schienen die Leute in diesem ehrenwerten Haus ihren Müll nicht sehr gewissenhaft zu trennen. Noch war nichts aufgetaucht, das man Helgi zuordnen konnte, dabei waren alle Mülleimer in seiner Wohnung leer gewesen. Sie suchten vor allem nach dem zerrissenen Papier, das Helgi entsorgt hatte, kurz bevor er zum letzten Mal aus dem Haus gegangen war.

Huldar zog die Handschuhe aus und ließ sie auf den Asphalt fallen. Dann fischte er ein Päckchen Zigaretten aus der Tasche, lehnte sich an die Wand und zündete sich eine an. Zu seinem Erstaunen stellte Lína sich neben ihn.

»Ich hätte nie gedacht, dass ich Zigarettengeruch mal angenehm finden könnte.« Lína atmete tief ein und lehnte den Kopf an die Wand. »Ist dir klar, dass wir erst knapp ein Drittel durchhaben?«

»Bei der Hälfte werden wir uns daran gewöhnt haben«, entgegnete Huldar, obwohl er es selbst nicht glaubte. An manche Dinge gewöhnte man sich nie. »Wie gefällt dir der Job eigentlich? Abgesehen von der Müllsache.«

Lína antwortete nicht sofort. Vielleicht glaubte sie, Huldar müsse ihr Praktikumszeugnis schreiben, und wollte nichts Unüberlegtes sagen. »Es ist anders, als ich dachte.«

»Ist das nicht immer so? Man stellt sich was vor, und die Realität ist ganz anders.« Huldar zog an seiner Zigarette. »Ich hatte mir den Job auch total anders vorgestellt, als ich damals anfing. Völlig anders.«

»Inwiefern?«, warf Lína ein.

»Ich dachte zum Beispiel, dass die Leute uns gegenüber freundlicher wären. Es war echt frustrierend, feststellen zu müssen, dass niemand was mit uns zu tun haben will. Da muss schon ein Killer mit gezücktem Messer vor ihnen stehen, damit sie sich freuen, uns zu sehen. Klar, wir sind nicht unbedingt die Überbringer fröhlicher Botschaften. Und wenn alles glatt läuft, braucht man uns nicht. Das ist also nicht überraschend, und ich hätte es wissen müssen.«

»Oh.« Das war Lína anscheinend noch nicht klar gewesen, zumal Erla sie noch nicht auf die Öffentlichkeit losgelassen hatte, aus gutem Grund. »Macht dir dein Job denn trotzdem Spaß?«

Mit dieser Frage hatte Huldar nicht gerechnet, darüber hatte er noch nie nachgedacht. Es gab viele Dinge, über die er sich aufregte und die seiner Meinung nach besser laufen müssten, und einige Kollegen, die ihn nervten oder einfach Idioten waren. Dazu noch die internen Machtkämpfe und die Grüppchenbildung. Aber im Großen und Ganzen? War er zufrieden? Machte sein Job ihm Spaß? Oder würde er lieber wieder als Tischler arbeiten?

Handwerker wurden nie bekotzt und nur selten belogen. Doch wie befriedigend es auch sein mochte, einem Betonboden die perfekte Neigung zum Abflussrohr zu verpassen – das konnte mit seiner jetzigen Arbeit nicht mithalten. Es wog nicht die Momente auf, wenn seine Kollegen und er es schafften, Verbrecher dingfest zu machen, die andere Menschen verletzten, bestahlen oder missbrauchten. Wenn er eine Pro-und-Contra-Liste aufstellen würde, überwöge das Positive.

Huldar zog wieder an der Zigarette und blies langsam eine dicke Rauchwolke aus. »Ich denke, die Antwort ist Ja. Es ist nicht immer alles toll, aber der Job erfüllt mich. Manchmal macht er mir richtig Spaß.«

»Hm.« Lína schien das erst mal verdauen zu müssen, und Huldar bedauerte es, nicht ausführlicher geantwortet zu haben. Aber er war nicht gerade der eloquente Typ. Selbst wenn er bis morgen über eine andere Formulierung nachgedacht hätte, bliebe seine Antwort dieselbe. Falls die junge Frau einen inspirierenden Mentor suchte, war er nicht der Richtige.

»Also dann, sollen wir die nächsten fünf in Angriff nehmen?« Huldar trat die Kippe aus, hob den Filter auf und warf ihn in eine Tüte, die sie schon durchgesehen hatten. Lína folgte ihm lustlos.

Die nächsten fünf Tüten beinhalteten auch nichts Interessantes. Erst als nur noch zwei Tüten übrig waren, stießen sie endlich auf das, wonach sie suchten. Dachten sie zumindest. Ein Umschlag und ein Brief, oder vielmehr die Schnipsel eines Umschlags und eines Briefs, ähnlich denen, die Helgi in der unscharfen Aufnahme der Sicherheitskamera in den Müllschlucker geworfen hatte.

»Ta-da!« Huldar richtete sich auf und massierte seine Lendenwirbelsäule. »Das muss es sein.« Huldar gab Lína den Schnipsel eines Umschlags, auf dem ein Teil von Helgis Namen stand. Er war in einer Standardschrift gedruckt. Vielleicht war es ja doch nur ein Behördenschreiben, das Helgi entnervt zerrissen hatte. »Da ist bestimmt noch mehr, das ist mit Sicherheit das, wonach wir suchen.«

»Dann können wir jetzt aufhören?« Lína sah aus wie ein Kind, das weiß, dass die Antwort Nein lauten wird.

Huldar schüttelte den Kopf. »Wenn wir das jetzt raufbringen, werden wir sofort wieder runtergeschickt. Also bringen wir es lieber hinter uns.« Er warf einen Blick auf die zwei Tüten, die noch übrig waren. »Wenn wir Glück haben, sind da keine verdorbenen Lebensmittel drin.« Er lächelte Lína aufmunternd an und ergänzte: »Wir hatten auch noch keine vollgeschissenen Windeln. Dafür sollten wir dankbar sein.«

Lína wirkte nicht sehr dankbar. Sie lächelte erst wieder, als sie den allerletzten Abfall, eine labberige Gurke, zur Seite geworfen hatte.

* * *

Erla rümpfte zum zehnten Mal die Nase, seit Huldar und Lína mit dem Brief raufgekommen waren, einen fauligen Müllgeruch verströmend. Huldar stellte sich so dicht neben sie, wie es das Gebot der Sittlichkeit erlaubte. Das hatte sie nun davon.

»Ich hab langsam die Schnauze voll von diesem scheiß Fall«, schimpfte sie. »Bringt uns denn gar nichts weiter?«

Vor Erla lagen die Papierschnipsel, locker zusammengepuzzelt, sodass man die Nachricht an Helgi rekonstruieren konnte. Der Brief war nicht lang und gut lesbar, obwohl ein paar Buchstaben abgerissen waren. »Was hat das zu bedeuten, verdammt noch mal?«

»Sieht aus wie die Beschwerde eines Nachbarn. Vielleicht hat Helgi zu viele Partys gefeiert.« Lína nahm einen Stift von Erlas Schreibtisch und deutete vorsichtig auf die Puzzleteile, während ihre Chefin sie ungläubig beobachtete. »Anders lässt sich das nicht verstehen.«

»Klar ist das eine Beschwerde. Das brauchst du uns nicht zu sagen!« Erla langte über den Schreibtisch und nahm Lína den Stift aus der Hand. Huldar nahm sich vor, sie zu bitten, Lína etwas respektvoller zu behandeln. Bei der natürlichen Dominanz, die die junge Frau an den Tag legte, würde sie bestimmt mal Polizeipräsidentin werden.

Diesmal war Erlas Ungeduld allerdings verständlich. Jeder Idiot konnte sehen, worum es ging. Der Verfasser des anonymen Briefs warf Helgi vor, dass es an den Wochenenden in seiner Wohnung zu laut sei. Er wies besonders auf den Samstagabend eine Woche vor Helgis Tod hin. Helgi habe frühere Beschwerden eindeutig ignoriert, deshalb komme er nicht umhin, drastischere Maßnahmen zu ergreifen, was eigentlich hätte verhindert werden können. Abschließend wurde auf die Hausordnung verwiesen, in der stand, dass am Wochenende um 24 Uhr und an Wochentagen um 22 Uhr Ruhe herrschen müsse.

»Das hat ja wohl kaum was mit dem Mord zu tun.« Huldar ging auf Erla zu, während sie ihm naserümpfend auswich, bis sie gegen die Wand stieß. »Nachbarschaftsstreits können übel sein, aber sie enden in den seltensten Fällen damit, dass jemand in einem Lavafeld erhängt wird. Das ist einfach too much.«

»Du sagst es.« Erla runzelte die Stirn, entweder aus Enttäuschung über den Brief oder wegen des unerträglichen Geruchs. Oder wegen beidem. »Aber es ist trotzdem seltsam. Kann man nicht einfach bei seinem Nachbarn anklopfen und ihn bitten, leiser zu sein? Wozu dieser Brief?«

»Die direkten Nachbarn und der Hausmeister behaupten, Helgi hätte sich immer vorbildlich verhalten. Partys wurden mit keinem Wort erwähnt, angeblich war er der perfekte Nachbar. Das macht überhaupt keinen Sinn.«

»Es gibt immer einen Nörgler, der an der Wand lauscht und hofft, etwas zu hören«, warf Lína ein. Sie schien noch etwas aus eigener Erfahrung hinzufügen zu wollen, hielt dann aber doch den Mund.

»Ich glaube nicht, dass das hier zutrifft.« Huldar hatte nicht den Eindruck, dass die Nachbarn in den angrenzenden Wohnungen so zimperlich waren. »Natürlich können wir noch mal mit den Leuten reden, aber jetzt gibt bestimmt keiner mehr zu, dass ihn der Lärm gestört hat. Der Brief ist anonym, und seit der Mord an Helgi offiziell bekannt ist, wird keiner mehr zugeben, dass er Ärger mit ihm hatte.«

Erla schien derselben Meinung zu sein, sagte aber nichts. Sie schob die Schnipsel in einen Beweisbeutel und verschloss ihn. »Das ist doch Kinderkram. Hat garantiert nichts mit dem Mord zu tun.«

»Moment mal …« Lína starrte auf die Tüte in Erlas Hand. »War Helgi an dem Wochenende nicht im Ausland? Er kam doch erst am Donnerstag, bevor er ermordet wurde, zurück.«

Erla und Huldar schwiegen betreten. Damit lag Lína goldrichtig. Helgi hatte sich an dem Samstagabend, an dem es angeblich laut gewesen war, in den USA aufgehalten. »Hat sonst noch jemand einen Schlüssel zu der Wohnung?«, fragte Erla.

Lína antwortete wie aus der Pistole geschossen: »Nein, da

waren sich alle einig. In der Wohnung lag noch ein Zweitschlüssel, aber da das Hochhaus über eine Schließanlage verfügt, wurde uns bestätigt, dass es keine weiteren Schlüssel gibt.«

»Und was ist mit dem Generalschlüssel?«

»Generalschlüssel?«, fragte Lína perplex.

Erla grinste zum ersten Mal, seit sie ihr Büro betreten hatten. »Googel das doch mal!«

Als Huldar und Lína den Raum verlassen wollten, hielt Erla ihn zurück. »Rede noch mal mit dem Hausmeister. Wenn jemand in Helgis Wohnung Partys gefeiert hat, dann hat er sich entweder einen Schlüssel von ihm geliehen oder ist irgendwie an den Hausmeisterschlüssel gekommen. Anders geht's nicht, es sei denn, der Hausmeister hat selbst in Helgis Wohnung gefeiert, was ich nicht glaube. Aber wer weiß. Sprich einfach noch mal mit ihm.« Sie fixierte ihn, grinste zum zweiten Mal und fügte bissig hinzu: »Wenn du mit den Pornos durch bist.«

»Noch eine Frage, dann gehe ich … War der Bettkopf in Helgis Sommerhaus?«

»Nein. War er nicht. Die Kollegen haben nichts gefunden. Kein solches Bett wie in den Filmen, keine Computer oder Kameras. Keine Hinweise auf eine Auseinandersetzung, auf Drogenkonsum oder sonst etwas Verdächtiges.«

»Wissen wir inzwischen, ob Helgi weitere Immobilien in Reykjavík besaß?«

»Nein, noch nicht. Die Immobilienmakler sagen, sie hätten ihm nur die eine Wohnung verkauft, als er aus New York zurückkam. Möglicherweise hat er über eine seiner Firmen in eine Immobilie investiert, aber es ist ziemlich schwierig, seine Finanzen zu entwirren. Bisher haben wir nichts weiter gefunden.« Auf einmal dämmerte es ihr. »Du meinst, in dem Brief geht es gar nicht um die Wohnung, in der er gewohnt hat?«

»Ja, könnte doch sein. Vielleicht hatte er noch eine Party-Wohnung, um es sich nicht mit seinen Nachbarn zu verscherzen. Oder eine Fick-Wohnung, in die er Frauen mitnehmen konnte, die er rumgekriegt hatte. So konnte er sie auch leichter wieder loswerden, falls sie eine engere Beziehung wollten. Bei einer Party- oder Sexwohnung könnten die Nachbarn sich jedenfalls von dem Lärm gestört gefühlt haben. Kann ja beides ziemlich laut sein.« Den letzten Satz hätte Huldar am liebsten zurückgenommen, aber es war zu spät, und er fügte hastig hinzu: »Vielleicht wusste dieser wütende Nachbar, dass Helgi eigentlich woanders wohnte, und hat den Brief dorthin geschickt.«

Erla nickte langsam. »Möglich. Aber das ändert nichts an der Tatsache, dass Helgi an dem besagten Wochenende gar nicht in Island war.« Dann bedeutete sie Huldar, zu gehen. »Die Pornos warten. Triff dich mit dem Hausmeister, wenn du damit fertig bist. Und nimm Guðlaugur mit. Aber zieh um Himmels willen vorher andere Klamotten an. Dieser Gestank ist echt nicht auszuhalten.«

23. KAPITEL

Huldar lehnte sich zurück und strich sich mit der Hand durch die Haare. Er brauchte dringend eine Zigarette, hatte aber eben erst die letzte Rauchpause gemacht.

Er hatte nicht erwartet, dass das Sichten der Sexvideos so schlimm wäre. Die Filme erregten ihn nicht im Geringsten, er hasste sie regelrecht. Die nackten Frauen auf dem Bildschirm hatten nie vorgehabt, diese intimen Momente mit anderen zu teilen, und es war ihm schmerzlich bewusst, dass er ihr Vertrauen missbrauchte, obwohl er beruflich dazu gezwungen war. Ihm wurde klar, dass ein Teil seines Unbehagens daher rührte, dass er sich Frauen gegenüber auch nicht immer korrekt verhalten hatte. Natürlich hatte er nie jemanden gefilmt, aber er war nicht immer ehrlich gewesen und hatte, so wie Helgi, nie eine dauerhafte oder tiefgehendere Beziehung zu einer Frau gehabt. Auch wenn er sich selbst eigentlich für einen netten Kerl hielt, waren Helgi und er sich vielleicht nicht so unähnlich, wie er gern geglaubt hätte.

Zum Glück hatte Erla ihm einen abgeschlossenen Raum besorgt, nachdem er sich beschwert hatte, dass er sich nicht konzentrieren könne, weil die Kollegen ihm ständig im Nacken saßen. Das geschah allerdings nicht aus Rücksicht auf ihn, sondern um die jungen Frauen zu schützen, die nackt auf dem Bildschirm herumturnten, mal unter, mal auf Helgi. Island war ein kleines Land, und je weniger Leute diese Filme zu Gesicht bekamen, desto besser. Man konnte nie wissen, ob nicht jemand eine Verwandte oder Freundin darauf entdeckte.

So wie jetzt.

Gott sei Dank war die Frau, die ihn mit lüsternem Blick anstierte, nicht eine seiner fünf Schwestern oder die Frau vom Empfang oder jemand, mit dem er regelmäßig zu tun hatte. Er war auch nicht mit ihr befreundet. Er hatte vor zwei Jahren eine Nacht mit ihr verbracht. Auf einem normalen Foto hätte er sie wahrscheinlich gar nicht wiedererkannt, aber die Situation hatte eine Erinnerung ausgelöst, und er konnte sich nicht vertun. Der Dateiname passte auch: Sie hieß Ugla.

»Scheiße, verdammt.« Er hatte laut gesprochen, und die Worte klangen lächerlich in dem leeren Raum. Er atmete aus. Was jetzt? Sollte er das Erla melden? Oder den Mund halten und hoffen, dass er eine der beiden Frauen in den letzten zwei Filmen von woandersher kannte als von einem One-Night-Stand? Das Ziel der ganzen Aktion war ja, eine Person zu finden, die ihnen mehr über die Umstände dieser Aufnahmen sagen konnte. Huldar musste unter anderem die Gesichter der Frauen heranzoomen, um brauchbare Fotos für die Identifizierung anzufertigen. Das war gar nicht so einfach, denn die Posen waren nicht gerade so, wie man sich ein Passfoto wünschte: zerzauste Haare, geschlossene Augen und lustvoll verzerrte Gesichtszüge. Außerdem schauten sie nur selten in die Kamera oder wurden von Armen, Beinen oder Helgis Körper verdeckt.

Huldar dachte wieder etwas klarer. Natürlich konnte er die

Sache nicht einfach unter den Tisch fallen lassen. Er musste Erla sagen, dass er den Namen einer Frau kannte. Er scrollte durch das Adressbuch auf seinem Handy. Ja, da waren ihr Name und ihre Nummer. Er hatte sie anrufen wollen, es dann aber doch nicht gemacht, wenn er sich recht erinnerte. Was nicht verwerflich war, denn sie hatte seine Nummer ebenfalls gehabt und sich nicht bei ihm gemeldet. Es war ja nichts dabei, wenn man nach einem One-Night-Stand nicht in Kontakt bleiben wollte. Deshalb wäre es auch nicht peinlich, mit ihr zu sprechen – falls man ihn zu ihr schicken würde. Vielleicht würde das ja auch ein Kollege übernehmen.

Huldar machte ein Standfoto von Uglas bestmöglichem Gesichtsausdruck und druckte es aus. Dann überlegte er, wie er Erla seine Bekanntschaft mit ihr verklickern konnte, ohne direkt lügen zu müssen. Ugla würde bestimmt wissen wollen, wie die Polizei sie gefunden hätte, und dann musste die Geschichte wasserdicht sein. Am besten sagte er, sie hätten sich in einer Kneipe kennengelernt, sich lange unterhalten und Telefonnummern ausgetauscht. Das war ja nicht falsch. Er hatte nicht die geringste Lust, Erla zu erzählen, dass er mit der Frau im Bett gewesen war. Dann würde sie ihn garantiert sofort hinschicken, um sie zu vernehmen. Sie würde dieser Verlockung nicht widerstehen können, da sie seine Vorgehensweise bei One-Night-Stands aus eigener Erfahrung kannte. Und allen Grund hatte, es ihm heimzuzahlen.

Huldar stand auf. Unangenehmes brachte man besser schnell hinter sich. Doch Erlas Büro war leer, und sie war nirgends zu sehen. Das war wohl ein Wink des Schicksals, seine Mitteilung noch ein bisschen aufzuschieben. Er holte seine Jacke und ging raus, um eine zu rauchen. Dann konnte er noch mal in Ruhe darüber nachdenken.

Nachdem seine Lunge mit Rauch und seine Adern mit Nikotin gefüllt waren, konnte er klarer denken. Er würde Ugla anrufen. Das wäre weniger peinlich, als ihr gegenüberzustehen oder auf der Wache zu sitzen und sich das Schlimmste auszumalen, während ein Kollege losgeschickt wurde. Schlimmstenfalls Jóel – es wäre eine Katastrophe, wenn dieses Arschloch davon Wind bekäme, dass er auf anzügliche Weise mit einer Zeugin verbunden war.

Er nahm sein Handy, suchte ihre Nummer, zog an seiner Zigarette und drückte auf »Anrufen«.

Ugla kam schon nach dem ersten Klingeln an den Apparat, und Huldar verschluckte sich fast an dem Rauch, den er gerade eingeatmet hatte. Deshalb fing das Gespräch schon mal anders an als geplant, und von da an ging es abwärts.

Ugla brauchte einen Moment, um zu kapieren, wer er war. »Huldar. Weißt du nicht mehr? Wir haben uns vor zwei Jahren in einer Kneipe kennengelernt. Beim Winter Lights Festival, glaube ich.«

Ugla druckste herum, bis sie sich schließlich an ihn zu erinnern schien. »Ach, du bist das.«

Huldar konnte an ihrer Stimme hören, dass er bei ihr nicht sonderlich hoch im Kurs stand. »Ich hab dir meine Nummer gegeben, aber du hast dich nie gemeldet«, fügte er schuldbewusst hinzu.

Ugla schwieg einen Moment und sagte dann kühl: »Du hast mir eine falsche Nummer gegeben.«

»Was?« Huldar schloss die Augen, so wie die Frauen in den

Videos, allerdings eher aus Frust, denn aus Lust. Warum hatte er nur solches Pech? Er gab Frauen wirklich nur selten eine falsche Nummer. »Äh, das war nicht mit Absicht. Ich muss total betrunken gewesen sein.«

»Du bist noch Auto gefahren.«

Wieder diese erdrückende Stille. Huldar wusste nicht, was er dazu sagen sollte. Er hatte sich wie ein Arschloch verhalten, dafür gab es keine Entschuldigung. Er schloss die Augen und massierte seine Stirn. Das Schicksal zwang ihn dazu, sich mit sich selbst und seinem früheren Verhalten auseinanderzusetzen. Und diese plötzliche Einsicht war nicht gerade angenehm.

Als Ugla wieder das Wort ergriff, klang sie schon freundlicher. »Ach, sei's drum. Jetzt hast du dich ja gemeldet. Besser spät als nie.«

»Ja, äh, stimmt. Es ist allerdings beruflich.« Da Ugla nichts entgegnete, fuhr Huldar hastig fort. »Du hast doch bestimmt von diesem Mord im Gálgahraun gehört. Also, ich arbeite an dem Fall und müsste dich was fragen.«

»Wie bitte?« Ihr Tonfall war so unterkühlt, dass Huldar fast das Ohr abfror.

»Das Opfer heißt Helgi Friðriksson. Der Name sagt dir vielleicht auf Anhieb nichts, aber du müsstest ihn kennen. Er war Investor, und ich habe Grund zu der Annahme, dass eure Wege sich vor etwa einem Jahr gekreuzt haben.«

»Ja, das habe ich mitgekriegt.« Ugla verstummte, offensichtlich fest entschlossen, es Huldar möglichst schwer zu machen. Er konnte es ihr nicht verübeln.

»Verstehe. Darf ich fragen, ob ihr länger zusammen wart?«

»Nein.«

»War es nur die eine Nacht?«

»Das geht dich nichts an.«

Die Zigarette war kurz davor, zwischen seinen Fingern zu verglühen. Uglas Antworten waren so knapp, dass er gar keine Zeit hatte, daran zu ziehen. »Zwei Nächte? Oder länger?«

»Spielt das eine Rolle? Du glaubst doch wohl nicht, dass ich ihn umgebracht habe?«

»Nein, natürlich nicht. Und du hast recht, es spielt keine Rolle, wie oft du ihn getroffen hast. Aber ich würde gern wissen, wohin ihr in der Nacht oder in den Nächten, die du mit ihm verbracht hast, gegangen seid.«

»Wohin wir gegangen sind?«

»Ja.« Huldar überlegte fieberhaft, wie er seine Frage formulieren konnte, ohne das Wort *Bett* zu erwähnen. »Ich meine jetzt nicht ein Restaurant, eine Kneipe, ein Kino oder so. Eher eine Wohnung oder ein Haus, an das du dich vielleicht erinnerst.«

»Was soll der Scheiß?«

»Es klingt vielleicht merkwürdig, aber wir suchen eine Wohnung, die Helgi möglicherweise benutzt hat. Ich glaube, dass du dort warst und uns helfen kannst.«

»Wie zum Teufel kommst du darauf? Weil ich mal den Fehler gemacht habe, mit dir nach Hause zu gehen?«

Huldar zögerte. Ugla hatte ein Recht darauf, die Wahrheit zu erfahren, aber er musste behutsam vorgehen. Niemand würde gern hören, dass er die Hauptrolle in einem Sexfilm spielte, der als Beweismittel in einer Mordermittlung fungierte. »Nein, das hat damit nichts zu tun. Wirklich nicht. Wir sind im Besitz einiger Filmdateien von Helgi, die allem Anschein nach in einem

Schlafzimmer aufgenommen wurden.« Er machte eine Pause und hoffte, dass sie etwas sagen würde. Da sie schwieg, fügte er hinzu: »Wir vermuten, dass die Frauen in diesen Aufnahmen nicht wussten, dass sie gefilmt wurden.«

»Aufnahmen?« Uglas Stimme klang trocken, als hätte sie die Wüste Sinai ohne Wasser durchquert.

»Ja, Aufnahmen. Du verstehst bestimmt, was ich meine.« Da sie nicht reagierte, fasste Huldar das als Zustimmung auf. »Ich möchte betonen, dass uns die Brisanz der Sache vollkommen bewusst ist. Die Videos werden nur von ausgewählten Personen gesichtet.«

Sie wirkte alles andere als beruhigt. »Du hast das also nur zufällig gesehen?«

»Nein, nicht zufällig. Ich bin derjenige, der das Material sichtet. Du bist nicht die einzige Betroffene, es gibt noch mehr Filme. Ich habe dich nur zufällig erkannt.«

Am anderen Ende der Leitung blieb es still, und Huldar zog an seiner Zigarette, die schon fast bis zum Filter heruntergebrannt war. »Ich nehme an, du wusstest nichts davon?«

»Wie kommst du darauf, dass ich freiwillig bei so was mitmachen würde?«

Huldar verkniff es sich, sie darauf hinzuweisen, dass er sie trotz ihrer intimen Begegnung kaum kannte. »Ich musste dich das fragen …«

»Wie kann der Mann so was tun? Was denkt der sich dabei?«

»*Dachte*. Er ist tot.«

»Gott sei Dank, das hat er verdient. Was hat er mit dem Video gemacht? Hat er es veröffentlicht?«, fragte Ugla in Panik. »Ist es im Internet?«

»Nein, unseres Wissens nicht. Wir gehen davon aus, dass er diese Filme nur für private Zwecke gedreht hat.«

»Ich bestehe darauf, dass du das sofort löschst! Was denkt ihr euch eigentlich? Habt ihr nichts Wichtigeres zu tun?«

Die Antwort lautete Nein, aber das wollte er ihr nicht unter die Nase reiben. Helgis Leben wirkte, oberflächlich gesehen, glatt und perfekt, wenn da nicht diese widerwärtigen Aufnahmen wären. »Weißt du noch, wo sich die Wohnung befand, in der das gefilmt wurde?«

Ugla legte wortlos auf. Als Huldar es noch einmal probierte, ging sie nicht mehr ran.

24. KAPITEL

Erla warf einen Blick auf die Uhr an der Wand und drehte sich dann wieder zu ihrem Computer. Das war schon das zweite Mal, seit Huldar bei ihr hereingeschneit war, vermutlich wartete sie auf eine Nachricht über die Abreise des chinesischen Außenministers. Huldar wollte ihr von Ugla berichten und ihre Erlaubnis einholen, persönlich mit ihr zu sprechen, so abschreckend der Gedanke auch war.

»Stör mich jetzt nicht. Ich muss mich konzentrieren.« Sie stöhnte demonstrativ und fügte dann erklärend hinzu: »Ich hatte gerade einen Anruf von oben. Ich soll eine Pressekonferenz geben. So ein Mist, das packe ich nicht, so völlig unvorbereitet.«

Deshalb lagen Erlas Nerven also blank. Die Ermittlungen kamen kaum voran, und da die Presse jetzt auch noch Wind von der Sache bekommen hatte, machte die Polizeidirektion noch mehr Druck. Was selbstverständlich kontraproduktiv war. Sie hatten einfach nicht die Ressourcen, um alles gleichzeitig zu machen: Zeugen zu vernehmen, die angesammelten Beweise zu analysieren, Helgis komplizierte Finanzen zu entwirren, das Schicksal von Siggis Eltern zu verfolgen, den Rettungsdienst für eine umfangreiche Suche nach ihnen zu briefen und die diversen Computer zu checken, die sie beschlagnahmt hatten. Das Einzige, was sie abhaken konnten, war die Durchsuchung des Abfalls und die Sichtung der Bänder der Überwachungskameras aus der Innenstadt. Guðlaugur war rechtzeitig vor der Lagebesprechung damit fertig geworden, die nun allerdings wegen der Pressekonferenz zum wiederholten Mal verschoben wurde.

Guðlaugur hatte Helgis Weg den Laugavegur hinauf zurückverfolgt, wo dieser mehrmals aufgedonnerte junge Frauen angesprochen hatte, alle mit langen blonden Haaren, schlank und langbeinig. Es war offensichtlich, dass er versuchte, sie anzumachen. Wäre es ihm gelungen, eine von ihnen ins Bett zu kriegen, wäre sie garantiert in einem Video auf seinem Computer gelandet. Doch sie lehnten alle ab, was ihr Glück war und Helgi am Ende in den Tod trieb.

Anstatt mit einer Blondine zu schlafen, wurde er zum Opfer eines sadistischen Killers.

Auf den Überwachungskameras konnte man sehen, dass Helgi fast ausschließlich Frauen ansprach. Einmal redete er mit einem Mann, der eine Zigarette in der Hand hielt und ihn offenbar nach Feuer fragte, was er nicht hatte. Wenn der Raucher so betrunken gewesen war, wie es in der Aufnahme aussah, konnte er kaum der Täter sein, aber möglicherweise simulierte er auch. Um ihn von jeglichem Verdacht freisprechen zu können, sollte nach dem Mann gefahndet werden.

Huldar sagte kein Wort, als er bemerkte, dass der Film, in dem Guðlaugur hinter Helgi ins Bild schwankte, deutlich kürzer war als die anderen Ausschnitte, die er zusammengestellt hatte. Es gab zwei längere Sequenzen. In der einen bog Helgi vom Laugavegur in den Vitastígur, in der anderen erschien er in der Skúlagata und ging in Richtung Kex Bar, jetzt mit einer Bierflasche in der Hand. Da es auf dem Vitastígur keine Kamera gab, wusste man nicht, wie er an die Bierflasche gekommen war. Er brauchte für diesen Weg, der normalerweise höchstens fünf Minuten dauerte, ungefähr eine Viertelstunde. Es waren keine Restaurants oder Kneipen in der Nähe, wo Helgi das Bier gekauft haben könnte. In einer anderen Aufnahme war er kurz beim Überqueren der Hverfisgata zu sehen, schien die Flasche da aber noch nicht in der Hand zu haben. Er musste sie auf dem kurzen Stück zwischen Hverfisgata und Skúlagata bekommen haben.

Logischerweise musste er dort jemanden getroffen haben, der ihm die Flasche gegeben hatte. Ob es sich dabei um den Täter oder jemand anderen handelte, war noch unklar, aber eins war sicher: Der Betreffende konnte nicht zu Fuß gegangen sein, zumindest tauchte in den Aufnahmen beidseits dieser Stelle niemand mehr auf, nachdem Helgi in die Skúlagata eingebogen war.

Aber es erschien ein Auto. Es machte einen U-Turn, folgte Helgi in einigem Abstand und hielt neben ihm, als er vor dem Eingang der Bar stand und sein Bier austrank. Helgi beugte sich zu dem geöffneten Fenster auf der Beifahrerseite hinunter, sagte etwas zu dem Fahrer und stieg ein. Danach fuhr der Wagen weg. Dieses Auto wurde von mehreren Überwachungskameras aufgenommen, als es stadtauswärts nach Álftanes fuhr. Es bestand kein Zweifel: Das war das Fahrzeug, das Helgi zum Tatort brachte, und bei dem Mann am Steuer handelte es sich fast hundertprozentig um den Mörder. Leider war sein Gesicht in keiner der Aufnahmen zu sehen.

Das Auto war ein grauer oder silberner Land Cruiser. Guðlaugur und Erla stritten sich über die Farbe, und Huldar war zwiegespalten. Frustrierenderweise war das Autokennzeichen nie im Bild, weshalb sie den Eigentümer noch nicht ausfindig machen konnten. Eine Liste sämtlicher Fahrzeuge dieser Marke hatten sie angefordert, aber das konnten mehrere hundert sein.

Man ging jetzt davon aus, dass das Rohypnol in dem Bier gewesen war, das jemand Helgi auf dem Vitastígur gegeben hatte. Doch da die Wirkung noch nicht richtig eingesetzt haben konnte, als Helgi in den Wagen gestiegen war, vermutete man, dass er den Fahrer entweder gekannt hatte oder bereits so betrunken gewesen war, dass er unvorsichtig wurde. Betrunkene neigten dazu, in jedem einen Freund zu sehen. Die Kollegen checkten gerade die Überwachungsaufnahmen aus der Tatnacht in der Nähe von Siggis und Helgis Wohnungen auf den Land Cruiser und den Yaris. Die Kreditfirma hatte bestätigt, dass sich der Kleinwagen noch im Besitz von Siggis Eltern befand, es aber anstehe, ihn zu konfiszieren.

Unmittelbar in den betreffenden Straßen gab es keine Sicherheitskameras, und man konnte über verschiedene Zugänge in die jeweiligen Stadtviertel hineinfahren, von denen die wenigsten überwacht wurden. Huldar war überrascht, dass vor dem Eingang von Helgis Haus und auf dem Parkplatz keine Kameras installiert waren. Er hatte den Techniker der Sicherheitsfirma dazu befragen wollen, aber der hatte immer noch nicht zurückgerufen. Huldar nahm sich vor, den Hausmeister danach zu fragen, wenn er wegen der Schlüssel bei ihm vorbeischaute.

Doch bevor er irgendetwas anderes machte, musste er mit Ugla sprechen. Er öffnete den Mund, um Erla um Erlaubnis zu fragen, aber sie schnitt ihm schon wieder das Wort ab: »Falls du keine guten Tipps für die Pressekonferenz hast, dann halt die Klappe.« Sie hob den Blick vom Bildschirm, noch genervter als vorher. Die chinesische Delegation befand sich offenbar noch auf isländischem Boden. »Als hätten wir nicht schon genug zu tun! Das ist eine total schwachsinnige Zeitverschwendung. Wann hat die Öffentlichkeit jemals zur Auflösung eines Verbrechens beigetragen?«

Huldar zuckte die Achseln, ohne sie darauf aufmerksam zu machen, dass Hinweise aus der Bevölkerung durchaus schon hilfreich gewesen waren. Das wusste sie genauso gut wie er. Sie war einfach nur total gestresst. Diesmal verstand er sie sogar, weil sie in ihrem Job nie gelernt hatten, wie man vor einem Haufen Journalisten den Stand der Ermittlungen zusammenfasste und mit kritischen Fragen umging. Man sollte sie lieber mal zu einer PR-Fortbildung schicken anstatt immer wieder zu denselben Workshops zur Festigung der Teamfähigkeit und dem Erreichen von Zielvorgaben. Sie waren beide nicht sehr erfahren im Umgang mit den Medien – Huldar war zu einsilbig und Erla immer kurz davor, ungehalten zu werden. Das kam in den Abendnachrichten im Fernsehen gar nicht gut rüber.

Wenigstens würde Erla gut aussehen. Sie trug, wie üblich bei solchen Anlässen, ihre Uniform, die ihr gut stand und ihre durchtrainierte Figur betonte. Ausnahmsweise hatte sie Lippenstift aufgetragen und wirkte dadurch geradezu sanft – auf Leute, die sie nicht kannten. Huldar kam es so vor, als hätte sie sich die Lippen einer anderen Frau angeklebt. Trotz dieses merkwürdigen Eindrucks musste er zugeben, dass das Ergebnis nicht unattraktiv war. Doch das durfte er noch nicht einmal denken. Die intime Begegnung mit Erla hatte ihm unbeschreiblichen Ärger eingebracht, den er nicht noch einmal erleben wollte. Ganz davon abgesehen, dass er jetzt endlich wieder Chancen bei Freyja hatte, womit es ganz schnell vorbei wäre, wenn er sich wieder auf Erla einließ.

Wobei es wahrscheinlich vermessen war, zu glauben, dass die beiden überhaupt noch etwas mit ihm zu tun haben wollten.

»Du machst das schon, Erla. Das geht superschnell vorbei.« Das stimmte nicht ganz. Da oben auf dem Podium kam einem jede Minute wie eine Stunde vor. »Du rockst den Laden.«

»Hm.« Erla wirkte nicht überzeugt. »Am liebsten würde ich Lína vorschicken.« Sie grinste. »Die würde sämtliche Fragensteller mit ihrem trockenen Wissen einschläfern.«

»Das würde sie garantiert hinkriegen.« Huldar beobachtete Lína durch die Glaswand. Sie starrte konzentriert auf ihren Bildschirm und machte sich Notizen. »Sie ist fleißig, Erla, und sie wird eine gute Polizistin. Vergiss nicht, wie jung sie noch ist.«

Erla blickte finster drein, was ihn an den Schmollmund von Freyjas kleiner Nichte erinnerte. Hoffentlich würde die Kleine mal lächeln, wenn er die beiden zum Essen ausführte. Er würde das Grinsen jedenfalls nicht mehr aus dem Gesicht kriegen, sobald er neben Freyja saß.

Erla fixierte ihn. »Ich brauche jemanden, der hinter mir steht. Diese Pressekonferenzen sind doch immer so aufgebaut.«

Huldar wusste, was jetzt kommen würde, und unternahm einen schwachen Versuch, das Unumgängliche abzuwenden. »Solche Konventionen muss man doch nicht immer einhalten. Ich habe nie verstanden, was das soll.«

»Kein Aber, du kommst mit. Du hast ja schon deine Uniform an.« Huldar hatte sich umgezogen, um den Müllgeruch loszuwerden, und nur die Auswahl zwischen der Uniform und seinen Sportklamotten gehabt, die er nach der Arbeit im Fitnessstudio anziehen wollte.

Erla knöpfte ihr Jackett zu. »Und sag Lína und Guðlaugur auch Bescheid.«

* * *

Die Pressekonferenz war größtenteils wie erwartet gelaufen. Erla hatte sich zwar nicht unbedingt bei der Presse beliebt gemacht, es aber immerhin geschafft, ihr Temperament im Zaum zu halten. Und ihre Bitte um Mithilfe hatte eine Flut von Anrufen und E-Mails aus der Bevölkerung ausgelöst. Lína, die zum Telefondienst abkommandiert worden war, marschierte freudestrahlend rüber zu Huldar und winkte mit einem zusammengerollten Blatt Papier, als wäre sie ein römischer Kurier mit einer kaiserlichen Anordnung zu Gelagen und Ringspielen. »Endlich!« Sie blieb neben seinem Schreibtisch stehen, breit grinsend, und legte das Blatt auf seinen Tisch. »Der Zigarettentyp hat angerufen.«

»Der Typ, der Helgi nach Feuer gefragt hat?«

»Genau.« Da Lína sich so über diesen kleinen Erfolg freute, musste sie eine Menge absurde Telefonate entgegengenommen haben. »Er hat sich selbst auf dem Standfoto erkannt und sich wieder erinnert, mehr oder weniger. Er war wohl ziemlich betrunken. Aber er hat angerufen, und das ist ja schon mal was.«

»Super.« Huldar fiel es schwer, ihren Enthusiasmus zu teilen. »Echt super. Erla wird sich freuen.« Er nahm das Blatt und las den Namen und die Telefonnummer des Mannes. In Verbindung mit den Ermittlungen war er jedenfalls bisher noch nicht aufgetaucht. »Gab es viele sinnlose Anrufe?«

»Allerdings.« Línas Gesicht verdunkelte sich. »Manche Leute waren einfach nur dämlich, andere hatten etwas missverstanden, und ein paar waren richtig gemein.«

»Inwiefern gemein?«

»Einer ist über Helgi hergezogen. Ein anderer sogar über Siggis Eltern. Der war allerdings besoffen.«

»Was hatte er denn gegen ihn?«

»Er meinte, Helgi hätte die Isländer bestohlen. Und der andere hat Siggis Eltern als Asoziale und Sozialschmarotzer bezeichnet.«

»Es gibt immer ein paar Schwachköpfe«, entgegnete Huldar. Lína war noch so jung, dass Huldar das Bedürfnis hatte, sie davor zu schützen, egal, wie groß diese Gruppe tatsächlich war. »Keine Anrufe zu dem Land Cruiser?«

»Nein. Kein einziger.«

»Und zu dem Yaris?«

»Zwei. Aber bei denen stellte sich heraus, dass die Autos, die sie meinten, gar nicht weiß waren. Pure Zeitverschwendung.«

Huldar wunderte sich, dass nicht mehr Anrufe zu einem so gängigen Auto wie dem Yaris eingegangen waren. Über die Pressekonferenz wurde online überall berichtet. Es war die meistgelesene Meldung des Tages, also hatte so gut wie jeder mitbekommen, dass nach einem solchen Wagen gefahndet wurde.

»Solltest du Erla nicht über den Zigarettenmann informieren?«, sagte Huldar und gab Lína das Blatt zurück.

Ihr Lächeln verschwand. »Doch, ich wollte es dir nur zuerst sagen.« Sie errötete leicht.

Huldar seufzte innerlich und hoffte, dass Lína die Info nur jemandem mitteilen wollte, der ihr wohlgesonnen war. Das Letzte, was er jetzt gebrauchen konnte, war, dass sie sich in ihn verknallte. Wobei das gar nicht so abwegig wäre, weil er der Einzige im Team war, der sie respektvoll behandelte. Aber nach dem Fiasko mit Erla hatte er sich weitere Techtelmechtel mit Kolleginnen strengstens untersagt.

»Ich wusste gar nicht, dass du so schön malen kannst, Huldar.« Der Spruch kam von Jóel, Huldars Lieblingsfeind, der gerade reingekommen war, noch seinen Anorak trug und Kälte verströmte. Er zeigte auf das Bild des kleinen Siggi, das immer noch an der Wand neben Huldars Schreibtisch hing. Jóel war Teil des Sicherheitstrupps gewesen, der die chinesische Delegation begleitet hatte, aber der Außenminister war noch während ihrer Pressekonferenz sicher in sein Flugzeug verfrachtet worden. Jetzt war er zurück. Sehr unerfreulich. Im Lauf der Jahre hatten Huldar und er sich nicht nur beschimpft und gestritten, sondern sogar geprügelt.

»Oder hat die Kleine das gemalt?« Jóel hatte Lína noch nie bei ihrem Namen genannt, sondern immer nur als »Kleine«, »du da« oder »Bullenbraut« bezeichnet.

»Verzieh dich.«

»Sei doch nicht gleich beleidigt. Das Bild ist wunderschön«, entgegnete Jóel mit einem hämischen Grinsen.

»Halt's Maul und verschwinde.« Huldar stützte sich auf die Stuhllehnen und machte Anstalten, aufzustehen.

»Ganz ruhig. Schon klar, dass du mich gern schnell zurück an meinem Schreibtisch hättest. Jetzt kommt die Ermittlung endlich in Schwung. Ihr zwei könnt ruhig nach Hause gehen.«

Jóel war nicht nur das größte Arschloch auf der Wache, sondern auch der faulste Kollege. Diese Prahlerei war einfach nur lächerlich.

Doch Huldar ließ ihm das letzte Wort. Wegen Lína. Er wollte sie diesem Mist nicht länger aussetzen. Als Jóel selbstzufrieden von dannen zog, verdrehte Huldar die Augen.

»Danke. Ich kann den Kerl nicht ausstehen«, sagte Lína, legte den Kopf schief und lächelte. Huldar lächelte zurück. Sie war nicht nur klug und fleißig, sie war auch eine gute Menschenkennerin.

25. KAPITEL

Diesmal hatten sich die Jungs geweigert: Sie wollten sich auf keinen Fall noch mal in dieser Touristenfalle treffen, und Jón hatte schnell einen anderen Ort finden müssen. Ihm war nichts Besseres eingefallen als das Fitnessstudio, und er hätte keine schlechtere Wahl treffen können. Es war brechend voll. Selbst im Dampfbad. Überall verausgabten sich Leute in grellbunten Sportklamotten, ihre privaten Soundtracks im Ohr. Sie stemmten Gewichte, zogen, stießen und pressten Geräte oder dehnten mit hochroten Köpfen ihre Muskeln. Vor den Laufbändern, auf denen man die Weihnachtskalorien abarbeitete, bildeten sich Warteschlangen. Andere posierten vor der Spiegelwand am Ende des Saals und suchten ihre Körper mit verkrampften Gesichtern nach mangelhaften Stellen ab.

Es gab keinen Platz für vier Männer, die in Ruhe miteinander reden wollten.

Am Ende setzten sie sich auf eine Holzbank in der Herrenumkleide und unterhielten sich leise. Kaum einer beachtete sie, ein paar runzelten die Stirn, einen abfälligen Kommentar auf den Lippen, aber keiner machte den Mund auf. In Umkleidekabinen neigten die Leute dazu, die Klappe zu halten.

»Wir sollten die Seite löschen.« Jón griff nach seinem Handy in der Tasche seines dünnen Kapuzenpullis. Handys waren in der Umkleide nicht gern gesehen. Der Pulli war ein dämlicher Versuch, mit der Masse zu verschmelzen, und Tommi und Bjarni hatten ebenfalls Sportklamotten an. Nur Gunni trug Anzug und Mantel. Im Nachhinein betrachtet, hätten sie das Umziehen auch lassen können. Sie waren schon auffällig genug, wie sie flüsternd in der Ecke der Umkleide die Köpfe zusammensteckten. »Warum haben wir das nicht gleich gemacht?«, fügte Jón hinzu.

»Die Seite löschen?«, blaffte Gunni zurück, als hätte Jón zur Lösung ihres Problems einen Massenselbstmord vorgeschlagen. »Ich hab keine Kopien. Und ihr?«

Bjarni und Tommi schüttelten die Köpfe, allerdings unterschiedlich überzeugend. Jón war sich ziemlich sicher, dass Tommi log. »Wenn ihr Kopien habt, dann solltet ihr sie löschen. Am besten sogar den Computer entsorgen, auf dem sie gespeichert sind.«

»Was soll der Scheiß?« Gunni stieß Bjarni unterstützungsheischend an. »Man muss es ja nicht gleich übertreiben. Die Bullen wissen nichts. Wenn sie was wüssten, hätten sie uns längst alle einbestellt. Aber sie scheinen sich nur für dich zu interessieren, Jón. Helgi und du wart ja auch beste Freunde. Kein Wunder, dass sie mit dir reden wollen. Mann, hab doch mal Eier in der Hose!«

Jón atmete tief ein. »Wie oft muss ich das denn noch sagen? Sie sind uns auf der Spur. Auch wenn sie noch nicht alles wissen, heißt das nicht, dass sie es nicht rauskriegen.« Er verkniff es sich, hinzuzufügen, dass er nicht allein dafür geradestehen wollte.

»Gunni hat nicht ganz unrecht.« Bjarni schaute Jón nicht an, als er sich in die Diskussion einmischte, musterte nur ausgiebig seine Schnürsenkel und bückte sich, um sie neu zuzubinden. »Bei der Pressekonferenz haben sie kein Wort darüber gesagt. Ich hab alle Meldungen gelesen, die scheinen nichts zu wissen.«

»Oh Mann, die sagen doch bei Pressekonferenzen nie alles. Ihr seid echt naiv!« Jón hatte die Schnauze voll, ihnen unentwegt klarzumachen, wie ernst die Sache war. Sie hatten schließlich nicht auf der Polizeiwache gesessen, so wie er, und konnten das leicht abtun. »Wir müssen die Seite löschen«, wiederholte er. »Bevor sie sie finden.«

»Sie werden sie nicht finden. Wie soll das denn gehen? Sie ist hundertprozentig unauffindbar und zugangsgesichert.« Gunni verstummte, als ein Mann mit einem Handtuch um die Hüften hereinkam und zu einem der Schränke ging. Er warf den vier Männern einen misstrauischen Blick zu, fand sich dann aber damit ab, dass sie dort saßen, während er sich anzog. Sie drehten sich diskret zur Seite und begannen einen Smalltalk über Fußball, der ziemlich zusammenhanglos wirkte. Als der Mann endlich seine Schranktür zuknallte und ging, nahmen sie den Faden wieder auf.

Jón ergriff als Erster das Wort: »Seid ihr nicht mal auf die Idee gekommen, dass die Bullen Helgis Computer haben?« Keiner sagte etwas. »Die haben eine IT-Abteilung. Ist doch klar. Was glaubt ihr, wie lange sie brauchen, um die Seite zu finden?«

Gunni stöhnte gereizt. »Woher sollen wir das wissen? Wir sind keine Computerspezialisten. Die Seite ist doch bombensicher, oder? Selbst wenn sie Helgis Computer haben.« Er legte die Hände auf die Oberschenkel, als wollte er aufstehen. Wenn er ging, würden alle gehen.

»Jungs!« Jón bemühte sich, weder genervt noch gestresst zu klingen, was ihm gründlich misslang. »Wir müssen uns damit abfinden, die Seite zu löschen. Es hat Spaß gemacht, aber für mich persönlich hat der Reiz inzwischen echt nachgelassen. Ist es das Risiko wert? Jetzt, wo die Polizei auf den Trichter gekommen ist?« Seine Begeisterung für die Seite hatte schon vor Längerem nachgelassen, aber das hätte er normalerweise nie zugegeben. Im Grunde hatte sich seit ihrer Kindheit nichts geändert. »Das könnt ihr doch nicht ernsthaft glauben?«

Tommi schüttelte den Kopf, merkte dann aber, dass Gunni und Bjarni möglicherweise anderer Meinung waren, und hörte sofort auf. Bjarni schaute zu Gunni in Erwartung, dass er den Kurs vorgab, was er wie immer tat. Es war wirklich ärgerlich, dass Jón ihn nicht auf seine Seite ziehen konnte, denn dann wären die anderen sofort gefolgt.

»Lasst uns noch ein bisschen warten«, sagte Gunni. »Wir können die Seite jederzeit löschen, wenn diese Ermittlungen wirklich was damit zu tun haben. Dann einfach – bamm! – alles weg.« Das Handy in seiner Hand klingelte, und er checkte das Display. »Fuck. Die Arbeit. Ich hab denen gesagt …« Sie würden nie erfahren, was Gunni sich ausgedacht hatte, um zu diesem Meeting zu kommen – falls man es Meeting nennen konnte. Während er telefonierte, hielten die anderen den Mund.

Nach dem Telefonat schlug Gunni plötzlich einen anderen Ton an. »Lösch die Seite!« Er schob das Handy wieder in die Tasche seines Kurzmantels. »Die Polizei hat bei mir auf der Arbeit angerufen und mit meiner Assistentin gesprochen. Dürfen die das eigentlich?« Er blickte fragend in die Runde, und da keiner darauf antworten konnte, fügte er hinzu: »Die wollen mit mir reden.«

Jón überspielte seine Erleichterung. Jetzt war er nicht mehr der Einzige, der ins Visier der Polizei geraten war. Da Gunni nun auch in der Schusslinie stand, sah er die Sache plötzlich ganz anders.

»Was, wenn der Mord was mit der Seite zu tun hat, und die Polizei sie knackt? Dann suchen sie auch nach der Wohnung, oder?«, fragte er angespannt.

So weit hatte Jón noch gar nicht gedacht. »Ja, bestimmt. Sie haben gefragt, ob Helgi noch irgendwelche Immobilien besitzt.«

»Echt? Wissen sie was von der Wohnung?« Gunni tippte nervös mit dem Fuß auf den Boden. Er sah in seinem Börsenoutfit und mit seinen Socken ziemlich lächerlich aus.

»Nein, ich glaube nicht, aber sie scheinen einen Verdacht zu haben.«

Tommis Augen weiteten sich, und er sah aus wie früher, als sie noch kleine Jungs waren. »Sollten wir sie nicht lieber putzen? Fingerabdrücke wegwischen und so?«

Die Frage war an Jón gerichtet. Er hatte die Diskussion angeleiert, also schien er für das Problem verantwortlich zu sein. »Ich weiß nicht. Wir sind nicht polizeilich registriert, sie haben keine Fingerabdrücke von uns. Ich glaube, um die zu nehmen, brauchen sie einen richterlichen Beschluss, oder?«

Keiner wusste es genau. Bjarni googelte kurz auf seinem Handy und las die gesetzliche Regelung zur Abnahme von Fingerabdrücken vor, was ihre Sorge nicht verringerte. Demnach durfte die Polizei Fingerabdrücke von Personen nehmen, die sich an einem Tatort aufgehalten hatten, um diese als Verdächtige ausschließen zu können. Wenn sie sich weigerten, durften die Fingerabdrücke nach einem richterlichen Beschluss gewaltsam abgenommen werden. Bjarni fügte finster hinzu, dass die Bullen immer alle Beschlüsse durchkriegen würden. Keiner widersprach oder fragte ihn, wie er darauf käme. Selbst in Krisensituationen kam Bjarni mit jedem Unsinn durch.

»Lösch die Seite«, sagte Gunni zu Jón. »Fingerabdrücke sind kein Thema mehr, wenn die Seite weg ist.«

Anstatt zu protestieren und Gunni zu sagen, dass er es selbst machen solle, ging Jón ins Internet. »Wie löscht man denn die Seite eigentlich? Wisst ihr das? Man muss doch nicht jeden Post einzeln löschen, oder?«

Er blickte in ratlose Gesichter. Helgi hatte die Seite damals eingerichtet und war der Einzige gewesen, der sich mit Computern auskannte. Jón suchte vergeblich in den Einstellungen. Dann versuchte er, einzelne Posts zu löschen, merkte aber schnell, dass er noch mehr Patiententermine verschieben müsste, wenn er sich auf diese Weise durcharbeiten wollte. Die Seite existierte seit gut zehn Jahren. Da müsste er sich den ganzen Tag krank melden. »Wenn man wirklich jeden Eintrag einzeln löschen muss, müssen wir uns das aufteilen. Das schaffe ich nicht alleine.«

Keiner meldete sich freiwillig oder stimmte ihm zu. Aber das spielte keine Rolle, denn der Post weigerte sich, zu verschwinden. Stattdessen ploppte ein kleines Fenster auf und verkündete, er sei nicht befugt, Inhalte zu löschen. Das könne nur der Administrator. »Was soll der Scheiß?«

Die anderen probierten es auf ihren Geräten, bekamen aber dieselbe Meldung. Gunni dachte als Erster daran, in die Userliste zu schauen, und stöhnte auf. Sie hatten alle keinen Admin-Status mehr. Nur zwei User hatten ihn noch: Helgi und jemand mit dem Benutzernamen *administrator*.

Gunni sprang auf. »Ich schlage vor, dass ihr die Wohnung putzt.«

»Wir?« Wieder war es an Jón, das zu sagen, was Bjarni und Tommi ebenfalls dachten. »Warum nicht du?«

»Weil die Bullen hinter mir her sind. Vielleicht observieren sie mich sogar. Wir wollen sie doch nicht zu der Wohnung führen, oder?«

Jón hatte den Impuls, Gunni zu sagen, dass er seine Wichtigkeit bei den Ermittlungen hoffnungslos überschätzte. Aber es war besser, wenn er gestresst war als unbekümmert, so wie sonst immer. Deshalb sagte Jón nichts, und als Gunni gegangen war, zogen sich die anderen schweigend um und gingen dann jeder seines Wegs, ohne zu vereinbaren, wer die Wohnung putzen sollte.

Als Jón am Steuer saß, überlegte er, ob sie einen Putztrupp beauftragen sollten. Es musste doch möglich sein, in bar zu bezahlen, sodass man sie nicht damit in Verbindung bringen könnte. Etwas zuversichtlicher beschloss er, den Vorschlag Tommi und Bjarni zu unterbreiten. Doch als er auf sein Handy schaute, verlor er jeglichen Mut. Im Chat war eine neue Nachricht. Zuerst wollte er sie einfach ignorieren, aber seine Neugier war stärker.

Na Jungs, wer will als Nächstes eine Mitfahrgelegenheit?

Dabei war ein Foto von Helgi. Er lag auf der Rückbank eines

Autos, die Augen geschlossen, der Mund offen, anscheinend schlafend. Er trug dieselbe Kleidung wie am Samstagabend – und wie der Erhängte in dem Filmclip.

Mit zitternden Händen klickte Jón die Nachricht weg. Er ließ den Blick über den Parkplatz schweifen, konnte Bjarni, Tommi und ihre Autos aber nirgendwo sehen. Gunni war natürlich längst weg. Anstatt jemanden anzurufen, legte Jón das Handy auf den Beifahrersitz und umkrallte das Lenkrad so fest, dass seine Knöchel weiß wurden. Das Timing der Nachricht war verblüffend. War das Zufall? Oder war der neue User gar kein Fremder? War er einer von ihnen?

26. KAPITEL

Huldar hatte vorher angerufen, und Doddi, der Hausmeister, hatte gesagt, Guðlaugur und er könnten jederzeit vorbeikommen. Er habe schon Feierabend, wohne aber im Haus, deshalb könne er gern ihre Fragen beantworten und sie herumführen. Als er sie in das Gebäude ließ, hatte er Krümel am Kinn, wahrscheinlich hatten sie ihn beim Abendessen gestört. Er lud sie in seine Wohnung ein, aber Huldar lehnte dankend ab. Sie wollten den Mann nicht länger als nötig belästigen, und Gespräche zogen sich manchmal unnötig in die Länge, wenn man es sich bequem gemacht hatte.

Doddi pulte sich immer noch mit der Zunge Essen aus den Zahnzwischenräumen, als er ihnen das Schloss an seinem Büro im Keller zeigte. »Sehen Sie selbst, hier ist niemand eingebrochen.«

Huldar untersuchte das Schloss und den Türrahmen. Wenn das Schloss geknackt worden war, musste ein Profi am Werk gewesen sein. »Könnte es sein, dass Sie vergessen haben, abzuschließen?«

Der Hausmeister lachte kurz auf. »Nein, auf gar keinen Fall.« Als er merkte, dass die Polizisten noch nicht überzeugt waren, fügte er hinzu: »Ich schließe immer die Tür hinter mir ab. Da drinnen sind die Schlüssel für Wohnungen, deren Einrichtung ein Vermögen gekostet hat. Und die Schlüssel von sauteuren Autos. Glauben Sie mir – ich achte darauf, dass diese Tür immer abgeschlossen ist. Fragen Sie sich immer noch, wie der kleine Junge in Helgis Wohnung gekommen ist? Haben Sie das noch nicht rausgekriegt?«

»Wir haben einen Hinweis erhalten, dass es vorletztes Wochenende in Helgis Wohnung sehr laut war. Da er zu diesem Zeitpunkt im Ausland war, dachten wir, jemand könnte sich Zugang zu der Wohnung verschafft haben. Natürlich nicht unbedingt mit einem gestohlenen Schlüssel. Helgi könnte die Wohnung auch verliehen haben. Falls unser Hinweis überhaupt stimmt.«

»Da war niemand in der Wohnung, während er weg war, jedenfalls nicht, dass ich wüsste. Er hätte mir bestimmt Bescheid gesagt, wenn ein Freund oder Verwandter bei ihm übernachtet hätte. Hundertprozentig sicher bin ich mir natürlich nicht.«

»Sie haben keine fremden Personen oder Lärm bemerkt?«

Der Hausmeister schüttelte den Kopf. »Nein, habe ich nicht.«

»Machen Sie abends einen Kontrollgang?«

»Nein, das gehört nicht zu meinem Job. Ich habe normale Arbeitszeiten, und nach Feierabend habe ich frei. Das ist ein ruhiges Haus. Es gibt keinen Grund, es zu bewachen wie eine Bank oder so. Ab und zu kümmere ich mich außerhalb der Arbeitszeit um Notfälle, wenn ich zufällig zu Hause bin. So wie jetzt.«

»Auf welcher Etage ist Ihre Wohnung?«, fragte Guðlaugur.

»Im Erdgeschoss. Wieso?«

»Helgis Wohnung befindet sich im elften Stock. Da könnte

doch an dem Wochenende eine Party stattgefunden haben, von der Sie gar nichts mitgekriegt haben, oder?«

Der Hausmeister musste zugeben, dass das möglich war. »Sie können gern die Nachbarn fragen«, sagte er. »Ich würde mich allerdings wundern, wenn die was anderes sagen als beim letzten Mal.«

Huldar dachte kurz über den Vorschlag nach. Beim letzten Mal hatten sie die Leute zu ihrem Nachbarn Helgi befragt und ob jemand in der Mordnacht Lärm gehört hätte, waren aber nicht speziell auf das Wochenende davor eingegangen. »Ich denke, das sollten wir tun.«

In der Wohnung unter Helgi war niemand zu Hause. Wahrscheinlich waren die Leute immer noch im Ausland. In der Wohnung neben dem Aufzug, in der das Ehepaar wohnte, kam auch niemand zur Tür. Aber die Frau, die mitbekommen hatte, wie Siggi in Helgis Wohnung gefunden worden war, öffnete beim ersten Klopfen.

Als sie sah, wer vor der Tür stand, schlug sie sich die knochige Hand aufs Herz. »Oh Gott!«

»Guten Tag, wir sind von der Polizei.« Ein überflüssiger Kommentar, da Huldar Uniform trug. »Ich heiße Huldar. Sie haben mich am Sonntag schon hier gesehen. Das ist mein Kollege Guðlaugur.«

»Oh Gott«, sagte die Frau noch einmal mit Panik im Gesicht. »Sind Sie wegen des Mordes hier? Ist der Mörder im Haus?«

Huldar lächelte. »Nein, nein, keine Sorge. Wir sind nicht hier, um Sie zu warnen oder so was.«

Etwas entspannter ließ die Frau ihre Hand sinken. »Sie hätten mir schon am Sonntag sagen müssen, was los war. Ich habe es im Internet gelesen. Zeugen sollten doch ausführlichere Informationen bekommen als die allgemeine Öffentlichkeit. Und ich war doch Zeugin, oder etwa nicht?«

»Nein, nicht direkt. Sie haben nur gesehen, wie wir unsere Arbeit machen. Dadurch sind Sie nicht automatisch Zeugin.« Huldars beruhigendes Lächeln stieß auf einen versteinerten Blick. Sie schlang die Arme um den Oberkörper und erschauerte.

»Wurde er in seiner Wohnung ermordet? Ich bin allein zu Hause. Mein Mann ist im Ausland. Sollte ich lieber woanders übernachten?«

»Nein. Wie in den Nachrichten berichtet, geschah der Mord in Álftanes. Sie brauchen keine Angst zu haben.« Huldar verlor langsam die Geduld. Er war schon öfter Menschen begegnet, die das egozentrische Bedürfnis hatten, sich in eine Krisensituation oder in tragische Ereignisse einzumischen, als würde sich alles nur um sie drehen. »Wir möchten Ihnen ein paar Fragen zum vorletzten Wochenende stellen. Waren Sie da zu Hause?«

»Ja, war ich. Ich lag mit Grippe im Bett.«

Huldar hätte wetten können, dass es sich bei der Grippe um einen leichten Husten gehandelt hatte. »Sie hätten also gehört, wenn es am Samstagabend in Helgis Wohnung laut gewesen wäre?«

»Ja, wenn es sehr laut gewesen wäre, schon. Aber ich habe nichts gehört. Ich dachte, er war im Ausland. Ich bin ihm am Freitag im Flur mit einem Koffer begegnet.«

»Ihres Wissens war also niemand in seiner Wohnung?«

»Nein, aber jetzt verunsichern Sie mich doch wieder. Was ist denn los?«

»Wirklich nichts, das Sie beunruhigen sollte.« Huldar setzte wieder sein künstliches Lächeln auf. »Wir überprüfen nur ein paar Dinge im Zuge der Ermittlungen. Aber das war's auch schon, vielen Dank für Ihre Hilfe.«

So leicht wollte die Frau sie nicht gehen lassen. »Aber …«

Huldar wartete, und als sie nichts sagte, insistierte er: »Ist Ihnen noch was eingefallen?«

»Nein, nichts Aktuelles. Helgi war ein vorbildlicher Nachbar. Aber was weiß man schon über Menschen, die man nur ab und zu mal im Vorbeigehen trifft? Als er einzog, war ich schon ein bisschen besorgt.«

»Ach ja?«, warf Guðlaugur ein. »Warum denn?«

»Ach, kurz nach Helgis Einzug kreuzte so ein Verrückter hier auf und hämmerte gegen Helgis Tür. Ich dachte schon, er würde sie einschlagen. Ich habe nur in den Flur gespäht, um zu sehen, was da los war.«

»Was wollte er denn?«

»Keine Ahnung. Ich habe sofort den Hausmeister angerufen, der kam dann und hat den Kerl rausgeschmissen. Helgi war gar nicht zu Hause. Er war im Ausland, wie üblich. Ich dachte mir, dass der Mann vielleicht zu den vorherigen Bewohnern wollte, die waren nämlich nicht so seriös. Später hat mir der Hausmeister dann erzählt, der Mann hätte sich in der Adresse geirrt.«

Als die Frau nichts mehr hinzuzufügen hatte, konnten sie sich endlich loseisen und wieder runtergehen, zur Wohnung des Hausmeisters. Er hatte inzwischen fertig gegessen und den Fernseher eingeschaltet, wie man aus dem Wohnzimmer hören konnte. Nachdem sie es erneut abgelehnt hatten, reinzukommen, fragte Huldar ihn ohne Umschweife nach dem Vorfall, den Helgis Nachbarin ihnen geschildert hatte. Das war der erste Hinweis darauf, dass Helgi in irgendeine Art von Ärger verwickelt war, wie vage es auch sein mochte.

»Ach ja, der Irre. Den hab ich rausgeschmissen. Er hatte auf mehrere Klingeln gedrückt und war ins Haus gekommen, weil ihm irgendwer aufgemacht hatte. Nach dieser Sache wurden die Bewohner angehalten, vorsichtiger zu sein und nicht sofort jedem die Tür aufzudrücken. Seitdem ist so was nicht mehr vorgekommen.«

Huldar interessierte sich nicht für die Hausordnung und fiel Doddi ins Wort: »Wissen Sie, was der Mann von Helgi wollte?«

»Nichts, glaube ich. Der war einfach durchgeknallt. Mit dem konnte man gar nicht reden. Er faselte was von wegen, er würde Helgi eine reinhauen. Keine Ahnung warum, wahrscheinlich wusste er das selbst nicht so genau. Er schäumte vor Wut und konnte sich gar nicht mehr richtig artikulieren. Ich hab ihn zum Aufzug gezerrt und rausgeschafft. Irgendwann hat er klein beigegeben, weil ich ihm vorgelogen habe, ich hätte die Polizei gerufen. Wenn er das nicht geglaubt hätte, wär ich nicht mit ihm fertig geworden.«

»Haben Sie Helgi auf diesen Vorfall angesprochen?«

»Ja, direkt als er von seiner Reise zurückkam. Helgi war neu im Haus, und ich war, ehrlich gesagt, ein bisschen besorgt, wer da wohl eingezogen war. Solche Zwischenfälle kann ich überhaupt nicht gebrauchen. Ich dachte erst, der Kerl wäre ein Geldeintreiber oder so, aber das war natürlich Quatsch. So eine Wohnung kauft man ja nicht komplett mit Eigenkapital, wenn man seinen Dealer nicht bezahlen kann. Außerdem war ich mir sicher, dass Helgi keine Drogen nimmt. Als ich ihm von dem Zwischenfall erzählt habe, war er richtig geschockt. Ich bin ein ziemlich guter Menschenkenner und weiß, dass das nicht gespielt war. Er hatte keinen blassen Schimmer, wer der Mann war. Am Ende waren wir beide der Meinung, dass er sich in der Adresse geirrt haben musste. Und da er nicht noch mal aufgetaucht ist, lagen wir damit wohl richtig.«

Huldar fischte ein paar zusammengefaltete Kopien aus der Jackentasche. »Das ist der Mann, der den Jungen in die Wohnung gebracht hat.« Er reichte dem Hausmeister einen Ausdruck des besten Standfotos, das sie von den Überwachungsaufnahmen ergattert hatten. Man konnte nicht viel erkennen, denn von den Augen abwärts war das Gesicht des Mannes von dem Tuch verhüllt, und seine Stirn wurde halb von der Kapuze und dem Käppi, das er darunter trug, verdeckt. »Ist er das? Der Mann auf dem Bild müsste zwischen eins achtzig und eins fünfundachtzig sein.«

Der Hausmeister musterte das Foto und gab es dann zurück. »Hm, ziemlich unscharf. Das könnte jeder sein. Aber die Größe könnte stimmen. Er war ungefähr so groß wie ich, aber wesentlich stämmiger. Viel kräftiger als der Mann auf dem Bild.«

»Fällt Ihnen bei dem Foto sonst noch etwas ein? Kennen Sie den Mann von woanders?«

»Nein, tut mir leid. So wie der angezogen ist, wohnt er sicher nicht hier im Haus.«

Huldar nahm den Ausdruck und gab ihm das nächste Foto. »War es vielleicht der hier?«

Der Hausmeister betrachtete das Foto und hob dann verblüfft den Kopf. »Ja, verdammt. Wer ist das?«

Anstatt zu antworten, warf Huldar Guðlaugur einen Blick zu und hob vielsagend die Augenbrauen. Endlich. Sie bedankten sich und baten Doddi, am nächsten Morgen auf die Wache zu kommen und eine offizielle Aussage zu machen. Bevor sie sich verabschiedeten, fragte Huldar ihn noch nach Kameras auf dem angrenzenden Parkplatz. Der Hausmeister erklärte, immer noch ziemlich verwirrt, man habe dort keine Kameras installieren wollen, weil alle ihre Autos ins Parkhaus stellen würden. Mit anderen Worten: Man wollte nichts für die Bewachung fremder Autos berappen. Dann entschuldigte er sich kleinlaut dafür, dass er den Vorfall mit dem Verrückten nicht erwähnt hatte, er habe den Ruf des Ermordeten nicht schädigen wollen mit Dingen, die gar nichts mit ihm zu tun hätten. Huldar und Guðlaugur machten keine Anstalten, das Gewissen des Mannes zu beruhigen. Tatsache war, dass sie die Verbindung zwischen Helgi und Margeir, Siggis Vater, viel früher entdeckt hätten, wenn der Hausmeister ihnen die Geschichte nicht verschwiegen hätte. Jetzt mussten sie nur noch herausfinden, was Margeir dazu gebracht hatte, Helgi an den Kragen zu wollen. Endlich kam der Fall ins Rollen.

27. KAPITEL

Huldar sank auf seinen Stuhl und ließ den Blick über die Hinterköpfe seiner Kollegen schweifen, die von Erla über die neuesten Entwicklungen informiert wurden. Die Entscheidung, sich im Besprechungsraum ganz nach hinten zu setzen, war eine Angewohnheit aus der Schulzeit, um nicht an die Tafel gerufen zu werden. Diese Gefahr bestand hier allerdings nicht. Erla würde keinen von ihnen nach vorne zitieren, ihm ein Stück Kreide in die Hand drücken und ihm befehlen, eine Matheaufgabe zu lösen. Oder ein Gedicht aufzusagen.

Nach dem Stand der Dinge zeigte sie die zusammengeschnittenen Überwachungsfilme vom Laugavegur, und Huldar fiel auf, dass Guðlaugur wie ein Verurteilter auf seinem Stuhl zusammensackte und sich erst wieder entspannte, als der Beamer in Standby schaltete. Huldar war klar, dass jeder Anwesende so reagiert hätte – keiner wollte von seinen Arbeitskollegen beim Knutschen erwischt werden, ob mit einer Person des eigenen oder des anderen Geschlechts. Aber warum konnte er Guðlaugur nicht einfach darauf ansprechen?

Erla hatte den gestrigen Durchbruch bei den Ermittlungen noch nicht erwähnt, und Huldar dachte schon, sie würde es nicht tun, was ihn wunderte. Die Verbindung zwischen Siggis

Vater und dem Ermordeten war ein wichtiger Punkt, auch wenn die Details noch im Dunkeln lagen.

»Möchte noch jemand etwas hinzufügen?« Erla blickte fragend in die Runde. Huldar hatte das Gefühl, dass sie ihn ziemlich lange anschaute, aber wahrscheinlich plagte ihn nur sein schlechtes Gewissen. Das wäre die perfekte Gelegenheit, um zu sagen, dass er eine der Frauen aus den Sexfilmen erkannt hatte. Aber er hielt den Mund und entschuldigte sein Verhalten im Stillen damit, dass er Uglas Vertrauen respektierte. Er wollte Erla lieber unter vier Augen davon berichten, aber seine bisherigen Versuche diesbezüglich waren fehlgeschlagen. Gestern Abend hatte Erla nur über die Aussage des Hausmeisters sprechen wollen, und als Huldar am Morgen zur Arbeit gekommen war, hatte sie nicht an ihrem Schreibtisch gesessen, sondern zusammen mit diesem Arschloch von Jóel einen von Helgis Freunden vernommen, Gunnar Bergsson. Da sie Huldar nicht gebeten hatte, dabei zu sein, erfuhr er, genau wie alle anderen, erst bei der Lagebesprechung, was dabei herausgekommen war.

Nicht viel, wie es schien. Laut Erla hatte der Mann dieselbe Geschichte erzählt wie Jón. Sein Bericht über die Ereignisse des schicksalhaften Abends stimmte im Großen und Ganzen mit dem seines Freundes überein, außer dass er offenbar betrunkener gewesen war, denn seine Aussage war lückenhafter. Er kannte das Bett aus den Filmen nicht und wusste nicht, ob Helgi neben seiner Wohnung und dem Sommerhaus weitere Immobilien in Island besaß. Er kannte weder Siggi noch dessen Eltern.

Erla berichtete, Gunnar habe sich bei der Vernehmung bemüht, cool zu wirken, sei aber sehr nervös gewesen. Jóel stimmte ihr zu und hatte dem nicht viel hinzuzufügen. Das war typisch für ihn: Er war immer derselben Meinung wie sein Vorredner, sofern dieser höhergestellt war als er. Er stützte auch Erlas Theorie, dass Gunnar wahrscheinlich vorher gewusst hatte, was sie ihn fragen würden, obwohl er behauptete, nicht mit Jón gesprochen zu haben.

Erla ergänzte, dass die beiden anderen Freunde, mit denen Helgi in der Mordnacht zusammen gewesen war, vorerst nicht auf die Wache bestellt, sondern telefonisch befragt werden sollten. Dann fasste sie weitere Zeugenaussagen zusammen, beispielsweise die von Siggis Onkel, der dieselben Vermutungen geäußert hatte wie andere Personen, die das Ehepaar kannten – dass Margeir ein Mistkerl sei, der Sigurlaug seelische und körperliche Gewalt angetan hätte. Auf das Verschwinden oder den möglichen Aufenthaltsort des Ehepaars konnte er jedoch auch kein Licht werfen. Er hatte Helgi nicht gekannt und meinte, seine Schwester und sein Schwager würden ihn auch nicht kennen.

Die Verbindung zwischen ihnen war also nach wie vor schleierhaft, obwohl sie nach der Aussage des Hausmeisters eindeutig vorhanden war.

Als Erla ihre Zusammenfassung fortsetzte, verkündete sie genau das. Huldar grinste anerkennend. Vor dem Meeting hatte er noch überlegt, wie Erla die miese Stimmung im Team verbessern wollte. Das Zwischenmenschliche war normalerweise nicht gerade ihr Ding. Sie war eher eine Chefin, die ihr Team zusammenstauchte, statt anspornte. Aber sie zeigte sich doch umsichtiger, als er erwartet hatte: Am Ende des Meetings einen kleinen Fortschritt zu präsentieren, war ein brillanter Schachzug.

Huldar sah, wie die Kollegen sich auf ihren Stühlen strafften, als Erla von Margeirs Besuch bei Helgi berichtete. Endlich etwas Interessantes! Erla endete mit der Ansage, Margeir Arnarson, Siggis Vater, sei nun der Hauptverdächtige.

Als Erla zum zweiten Mal die Diskussion eröffnete, schnellten zahlreiche Hände nach oben. Am eifrigsten winkte Lína mit ihrer porzellanweißen Hand. Erla ignorierte sie, was Lína jedoch nicht persönlich nahm, da sie alle anderen auch ignorierte. »Ihr wollt bestimmt wissen, ob sich diese Einschätzung nur auf das stützt, was ich gerade berichtet habe. Die Antwort lautet Nein. Es gibt noch mehr.«

Jetzt straffte sich Huldar ebenfalls und lauschte gespannt.

»Kurz vor dem Meeting wurde ich informiert, dass die IT den Computer gecheckt hat, von dem wir annehmen, dass er Margeir gehört. Offenbar hat er im Internet Dinge recherchiert, die ziemlich sicher mit dem Mord zu tun haben. Es gibt keine Anzeichen, dass er versucht hätte, den Suchverlauf zu löschen. Also hatte er keine Angst, verdächtigt zu werden – oder er hatte gar nicht vor, noch lange genug am Leben zu sein, um verhaftet zu werden.« Erla machte eine Kunstpause, doch selbst Lína hielt sich mit Kommentaren zurück. »Nun, Margeir hat unter anderem nach der Wirkung von Rohypnol gegoogelt.«

Keiner sagte ein Wort, und Erla sprach weiter: »Es sieht also ganz so aus, dass Margeir unser Täter ist. Aber warum hat er Helgi getötet, und welche Verbindung haben die beiden? Hat Margeir durch Helgis finanzielle Machenschaften Geld verloren? Hat Helgi seine Frau angebaggert? Das würde seine brutale Tat erklären, zumal er vermutlich psychisch angeschlagen war.«

Lína hob die Hand, und Erla war gezwungen, ihr zuzunicken. »Was ist mit Sigurlaugs Computer? Was zeigt ihr Suchverlauf?«

Erla schien die Frage erst an sich abprallen lassen zu wollen, aber da der Rest des Teams interessiert wirkte, antwortete sie: »Ihr Suchverlauf weist keine Verbindung zu Helgi auf. Oder zu Rohypnol. Sie hat nach Lasagne-Rezepten, Embryo-Entwicklung, Schwangerschaft, Strickanleitungen für Kinderhandschuhe und so weiter gegoogelt. Das einzig Interessante ist, dass sie an dem Tag, nachdem sie mit der Kopfverletzung in der Notaufnahme war, die Nummer vom Frauenhaus rausgesucht hat.«

»Wissen wir, ob sie da angerufen hat?«, fragte Guðlaugur, und Huldar hatte ihn in Verdacht, mit Lína konkurrieren zu wollen. Er wollte nicht, dass sie ihm den Rang ablief, und sei es nur bei den Redeanteilen in einer Teambesprechung.

»Nein, hat sie nicht. Weder an dem Tag noch später.«

Lína zeigte wieder auf und sagte, ohne auf ein Nicken von Erla zu warten: »Ich finde es aber schon seltsam, dass eine Frau, die den ganzen Tag zu Hause festsitzt, sich nicht mit einer breiteren Palette von Themen beschäftigt. Kann es sein, dass bei dem Suchverlauf was fehlt?«

Wieder war Erla gezwungen, auf diese durchaus berechtigte Frage zu antworten. Huldar wäre das gar nicht aufgefallen, aber Lína hatte recht. »Vergiss nicht, mit wem die Frau zusammenlebte«, entgegnete Erla. »Sie hatte wahrscheinlich Angst, dass ihr Mann sie kontrollieren würde. Möglicherweise hat sie sich auf Themen beschränkt, die sie für sicher hielt. Die ihn nicht aufregen würden.«

Huldar hob die Hand, und Erla wirkte verdutzt, weil er sich normalerweise bei diesen Meetings nicht groß äußerte. »Gehen wir davon aus, dass Margeir seinen Sohn in Helgis Wohnung gebracht hat? Von der Größe her würde das ja passen.«

»Ja. Vorerst jedenfalls.«

Huldar war noch nicht fertig, auch wenn Erla das Meeting offensichtlich beenden wollte. »Ist es nicht unrealistisch, dass Siggi seinen eigenen Vater nicht erkennt, nur weil der ein Tuch vor dem Gesicht und eine Kapuze aufhat?«

Erla sah plötzlich erschöpft aus. »Ich weiß es nicht. Vielleicht hat sein Vater ihm eingeschärft, nichts zu erzählen. Vielleicht hat der Junge sich täuschen lassen. Es gibt noch viele Details, die wir klären müssen. Zum Beispiel, wo Margeir den Land Cruiser herhat und wo der sich jetzt befindet. Aber wenn ich alles aufzählen soll, was wir noch machen müssen, sitzen wir den ganzen Tag hier.« Erla schaltete demonstrativ den Beamer aus – ein untrügliches Zeichen, dass das Meeting beendet war. »Also, an die Arbeit! Wer nichts zu tun hat, kommt in mein Büro. Wir müssen uns ins Zeug legen, wenn wir das Ehepaar finden wollen. Tot oder lebendig.«

* * *

Nach dem Meeting latschte Huldar wieder einmal vergeblich in Erlas Büro. Es standen bereits drei Kollegen vor ihrem Schreibtisch, die auf die Zuteilung neuer Aufgaben warteten, darunter auch Jóel. Vor diesem Idioten würde er Erla garantiert nicht von Ugla erzählen. Er kehrte zu seinem Schreibtisch zurück und überlegte, was er machen sollte. Auch wenn die Ermittlung jetzt einen neuen Fokus hatte, durfte er ihr eine so wichtige Information nicht vorenthalten. Der letzte Ausweg war, ihr eine Mail zu schicken.

Da sie fast nie über E-Mail miteinander kommunizierten, selbst wenn ihr Verhältnis richtig beschissen war, entschuldigte er sich als Erstes damit, dass sie immer so beschäftigt sei. Sie würde sich bestimmt wundern, aber es stimmte ja wirklich. Nach dieser eher holprigen Einleitung kam er zum Thema: Er glaube, eine der Frauen aus den Filmen zu kennen. Das entsprach natürlich nicht ganz der Wahrheit, er wusste haargenau, wer die Frau war. Nachdem er die Mail abgeschickt hatte, hatte er einen schalen Geschmack im Mund.

»Wie kommst du voran?« Huldar spähte über seinen Bildschirm rüber zu Guðlaugur.

»Gar nicht.« Ausnahmsweise wirkte der junge Mann froh über die Unterbrechung. »Ich gehe gerade eine Liste mit Geschäften durch, die Nagelpistolen verkaufen, um rauszufinden, ob Margeir kürzlich eine gekauft hat.«

»Fragst du die auch nach seiner Frau?« Huldar konnte sich durchaus vorstellen, dass der Typ seine Frau vorgeschickt hatte, damit man den Kauf nicht zu ihm zurückverfolgen konnte.

»Ja, aber die erkennt auch niemand.« Guðlaugur seufzte. »Im Stadtgebiet habe ich bald alle Geschäfte durch, die Werkzeug verkaufen. Bleiben noch die Läden auf dem Land. Ja, und der Zoll, falls er das Teil im Ausland bestellt hat. Aber ich glaube, das bringt alles nichts. Wahrscheinlich hatte er das Teil schon jahrelang im Keller liegen.«

Huldar stand auf, um sich einen Kaffee zu holen. Da fiel ihm ein, dass es bei der Sitte wesentlich besseren Kaffee gab, und er beschloss, lieber dort vorbeizugehen. Als Vorwand schaute er bei dem Mann herein, mit dem er schon über den Fall gesprochen hatte, und fragte, ob es etwas Neues gäbe.

»Gute Frage.« Der Mann griff zum Hörer und rief bei dem Kollegen an, der überprüfen sollte, ob Helgis Filme zufällig bei der Sitte aufgetaucht waren. Huldar fühlte sich ermutigt, als der Mann ihm in die Augen schaute und zufrieden nickte, als gäbe es gute Neuigkeiten. Er notierte sich etwas, verabschiedete sich und legte auf.

»Tja, das löst vielleicht nicht den Fall … aber immerhin.«

»Was?«

»Die Filme sind nicht aufgetaucht. Noch nicht. Aber einer der Kollegen, die diese Tauschbörsen überwachen, von denen ich dir erzählt habe, meint, die Filme kämen ihm bekannt vor. Er ist sich ziemlich sicher, sie schon mal gesehen zu haben. Nicht unbedingt mit denselben Frauen, aber mit demselben Raum und demselben Bett.« Huldar wartete gespannt, dass er fortfuhr. »Bis jetzt hat er das Material noch nicht gefunden, aber er sucht weiter auf den wichtigsten isländischen Tauschbörsen. Mal sehen, was dabei herauskommt.«

»Glaubst du, das könnte heute noch was werden?«, fragte Huldar und ertappte sich dabei, dass er wie ein schwieriger Kunde klang, der meinte, eine Bestellung durch unmöglich zu beantwortende Fragen beschleunigen zu können.

»Keine Ahnung. Er will sich erst näher dazu äußern, wenn er was Konkretes in der Hand hat. Bis dahin müssen wir uns gedulden.«

»Und wenn er was findet? Kann er dann feststellen, wer es

hochgeladen hat?« Huldar war sich nicht sicher, ob das die Ermittlungen vorantreiben würde. Was hätten sie davon, wenn nur ein weiteres Sexvideo gefunden wurde?

»Du würdest zumindest den Namen der Frau in dem Film erfahren. Ich hatte dir ja gesagt, dass der Name fast ausnahmslos bei allem hochgeladenen Material dabei steht.«

Huldar lächelte dumpf. Einen Namen kannte er schon.

Der Mann gab ihm einen Zettel, auf dem er etwas notiert hatte. »Das sind die Webadressen der Seiten, auf denen der Kollege glaubt, den Film gesehen zu haben. Wenn du nichts Besseres zu tun hast, kannst ja selbst mal gucken.«

Huldar nahm den Zettel, bedankte sich bei dem Mann und ging. Nachdem er sich eine Tasse Kaffee geholt hatte, ging er raus, lehnte sich an die Wand und zündete sich eine Zigarette an. Dann versuchte er noch einmal vergeblich, Ugla zu erreichen. Da sie nicht ans Telefon ging, schrieb er ihr eine SMS, in der er ihr erklärte, warum es so wichtig sei, dass sie ihnen half, die Adresse zu finden, wo das Video gedreht worden war: Das Leben einer schwangeren Frau stand auf dem Spiel. Danach rauchte er seine Zigarette zu Ende und wartete.

Als er die Kippe ausgedrückt hatte und schon wieder auf dem Weg nach oben war, piepte sein Handy. Im Gegensatz zu seiner Nachricht war ihre SMS sehr kurz. Die Wohnung befand sich in einem großen Wohnblock in Suðurhlíð im Stadtteil Fossvogur. Sie wusste die Hausnummer nicht mehr.

Das war besser als nichts. Huldar rannte den Rest der Treppe hinauf, zwei Stufen auf einmal nehmend.

28. KAPITEL

Tommi stellte die Sprühflasche mit dem Glasreiniger ab und schaute sich um. Aus dem Lappen, den er in der Hand hielt, tropfte es auf den Boden. Er bückte sich, um den nassen Fleck aufzuwischen, machte ihn aber nur noch größer. Seufzend hob er den Kopf. »Was meinst du? Sind wir fertig?«

Jón musterte die Wohnung kritisch. Er hatte keinen Überblick mehr, wo sie schon geputzt hatten und wo nicht. Manche Oberflächen hatten sie mehrmals abgewischt, andere nur einmal, und vielleicht hatten sie dabei etwas übersehen. Sie waren nicht gerade das erfahrenste Putzteam des Landes. Zu allem Überfluss war die Wohnung auch noch furchtbar unordentlich gewesen. Leere Flaschen, schmutzige Gläser, überquellende Aschenbecher, eine halb aufgegessene Pizza, dreckige Handtücher. Trotz Helgis Hausregeln hatte der letzte Benutzer der Wohnung nicht klar Schiff gemacht. Den Zigarren im Aschenbecher nach zu urteilen, musste es Gunni gewesen sein. Helgi und er waren die einzigen Raucher. Helgi war ein Ordnungsfanatiker gewesen, während es für Gunni typisch war, die Wohnung so zu hinterlassen. Würden sie ihn darauf ansprechen, würde er sich damit rausreden, dass er fest vorgehabt hätte, später noch sauber zu machen. Er hatte immer eine Ausrede parat.

»Hast du das Waschbecken geputzt?«, fragte Jón. Entweder mussten sie alles noch einmal systematisch durchgehen oder einfach hoffen, dass sämtliche Spuren ihrer Anwesenheit beseitigt waren. Er hatte wirklich keine Zeit für so was. Je früher er zu Hause war, desto weniger Fragen. Sigrún durfte auf keinen Fall dahinterkommen, dass er sich ihre Gummihandschuhe und Putzlappen ausgeliehen hatte. Der Glasreiniger, den er aus der Waschküche mitgenommen hatte, war jetzt leer. Er musste auf dem Nachhauseweg eine neue Flasche kaufen.

»Ich meine ja.« Tommi war schon genauso konfus wie Jón. Vielleicht waren sie ja high von den vielen Putzmitteln, die sie eingeatmet hatten. Es roch jedenfalls sehr chemisch. »Doch, habe ich. Und den Griff vom Kühlschrank auch.« Tommi zog die Gummihandschuhe aus. »Und den Kühlschrank von innen und den Backofen. Dabei hab ich den nie benutzt. Du?«

»Nee, natürlich nicht. Ich war ja nicht zum Backen hier, genau wie ihr.«

Tommi stopfte die Gummihandschuhe in eine mitgebrachte Tüte. In seiner Sprühflasche war noch ein Rest Putzmittel, also hatte er wohl nicht so akribisch geputzt wie Jón. Oder weniger Putzmittel verbraucht. Jón musste zugeben, dass er es ziemlich verschwenderisch versprüht hatte. »Bist du dir sicher, dass man mit Glasreiniger Fingerabdrücke wegkriegt?«, fragte Tommi besorgt. »Oder könnten da noch Spuren zurückbleiben, so wie bei Blut?«

»Damit kriegt man garantiert alles weg.« Von wegen garantiert. Jón hatte nicht die geringste Ahnung. Als Tommi ihn gefragt hatte, was er mitbringen solle, war Glasreiniger das Einzige, was ihm eingefallen war. Er warf die leere Sprühflasche

Richtung Mülltüte, verfehlte sie aber knapp. »Gunni, dieser Arsch! Wir wären längst fertig und wieder zu Hause, wenn der die Wohnung nicht so versaut hätte.«

Tommi murmelte etwas Unverständliches. Er war nicht der Typ, der schlecht über die anderen redete. Oder eine eigene Meinung hatte. Er war nur ein Mitläufer. Da er direkt neben der Mülltüte stand, bückte er sich, hob die Sprühflasche auf und warf sie hinein. Dabei sagte er etwas, aber nicht über Gunni: »Ich werde es Silla erzählen.«

»Was erzählen?«, fragte Jón mit ehrlicher Neugier.

»Na, das hier. Alles eben.« Tommi machte eine Handbewegung Richtung Schlafzimmer.

Sie hatten die Tür zugemacht, nachdem sie den Raum ausgiebig geputzt hatten. Das Allerwichtigste war, sämtliche Fingerabdrücke im Schlafzimmer auszumerzen. Sie hatten sogar überlegt, den Bettkopf abzumontieren und ins Meer zu werfen, es dann aber bleiben lassen – sonst würde sie womöglich noch jemand dabei beobachten, wie sie das Teil rausschleppten. Es gab sehr viele Wohnungen im Haus, und sie wollten auf keinen Fall Aufmerksamkeit erregen. Als Vorsichtsmaßnahme waren sie sogar mit über den Kopf gezogenen Kapuzen und gesenkten Köpfen durch das Treppenhaus zu der Wohnung gehuscht.

Jón starrte seinen Freund entgeistert an, als wäre er jetzt völlig durchgeknallt. Das musste tatsächlich von den Ausdünstungen der Putzmittel kommen. »Spinnst du?«

»Ich denke schon länger darüber nach.«

Jón stöhnte innerlich. Wenn Tommi ausnahmsweise mal nachdachte, kam nie etwas Sinnvolles dabei heraus. Wahrscheinlich redete er deshalb immer allen nach dem Mund. Besonders Gunni. »Das kannst du nicht machen, bist du verrückt?« Jón war so geschockt, dass er fast brüllte. Bisher hatten sie sich flüsternd unterhalten, damit die Nachbarn sie nicht bemerkten.

Tommi wich dem wütenden Blick seines Freundes aus. »Ich weiß, dass das scheiße klingt, aber es ist viel besser, wenn sie es von mir persönlich erfährt, anstatt von den Bullen. Das würde sie mir nie verzeihen. Ich habe nur eine Chance, wenn ich reinen Tisch mache.«

Jón stieß ein kaltes, trockenes Lachen aus. »Träum weiter. Sie würde es dir nicht verzeihen, selbst wenn du ein Flugzeug mietest und ›Sorry‹ in den Himmel schreibst. Außerdem darfst du das gar nicht. Das ist nicht deine Privatangelegenheit.«

Gekränkt erwiderte Tommi: »Natürlich ist meine Beziehung zu Silla meine Privatangelegenheit.«

»Sei doch nicht so bescheuert, Mann!«, zischte Jón mit gepresster Stimme. »Silla würde sofort Sigrún anrufen. Du würdest nicht nur deine Ehe kaputt machen, sondern auch meine. Dazu hast du kein Recht.« Jón atmete ein paar Mal tief durch, um wieder runterzukommen. »Wir haben hier alle Indizien beseitigt. Die Polizei kann uns überhaupt nichts nachweisen. Wenn du es Silla erzählst, wäre die ganze Arbeit für den Arsch gewesen.«

Da Tommi nicht überzeugt wirkte, versuchte Jón es weiter: »Du musst nur ein paar Tage die Nerven behalten. Wir wissen beide, dass keiner von uns Helgi umgebracht hat. Die Polizei wird den Täter bald finden, und dann interessiert sich kein Schwein mehr für die Wohnung oder für uns. In ein paar Tagen ist dieser Mist vorbei, und alles ist wieder wie vorher.« Was für ein Schwachsinn. Nichts würde sein wie vorher. Merkwürdigerweise empfand Jón eine gewisse Erleichterung darüber. Sie waren keine zwanzig mehr. Es war höchste Zeit, sich wie Erwachsene zu verhalten. »Nur ein paar Tage, Tommi. Das bist du uns schuldig.«

»Hm.« Tommi fixierte ihn. »Glaubst du, dass die schwangere Frau, diese Sigurlaug, auch umgebracht wurde?«

»Nein, natürlich nicht. Garantiert nicht.« Wahnsinn, wie überzeugend Jón klingen konnte, ohne auch nur den geringsten Beweis für seine Behauptung zu haben. Wenn es mit der Zahnmedizin mal nicht mehr so laufen würde, sollte er vielleicht PR machen.

Doch ausnahmsweise kaufte Tommi ihm das nicht ab. »Ach, hör doch auf. Wo soll sie denn sein? Sie wurde bestimmt umgebracht. Glaubst du, es war ihr Mann? Der Typ, nach dem gefahndet wird?«

»Ja, wer sonst?« Jón zwang sich, souverän zu klingen. In Wirklichkeit wusste er nicht, was er glauben sollte. Keiner seiner Freunde hatte die Nachricht von *administrator* mit dem Foto von Helgi auf der Rückbank des unbekannten Autos erwähnt. Aber sie mussten sie gesehen haben, falls sie den Chat nicht aus Angst vor polizeilicher Überwachung mieden. Vielleicht warteten sie ja auch, dass ein anderer die Initiative ergriff. Das wäre nicht das erste Mal. Er wusste nicht mehr, wie viele Konzerte und Länderspiele sie schon verpasst hatten, nur weil keiner der Erste sein wollte, der etwas vorschlug, aus Angst, verspottet zu werden. Und in der Zwischenzeit war alles ausverkauft. Echt bescheuert.

Eins war jedenfalls klar: Für den unwahrscheinlichen Fall,

dass einer seiner Freunde hinter dem Benutzernamen *administrator* steckte, dann garantiert nicht Tommi.

»Die haben bestimmt eine Ehekrise oder so. Der Mann hat sie und Helgi getötet. Das ist die einzig vernünftige Erklärung«, sagte Jón, um nicht nur seinem Freund, sondern auch sich selbst Mut zu machen.

»Aber warum Helgi? Ich verstehe das einfach nicht.«

Jón verstand es auch nicht. »Vielleicht hat er Helgi mit ihr im Bett erwischt. Helgi könnte sie in der Stadt aufgegabelt haben, nachdem er die 101 Bar verlassen hat.«

»Aber ist sie nicht angeblich hochschwanger? Das kann ich mir echt nicht vorstellen.«

»Nein, ich auch nicht.« Jón holte tief Luft und suchte verzweifelt nach einer anderen Erklärung. »Oder Helgi hat zufällig gesehen, wie der Typ seine Frau umgebracht hat. Irgendwie so was.«

»Und du glaubst nicht, dass es mit … du weißt schon … zu tun hat?« Tommi konnte es nicht in Worte fassen. Das konnte keiner von ihnen. Sie hatten alle krampfhaft versucht, die Erinnerung daran auszulöschen.

»Nein, auf keinen Fall«, antwortete Jón mit unbewegter Miene, obwohl ihm das natürlich auch schon durch den Kopf gegangen war. »Hör zu, du darfst es Silla nicht erzählen. Versprich mir das!«

Tommi seufzte schwer. »Na gut, okay, ich warte noch ein paar Tage. Wenn die Bullen uns dann immer noch auf dem Kieker haben, überlege ich noch mal. Ich will Silla nicht verlieren.«

Jón verstand überhaupt nicht, warum – Silla war in seinen

Augen eine langweilige, dreiste und arrogante Zicke, die sofort alles genüsslich Sigrún erzählen würde. »Das wird nicht passieren.« Jón schaute sich noch einmal in der Wohnung um. »Sollen wir dann mal los?« Sein Blick fiel auf die bodenlangen, zugezogenen Gardinen vor den Fenstern im Wohnzimmer. »Shit. Was ist eigentlich mit dem Balkon? Sollten wir die Stühle nicht auch abwischen? Ich hab ein paar Mal draußen gesessen.«

»Ich auch.«

Jón schaute auf die Uhr. »Scheiße, Mann.«

»Komm, das geht ganz fix.« Tommi holte den Glasreiniger wieder aus der Tüte und kämpfte damit, die Hände in die knallgelben Gummihandschuhe zu stecken. Jón beneidete ihn nicht. Die Dinger waren nach der Putzaktion bestimmt genauso feucht und eklig wie seine. Sollte Tommi sich doch um den Rest kümmern.

Jón sah zu, wie Tommi die Gardinen aufzog, entnervend langsam. Sie waren schon viel zu lange in der Wohnung. Wahrscheinlich würde er sie nie wieder betreten, wenn sie hier weg wären.

Abgelenkt von diesem Gedanken, traf ihn Tommis Schrei völlig unvorbereitet. So schrill hatte er seit der Pubertät nicht mehr geklungen. Jón erstarrte und konnte sich gerade noch beherrschen, nicht selbst loszukreischen.

Jemand hatte einen der Stühle direkt vor die Balkontür geschoben. Und da draußen in der Dunkelheit saß ein Mann.

29. KAPITEL

Erla war nicht in ihrem Büro. Der Kollege am nächsten Schreibtisch sagte Huldar, sie sei zu einer Besprechung mit den Big Bosses beordert worden und missmutig abgezogen. Huldar vermutete, dass ihre Stimmung nicht besser sein würde, wenn sie zurückkäme. Er hatte zwar wichtige Neuigkeiten, wollte aber nicht bei der Besprechung mit der Direktion hineinplatzen. Deshalb setzte er sich an seinen Schreibtisch und drehte den Bildschirm so, dass er Erlas Büro aus dem Augenwinkel sehen konnte.

Da er ohnehin nichts machen konnte, was großer Konzentration bedurfte, scrollte er weiter durch die Tauschbörse, wo er möglicherweise auf ähnliche Filme stoßen würde wie die, die sie auf Helgis Computer gefunden hatten. Seit dem Gespräch mit dem Kollegen von der Sitte hatte er zwischendurch, wenn er ein paar Minuten Zeit hatte, immer mal wieder Posts auf der Seite gecheckt. Sie hatten die Arbeit so aufgeteilt, dass Huldar sich von den ältesten zu den neuesten Posts vorarbeitete, während sein Kollege umgekehrt vorging. Die Inhalte, die Huldar sich jetzt anschaute, waren vor vier Jahren hochgeladen worden.

Jeder einzelne Post entpuppte sich als Wiederholung dessen, was er bereits gesehen hatte. Fotos von nackten oder halb nackten Teenies und jungen Frauen. Einige waren eindeutig Selfies, die nicht für ein größeres Publikum bestimmt waren. Die meisten waren zweifellos an Freunde geschickt worden, die das Vertrauen der Mädchen missbraucht hatten. Dann gab es noch Fotos von vollständig bekleideten Mädchen, die digital bearbeitet worden waren, sodass sie aussahen, als wären sie nackt. Huldar wusste nicht, ob er über die Ergebnisse lachen oder weinen sollte.

Das Widerwärtigste unter all dem Schund waren die Fotos von bewusstlosen, zugedröhnten Mädchen mit hochgeschobenen Klamotten. Huldar scrollte schnell weiter.

Hin und wieder stieß er auf Filme von Paaren beim Geschlechtsverkehr, aber das waren nur sehr wenige. Die perversen User der Plattform hatten bestimmt keine großen Chancen bei Frauen und kaum Gelegenheit, solche Videos zu drehen. Sie mussten sich mit diesen erbärmlichen Fotos und der Handcreme ihrer Mutter begnügen.

Keiner der Filme, die er vorfand, war so wie die auf Helgis Computer.

Erst nachdem Huldar sich durch die Posts mehrerer Monate gescrollt hatte, landete er den großen Treffer. Ein Beitrag, der vor dreieinhalb Jahren gepostet worden war.

»Guðlaugur! Komm mal her und sieh dir das an!« Huldar stand auf, um den Blick seines Kollegen zu erhaschen, bevor dieser einen weiteren ehemaligen Arbeitgeber von Margeir anrufen würde, für den der Mann entsprechend seiner Kontoauszüge freiberuflich gearbeitet hatte. Nach allem, was Huldar von diesen Telefonaten mitgekriegt hatte, wollten die Leute in der

Regel nicht zugeben, ihn angeheuert zu haben, da die meiste Arbeit schwarz gelaufen war – wie lächerlich das angesichts der Schwere des eigentlichen Verbrechens auch sein mochte. »Ich glaube, ich habe auf dieser isländischen Pornotauschbörse einen Film von Helgi gefunden.«

Guðlaugur sprang nicht sofort von seinem Stuhl auf, was Huldar ihm nicht übel nahm, kam aber rüber, stellte sich neben Huldar und spähte auf den Bildschirm. »Ist das nicht der Bettkopf, nach dem wir suchen?«

»Ja. Den kenne ich inzwischen.« Huldar war der Einzige aus dem Team, der alle Filme von Helgis Computer gesehen hatte. Den anderen hatte man nur Standfotos gezeigt, auf denen die Gesichter der Frauen nicht zu identifizieren waren. Zwar hatten ein paar Kollegen, die auf der Wache gewesen waren, als die IT-Abteilung das Material entdeckt hatte, einen oder zwei Filme ganz gesehen, aber das gab niemand zu.

Huldar drückte auf Play, und sie sahen eine blonde Frau von hinten, die zum Bett ging, sich setzte und die Träger ihres Kleids von den Schultern streifte. Während sie sich auszog, konnte man ihr Gesicht schlecht erkennen, doch als ein vollständig bekleideter Mann mit dem Rücken zur Kamera auf der Bildfläche erschien, hob sie den Kopf und lächelte ihn an. Dabei konnten sie ihre Gesichtszüge deutlich sehen.

»Die kommt mir irgendwie bekannt vor«, sagte Guðlaugur. »Drück mal auf Pause.« Er beugte sich ganz nah zum Bildschirm und betrachtete die Frau nachdenklich. »Wie heißt sie?«

»So weit bin ich noch nicht. Der User, der das gepostet hat, hat keinen Namen dazugeschrieben, nur: *Das glaubt ihr nie,*

Jungs! Und dann irgendeinen Scheiß von wegen, er wäre der Profi.«

Sie starrten die Frau an, bis Guðlaugur den Kopf schüttelte. Huldar hatte auch das Gefühl, die Frau zu kennen, nachdem er ihr regloses Gesicht konzentriert gemustert hatte. Er ließ den Film weiterlaufen, und sie sahen den Mann von hinten, während er sich auszog, dann setzte er sich neben die Frau und begann, sie zu streicheln. Es handelte sich eindeutig um Helgi. Einmal konnte man kurz sein Gesicht sehen, und der weiße Fleck auf seinem Rücken war ein eindeutiges Zeichen.

»Hat er das etwa selbst gepostet?«, fragte Guðlaugur.

»Ich denke nicht, die anderen Filme hat er ja auch nicht online gestellt. Wobei dieser ein bisschen älter ist. Vielleicht hat er sie nur am Anfang geteilt und dann damit aufgehört. Möglicherweise gefielen ihm die Kommentare nicht. Es gibt nicht viele Videos auf der Seite, in denen der Mann zu sehen ist. Meistens ist die Kameraperspektive nur auf die Frau ausgerichtet. Handyaufnahmen mit Stellungen von hinten. Helgis Filme sind völlig anders. Ich habe das Gefühl, dass die meisten, die auf der Seite rumsurfen, fast noch Kinder sind, nur ein paar Erwachsene dazwischen. Schwer zu glauben, dass Helgi einer von denen war.«

Huldar drückte auf Pause, und der ursprüngliche Post erschien, zusammen mit den Kommentaren. Ungewöhnlich viele User hatten sich berufen gefühlt, sich dazu zu äußern. Die ersten Kommentare offenbarten nichts über die Identität der Frau, es waren ausschließlich Fragen: *Wer ist das? Name? WTF?* Und so weiter.

»Kann man rausfinden, welcher User den Film hochgeladen hat?«, fragte Guðlaugur.

»Nein. Obwohl die Seite im Deep Web ist, kann jeder, der die Webadresse kennt, deren Inhalte sehen, aber um etwas zu posten, braucht man einen Tor-Browser, der die Verbindung des Users verschlüsselt. Die Namen der User auf der Seite sagen einem auch nichts, die bestehen nur aus Zahlen. Das ganze Ding basiert auf Anonymität.«

Huldar klickte weitere Kommentare an, von denen die meisten den Thread-Ersteller belobhudelten. Dass er sich selbst als »Profi« bezeichnete, war im Vergleich dazu noch bescheiden. Bisher hatte Huldar noch kein so enthusiastisches Feedback auf der Seite gesehen. Geschweige denn so viele Kommentare. Er bemerkte, dass die Usernamen größtenteils in numerischer Abfolge erschienen, was darauf hinwies, dass die meisten sich ungefähr zur selben Zeit auf der Seite registriert hatten. Dann sah er einen Eintrag weiter unten, in dem der Thread-Ersteller endlich den Namen der Frau preisgab.

Sigurlaug Lára.

Obwohl der Nachname fehlte, handelte es sich zweifellos um Sigurlaug Lára Lárusdóttir.

Huldar tippte mit dem Finger auf den Bildschirm. »Das ist Siggis Mutter! Kein Wunder, dass uns ihr Gesicht bekannt vorkam.«

Die Fotos, die Huldar auf ihrer Facebook-Seite gesehen hatte, waren irreführend. Darauf hatte sie kurze dunkle Haare gehabt und war kaum geschminkt gewesen. Sie hatte ganz normal ausgesehen, sehr unscheinbar sogar. In dem Video hätte sie hingegen Kandidatin bei der Wahl zur Miss Island sein können mit ihrer langen blonden Mähne und ihrer Kriegsbemalung. Sie hatte ihren Look in den letzten dreieinhalb Jahren drastisch verändert. Womöglich wegen Margeir. Gewalttätige Ehemänner neigten zu krankhafter Eifersucht, und die arme Frau wollte wahrscheinlich auf andere Männer möglichst unattraktiv wirken. Das war ihr jedenfalls gut gelungen.

Huldar lehnte sich zurück. »Jetzt wissen wir also, warum Margeir es auf Helgi abgesehen hatte.«

»Weil sie mit ihm geschlafen hat?«

»Weil sie ihn mit Helgi betrogen hat. Das wurde vor dreieinhalb Jahren gepostet. Da waren sie schon verheiratet.«

»Der Film könnte auch älter sein.«

»Stimmt. Aber Margeir dachte vielleicht, dass zwischen ihnen noch was läuft. Solche Typen wollen keine Argumente hören.«

Huldar hatte immer noch Erlas Büro im Blick. Jetzt wusste er nicht nur, wo sich das Bett befand, sondern auch, wie die beiden Fälle miteinander verbunden waren. Das reichte eigentlich, um oben an die Tür des Besprechungsraums zu klopfen. Sie mussten nur noch diesen Mistkerl von Margeir finden. Und Sigurlaug. Erlas Meeting war Zeitverschwendung, und das Team musste Vollgas geben. Er schickte ihr eine SMS.

* * *

»Was ist los mit dir? E-Mails, SMS … was kommt als Nächstes? Ein Telegramm? Oder Rauchzeichen? Das sollte doch kein Problem für dich sein.« Huldar wunderte sich nicht, dass Erla sauer war, nach ihrer Stippvisite in der Höhle des Löwen. Er hätte seinen Bildschirm gar nicht in Richtung ihres Büros drehen müssen, denn kurz nachdem er ihr die SMS geschickt hatte, kam sie schon zu seinem Schreibtisch gestürmt. Guðlaugur war zurück auf seinen Platz gehuscht, hatte nach dem Telefon gegriffen und die nächste Nummer auf seiner Liste gewählt. Niemand wollte in Erlas Schusslinie geraten. Nur Huldar war das egal, er hatte sich ein ziemlich dickes Fell zugelegt.

»Gib's ruhig zu, ich hab dich aus dem Meeting gerettet«, sagte er grinsend. Erla grinste nicht zurück, protestierte aber auch nicht, deshalb hatte er vermutlich recht. Sie hatte seine Message als Vorwand benutzt, um sich aus dem Staub zu machen, aber er müsste wohl ewig warten, bis sie das zugeben würde. »Was hältst du von einem Trip nach Suðurhlíð?«, fragte er. »Wer weiß, was wir da finden …«

Erla holte tief Luft und machte ein nachdenkliches Gesicht. Dann atmete sie aus und nickte. »Okay.« Ihr Blick wanderte zu Guðlaugur, der versuchte, unsichtbar zu sein. »Guðlaugur!«

Er war gezwungen, aufzuschauen. »Ja?«

»Wie läuft's mit den Anrufen?«

»So weit ganz gut.« Er nahm ein Notizblatt in die Hand. »Margeirs alter Arbeitgeber, diese Elektrofirma, hat ihn vor sechs Monaten gefeuert. Seine Hitzköpfigkeit hat ihm wohl Ärger eingebracht – er hat öfter Kunden angeschnauzt. Die Leute, die ihm danach Aufträge gegeben haben, erzählen unterschiedliche Geschichten. Manche sagen, er hätte seinen Job gut gemacht, andere fanden ihn mürrisch und patzig.«

»Was sind das für Leute?«

»Privatpersonen und kleine Firmen. Ein Kosmetiksalon, eine Bäckerei und zuletzt eine Autowerkstatt. Er hatte im Internet Kunden akquiriert, und da Elektriker extrem gefragt sind, hatte er wohl genug zu tun.«

»Wie weit bist du mit der Liste?«

Guðlaugur schien plötzlich einen Kloß im Hals zu haben. »Äh, ich bin fertig. Das war gerade der letzte Anruf. Wenn ich nicht noch mal bei denen anrufen soll, die nicht zugeben wollten, dass sie ihn beauftragt haben.«

Erla schüttelte den Kopf. »Nein, ihr kommt beide mit. Beeilt euch!« Ihr Blick fiel auf Siggis Bild an Huldars Wand. »Und häng den Scheiß ab. Das ist hier kein Kindergarten.« Sie machte auf dem Absatz kehrt und marschierte zu ihrem Büro, um ihre Jacke zu holen.

Huldar zog es vor, nichts zu entgegnen, und ließ das Bild hängen. Das wäre wirklich zu viel Unterwürfigkeit. Stattdessen stand er auf und zog seinen Anorak an.

Auf dem Weg nach draußen preschte Jóel auf sie zu und fragte, wo sie hinwollten. Er war zwar ein mieser Polizist, kriegte aber immer sofort mit, wenn andere einen Fortschritt gemacht hatten. Als Erla ihn anblaffte, er solle zurück an die Arbeit gehen, warf er Huldar einen hasserfüllten Blick zu. Huldar grinste nur hämisch und zwinkerte Jóel zu, was diesen nicht unbedingt besänftigte. Im Nachhinein betrachtet wäre es vernünftiger gewesen, ihn zu ignorieren, aber Huldar konnte es einfach nicht lassen, diesen Idioten zu provozieren.

* * *

»Das müsste die Wohnung sein.« Erla zeigte auf die einzige unbeschriftete Klingel im Vorraum. »Bei allen anderen stehen Namen.« Sie drückte auf die Klingel, und sie warteten schweigend, aber nichts passierte.

»Was jetzt?« Huldar brannte darauf, ins Treppenhaus und in die Wohnung zu kommen. Seit seiner Kindheit wusste er, dass irgendwer aufdrücken würde, wenn man auf alle Klingeln gleichzeitig drückte, aber diese Vorgehensweise würde Erla wohl nicht befürworten.

»Wir warten.« Sie spähte durch die Glasscheibe ins Treppenhaus, nahm dann ihr Handy und wählte wortlos eine Nummer. Huldar und Guðlaugur hörten ungeduldig zu, wie sie mit jemandem beim Grundbuchamt telefonierte, um zu klären, ob die Wohnung Helgi gehörte.

Erla war immer noch am Telefon, als eine Frau mittleren Alters mit zwei schweren Einkaufstüten hinter ihnen erschien. Sie wirkte überrascht, sie im Vorraum stehen zu sehen.

Huldar lächelte ihr freundlich zu. »Guten Tag, wir sind von der Polizei.«

Die Frau hob die Augenbrauen. »Oh? Ist was passiert?«

»Nein, sieht nicht so aus. Aber vielleicht können Sie uns helfen. Wir müssen mit dem Bewohner dieser Wohnung sprechen. Wissen Sie zufällig, wer das ist?« Er zeigte auf die unbeschriftete Klingel.

»Ach so, verstehe.« Die Frau entspannte sich ein wenig. »Hat Einar Sie angerufen?«

»Einar?«, fragte Huldar. Er registrierte, dass Erla Anstalten machte, ihr Telefonat zu beenden. »Wer ist Einar?«

»Er wohnt in der Wohnung nebenan. Er ist ein bisschen kauzig, der Gute, und beklagt sich bei unseren Hausversammlungen immer über Lärm aus dieser Wohnung. Die Leute von gegenüber sagen, sie würden nur ab und zu was hören. Die meinen, Einar würde sich unnötig aufregen, und das sehe ich auch so. Ich hätte nie gedacht, dass er sogar die Polizei rufen würde. Und dass Sie wirklich kommen.« Ihr staunender Blick wanderte zwischen Huldar, Guðlaugur und Erla hin und her. »Und das auch noch zu dritt!«

»Wir wurden nicht hergerufen.« Huldar sah, dass Erla sich wieder wegdrehte, um weiter zu telefonieren. »Wissen Sie denn, wer in dieser Wohnung wohnt?«

»Nein. Ich wohne im Erdgeschoss und habe den Besitzer nie gesehen. Er kommt nie zu den Hausversammlungen, und soweit ich weiß, ist er nur selten in Island. Einar meint, er würde die Wohnung über Airbnb vermieten, aber ich weiß nicht, ob das stimmt. Das würde nämlich gegen die Hausordnung verstoßen. Aber das wäre ja wohl kein Fall für die Polizei, oder?«

Bevor die Frau sie weiter über ihre Aufgaben belehren konnte, bedankte sich Huldar und gab ihr klar zu verstehen, dass die Unterhaltung beendet sei. Sie quetschte sich an ihnen vorbei und verschwand durch die Glastür. Es war zwecklos, ihr ins Treppenhaus zu folgen, weil sie dann immer noch nicht in die Wohnung kommen würden. Also warteten Huldar und Guðlaugur, bis Erla ihr Telefonat beendete.

»Das ist garantiert die richtige Wohnung. Sie ist auf eine amerikanische Firma eingetragen, schon seit fast neun Jahren. Mein Gefühl sagt mir, dass diese Firma Helgi gehört oder dass er zumindest Anteile besitzt. Alles andere wäre ein zu großer Zufall.« Sie schob das Handy wieder in ihre Tasche. »Wie hieß dieser Typ? Einar?« Huldar nickte, und Erla suchte die Schilder nach dem Namen ab und drückte auf die betreffende Klingel. Nach einem kurzen Moment drang eine Männerstimme durch die Gegensprechanlage. Erla stellte sich vor, und der Mann bat sie erwartungsvoll nach oben. Als der Türöffner surrte, eilten sie ins Treppenhaus und stiegen die Treppe hinauf in den dritten Stock. Der Zugang zu den Wohnungen befand sich an einem außenliegenden Gang, und dort warteten sie bibbernd im eisigen Wind darauf, dass Einar ihnen die Tür aufmachte. Neben ihnen lag die Wohnung, die Helgi gehören musste. Während sie warteten, presste Guðlaugur das Ohr an die Tür. Als Einar ihnen aufmachte, trat er beiseite und meldete, in der Wohnung sei alles still, vermutlich sei niemand da.

»Sind Sie Einar?« Der Mann war um die siebzig und wirkte ziemlich gebrechlich. Er hatte kaum noch Haare, und die tiefen Falten in seinem Gesicht zeugten von einer notorischen Unzufriedenheit.

Erla kam sofort zum Thema, zumal der Wind, der durch den betonierten Gang fegte, extrem ungemütlich war. »Die Wohnung neben Ihnen, gehört die zufällig einem Mann namens Helgi Friðriksson?«

Das Gesicht des Mannes verfinsterte sich. Er umkrallte die Türklinke, als ein Windstoß drohte, sie ihm aus der Hand zu reißen, bat sie aber nicht herein. »Kommt drauf an, wie man's definiert. Die Wohnung ist im Besitz einer ausländischen Firma, und über die gehört sie ihm. Ich habe in den Nachrichten gehört, dass er tot ist – ermordet. Ermitteln Sie in dem Fall?«

Erla bejahte. »Haben Sie ihm kürzlich einen Brief geschickt und sich über Lärm in dieser Wohnung beschwert?«

»Ja. Ich habe ihm mehrmals geschrieben. Der Mann ist fast

nie hier, und ich musste was unternehmen. Dieser Krach ist unzumutbar.«

»Könnten Sie die Störungen genauer beschreiben?«, fragte Erla.

Der Mann schnaubte verächtlich. »Tja, alles Mögliche, dröhnende Musik, lautes Gestöhne, ein Riesenkrach eben. Ich glaube ja, die Wohnung wird für Partys vermietet. Unter der Woche hört man nämlich nie was. Dieses verdammte Airbnb zerstört nicht nur die Innenstadt.«

»Haben Sie Helgi darauf angesprochen?«

»Nein. Ich hab ihn ja noch nie gesehen. Dieses Pack schleicht sich nachts raus, wenn alles wieder still ist. Und wenn ich anklopfe, wenn der Krach am lautesten ist, kommt keiner zur Tür. Man könnte meinen, er hätte den Leuten gesagt, sie sollen die Beschwerden der Nachbarn ignorieren.«

»Hat sich sonst noch jemand beschwert?«, warf Huldar ein.

»Woher soll ich das wissen? Man sollte es annehmen! Das ist so laut, da bin ich bestimmt nicht der Einzige, der am Wochenende nicht schlafen kann.«

»Jedes Wochenende?«, fragte Erla.

»Nein, nicht jedes. Aber das ist trotzdem eine Unverschämtheit! Ich wäre nie hier eingezogen, wenn ich das vorher gewusst hätte. Ich wohne erst seit zwei Jahren hier und kann mir nicht vorstellen, dass es davor besser war.«

Erla zog ihren Anorak fester zu. »Woher wussten Sie, dass die Wohnung Helgi gehört hat?«

»Ich hab mir einmal einen seiner Untermieter geschnappt, oder wie man die nennen soll. So ein Weichei, der hat es ausgespuckt, als ich ein bisschen Druck gemacht hab.«

»Kennen Sie seinen Namen?«

»Tómas. Den Nachnamen weiß ich nicht mehr. Aber ich habe ihn mir aufgeschrieben, falls Sie den haben wollen.«

»War das vor Kurzem?«

»Nein, das muss ungefähr vor einem Jahr gewesen sein. Erst habe ich versucht, Helgi anzurufen, aber er hat immer direkt aufgelegt und ist dann nicht mehr rangegangen. Deshalb habe ich ihm geschrieben. Aber das hat ja auch nichts gebracht. Eben habe ich noch einen Schrei in der Wohnung gehört.«

»Einen Schrei?« Erla wurde hellhörig. »Was für einen Schrei?«

»Na, einen normalen Schrei halt. Wie wenn man sich erschreckt.«

»Wie lange ist das her?«

Der Mann verzog das Gesicht, während er auf die Uhr schaute. »Eine gute Stunde ungefähr.«

»Könnte da jemand in Schwierigkeiten gewesen sein?«

Der Mann zuckte die Achseln, auch als Erla wissen wollte, ob ein Mann oder eine Frau geschrien habe.

»Na gut, danke.« Erla drehte sich zu Huldar und Guðlaugur, doch da sie die Tür hinter sich nicht zufallen hörte, wandte sie sich wieder an den Mann, bedankte sich noch einmal und bat ihn, reinzugehen und die Tür zuzumachen. Sie hätten im Augenblick keine weiteren Fragen. Grummelnd gehorchte er und ging rein.

»Ruf den Schlüsseldienst.« Erla nickte Guðlaugur zu, der sofort sein Handy zückte. Anschließend schickte sie ihn runter, um den Mann reinzulassen, während Huldar und sie vor Helgis Wohnungstür warteten. Auch wenn von drinnen nichts zu hören war, konnte jemand auf eine Gelegenheit lauern, unbeobachtet rauszuschleichen, und zwar am ehesten Margeir.

Doch als der Schlüsseldienst ihnen die Tür öffnete, entpuppte sich diese Vermutung als falsch. In der Wohnung befanden sich zwei Männer: Der Zahnarzt Jón und ein weiterer Mann, der sich mit zitternder Stimme als Tómas, ein Freund von Helgi, vorstellte. Die Männer standen unter Schock und waren offenbar bei etwas gestört worden, das sie überforderte. Sie trugen gelbe Gummihandschuhe und hantierten mit einer großen schwarzen Mülltüte herum. Als die Tür aufging, versuchten sie hektisch, die Tüte mit den Füßen unter das Sofa zu schieben.

Doch erst als Huldar, Guðlaugur und Erla auf den Balkon schauten, wurde ihnen klar, wozu die Tüte dienen sollte.

In einem Stuhl vor der Tür, an die Betontrennwand zwischen den Balkonen gelehnt, saß ein toter Mann mit einer Nagelpistole auf dem Schoß. Margeir Arnarson, der Vater des kleinen Siggi.

30. KAPITEL

Helgis Freund Tómas, ein Betriebswirt bei der isländischen Notenbank, nahm von Erla eine Papierserviette entgegen und schnäuzte sich. Er hatte bestimmt seit dem Bankencrash nicht mehr so viel geheult. Erla und Huldar beobachteten mit unbewegten Mienen, wie er sich die Nase und das tränennasse Gesicht abwischte. Langsam nervte sie das Gejammer des Mannes, und Huldar hätte ihn am liebsten am Kragen gepackt und geschüttelt. Sein Schluchzen und Schniefen unterbrach den Redefluss, der bisher nur so aus ihm herausgesprudelt war. Er hatte gestern schon ziemlich jämmerlich gewirkt, und die Nacht in der Gefängniszelle hatte ihm den Rest gegeben. Den Polizeibeamten nach, die die Zellen bewachten, war Jón härter im Nehmen, aber vielleicht war das nur Fassade. Sein Verhör stand als Nächstes auf der Tagesordnung.

Erlas Entscheidung, die Männer einzubuchten und bis zum nächsten Morgen schmoren zu lassen, war goldrichtig gewesen. Zumindest, was Tómas betraf. Aber es ging nicht nur darum, die Männer weichzukochen. Der Leichenfund hatte Vorrang gehabt, und die Untersuchung des Tatorts war erst kurz vor Mitternacht abgeschlossen gewesen. Es hatte keinen Sinn gemacht, die Verhafteten dann noch zu verhören, denn das

Team war erschöpft und hatte noch kein klares Bild vom Ablauf der Ereignisse. Es gab immer noch keine Spur von der Mordwaffe, und der Putzwahn der beiden Freunde hatte es der SpuSi nicht gerade leicht gemacht – sie hatten noch nie einen Tatort gesehen, an dem so gut wie keine Fingerabdrücke mehr vorhanden waren. Huldar hatte sich die halbe Nacht im Bett herumgewälzt und vergeblich versucht, die neuesten Wendungen in dem Fall auseinanderzuklamüsern.

Nachdem der vorläufige Bericht über die Todesursache vorlag, mussten Huldar, Guðlaugur und Erla ihre Theorien noch einmal überdenken. Als sie Margeir auf dem Balkon entdeckt hatten, waren sie der festen Überzeugung gewesen, dass er Helgi und wahrscheinlich auch seine Ehefrau umgebracht und sich anschließend selbst getötet hatte. Doch als sie um den Stuhl herumgegangen waren, hatte sich herausgestellt, dass es kein Selbstmord sein konnte. Und dass der Mann ohne Jacke da draußen auf dem Balkon auch nicht erfroren war. An seinem Hinterkopf klaffte eine große, hässliche Wunde, die er sich unmöglich selbst zugefügt haben konnte. Durch die blutverklebten Haare konnte Huldar Knochensplitter erkennen und etwas, das aussah wie ein Gehirn. Angewidert stolperte er zurück in die Wohnung.

Die Obduktion war zwar noch nicht abgeschlossen, aber die Voruntersuchung der Leiche am Tatort ließ darauf schließen, dass Margeir am Sonntag gestorben war. Eine genauere Zeitangabe lag noch nicht vor. Man ging immer noch davon aus, dass er Helgis Mörder war, unabhängig davon, wer ihn im Anschluss getötet hatte.

Tómas' Rolle bei der ganzen Sache war noch ziemlich unklar.

Er bestritt vehement, etwas mit Margeirs Tod zu tun zu haben, und behauptete, den Namen des Toten zum ersten Mal zu hören. Angeblich hatten Jón und er nicht die leiseste Ahnung gehabt, wer der Mann auf dem Stuhl war. Sie gaben vor, nichts über ihn zu wissen, bis auf das, was sie in den Nachrichten gehört hatten. Der Tote habe ganz anders ausgesehen als auf dem Foto, das durch die Presse gegangen war. Trotz wiederholtem Nachfragen beharrte Tómas darauf, Sigurlaug Lára und ihren Sohn Sigurður ebenfalls nicht zu kennen. Was den Mord an Helgi anging, blieb er genauso hartnäckig – er habe ihn nicht getötet, warum sollte er einen seiner besten Freunde umbringen? Welches Motiv sollte er haben, Helgi oder einem völlig Fremden den Tod zu wünschen? Laut Tómas waren Jón und er rein zufällig auf Margeirs Leiche gestoßen. Sie seien nur in die Wohnung gegangen, um sie gründlich zu putzen und sämtliche Hinweise, dass sie sich dort aufgehalten hatten, zu beseitigen. Am Ende hätten sie dann die Leiche auf dem Balkon entdeckt und wären durchgedreht.

Als ihnen klar geworden sei, dass der Mann keines natürlichen Todes gestorben war, hätten sie Panik bekommen und die Wohnung noch einmal von oben bis unten putzen wollen. Sie seien kurz rausgegangen, um stärkere Putzmittel zu kaufen, und hätten dann von vorne angefangen. Tómas gab zu, dass sie überlegt hätten, die Leiche verschwinden zu lassen, schwor aber, dass sie die Idee wieder verworfen hätten. Sie hätten gerade wieder losgelegt, als sie vor der Wohnung Stimmen gehört hätten und erstarrt wären. Flüsternd hätten sie besprochen, ob sie sich mit Laken vom Balkon abseilen oder auf den nächsten Balkon klettern sollten, aber dann sei plötzlich die Tür aufgegangen.

Die Eigentumsverhältnisse der Wohnung klärten sich größtenteils, sofern Tómas die Wahrheit sagte. Sie gehörte Helgi über eine Firma in Luxemburg. Vor acht Jahren war sie nach einer Insolvenz wieder in seinen Besitz gekommen. Zunächst hatte er sie vermietet, aber später während seiner kurzen Aufenthalte in Island selbst benutzt, bis er sie zu klein fand und sich eine größere Wohnung kaufte, die ihm mehr zusagte. Eigentlich wollte er sie verkaufen, doch da das steuerlich ungünstig gewesen wäre, behielt er sie. Er bemühte sich nie um neue Mieter, und die Wohnung wurde zu einer Art Party-Location für ihn und seine Freunde. Jeder von ihnen hatte einen Schlüssel und konnte dort Partys schmeißen und die Sau rauslassen, ohne Gefahr zu laufen, Ärger mit den eigenen Nachbarn zu kriegen. Als Helgi schließlich zurück nach Island ging und sich die Luxuswohnung in dem Hochhaus zulegte, war er so zufrieden mit dem Arrangement, dass er beschloss, die Party-Wohnung zu behalten.

»Ich muss meine Frau anrufen.« Tómas legte die Papierserviette auf den bereits vor ihm liegenden Haufen auf den Tisch. »Bitte!«

»Nein.« Erla schob ihm die Tastatur zu. »Jetzt konzentrieren Sie sich mal. Zeigen Sie uns die Seite.«

Tómas schaute sie mit flehenden Augen an. »Warum glaubt ihr mir nicht? Das bringt euch nicht weiter. Ich glaube, es wäre sogar illegal, euch die zu zeigen. Die meisten Inhalte sind nicht für die Öffentlichkeit bestimmt.«

»Wir sind nicht die Öffentlichkeit. Wir sind die Polizei. Tippen Sie die Webadresse, Ihren Benutzernamen und Ihr Passwort ein. Jetzt.« Erla verschränkte die Arme. Huldar vermutete, um zu verhindern, dass sie sich über den Tisch beugen und den Mann erwürgen würde. Er war selbst schon kurz davor. Sie brannten beide darauf, die Webseite zu sehen.

Soweit sie diesem Jammerlappen aus der Nase ziehen konnten, drehte sich alles um ein Chatforum, das seine Freunde und er seit zehn Jahren betrieben, aber er weigerte sich, zu erklären, was denn nun eigentlich so furchtbar geheim daran war. Jetzt würden sie es hoffentlich gleich selbst sehen. Huldar nahm an, dass es sich unter anderem um Helgis Sexfilme handelte, was Tómas' knallrote Wangen und sein nervöses Gehabe erklären würde, wann immer sie auf das Thema zu sprechen kamen. Irgendwann hatte Erla eine Pause gemacht und Huldar losgeschickt, um einen Beamer und einen Computer mit Tor-Browser zu besorgen.

»Na los!« Huldar stand auf, um zuzusehen, wie Tómas die Webadresse eintippte. Als er zögerte, stieß er ihn an, und konnte den Bewegungen seiner Finger dann kaum folgen, da sie regelrecht über die Tastatur flogen. Anschließend zeigte er ihm, was er mitgeschrieben hatte, woraufhin Tómas ein paar Buchstaben korrigierte. Dann saß er mit hängendem Kopf auf seinem Stuhl. Huldar schob die Tastatur zurück zu Erla und drehte sich zur Wand, an der die Seite aufleuchtete.

Die Benutzeroberfläche wirkte nicht sehr ansprechend. Die Farben und Schriften waren so lausig, dass einem Grafiker bei diesem Anblick vermutlich übel geworden wäre. Dann musste der Inhalt wohl die Hauptattraktion sein.

Huldar ging rüber zu Erla, die willkürlich ein Fenster unten auf der Seite anklickte. Ein paar Posts von vor ungefähr einem Jahr ploppten auf, mit den dazugehörigen Kommentaren der

Freunde. Drei drehten sich um Fußball, aber bei einem war ein Film angehängt, den Erla anklickte. Der vertraute Bettkopf erschien, diesmal als Hintergrund für ein junges Mädchen, das anders aussah als die Frauen, die Huldar bereits in derselben Situation gesehen hatte. Sie hatte kurze dunkle Haare, einen muskulösen Körper wie ein Crossfit-Star und wirkte kleiner als die blonden Sexbomben in den anderen Filmen. Und der Mann war auch nicht Helgi. Er achtete weniger darauf, der Kamera auszuweichen, sodass sein Gesicht oft deutlich zu sehen war, als es zur Sache ging.

»Wer ist das?«, wollte Huldar von Tómas wissen, der immer noch auf den Tisch starrte. »Antworten Sie! Gucken Sie mich an und sagen Sie mir, wie der Mann heißt!«

Tómas gehorchte, mit flackernden Augen wie ein verschrecktes Kind. Mit heiserer Stimme flüsterte er den Namen: »Gunni. Gunnar Bergsson. Den müssten Sie kennen, den haben Sie schon verhört.«

Huldar war bei dem Verhör nicht dabei gewesen, erinnerte sich aber an die jüngere Ausgabe des Mannes aus den Fotoalben bei Helgis Eltern. Erla schaute von der Wand zu Tómas und kommentierte trocken: »Da war er aber vollständig bekleidet und hatte keinen Orgasmusblick.«

Sie öffnete ein anderes Fenster, fand einen Film und drückte auf Play. Diesmal war es Helgi in einem der Filme, die Huldar schon kannte. Erla drückte auf Stopp und suchte weiter, bis sie einen weiteren Film mit Gunni fand. Bei ihrem dritten Versuch erschien ein Video mit dem Zahnarzt, der zurzeit in der Zelle saß. Erla ließ den Film laufen, stellte aber das Stöhnen leiser, das blechern aus den Lautsprechern des Laptops drang. Dann fixierte sie Tómas. »Das müssen Sie mir erklären. Sie haben Filme miteinander geteilt, in denen Sie Sex haben?«

Tómas räusperte sich. »So was in der Art.«

»Und wo finde ich einen Film mit Ihnen?«

Der Mann sah aus, als würde er jeden Moment kollabieren. »Äh, ich weiß nicht. Von mir gibt's keinen …«

»Was denn nun? Sind Sie dabei, oder wissen Sie nicht mehr, in welchem Film?«

»Ich möchte einen Anwalt.«

»Klar, kein Problem.« Erla grinste gehässig. »Gleich. Erst lasse ich noch ein paar Filme laufen.« Sie legte die Finger auf die Tastatur.

Mit lauter Stimme sagte Tómas: »Ich möchte einen Anwalt. Das dürfen Sie mir nicht verweigern. Sonst beantworte ich gar nichts mehr.«

»Wer sagt denn, dass wir Ihnen Fragen stellen möchten? Wir schauen uns nur ein paar Filme an.« Sie tauschte einen Blick mit Huldar: »Haben wir Popcorn hier?«

Huldar grinste und sah zu, wie Erla weitere Filme kurz anspielte, bis sie auf einen mit Tómas stieß. »Ach, was haben wir denn da?« Sie stellte den Ton wieder lauter und lehnte sich genüsslich zurück. »Ist das Ihre Frau? Sie müssen nicht antworten. Wir fragen Sie einfach noch mal, wenn Ihr Anwalt da ist. Der schaut sich das bestimmt auch gerne an.« An Huldar gerichtet sagte sie: »Was meinst du, sollen wir die IT-Abteilung hinzuziehen? Je mehr Leute das sehen, desto größer die Chance, dass jemand die Frau erkennt. Sie erinnert mich ein bisschen an Jóis Schwester.«

»Jói …?«

»Du weißt schon … der beim Sondereinsatzkommando rausgeflogen ist, weil er seine Aggressionen nicht unter Kontrolle hatte.«

Tómas warf einen panischen Blick auf die Wand, vermutlich, weil es noch mehr Filme mit ihm und verschiedenen Frauen gab. Dann verbarg er das Gesicht in den Händen. »Das ist nicht meine Frau. Ihr Name steht da irgendwo.«

»Sie brauchen sich nicht zu äußern, bevor Ihr Anwalt da ist.«

»Ist mir egal«, murmelte Tómas durch seine Finger hindurch. »Ich rede, wann ich will. Wenn Sie das ausschalten, versuche ich, die Sache zu erklären. Es ist nicht so, wie es aussieht.«

Erla drückte genau in dem Moment auf Pause, als Tómas mit geschlossenen Augen und weit aufgerissenem Mund unter der über ihm knienden Frau lag. Seinem Gesichtsausdruck nach zu urteilen, war der Film gleich zu Ende. »Na schön, dann weihen Sie uns mal ein.«

Tómas hob den Kopf und sah sich selbst in Übergröße splitternackt an der Wand. Mit einem qualvollen Stöhnen flehte er Erla an: »Bitte stellen Sie das aus.«

Zum ersten Mal, seit sie begonnen hatten, ihn zu befragen, gab Erla seinem Wunsch nach. Sichtlich erleichtert, richtete er sich ein wenig auf, vermied es aber weiterhin, sie anzuschauen. »Wir benutzen die Seite, um uns zu verabreden – golfen, Fahrten zu Fußballspielen im In- oder Ausland.«

»Ach wirklich?«, warf Huldar ein. »Die Frau in dem Film war also eine Reisebüro-Mitarbeiterin? Hat sie Ihnen einen guten Deal gemacht?«

»Das ist die Wahrheit. Dafür war die Seite gedacht. Aber eben auch für andere Sachen, wie das da …« Er zeigte auf die weiße Wand, als würde er dort immer noch sich selbst mit der Frau sehen.

Erla beugte sich vor und versuchte, seinen Blick zu erhaschen. »Wie hat das verdammt noch mal angefangen? Ich verstehe das mit den Reisen. Aber was für ein Kick soll das sein, wenn man seinen Freunden beim Sex zuguckt? Ich kapiere es einfach nicht.« Sie lehnte sich wieder zurück und sagte zu Huldar: »Kapierst du das? Ist das ein Männerding?«

Huldar schüttelte den Kopf. »Das übersteigt meinen Horizont.«

Tómas fing an zu reden, sichtlich bemüht, dieses abartige Verhalten zu erklären. Es passierte nicht selten, dass Verdächtige plötzlich das dringende Bedürfnis verspürten, ihre Taten zu erläutern. Sie redeten sich ein, ihr Verhalten sei akzeptabel, und realisierten nicht, dass andere Menschen ihre Logik nicht teilten.

»Na ja, es war ja nicht von Anfang an so. Erst haben wir nur Fotos von Frauen gepostet, die wir toll fanden und so. Helgi lebte ja im Ausland, und so haben wir untereinander Kontakt gehalten.«

Huldar zog den Laptop zu sich, trennte die Verbindung zum Beamer und scrollte zu den ältesten Posts, während Erla weiterfragte.

»Wer hat die Seite eingerichtet und wozu? Sie hätten doch einfach Mails schicken oder über Facebook kommunizieren können wie jeder andere.«

»Helgi hat sie eingerichtet. Ein Computerfreak, den er aus den USA kannte, hat ihm dabei geholfen. Er arbeitete ja bei einer Bank, und seine E-Mails wurden überwacht. Er wollte es so haben, das war ihm lieber, als sich eine extra Mailadresse zu besorgen. Es ist ja auch sicherer. Die Seite ist im Darknet und nicht rückverfolgbar.« Tómas schaute Erla ganz kurz in die Augen. »Wir haben nichts Illegales gemacht. Wir haben keine Pornografie in Umlauf gebracht. Im Gegenteil – wir haben aufgepasst, dass nichts in unbefugte Hände gerät.«

Huldar konnte über diese faule Ausrede innerlich nur lachen. Die ältesten Posts bestätigten Tómas' Aussage. Fotos von vollständig bekleideten Frauen und Kommentare über sie.

»Wenn Sie, wie Sie behaupten, so super vorsichtig waren, wie kann es dann sein, dass einer der Filme auf einer Tauschbörse für isländische Pornos gelandet ist?«, fragte Erla und spähte gleichzeitig auf den Bildschirm, den Huldar zu ihr gedreht hatte, damit sie sehen konnte, dass Tómas die Wahrheit gesagt hatte. »Haben Sie damit geprahlt und das Zeug in anderen Foren geteilt? Vielleicht jeder für sich, ohne Wissen der anderen?«

»Nein!«, rief Tómas verzweifelt. »So war es nicht. Keiner von uns wäre jemals auf die Idee gekommen, die Filme zu teilen. Ich meine, wir sind doch mit im Bild. Wir wären doch pervers, so was zu verbreiten.«

»Pervers ist eine gute Beschreibung.« Ohne Tómas Zeit zu lassen, etwas zu entgegnen, fügte Erla hinzu: »Der Film befindet sich aber in der Tauschbörse. Er wurde hochgeladen, und das passiert ja wohl nicht von selbst. Wer außer Ihnen und den vier anderen hatte noch Zugang zu dem Chat?«

Tómas rutschte nervös auf seinem Stuhl herum. »Es gibt sechs User. Wir fünf und noch einer, den wir nicht kennen.« Er nahm die Hände vom Tisch und legte sie dann wieder drauf. »Aber er muss was mit der Sache mit Helgi zu tun haben.«

»Mit der Sache mit Helgi?« Erla schnellte abrupt vor, umfasste Tómas' Kinn und zwang ihn, ihr ins Gesicht zu schauen. »Helgi wurde ermordet. Er ist tot. Wir ermitteln hier nicht wegen ein paar kaputter Glühbirnen am städtischen Weihnachtsbaum. Wenn Sie so unschuldig sind, wie Sie behaupten, dann beantworten Sie jetzt unsere Fragen. Klar und deutlich. Wer ist dieser sechste User?«

»Ich weiß es nicht. Ich schwöre! Er war auf einmal im Chatforum, aber keiner von uns weiß, wie er da reingekommen ist.«

»Sprechen Sie mal lieber nur für sich. Ihre Freunde kriegen schon noch selbst die Gelegenheit, sich zu verteidigen.«

Huldar scrollte auf der Webseite ein paar Jahre vor, um zu sehen, wie sich die Sache entwickelt hatte. Wieder Fotos von Frauen, aber auch ein paar Filme. Er scrollte weiter Richtung Gegenwart, während er zuhörte, wie Erla den Kerl in die Mangel nahm. Als er auf einen fünf Jahre alten Film stieß, stutzte er. Wie aus der Informationsleiste hervorging, war er knapp zwei Stunden lang. Länger als alle anderen, die er bisher gesehen hatte. Der erste Kommentar war auch untypisch. *Behalten oder löschen? Könnte riskant werden, wenn Fräulein Hackedicht sich an irgendwas erinnert.* Huldar drückte auf Play, während Erla weiter versuchte, Tómas den Namen des sechsten Users zu entlocken.

Erst sah alles so ähnlich aus wie in den anderen Filmen. Eine junge Frau zog sich aus und ließ sich aufs Bett fallen. Sie versuchte, ein Selfie zu machen, war aber zu betrunken, um das Handy gerade zu halten. Tatsächlich wirkte sie wesentlich alkoholisierter als die anderen Mädchen, aber nicht so, als stünde sie unter Einfluss von Rohypnol. Dann erschien ein Mann auf der Bildfläche, den Huldar bisher nicht in den Filmen gesehen hatte. Er gab der Frau ein Weinglas, das sie leer trank, während er sich auszog. Der Mann, von dem Huldar annahm, dass es Bjarni war – Freund Nummer fünf –, nahm es zurück, stellte es auf den Nachttisch und legte sich neben sie aufs Bett. Huldar überspulte den darauf folgenden Geschlechtsakt und wunderte sich, als er sah, dass der Mann wieder aufstand, der Frau ein frisch gefülltes Glas reichte und rausging. Die Frau leerte es und stellte es weg. Jetzt konnte man ihr ansehen, dass sie extrem betrunken war.

Dann schlief sie ein.

Das Seltsame war, dass der Film erst zwanzig Minuten gelaufen war. Er spulte vor, damit rechnend, die schlafende Frau zu sehen, weil Bjarni vergessen hatte, die Kamera auszuschalten. Doch dem war nicht so. Die Frau schlief zwar weiter, vermutlich vom Alkohol total weggetreten, aber das war nicht das Einzige, was passierte.

Huldar starrte so konzentriert auf den Bildschirm, dass er das Gespräch zwischen Erla und Tómas nicht mehr mitbekam. Er spulte noch weiter vor, bis der Film zu Ende war. Sein Herz hämmerte in seiner Brust, und er hatte einen Eisengeschmack im Mund, wie immer, wenn rasende Wut in ihm hochstieg. Aber er schaffte es, sich nichts anmerken zu lassen, griff nach dem Anschlusskabel des Beamers, verband es mit dem Laptop und verschraubte sogar den Stecker. Er hoffte, seine Wut durch die Verzögerung unter Kontrolle zu kriegen. Dann ließ er den Film noch einmal von Anfang an laufen.

Als das Bild an der Wand aufleuchtete, drehte Erla so schnell den Kopf, dass Huldar schon befürchtete, sie hätte sich den Hals verrenkt. Sie funkelte ihn entrüstet an. Kein Wunder. Er hatte Tómas' einzige Bedingung missachtet, unter der er die Vernehmung ohne Anwalt fortsetzen wollte.

Doch das war es ihm wert.

Als Tómas den Film sah, sprang er auf und hechtete zur Tür, die jedoch abgeschlossen war.

»Ich will einen Anwalt. Ich sage kein Wort mehr.«

Dann schluchzte er wieder los, noch lauter und erbärmlicher als zuvor.

31. KAPITEL

Als der Film zu Ende war, blieb es in dem kleinen Besprechungsraum ganz still. Neben Huldar und Erla waren noch ein Polizeijurist Anfang fünfzig und ein Vertreter der Sitte anwesend, derselbe Mann, mit dem Huldar bereits gesprochen hatte, als die Filme auf Helgis Computer gefunden worden waren. Er wirkte am wenigsten schockiert.

Alle vier starrten auf die weiße Leinwand, bis Erla das Wort ergriff und den Juristen fragte: »Was meinen Sie? Ist das ein klarer Fall von Vergewaltigung?«

»Ja und nein. Das ist das Problem.« Der Jurist legte den Stift auf das leere Blatt vor sich. Er hatte sich eigentlich während des Films Notizen machen wollen, doch dessen Inhalt ließ sich mit wenigen Worten zusammenfassen: Eine junge Frau setzt sich auf ein Bett und versucht, ein Selfie zu machen. Weil sie zu betrunken ist, kann sie das Handy nicht gerade halten. Ein Mann kommt herein, sie ziehen sich aus und haben Sex, mit dem sie einverstanden zu sein scheint. Dann hat sie einen Blackout, und die Freunde des Mannes vergreifen sich an ihrem wehrlosen Körper, einer nach dem anderen. Ein paar Mal kommt sie zu sich und wirkt unwillig, wird aber aufs Bett gedrückt, bis sie wieder wegdämmert. Nachdem die fünf Männer fertig sind, kommt der Wohnungsbesitzer herein, schüttelt die Frau, zieht sie hoch und befiehlt ihr, sich anzuziehen und zu gehen. Die benommene Frau zieht sich unbeholfen an und verschwindet aus dem Bild, derangiert und augenscheinlich mit Schmerzen. Ende des Films.

Als Erla nichts erwiderte, konnte Huldar sich nicht zurückhalten: »Was für Beweise braucht man denn noch, damit es eine eindeutige Vergewaltigung ist? Eine Absichtserklärung von jedem einzelnen Mann, dass er die Frau vergewaltigen will? Kurz bevor er sich auf sie stürzt?«

»Das wäre natürlich hilfreich.« Der Jurist schien nicht zu scherzen, und es war auch niemandem nach Lachen zumute.

An diesem Punkt mischte sich der Kollege von der Sitte ein: »Wir hatten schon mal einen Fall, bei dem eine Gruppenvergewaltigung gefilmt wurde. Die Klage wurde sowohl vom Bezirksgericht als auch vom Obersten Gerichtshof abgeschmettert.«

»Ja, obwohl es in dem Fall eine Klägerin gab«, ergänzte der Jurist mit verzerrtem Gesicht. »Leider ist das nicht immer alles so eindeutig, wie es uns erscheinen mag. Ich habe die Frau an keiner Stelle deutlich Nein sagen hören oder dass sie das nicht will.«

Erla war nicht bereit, so schnell aufzugeben. »Alle Versuche der Frau, sich aufzusetzen oder die Männer wegzustoßen, wurden unterbunden. Es muss doch jedem klar sein, dass sie das nicht freiwillig gemacht hat. Das muss doch reichen, um die Männer dranzukriegen.«

Als der Jurist antwortete, schwang Resignation in seiner Stimme mit: »Möglicherweise, aber ich würde nicht darauf wetten, dass sie verurteilt werden. Die Männer könnten alles Mögliche behaupten, weil sie wissen, dass keine Aussage des mutmaßlichen Opfers vorliegt. Sie könnten sagen, es sei alles vorher abgesprochen gewesen und von ihr ausgegangen. Ich fürchte, es dürfte schwer zu widerlegen sein, wenn sie beispielsweise behaupten, dass die schwachen Versuche der Frau, sich aufzusetzen, Teil des Spiels gewesen seien – dass sie oben sein wollte oder so was. Wie sollen wir das widerlegen?« Der Mann stieß einen tiefen Seufzer aus. »Das Positive ist, dass wir schlagkräftige Beweise dafür haben, dass sie den Film geteilt haben. Es ist rechtswidrig, pornografisches Material zu verbreiten oder zu tauschen. Das Problem ist nur, dass derjenige, der den Film gepostet hat, tot ist. Das habe ich doch richtig verstanden, oder?«

Erla bestätigte es. »Wir haben zwar nur Tómas' Aussage, dass es Helgi war, aber ich rechne damit, dass die anderen dasselbe sagen werden. Der Username ist derselbe wie bei seinen Posts aus den USA, also muss er den Film hochgeladen haben.«

»Tja«, sagte der Jurist enttäuscht. »Das war's dann wohl. Aber die Hoffnung stirbt ja bekanntlich zuletzt. Im Strafgesetzbuch gibt es ein ganzes Kapitel über Rufschädigung und Verstoß gegen die Privatsphäre. Bei Klagen wegen Rache-Pornos wird zudem oft auf die Klausel über die Verletzung des Schamgefühls verwiesen. Vielleicht könnte man das bei den noch lebenden Mitgliedern des Freundeskreises anwenden. Alle wussten, dass gefilmt wird, und keiner hat in den Kommentaren protestiert, als der Film auf der Seite geteilt wurde. Man könnte also argumentieren, dass die Männer das Schamgefühl der Frau vorsätzlich verletzt haben. Wann wurde der Film denn gepostet?«

Erla überflog die Notizen mit den wichtigsten Punkten zu dem Film und zu Maren, dem jungen Opfer. »Einen Tag nachdem er gedreht wurde.«

»Ach«, seufzte der Jurist. »Da war die Frau doch schon tot, oder?« Als Erla nickte, fügte er hinzu: »Meines Wissens gibt es dafür keinen Präzedenzfall. Kann man das Schamgefühl eines Menschen verletzen, der tot ist? Ich würde sagen ja. Die Privatsphäre gilt ja auch für Verstorbene, aber da müsste ich mir die Klausel noch mal genauer anschauen. Möglicherweise bezieht sie sich nur auf lebende Personen.«

Erla wollte keine Diskussion über juristische Spitzfindigkeiten vom Zaun brechen und fragte: »Was für Strafen werden in Fällen von Rache-Pornos verhängt?«

»Wenn auf Grundlage der Paragrafen, die ich genannt habe, Klage erhoben wird, ist das Strafmaß in der Regel gering und auf Bewährung. Der Strafrahmen ist begrenzt, und diese Männer sind angesehene Leute ohne Vorstrafen.«

Huldar ließ die Schultern sinken. Es würde nicht leicht sein, Gerechtigkeit für die arme Frau zu erkämpfen. Wobei ihr das jetzt, da sie tot war, auch egal sein konnte. Ihr Name hatte in den Kommentaren zu dem Film gestanden, und obwohl der Nachname fehlte, hatten sie sie schnell gefunden. Viele Isländerinnen hießen Maren, davon laut Einwohnerverzeichnis ungefähr hundertfünfzig lebende. Aber nur eine Frau mit diesem Namen war in der Nähe des Galgenfelsens an Land gespült worden: Maren Þórðardóttir, die mit vierundzwanzig Jahren ins Meer gegangen und ertrunken war, in derselben Nacht, als der Film entstanden war.

Der Kollege von der Sitte ergriff wieder das Wort. Er hatte

schon allzu oft miterleben müssen, wie schwierig es war, Täter zur Rechenschaft zu ziehen, und dachte in eine andere Richtung. »Was ist mit ihrem Tod? Ist es denkbar, dass sie nicht nur von den Männern vergewaltigt, sondern danach auch getötet wurde? Diese Typen wollten doch bestimmt verhindern, dass sie direkt zur Polizei geht und sie anzeigt? Auch wenn sie alle Kondome benutzt haben, wäre es bestimmt möglich gewesen, brauchbare DNA-Spuren zu bekommen. Das wäre ihnen zum Verhängnis geworden. Vielleicht haben sie Maren deshalb ertränkt. Von der Wohnung in Suðurhlíð ist es ja nicht weit bis zum Meer. Hundert Meter? Oder zweihundert?«

Keiner beteiligte sich an den Schätzungen; sie wussten alle, dass es nur ein Katzensprung war.

»Ich habe mir die Berichte über den Leichenfund angeschaut«, erklärte Huldar. »Da deutet nichts auf einen unnatürlichen Tod hin. Maren wurde obduziert, und das Ergebnis war eindeutig. Sie hatte weder Kopfverletzungen noch Würgemale, und es gab auch keine Hinweise, dass ihre Hände gefesselt waren oder dass sie untergetaucht wurde. Spuren von grobem Geschlechtsverkehr fand man zwar, aber da nicht sofort nach ihr gefahndet wurde, lag ihre Leiche drei Tage im Wasser. Es ließ sich nicht mehr feststellen, ob der Verkehr mit oder ohne ihr Einverständnis stattgefunden hatte. Und auch nicht, wann genau.«

»Hat man die Männer, die mit ihr Verkehr hatten, denn nicht gesucht?«, fragte der Mann von der Sitte, der anscheinend noch nicht so schnell aufgeben wollte.

»Nein, das hielt man nicht für notwendig. Maren war wegen Depressionen in Therapie. Ihre Kleidung, ihre Schuhe und ihre Handtasche fand man ordentlich zusammengelegt südlich des Fossvogur-Friedhofs. Man ging eindeutig von einem Suizid aus. Sie war mit einer Freundin ausgegangen und hatte übermäßig getrunken. Im Lauf des Abends trennten sich die beiden. Alkohol und Depressionen sind eine gefährliche Mischung. Diese Erklärung wurde als ausreichend angesehen. Aber wir nehmen jetzt Kontakt zu den Angehörigen auf. Vielleicht können die etwas beisteuern, das nicht aus den Unterlagen hervorgeht. Wobei ich mir auch nicht vorstellen kann, was das sein sollte.«

Wieder wurde es still. Keiner hatte dem etwas hinzuzufügen. Wenn die Eltern der jungen Frau irgendetwas in der Hand hatten, das beweisen konnte, dass sie ermordet worden war, hätten sie das sicher nicht so lange für sich behalten.

Huldar unternahm einen schwachen Versuch, die Mordtheorie zu stützen: »Die Frau wird Opfer einer Gruppenvergewaltigung und ertrinkt in derselben Nacht. Ob die Männer nun unmittelbar daran beteiligt waren, sie zu ertränken, oder nicht – da erkennt doch jeder vernünftige Mensch einen kausalen Zusammenhang. Wahrscheinlich hat ihr das den Rest gegeben, weil sie psychisch angeschlagen war. Kann man die Männer nicht wenigstens wegen fahrlässiger Tötung anzeigen?«

Der Jurist überlegte einen Moment. »Es ist strafbar, einen Suizid zu forcieren. Aber so etwas war hierzulande noch nie vor Gericht, und das Strafmaß beträgt bei Umständen wie diesen höchstens ein Jahr Gefängnis. Ich bezweifle, dass die Staatsanwaltschaft sich darauf einlassen würde. Es wäre so gut wie ausgeschlossen, nachzuweisen, dass die mutmaßliche Vergewaltigung der ausschlaggebende Faktor war. Sie hat ja keinen Brief hinterlassen, in dem sie das klar und deutlich bekundet.« Der Jurist nahm seinen Stift und sammelte seine Sachen zusammen. »Also dann, halt mich auf dem Laufenden, Erla. Wenn das alles nicht funktioniert, gibt es ja noch jede Menge weitere Frauen, die eventuell bereit wären, zu klagen. Die Videos werden doch bestimmt von jemandem gesichtet und die Frauen ausfindig gemacht, oder?«

Huldar duckte sich instinktiv. Erla hatte seine Lüge, woher er Ugla angeblich kannte, geschluckt. Doch sobald die Mordermittlung abgeschlossen wäre und das Interesse sich wieder auf das Chatforum richten würde, käme sie bestimmt hinter die Wahrheit: dass Huldar nicht nur in einer Kneipe mit der Frau Telefonnummern ausgetauscht hatte.

»Ich habe zwei Leute, die das nebenbei machen könnten«, bot der Kollege von der Sitte an und erhob sich. »Am besten fangen wir mit dem Film an, der auf der isländischen Tauschbörse aufgetaucht ist. Das ist wohl das schwerwiegendste Beispiel von Verbreitung von Pornografie.« Er schaute zu Erla und Huldar. »Konnte dieser Tómas euch nicht sagen, wer ihn hochgeladen hat?«

Erla schüttelte den Kopf. »Er behauptet, er wüsste es nicht. Er gibt dem sechsten User die Schuld, beteuert aber, nicht zu wissen, wer das ist. Die IT-Abteilung checkt das gerade, aber es ist schwierig, weil die Seite im Dark Web ist. Sie haben allerdings sofort gesehen, dass dieser neue User erst aufgetaucht ist, nachdem der Film in der Tauschbörse gepostet wurde. Er oder sie war es also nicht. Es muss einer unserer fünf Freunde gewesen sein.«

»Dann müssen wir nur noch rauskriegen, wer. Dafür wird derjenige auf jeden Fall angeklagt, auch wenn das unter diesen Umständen eher symbolisch ist.« Der Jurist ging zur Tür. »Aber um ehrlich zu sein: Ich glaube nicht, dass ihr nur auf Grundlage des Films einen Untersuchungshaftbefehl für die beiden Männer bekommt. Ihr könnt es natürlich versuchen.« Er warf einen Blick auf die Uhr. »Die vierundzwanzig Stunden, die ihr sie festhalten könnt, sind fast rum. Aber ihr kriegt noch mal vierundzwanzig Stunden, wenn ihr sie dem Richter vorführt und Untersuchungshaft beantragt – davon ausgehend, dass der Richter so viel Zeit braucht, um eine Entscheidung zu treffen. Gebt mir so bald wie möglich Bescheid, dann bereite ich sofort alles vor.«

Erla nickte dumpf. Sie wusste, dass die Uhr tickte. Das wussten alle, die an dem Fall arbeiteten.

»Aber lasst euch noch einen Ratschlag geben …« Das Gesicht des Juristen war immer noch ernst. »Findet die Frau. Das hat absolute Priorität.«

»Die Frau?«, fragte der Kollege von der Sitte irritiert, in Gedanken offenbar immer noch bei dem Film und dem Chatforum. »Welche Frau?«

»Sigurlaug. Die Frau des letzten Mordopfers, Margeir.« Erla erhob sich ebenfalls. »Das steht ganz oben auf der Liste. Die Suche hat bisher leider nichts ergeben. Die Rettungsteams haben schon das gesamte Stadtgebiet durchkämmt und auch aus der Luft gesucht, ohne Erfolg. Es ist nicht gerade ermutigend, dass ihr Mann tot aufgefunden wurde. Ich muss jetzt über die nächsten Schritte entscheiden.«

Niemand beneidete Erla darum. Es war höchst unwahrscheinlich, dass die Frau noch lebte, und eine Leiche zu finden war noch schwieriger als eine lebende Person. Auch wenn es niemand laut aussprach – sie befürchteten alle, dass Sigurlaug tot war. Etwas anderes war zu diesem Zeitpunkt kaum vorstellbar.

* * *

Jón war ein ganz anderer Typ als sein Freund Tómas. Der Zahnarzt saß kerzengerade auf dem Stuhl, mit verdrossenem Gesicht, fest entschlossen, seinen Aufenthalt auf der Polizeiwache durchzustehen. Huldar begrüßte diese Abwechslung. Jón würde bestimmt nicht um ein Taschentuch betteln wie dieser BWLer-Waschlappen, dafür war es natürlich schwieriger, ihn zum Reden zu bringen.

»Denken Sie doch mal nach.« Huldar schob den Nikotinkaugummi von einer Backe in die andere. Er war seit Stunden nicht mehr zum Rauchen gekommen. »Sie und Ihre Freunde vergewaltigen eine Frau, die kurz darauf in der Nähe des Galgenfelsens tot an den Strand gespült wird. Fünf Jahre später wird Helgi am selben Ort erhängt. Halten Sie das wirklich für Zufall?«

Jón zuckte die Achseln. »Das müssen Sie herausfinden. Ich bin kein Polizist. Aber ich sage es noch mal: Das war keine Vergewaltigung. Ich habe diesen Margeir nicht getötet. Ich habe Helgi nicht getötet. Ich bringe keine Pornografie in Umlauf.«

»Das behaupten Sie.« Huldar warf Erla einen kurzen Blick zu, doch sie schien damit einverstanden zu sein, dass er vorerst die Fragen stellte. »Wir überprüfen die Kamera, die in der Mülltüte gefunden wurde, auf Fingerabdrücke. Es würde mich nicht wundern, wenn da die Fingerabdrücke von Ihnen allen drauf sind.«

»Das wird sich zeigen. Aber ich weiß nicht, was das ändern soll. Der Mann auf dem Balkon wurde ja wohl nicht mit einer Kamera getötet. Und Helgi sicher auch nicht. Und darum geht es doch, oder? Um Mord.«

Huldar hatte nicht vor, dem Mann die Gesprächsführung zu überlassen. Er ignorierte seinen Kommentar und sprach einfach weiter. »Unsere IT-Abteilung kann leicht herausfinden, ob die neueren Filme in Ihrem Chatforum mit dieser Kamera gedreht wurden. Wir wissen, wo sie aufgestellt und mit welchem Schalter sie an der Wand verbunden war. Da die Kamera in einem Lautsprecher versteckt und auf das Bett ausgerichtet war, ist doch sonnenklar, dass die Frauen ohne ihr Wissen gefilmt werden sollten. Sie können das abstreiten, so lange Sie wollen, aber das bringt nichts. Wir haben belastende Videos von Ihnen mit mehreren Frauen, die mit genau dieser Kamera aufgenommen wurden.«

»Schwachsinn.« Jón knirschte mit den Zähnen, was für einen Zahnarzt unangemessen war, aber die Umstände waren ja auch außergewöhnlich. »Wann kann ich gehen?«

»Wenn wir Sie gehen lassen. Sie stehen unter Arrest, schon vergessen?« Huldar wunderte sich immer noch, warum der Mann nicht nach einem Anwalt verlangt hatte. Möglicherweise, weil seine Frau Anwältin war, und wenn er sich von jemand anderem vertreten ließe, würde sie Lunte riechen. »Da Ihr Freund Tómas uns den Zugang zu der Seite gezeigt hat, sollten Sie uns lieber die ganze Geschichte erzählen. Wir können alle Inhalte sehen, und als Nächstes werden wir die beiden anderen Ihrer feinen Truppe einbestellen. Der Letzte, der auspackt, hat die Arschkarte. Und das möchten Sie doch nicht sein?«

»Ich weiß rein gar nichts über diese Morde. Und auch nichts über eine Vergewaltigung, weil es keine Vergewaltigung war. Das ist Zeitverschwendung.«

»Und ob!« Huldar schaute seinen renitenten Gesprächspartner ausdruckslos an. Dann sagte er: »Wenden wir uns mal zwei Punkten zu, über die Sie uns etwas sagen können. Ganz harmlose Dinge, die Sie nicht beunruhigen sollten.« Da Jón nicht reagierte, sprach Huldar weiter. »Da wäre zunächst mal der sechste User. Ich sehe keinen Grund, warum Sie den schützen sollten. Die andere Frage ist: Wer hat das Video von Helgi und Sigurlaug Lára auf die isländische Tauschseite gestellt? Ich empfehle Ihnen, das klar zu beantworten. Wenn nicht, muss ich davon ausgehen, dass Sie es waren.«

»Ich weiß nicht, wer dieser neue User ist. Ich habe den Film nicht auf die Tauschseite gestellt, und ich kann Ihnen auch nicht sagen, wer es war, weil ich es schlicht und ergreifend nicht weiß.«

In diesem Moment klopfte es leise an der Tür. Erla spähte zu Huldar und hob die Augenbrauen. Dann stand sie auf, ging raus und zog die Tür hinter sich zu. Guðlaugur war kurz in der Türöffnung erschienen. Er war gerade dabei, den gesamten Inhalt des Chatforums zu sichten, und musste auf etwas Wichtiges gestoßen sein, sonst hätte er das Verhör niemals unterbrochen.

Huldar drehte sich wieder zu Jón. Die Unterbrechung hatte ihn aus dem Konzept gebracht, aber er versuchte, es zu überspielen. Unsicher, welche Richtung er einschlagen sollte, beschloss er, den Zahnarzt noch einmal nach seiner Anwesenheit in der Wohnung zu fragen. Während der Mann noch einmal dieselbe Entschuldigung wiederholen würde, könnte er sich die weitere Vorgehensweise zurechtlegen. »Was haben Tómas und Sie in der Wohnung gemacht? Ich erinnere Sie noch einmal daran, dass Ihr Freund uns schon die ganze Geschichte erzählt hat.« Huldar verriet natürlich nicht, dass Tómas von dem Moment an, als sein Anwalt eingetroffen war, geschwiegen hatte wie ein Grab. Er hatte keine einzige Frage mehr beantwortet, nachdem sie ihm das Video von der Gruppenvergewaltigung vorgespielt hatten. Tómas hatte ihnen also bei Weitem nicht *die ganze Geschichte* erzählt.

»Wie ich eben schon gesagt habe, waren wir zum Putzen da. Gunni hatte sich die Wohnung an dem Wochenende vor Helgis Tod für eine Party geliehen und sie in einem katastrophalen Zustand hinterlassen. Wir wollten nicht, dass Helgis Eltern sie in diesem Zustand vorfinden würden.«

»Wussten die von der Wohnung?«

»Nein, wie schon gesagt, sie wussten nichts von ihr. Aber sie werden bei der Testamentseröffnung von ihr erfahren. Deswegen haben wir sie geputzt. Ich kann natürlich nicht für Tómas sprechen, aber ich war jedenfalls deshalb dort.«

»Sie haben also netterweise geputzt und dabei ganz zufällig die Leiche auf dem Balkon entdeckt. Doch anstatt die Polizei zu rufen, sind Tómas und Sie noch mehr Reinigungsmittel kaufen gegangen und haben die Wohnung noch mal geputzt. Merkwürdige Reaktion, finden Sie nicht?«

»Tómas hat da was durcheinandergebracht. Wir haben die

Leiche erst in dem Moment gesehen, als Sie reingeplatzt sind. Dass wir mehr Putzmittel gekauft haben, hatte nichts damit zu tun. Das war uns einfach nur ausgegangen.«

Jón war kein Dummkopf. Seine Version klang plausibel. Aber Tómas' Aussage war glaubwürdiger und würde vor Gericht mehr Gewicht bekommen, falls es jemals so weit käme.

Als Erla zurückkam, strahlte sie Genugtuung aus. Sie setzte sich und zog mit einem überlegenen Lächeln die Tastatur zu sich. Huldar meinte, einen haarfeinen Riss in Jóns Fassade wahrzunehmen.

Der Beamer sprang wieder an. Er hatte sich automatisch ausgeschaltet, nachdem sie Jón zu Beginn des Verhörs mit dem Chatforum konfrontiert hatten. Die dilettantische Benutzeroberfläche erschien wieder an der Wand. Erla tippte etwas ein und startete einen Film, den Huldar noch nicht gesehen hatte. Er war insofern anders, als dass es sich um ein anderes Bett und ein anderes Zimmer handelte. Und der Mann war nicht im Bild. Es wirkte eher wie eines der Videos aus der Tauschbörse, bei denen der Mann mit dem Handy filmte. Huldar beobachtete Jón, der sich nervös über die Lippen leckte.

»Wer ist die Frau, Jón?«, fragte Erla und stoppte die Aufnahme, als das Gesicht der Frau zu sehen war.

»Die kenne ich nicht.« Zum ersten Mal zitterte seine Stimme ein wenig.

»Wirklich nicht?« Erla ließ den Film weiterlaufen. Nach einer Weile wechselte das Paar die Stellung, und das Handy war ganz kurz auf den Mann gerichtet. Es war unverkennbar Jón. »Wer ist die Frau? Daran müssten Sie sich doch erinnern. Die Aufnahme ist erst zwei Jahre alt.« Das Bild wackelte wie bei einem Erdbeben, während der Mann auf die Frau einstieß. Als der Rhythmus langsamer wurde, stoppte Erla den Film erneut, und sie sahen wieder das Gesicht der Frau. »Sie kennen sie also nicht?« Jón schüttelte nur den Kopf. Sein Gesicht war ganz grau, was Erla sichtlich amüsierte. »Seltsam. Der Kollege, der das entdeckt hat, hat sich Ihre Facebook-Seite angeschaut, und meinte, sie sähe Ihrer Ehefrau wahnsinnig ähnlich. Er meinte sogar, sie wäre es. Kann das denn sein?«

»Nein.« Jóns Blick fiel auf seine geballten Fäuste auf dem Tisch, und er legte schnell die Hände in den Schoß.

»Nun gut, wenn Sie meinen. Kein Problem, dann bestelle ich sie einfach auf die Wache und bitte sie, die Frau zu identifizieren. Dann haben wir Klarheit.« Erla fixierte den Mann ohne einen Hauch von Mitleid. »Sie wird sich vielleicht wundern, dass Sie den Film im Chatforum Ihres Freundeskreises gepostet haben. Für mich sieht es so aus, als hätte sie gewusst, dass sie gefilmt wird, aber ob es ihr recht ist, dass andere das sehen? Aber was soll's.«

Das reichte. Jón fing endlich an zu reden, unter der Bedingung, dass sie seine Frau aus der Sache heraushalten würden. Leider wurde schnell klar, dass er kaum etwas wusste, das zur Lösung der Mordfälle oder zum Auffinden von Sigurlaug beitragen konnte. Sein Streit mit Helgi hatte sich um den Film mit Maren gedreht. Jón hatte ihn löschen wollen, Helgi nicht. Seine Freunde und er wären jetzt in einer wesentlich besseren Lage, wenn Jón sich damals durchgesetzt hätte.

Des Weiteren erzählte er, dass der unbekannte User einen Film von Helgis Exekution geteilt hätte sowie einen weiteren, in dem Helgi bewusstlos in einem Auto lag. Als die Polizei nach diesen Filmen suchte, waren sie jedoch nicht mehr auffindbar. Falls sie jemals existiert hatten und gelöscht worden waren, musste dieser User Helgis Mörder sein oder mit ihm in Verbindung stehen. Doch sie konnten nicht darauf vertrauen, dass Jón die Wahrheit sagte. Erla hatte vom Vernehmungsraum aus in der IT angerufen und die Info bekommen, dass sich niemand ohne Einladung auf der Seite registrieren, geschweige denn die Admin-Rechte der anderen übernehmen konnte. Wer auch immer es war, er musste mit Hilfe von einem der fünf Freunde in das Chatforum gelangt sein.

Das einzig Relevante, das sie aus Jón herausbekamen, war, wie das Video mit Sigurlaug in der isländischen Tauschbörse gelandet war und was für weitreichende Folgen dies für sie gehabt hatte. Wie weitreichend, würde sich noch zeigen.

Erla ließ Jón zurück in die Zelle bringen.

Huldar und Erla saßen noch eine Weile schweigend da. Er vermutete, dass sie nicht sofort aufgesprungen war, weil sie die Entscheidung über den Antrag auf Untersuchungshaft für die beiden Männer vor sich herschob. Wenn der Richter diesen Antrag ablehnen würde, stünde sie intern schlecht da. Wenn sie hingegen keinen Antrag stellen würde und die beiden Männer sich letztendlich als Mörder entpuppen würden, stünde sie in der Öffentlichkeit schlecht da.

Lína steckte den Kopf durch die Tür. Sie trug ihre dichten roten Haare heute offen, und sie waren elektrisch aufgeladen und standen ihr vom Kopf ab. Erla war ausnahmsweise freundlich zu ihr, was Huldar als Zeichen von Unentschlossenheit interpretierte.

»Ich habe mit der Mutter von Maren Þórðardóttir gesprochen«, verkündete Lína. »Sie sagt, ihre Tochter hätte schon mal versucht, sich umzubringen, und niemand aus der Familie hätte ein Verbrechen vermutet. Sie hätte damals gar nicht wissen wollen, bei wem Maren in jener Nacht war, weil sie das nur noch mehr frustriert hätte. Es hätte Maren ja nicht wieder lebendig gemacht. Sie und ihr Mann lebten in Norwegen, als es passierte, kamen aber sofort nach Island. Sie haben noch zwei Söhne, einer ist älter als Maren und der andere jünger. Den Brüdern ging ihr Tod sehr nahe, besonders dem älteren, der damals in Island lebte. Der jüngere wohnte bei seinen Eltern in Norwegen.« Lína schaute unsicher zu Erla. »Ich habe ihr nichts von Helgi und seinen Freunden erzählt, wie du gesagt hast. Nur, dass ich alte Fälle durchsehe, die was mit dem Galgenfelsen zu tun haben, um eine Verbindung zu unseren aktuellen Ermittlungen auszuschließen.«

»Sollen wir mit den Brüdern reden?«, fragte Huldar Erla, doch ehe sie antworten konnte, kam Lína ihr zuvor:

»Der Jüngere studiert im Ausland. Der Ältere arbeitet auf einem Fischtrawler und ist seit drei Wochen auf See. Sie können also kaum etwas mit den Morden zu tun haben.«

»Kannte die Mutter Margeir oder Sigurlaug?«, fragte Erla mit ruhiger Stimme, ohne sich von Línas Einwurf ärgern zu lassen.

»Nein.«

»Was ist mit dem Vater, Þórður? Kannte er die beiden?«, fragte Huldar, obwohl er glaubte, die Antwort zu kennen. Sonst hätte Lína es ihnen längst gesagt.

»Den habe ich nicht erreicht. Die Eltern sind geschieden, und die Mutter hat gesagt, sie hätten keinen Kontakt mehr. Er sei wohnhaft in Akranes, aber seine Ex-Frau meinte, sie hätte gehört, dass er in der Stadt wohnt. Es ist nur eine Handynummer registriert, und er geht nicht ans Telefon. Soll ich weiter versuchen, ihn zu erreichen?«

»Nein, übernimm du das, Huldar. Es ist besser, wenn ein Mann mit ihm spricht.«

Huldar drehte sich zu Lína, die ein bisschen eingeschnappt wirkte. »Hast du Þórðurs Nummer, Lína?« Natürlich wusste Lína sie auswendig und leierte sie herunter. Huldar tippte sie in sein Handy ein und bekam den Hinweis, diese Nummer befinde sich bereits in seinem Adressbuch. Unter dem Namen Doddi.

Es war die Nummer des Hausmeisters aus dem Gebäude, in dem Helgi gewohnt hatte.

32. KAPITEL

Die Polizei hatte die Festnahme von Marens Vater Þórður zwar gut vorbereitet, aber eine Sache übersehen: das Timing. Sie trafen um fünf Uhr ein, zur selben Zeit, als die Bewohner des Hochhauses von der Arbeit nach Hause kamen. Im Parkhaus herrschte reger Verkehr, Leute liefen durchs Foyer, um die Post zu holen, und der Aufzug war andauernd besetzt. Nicht gerade ideal, um jemanden festzunehmen, der vermutlich nicht vor Gewalt zurückschrecken würde, wenn er keinen anderen Ausweg mehr sah. Sie gingen davon aus, dass er zwei, möglicherweise sogar drei Menschen getötet hatte.

Die Sonne ging an einem wolkenlosen Himmel unter, und das Hochhaus warf einen kalten Schatten auf den Parkplatz, der Huldar erschauern ließ. Es war windstill, und der Geruch der Abgase des Feierabendverkehrs auf der Sæbraut hing in der Luft. Huldar freute sich fast darauf, das Gebäude zu betreten.

Der Plan war, dass Huldar und Guðlaugur reingehen und mit dem Mann sprechen sollten, da sie bereits mit ihm zu tun gehabt hatten. Erla hoffte, dass sie ihn dazu bringen könnten, etwas zu sagen, das eine Festnahme rechtfertigte. Erst dann sollten sie ihm Handschellen anlegen. Keine Minute vorher. Die Tatsache, dass er Marens Vater war, bildete keine ausreichende Grundlage für eine Verhaftung, auch nicht in Kombination mit seinem Hausmeisterjob in Helgis Hochhaus. Erla würde sich einen Riesenärger einhandeln, wenn sich das wieder einmal nur als einer dieser typisch isländischen Zufälle herausstellen und die Polizei den trauernden Vater einer jungen Selbstmörderin verhaften würde.

Huldar und Guðlaugur mussten schusssichere Westen über ihren Uniformen tragen und diese mit übergroßen Pullovern verdecken. Sie sahen aus wie Bodybuilder, die das Beintraining vernachlässigt hatten.

Die Uniformen sollten den Ernst der Sache betonen und Þórður verunsichern. Die Notwendigkeit der Westen wurde nicht thematisiert, und Huldar vermutete, dass sie eher ihrer Beruhigung als ihrem Schutz dienen sollten. Der Hausmeister besaß keine registrierten Schusswaffen und hatte auch nie einen Waffenschein beantragt. Huldar ging durch den Kopf, wie viel Schutz die Weste wohl bei einer Nagelpistole bieten würde. Diese Westen hielten nicht ewig, und die aus seiner Abteilung waren schon etwas in die Jahre gekommen. Er verkniff es sich, seine Sorge mit Guðlaugur zu teilen, denn der war schon nervös genug. Für ihn war es die erste riskante Festnahme, bisher hatte er nur als Streifenpolizist bei Wochenendschichten Betrunkenen und Randalierern Handschellen angelegt. Auch das konnte zwar gefährlich sein, geschah aber in der Hitze des Gefechts ohne nervenaufreibende Vorbereitung und Warterei.

»Alles okay mit dir?« Huldar legte Guðlaugur die Hand auf die Schulter und sah ihn forschend an. Nach seiner Einschätzung würde der jüngere Kollege alles heil überstehen. Am ehesten befürchtete er, dass Guðlaugur sich verplappern könnte und es zum Zugriff käme, bevor sie richtig mit dem Mann gesprochen hätten. Alle hofften, dass die Verhaftung reibungslos ablaufen und die ganzen Vorsichtsmaßnahmen überflüssig sein würden.

»Alles okay.« Guðlaugur straffte sich. »Geht's los?«

Huldar nickte. Er hatte einen Kopfhörer im Ohr, und Erla hatte gerade grünes Licht gegeben. Guðlaugur trug ebenfalls einen Kopfhörer, sollte aber nur direkt angesprochen werden, wenn Huldar aus irgendeinem Grund nicht verfügbar war. Beide trugen Mikrofone, sodass die Einsatzleitung alles mitverfolgen konnte. Wenn Erla es für angebracht hielt, würde sie Verstärkung schicken, die sich in Bereitschaft hielt. Alle hofften, dass es nicht so weit kommen würde. Vielleicht war der Mann ja genauso umgänglich wie bisher, aber darauf konnten sie nicht vertrauen. Wer in die Enge getrieben wurde, war unberechenbar.

»Wir gehen jetzt rein«, sagte Huldar laut, damit Erla ihn gut hören konnte. Die Autos, in denen sie mit der Verstärkung wartete, parkten außer Sichtweite hinter der nächsten Ecke.

»Glaubst du, wir können uns hören, wenn wir unten im Keller sind?« Die Frage war eigentlich für Huldar bestimmt, aber Erla antwortete Guðlaugur sofort, das müsste funktionieren. Huldar meinte dennoch, eine gewisses Skepsis in ihrer Stimme zu erkennen. Vielleicht lag das aber auch nur an der schlechten Tonqualität.

Huldar drückte zweimal auf den Klingelknopf mit der Beschriftung *Hausmeister*. Während sie warteten, überlegte er, ob er schon früher geschaltet hätte, wenn stattdessen der Name *Þórður* draufgestanden hätte, aber er bezweifelte es. Im Lauf der Ermittlung waren so viele Namen aufgetaucht, und als Lína zum ersten Mal Maren Þórðardóttir erwähnt hatte, war ihm ihr Vatername gar nicht aufgefallen.

Guðlaugur trat neben Huldar von einem Bein aufs andere und wollte noch mal klingeln, aber Huldar hielt ihn zurück. Sie sollten lieber keinen gestressten Eindruck erwecken. Kurz darauf drang die Stimme des Hausmeisters durch die Gegensprechanlage. Er fragte, wer da sei, und Huldar nannte seinen Namen. Erst blieb es still, was nichts Gutes versprach, doch dann ertönte ein Summen, und sie stießen die Tür auf.

Huldar steuerte auf die kleine Hausmeisterwohnung zu, Guðlaugur dicht auf seinen Fersen. Doch bevor sie die Tür erreichten, ging hinter ihnen der Aufzug auf, und der Hausmeister rief nach ihnen. Huldar und Guðlaugur drehten sich um, darum bemüht, ganz normal zu wirken. Sie begrüßten sich kurz und schüttelten die Hand des Mannes – eine Hand, die aller Wahrscheinlichkeit nach einem anderen Menschen einen Nagel in den Brustkorb gejagt und ihn von einem Felsen in den Tod gestürzt hatte.

»Ich war unten in meinem Büro«, sagte der Hausmeister erklärend. »Was kann ich für Sie tun? Gibt's was Neues?«

»Ja, schon, aber darüber können wir verständlicherweise nichts sagen.«

Þórður nickte. Aus dem Foyer eilte ein Mann mit zwei Einkaufstaschen und einer Aktentasche auf sie zu. Er warf den Polizisten einen verwunderten Blick zu und fragte den Hausmeister, ob jemand eingebrochen hätte. Als Þórður verneinte, wurde der Mann neugierig und wollte wissen, was los sei. Huldar erklärte ihm, sie ermittelten in einem Fall, er solle sich keine

Gedanken machen, woraufhin der Mann im Aufzug verschwand. Als ein weiterer Bewohner durchs Foyer hereingestürmt kam, konnten sie den Vorschlag des Hausmeisters, in sein Büro im Keller zu gehen, schwer ablehnen. Als Huldar sich einverstanden erklärte, hörte er Erla stöhnen.

Schweigend stiegen sie die Treppe hinunter.

In dem Moment, als sie das Büro betraten, registrierte Huldar, dass das ein Fehler war. Der Raum war viel zu beengt, als dass sie angemessen reagieren konnten, falls der Mann auf krumme Gedanken kam. Wobei Huldar sich weniger Sorgen um sich selbst und seinen Kollegen machte als um Þórður. Wenn sie gezwungen wären, ihn niederzuringen, würde er gegen die Möbel stoßen, was unschön wäre – nicht weil Huldar Mitleid mit ihm hatte, sondern weil ihm vor der unausweichlichen internen Untersuchung graute, die dann losgetreten werden würde. Es würden Meetings abgehalten, Berichte geschrieben und Guðlaugur und er würden zu ihrem Vorgehen befragt. Und was alles noch schlimmer machte: Er konnte Erlas Atemzüge nicht mehr hören, seit sie die unterste Treppenstufe erreicht hatten, sodass es keine Aufnahme geben würde, um ihre Aussagen zu stützen.

»Ich hab leider keinen Kaffee. Soll ich hochgehen und welchen holen?« Der Hausmeister lehnte sich an seinen Schreibtischstuhl. Letztes Mal hatte er gesessen und zu Huldar und Guðlaugur hochgeschaut. Huldar schätzte, dass er ungefähr so groß war wie der Mann, der von der Überwachungskamera mit Siggi im Flur aufgenommen worden war. Auch seine Statur und seine Haltung waren ähnlich, und Huldar hätte schwören können, dass er dieselben Augen hatte.

»Nein, danke.« Huldar spürte, wie sich seine Gesichtsmuskeln vor Wut unnatürlich verkrampften, holte ein Nikotinkaugummi heraus und steckte es sich in den Mund. Beim Kauen würden sich seine Gesichtszüge wieder lockern. »Sie sind gestern nicht zur Wache gekommen. Ich hatte Sie doch gebeten, vorbeizuschauen, damit wir Ihre Aussage aufnehmen können.«

»Ach so, ja, entschuldigen Sie«, entgegnete der Mann sichtlich erleichtert. »Ich hatte sehr viel zu tun und habe es einfach nicht geschafft. Ich dachte, es wäre nicht so dringend, aber ich komme auf jeden Fall morgen vorbei. Oder besser gleich heute Abend?«

Huldar hätte gern einen Moment Luft gehabt, um über das Angebot nachzudenken. Wäre es besser, Þórður auf der Wache in die Mangel zu nehmen, in einem abgeschlossenen Vernehmungsraum? Aus dem Lautsprecher in seinem Ohr kam keine Hilfe. Hektisch kaute er auf seinem Kaugummi und antwortete schließlich: »Wir brauchen Ihre Aussage möglichst schnell. Aber unsere oberste Priorität ist es, die schwangere Frau zu finden.«

»Das verstehe ich. Aber da kann ich Ihnen leider nicht helfen«, sagte der Hausmeister und wich Huldars Blick aus. »Haben Sie denn irgendwelche Hinweise?«

»Ja.« Huldar sagte das Sprüchlein auf, das er mit Erla einstudiert hatte. »Es wird Sie vielleicht überraschen, aber Helgi war kein so großer Unschuldsengel, wie Sie dachten.«

»Ach?« Der Hausmeister klang bei Weitem nicht so überzeugend wie Huldar. »Inwiefern?«

»Bitte behalten Sie das für sich, aber es sieht ganz so aus, als hätte er sich selbst beim Sex gefilmt – ohne dass die beteiligten

Frauen davon wussten. Deshalb sind wir hier. Wir müssen in seine Wohnung, um sicherzugehen, dass die Spurensicherung keine versteckten Kameras in seinem Schlafzimmer übersehen hat.«

Der Hausmeister schlug sich mit gespielter Fassungslosigkeit auf den Oberschenkel – so unecht, dass Huldar ihn sofort festgenommen hätte, wenn es nach ihm gegangen wäre. Aber schlechte Schauspielfähigkeiten waren leider kein ausreichender Beweis für seine Schuld. »Das ist ja ungeheuerlich. Selbstverständlich lasse ich Sie in die Wohnung. Jetzt sofort?«

»Einen Moment noch. Haben Sie bemerkt, dass Helgi öfter Besuch von jungen Frauen hatte? Wir dachten, Sie hätten vielleicht vergessen, das zu erwähnen.«

»Nein, sicher nicht. Das hätte ich Ihnen doch gesagt.«

»Ganz sicher? Sie waren alle blond. Lange Haare, schlank, sehr sexy.«

»Nein, wie gesagt, das hätte ich Ihnen erzählt.«

Huldar nickte, immer noch eifrig kauend. »Er hat diese Frauen schrecklich behandelt. Auf schändliche Weise ihr Vertrauen missbraucht.« Als der Mann nicht reagierte, fügte er hinzu: »Haben Sie eine Tochter?«

Der Hausmeister atmete scharf ein. »Nein.«

»Nie eine gehabt?« In dem kleinen Raum war es totenstill. Huldar beschloss intuitiv, von dem vorher abgesprochenen Plan abzuweichen. Manchmal musste man improvisieren, und Erla hörte ihn wahrscheinlich sowieso nicht. »Ich habe keine Kinder, aber ich kann mir gut vorstellen, was für ein Schock es wäre, wenn jemand meine Tochter so übel behandeln würde. Besonders jemand, der meint, sich alles nehmen zu können, was er will. Wir gehen davon aus, dass Helgi deshalb ermordet wurde. Dass er dafür bezahlen musste, was er einer dieser jungen Frauen angetan hat. Ich bin kein Verfechter von Selbstjustiz, und ich habe keine Kinder und kann mich nicht in die Lage der Eltern hineinversetzen. Aber ich habe fünf Schwestern und wäre entsetzt, wenn ich hören würde, dass sie wie tote Gegenstände benutzt würden.« Huldar machte eine Kunstpause. »Kommt Ihnen der Name Maren bekannt vor?«

Der Mann schwieg beharrlich und starrte auf den Boden. Dann sagte er, ohne aufzuschauen: »Das Loch. So haben sie Maren genannt. Für Helgi und die anderen Schweine war sie nur ein Loch, das sie gefickt haben.«

Huldar spürte das Adrenalin durch seine Adern strömen. Aber er war irritiert; diese Reaktion hatte er nicht erwartet. Es war ungewöhnlich, dass Verdächtige so schnell gestanden. Sein Instinkt sagte ihm, dass etwas nicht stimmte, und seine Hände tasteten unauffällig an seinem Einsatzgürtel nach dem Schlagstock und dem Pfefferspray. Doch Þórður machte keine Anstalten, sie anzugreifen. Stattdessen sprach er mit ruhiger Stimme weiter:

»Ich hatte gehofft, noch einen Tag Zeit zu haben. Um die Sache zu Ende zu bringen. Aber so sieht's wohl nicht aus.« Er hob den Kopf. »Ich muss Ihnen etwas zeigen.«

Sie hatten die klare Anweisung, den Mann auf keinen Fall zu provozieren, deshalb erklärten sie sich bereit, ihm zu folgen. Er führte sie zum hinteren Ende des Parkhauses, weit entfernt von allen parkenden Autos. Dort blieb er vor einer Tür stehen, direkt neben einer anderen mit der Aufschrift »Abfallraum«. Ein ekelerregender Geruch stieg ihnen in die Nasen, während Þórður nach dem richtigen Schlüssel an seinem Schlüsselbund suchte. Huldar, der nach der Müllaktion mit Lína gewissermaßen Spezialist in Duftangelegenheiten war, registrierte, dass der Geruch, der unter der Tür hervordrang, nicht der übliche Müllgestank war.

Als der Hausmeister endlich aufschloss, stellte sich heraus, dass er recht hatte. Der Gestank aus dem Heizungskeller stammte nicht von verdorbenen Lebensmitteln oder anderem Abfall.

Erla hätte sich die Verstärkung sparen sollen und besser einen Krankenwagen bereitgestellt.

* * *

Zu Huldars großem Frust war das Kaugummipäckchen, mit dem er unter dem Tisch herumspielte, leer. Kein Wunder – es hatte an diesem Tag nicht viele Gelegenheiten zum Rauchen gegeben. Er beruhigte seine angespannten Nerven damit, dass er sich vornahm, nach Þórðurs Vernehmung drei Zigaretten hintereinander zu rauchen. Es würde nicht mehr lange dauern.

Eigentlich hätte er gar nicht dabei sein sollen. Erla war erst der Meinung gewesen, Huldar sei nach den Ereignissen des Tages zu erschöpft, und hatte sich dann ausgerechnet für Jóel entschieden. Doch egal wie müde Huldar war – er hielt sich immer noch für einen viel besseren Polizisten als diesen Schwachkopf. Zu einem direkten Vergleich ihrer Fähigkeiten kam es jedoch nicht, denn Þórður weigerte sich, ein Wort zu sagen, sofern Huldar nicht dabei wäre. Jóel musste den Vernehmungsraum mit eingezogenem Schwanz wieder verlassen. Als sie im Türrahmen aneinander vorbeigingen, war Huldar so von Schadenfreude erfüllt, dass er einen Energieschub bekam. Jóel stieß ihm im Vorbeigehen in die Rippen und zischte: »Warte nur, Freundchen!« Meistens waren das leere Drohungen, aber diesmal hatte Huldar das ungute Gefühl, dass mehr dahintersteckte. Aber vielleicht lag das auch nur an der Müdigkeit und den fehlenden Zigaretten.

Þórðurs Anwalt schaute auf die Uhr. »Reicht das nicht langsam? Mein Mandant hat alle Fragen klar und ohne Ausflüchte beantwortet, und ich wüsste nicht, warum wir noch länger hier sitzen sollten. Haben Sie noch weitere Fragen?«

Erla ignorierte seinen Einwand und bat Þórður, die Ereignisse noch einmal in chronologischer Reihenfolge zu schildern.

Der Hausmeister räusperte sich und seufzte. Am Anfang hatte er erleichtert gewirkt, reinen Tisch machen zu können, doch die ständigen Wiederholungen forderten ihren Tribut. »Vor fünf Jahren wurde meine Tochter tot aufgefunden«, setzte er tonlos an. »Man ging von einem Selbstmord aus. Sie hatte seit ihrer Jugendzeit mit Depressionen gekämpft und schon einmal versucht, sich das Leben zu nehmen. Aber sie war auf dem Weg der Besserung, sah richtig gut aus und schien ihr Leben wieder in den Griff zu bekommen. Deshalb waren wir total geschockt, mussten uns aber damit abfinden, dass wir die Sache wohl falsch eingeschätzt hatten. Wir lebten zu der Zeit in Norwegen und dachten, sie hätte uns vielleicht etwas vorgemacht und nur so getan, als ginge es ihr besser. Wir sind dann sofort nach Island geflogen und mussten irgendwie mit der Situation klarkommen. Kurz nach der Beerdigung habe ich ihre Sachen hier auf der Polizeiwache abgeholt. Sie hatte ihre Handtasche, ihren Mantel und ihre Schuhe am Strand abgelegt, und man nahm an, dass sie an der Stelle ins Wasser gegangen war. Ich habe auf ihrem Handy nach Hinweisen gesucht, was an dem Samstagabend passiert sein könnte, aber nichts gefunden. Nur ein Foto, das sie gemacht hatte, nachdem sie sich von ihrer Freundin getrennt hatte. Ein Foto von einem stinknormalen Bettkopf. Sonst nichts.«

Huldar erinnerte sich an das Video und Marens Versuch, im besoffenen Zustand ein Selfie zu machen.

Ihr Vater fuhr fort: »Bei der Obduktion kam ja heraus, dass sie in der Nacht, bevor sie starb, Geschlechtsverkehr hatte, deshalb nahm ich an, dass der Bettkopf etwas damit zu tun hatte. Aber es meldete sich niemand, der diese letzte Nacht mit ihr verbracht hatte. Ich wunderte mich nicht wirklich darüber, war aber irritiert, dass die Polizei die Überwachungskameras in der Innenstadt nicht überprüfen wollte, um den Mann zu finden, mit dem Maren nach Hause gegangen war.«

Weder Erla noch Huldar sagte etwas, obwohl Þórður eine Pause machte. Vielleicht wollte er eine Entschuldigung hören, oder eine Erklärung. Am Ende senkte er den Blick und sprach weiter:

»Dieses Foto von dem Bettkopf ließ mich nicht mehr los. Viele Jahre lang. In der düsteren Zeit, die meine Frau und ich nach Marens Tod und während der Scheidung durchmachten. Wir gingen nicht zurück nach Norwegen und konnten beide eine Zeit lang nicht arbeiten. Und wir stritten uns. Trotzdem ging mir dieses Bild von dem Bettkopf nicht aus dem Sinn. Mit der Zeit verblasste es, und ich hätte wahrscheinlich nicht mehr daran gedacht, wenn ich nicht zufällig vor gut einem Jahr darübergestolpert wäre.«

Þórður brach ab und trank einen Schluck Wasser. Es musste schon lauwarm sein, aber er merkte es gar nicht.

»Ich wurde gebeten, in die oberste Etage zu kommen, weil irgendein Gestörter versuchte, die Tür eines kürzlich neu eingezogenen Bewohners – Helgi – einzuschlagen. Ich schaffte es, den Mann in den Aufzug zu verfrachten und runterzubringen, obwohl er außer sich vor Wut war. Er schrie rum, seine Frau hätte ihn mit diesem Schwein betrogen. Ich versuchte, ihn zu beruhigen, und bekam schließlich aus ihm heraus, dass er Helgi in Verdacht hatte. Er hätte nicht nur mit seiner Frau geschlafen, sondern auch noch einen Film davon ins Netz gestellt. Er zeigte mir ein ausgedrucktes Standfoto von einem Paar beim Sex und meinte, das wäre seine Frau mit Helgi. Ich konnte nicht aufhören, das Foto anzustarren – nicht das nackte Paar, sondern den Bettkopf. Ich war mir sicher, dass es dasselbe Bett wie auf dem Foto in Marens Handy war.«

Huldar warf Erla einen Blick zu, aber sie schwieg. Offenbar hatte sie nicht vor, Þórður zu erklären, wie der Film in der isländischen Tauschbörse gelandet war. Sollte er doch in dem Glauben bleiben, Helgi sei daran schuld. Er würde noch früh genug erfahren, dass dem nicht so war. Ironischerweise war die gesamte Kette der tragischen Ereignisse, die am Ende dazu geführt hatten, dass Helgi und Margeir sterben mussten, von einem Jugendlichen ausgegangen: Jóns dreizehnjährigem Stiefsohn Fannar. Wobei man auch hätte argumentieren können, dass es Jóns Nachlässigkeit gewesen war, das Chatforum auf seinem Computer offen zu lassen, wodurch der Teenager es entdeckt hatte. Man konnte sich das Frohlocken des Jungen lebhaft vorstellen, besonders als er auch noch über ein Video mit seiner neuen Lehrerin stolperte, Sigurlaug Lára.

Anstatt es dabei zu belassen, sich alles anzuschauen, hatte der Junge den Film kopiert und auf der isländischen Tauschbörse gepostet, wahrscheinlich, damit seine Schulkameraden auch in den Genuss kamen. Sein Motiv musste noch genauer geklärt werden, aber sie hatten im Augenblick Wichtigeres zu tun, als mit ihm zu sprechen. Da der Junge noch minderjährig war, würde er wohl mit einem blauen Auge davonkommen, musste aber in Anwesenheit seiner Mutter aussagen. Vielleicht würde das Jugendamt eingeschaltet werden und ihn zu einer Therapie für Jugendliche mit Impulskontrollstörungen schicken. Huldar hoffte es zumindest. Fannars Handeln hatte so drastische Folgen gehabt, dass man das nicht einfach auf sich beruhen lassen konnte.

»Sprechen Sie weiter«, forderte Erla Þórður auf, der, genau wie Huldar, den Faden verloren hatte. Bei der stickigen Luft und der erdrückenden Atmosphäre konnte man sich schlecht konzentrieren.

Þórður erzählte weiter. Er hatte Margeir in seine Wohnung gebeten, um mehr über das Bett in dem Video zu erfahren, und bekam eine Geschichte zu hören, die Margeir nach eigener Aussage aus »dieser Schlampe« herausgeprügelt hatte, weil sie ihm nicht sagen wollte, warum sie ihre Arbeit aufgegeben hatte. Er zwang sie, ihm den Film zu zeigen, der es ihr unmöglich machte, weiter zu unterrichten. Er war erst kürzlich in der Tauschbörse aufgetaucht. Þórður konnte Margeir beruhigen und brachte ihn dazu, ihm die Internetseite zu zeigen, musste sich aber erst sein wirres Gerede darüber anhören, Helgi würde die Seite betreiben, was er nicht glaubte. Die meisten Posts waren eindeutig von wesentlich jüngeren Männern oder Jungen erstellt worden.

Anschließend schickte Þórður Margeir nach Hause. Doch seine Neugier war geweckt, und nachdem er die halbe Nacht wach gelegen hatte, beschloss er, sich mit dem Generalschlüssel Zutritt zu Helgis Wohnung zu verschaffen und nachzuschauen, ob es irgendwelche Hinweise gab, dass seine Tochter etwas mit diesem neuen Bewohner zu tun gehabt hatte. Und so war es. Jón war nicht der Einzige, der nachlässig mit dem Chatforum umgegangen war. Helgis Laptop stand eingeschaltet auf dem Schreibtisch, ohne Passwort und mit aufgerufenem Chatforum. Schnell konnte Þórður sich einen eigenen Zugang einrichten und danach jederzeit die Posts auf der Seite sehen. Helgis Schicksal war besiegelt, als Þórður den Film mit der Gruppenvergewaltigung seiner Tochter fand und beschloss, sie zu rächen.

Þórður trank den letzten Schluck Wasser. Er hatte eine trockene Kehle vom vielen Reden, schluckte und sagte dann mit müdem Blick: »Ich brauchte ein paar Monate, um einen Plan zu machen. Und als der stand, wurde mir klar, dass ich ihn nicht alleine ausführen konnte. Ich suchte Margeirs Telefonnummer und lud ihn zum Kaffee ein. Er wirkte durchgeknallt genug, um mitzumachen. Ich wusste erst nicht, wie ich es ansprechen sollte, aber er sprang sofort auf die Idee an.«

Der Anwalt hustete, beugte sich zu seinem Mandanten und flüsterte ihm etwas ins Ohr. Doch Þórður zog nur eine Grimasse und sprach weiter: »Vor zwei Wochen brachten wir das

Brett raus zum Gálgaklettur. Im Winter ist da kaum jemand unterwegs, und ich dachte, dass sich niemand Gedanken darüber machen würde, was auch stimmte. Aber wir mussten einige Zeit verstreichen lassen, bevor wir zur Tat schritten, falls man uns doch gesehen hatte. Margeir meinte, er wüsste von einem Auto, das wir benutzen könnten und das man nicht mit ihm in Verbindung bringen würde, und er könne das Rohypnol besorgen. Alles war vorbereitet. Helgi kam aus dem Ausland zurück, und als ich im Flur hörte, wie er sich am Telefon mit einem Freund für Samstagabend verabredete, waren die Würfel gefallen. Margeir brachte mir am Morgen den Land Cruiser und die Droge, und ich folgte Helgi mit dem Wagen in die Innenstadt. Ich wartete vor einem Restaurant und folgte ihm dann zur Bar 101. Nach ungefähr einer Stunde schickte ich ihm eine SMS mit einer zweideutigen Nachricht von einer unterdrückten Nummer, in der ich vorgab, eine Frau zu sein, die ihn im Kex treffen wolle. Als er kurz danach losging, parkte ich den Wagen im Vitastígur, von wo ich den Eingang des Kex sehen konnte, und wartete. Als er kam, stieg ich aus, sprach ihn an und bot ihm das Bier mit dem Rohypnol an. Aber ich konnte ihn nicht überreden, ins Auto zu steigen. Ich musste ihn gehen lassen, schrieb aber schnell eine weitere SMS von der angeblichen Frau, sie hätte nicht länger gewartet und sei woanders hingegangen. Als ich vor dem Kex neben ihm anhielt, las er gerade die SMS und nahm die Mitfahrgelegenheit an.«

Þórður redete weiter, obwohl seine Stimme immer heiserer wurde. Huldar zwang sich, zuzuhören, dabei hätte er am liebsten die Augen zugemacht, alles verdrängt und geschlafen. Als Þórður die Fahrt nach Álftanes und den Weg durch das Lavafeld fast wortgleich genauso schilderte wie beim ersten Mal, wäre er fast eingenickt. Es war leichter, sich wach zu halten, als er bei Margeirs Tod angelangt war.

»Wir hatten vereinbart, uns in Suðurhlíð zu treffen, nachdem ich … Sie wissen schon …«

Weder Erla noch Huldar oder der Anwalt halfen dem Hausmeister, sodass er gezwungen war, weiterzusprechen: »Ich hatte Helgi ein paar Schlüssel aus der Manteltasche genommen, und der zu der Wohnung war dabei. Margeir wollte sie unbedingt sehen, aber als wir uns dort trafen, hatte dieser Schwachkopf seine Frau und sein Kind dabei. Er war völlig durchgedreht. Die Frau saß vorne, und der kleine Junge schlief auf der Rückbank. Ich war natürlich total geschockt. Das war überhaupt nicht abgesprochen. Die Frau hatte ja nichts zu verlieren und hätte einfach zur Polizei gehen können, während Margeir und ich beide gleich schuldig waren, deshalb hätte keiner den anderen verpfiffen. Aber der Typ war nicht ganz richtig im Kopf, wenn Sie mich fragen. Wir stritten uns auf dem Parkplatz, völlig sinnlos, denn das Unglück war ja bereits geschehen. Margeir meinte, er hätte sie mitgebracht, um ihr eine Lektion zu erteilen. Aber weil er seinen Sohn ja nicht allein zu Hause lassen konnte, hätte er ihn auch mitnehmen müssen. Der Junge hätte geschlafen und sich kaum gerührt, als er ihn hochgehoben hatte, es bestünde also keine Gefahr. Er meinte, er würde schon dafür sorgen, dass seine Frau den Mund halten würde. Wenn ich das richtig verstanden habe, wollte er sie rauf in die Wohnung schleppen und in dem Bett vergewaltigen, in dem sie ihn betrogen hatte. Seine Worte kotzten mich an, und dann stieg die Frau auch noch aus dem Wagen und war hochschwanger.

Margeir stieß sie wieder rein und brüllte, sie solle sich gefälligst raushalten, wenn zwei Männer was zu besprechen hätten.«

Þórðurs Schultern waren immer weiter nach unten gesackt, strafften sich aber nun wieder, und seine Stimme klang energischer, als ob er eine Heldentat schildern würde: »Ich war da, um eine Vergewaltigung zu rächen, die meine Tochter in den Tod getrieben hatte. Und ich würde garantiert nicht tatenlos danebenstehen, wenn einer anderen genauso unschuldigen Frau dasselbe angetan würde. Deshalb machte ich das einzig Richtige. Ich brachte Margeir dazu, mit mir rauf in die Wohnung zu kommen, und tötete ihn. Schlug ihm einen schweren Werkzeugkoffer auf den Kopf, der da zufällig herumstand.«

»Wo ist der Koffer abgeblieben?« Erla kam Huldar zuvor, er hatte genau dasselbe fragen wollen. In der Wohnung war kein Werkzeugkoffer gefunden worden. Wobei sich Huldar darüber wunderte, dass Helgi überhaupt so etwas besessen hatte, denn er hatte ihn in dieselbe Schublade gesteckt wie seine Kumpels. Männer, die keine Bohrmaschinen besaßen. Geschweige denn einen Werkzeugkoffer.

»Ich habe ihn mit ins Auto genommen und später ins Meer geworfen. Unten an der Sæbraut, bei der Sólfar-Skulptur.« Irritiert von der Unterbrechung, nahm Þórður den Faden schnell wieder auf, als wollte er Erla und Huldar davon abhalten, weitere Fragen zu stellen. »Jedenfalls, bevor ich Margeir erledigt habe, habe ich ihm erzählt, dass ich unseren Plan geändert hätte. Wie besprochen hatte ich Helgi gezwungen, den Abschiedsbrief zu unterschreiben. Aber anstatt ihn in seine Tasche zu stecken, heftete ich ihn mit einer Nagelpistole an seine Brust. Als Margeir das hörte, flippte er total aus und wurde unvorsichtig. Die

Tatsache, dass er sich nicht unter Kontrolle hatte, wurde ihm am Ende zum Verhängnis. Fast poetisch, finden Sie nicht?«

Keiner reagierte. Þórður zuckte nur die Achseln. »Was hielten Sie denn von dem Abschiedsbrief? Sie haben doch bestimmt nicht geglaubt, dass ein Mann, der sich umbringen will, sich selbst einen Brief an die Brust nagelt, oder?«

»Der Brief ist weggeflogen, wir haben ihn gar nicht gesehen.« Erla fragte nicht nach dem Inhalt. Das spielte keine Rolle. »Wollen Sie uns wirklich weismachen, dass Sie schon vorher geplant hatten, ihm den Brief an die Brust zu nageln? Dass Sie nicht einfach die Kontrolle verloren haben, als Sie diesen verhassten Mann in Ihrer Gewalt hatten? Es muss sehr schwer gewesen sein, die ganze Zeit so zu tun, als würden Sie ihn mögen. Ihm lächelnd bei allem Möglichen zu helfen. Trinkgeld von ihm anzunehmen und Dankbarkeit zu heucheln.«

»Ich habe nicht die Kontrolle verloren. Ich wusste genau, was ich tat.«

Þórðurs Anwalt seufzte resigniert bei dieser Aussage.

Der Hausmeister ignorierte ihn und sagte: »Im Gegensatz zu Margeir hatte ich nie vor, davonzukommen. Er beharrte auf den Abschiedsbrief, aber mir war völlig egal, ob es sofort als Mord erkannt würde. Ich habe es absichtlich getan. Um Helgis Freunde, diese Dreckschweine, die meine Tochter geschändet haben, aufzurütteln. Ich habe mich nur nicht sofort gestellt, weil ich mit dem Gedanken liebäugelte, sie auch fertigzumachen. Ihre Namen habe ich aus Helgi rausgequetscht, als er von dem Rohypnol benebelt war. Doch als Margeir plötzlich mit seiner Frau aufkreuzte, kam alles ganz anders. Ich war geschockt, sie zu sehen. Deshalb habe ich sie mitgenommen.

Wenn ich sie hätte gehen lassen, wäre mein Traum, mich auch an den anderen zu rächen, geplatzt. Am Ende konnte ich diesen kranken Scheißkerlen nur ein bisschen Angst einjagen. Aber mal sehen … Für wie lange muss ich in den Knast?«

Der Anwalt schlug mit der Hand auf den Tisch. »Das reicht jetzt. Mein Mandant ist müde und weiß nicht, was er sagt. Ich bestehe darauf, dass wir eine Pause machen.«

Erla war einverstanden. Den Rest kannten sie ohnehin schon.

Huldar nutzte die Gelegenheit, um kurz rauszugehen und die drei Zigaretten zu rauchen, die er sich selbst versprochen hatte. Aber er beließ es dann doch bei einer. Sie entsprach nicht seinen Erwartungen, vielleicht wegen des ekligen Geschmacks in seinem Mund.

33. KAPITEL

Freyja hatte nicht viel zu der Unterhaltung beigetragen. Es fiel ihr schwer, der Schilderung von Siggis Mutter zu folgen, und sie wusste nicht genau, was die Polizei eigentlich von ihr erwartete. Erla managte das Gespräch hingegen ganz lässig, aber sie wusste ja auch mehr über die Hintergründe. Sie standen neben dem Krankenbett der schwangeren Frau, die besorgniserregend geschwächt aussah, das Gesicht blass bis auf die rote Haut um den Mund herum, die blutunterlaufenen Augen und die hässliche Narbe an der Schläfe. Sie war schon älter, möglicherweise von der Verletzung, wegen der sie kurz nach Weihnachten in der Notaufnahme war. Doch Freyja fragte weder nach den Rötungen noch nach der Narbe. Die arme Frau hatte schon genug zu verkraften.

Sie hing am Tropf und war an verschiedene Geräte angeschlossen, die alles überwachten, was man überwachen konnte. Ihr Babybauch beulte die Bettdecke aus und war nicht zu übersehen. Einmal hatte Freyja eine langsame, aber deutliche Bewegung unter der Wölbung wahrgenommen und schnell weggeschaut, um nicht die ganze Zeit hinstarren zu müssen. Sie vermied es auch, das zerfledderte Stoffkaninchen anzuschauen, das in der Achselbeuge der Frau lag. Weder Sigurlaug Lára noch Erla hatten es erwähnt, aber Freyja nahm an, dass es sich um das Stofftier handelte, von dem Siggi im Kinderhaus gesprochen hatte.

Als Sigurlaug die Augen schloss, fielen die dunklen Ringe weniger auf, und sie sah etwas besser aus, nicht gesund, aber auch nicht todkrank. Freyja hatte erfahren, dass sie im Heizungskeller des Hochhauses, in dem sie Siggi gefunden hatten, eingesperrt gewesen war. Seit Sonntagfrüh hatte sie dort gelegen, anfänglich mit Rohypnol betäubt. Als die Droge aufhörte zu wirken, hatte der Täter ihr den Mund zugeklebt und gedroht, ihrem Sohn etwas anzutun, wenn sie auch nur einen Mucks von sich gäbe. Sigurlaug war immer noch durcheinander und wusste nicht genau, wann sie zu sich gekommen war, meinte aber, es müsste ein paar Tage her sein. Der kleine Heizungskeller, in dem sie an die Wand gekettet worden war, hatte keine Fenster, und sie hatte komplett das Zeitgefühl verloren. Sie erzählte, sie habe fast die ganze Zeit geschlafen und sei immer wieder weggedämmert, als der Einfluss der Droge nachgelassen habe. In dem Heizungskeller war es warm gewesen, und der Eimer, in dem sie ihre Notdurft verrichten musste, hatte bestialisch gestunken, sodass es das Beste gewesen war, zu versuchen zu schlafen.

»Es würde uns wirklich helfen, wenn Sie sich noch ein bisschen wachhalten könnten. Wir müssen uns ein Gesamtbild verschaffen. Wenn wir uns beeilen, können Sie Siggi anschließend sofort sehen. Er freut sich wahnsinnig auf Sie.«

Als sie den Namen ihres Sohnes hörte, schlug sie die Augen auf und rutschte ein wenig im Bett nach oben, aufjammernd wegen der Nadel in ihrem Handrücken. »Warum kann ich meinen Sohn nicht jetzt sehen? Ist ihm etwas zugestoßen?«

Erla beeilte sich, sie zu beruhigen. »Nein, nein, es geht ihm gut. Sobald wir hier fertig sind, kann er zu Ihnen. Ihm wurde kein Haar gekrümmt, das verspreche ich Ihnen.«

Sigurlaug wurde etwas ruhiger, schien Freyja und Erla aber immer noch nicht ganz zu trauen, was kein Wunder war angesichts dessen, was sie in den letzten Tagen durchgemacht hatte. Sie war so angeschlagen, dass Freyja Erla am liebsten diskret angetippt und sie gefragt hätte, ob sie nicht morgen wiederkommen könnte. Aber das war nicht ihre Entscheidung, und wenn die Ärzte meinten, Sigurlaug würde das schaffen, dann sollte es wohl so sein. Freyjas Aufgabe war nur, dabei zu sein und zuzuhören.

Es war eine Stunde her, seit das Jugendamt angerufen und Freyja als Vertreterin in die Uniklinik geschickt hatte. Sie sollte beurteilen, ob Siggi gefahrlos zu seiner Mutter gelassen werden konnte, und vor allem einschätzen, ob die Frau bei klarem Verstand und psychisch stabil war. Da Siggis Vater offenbar tot aufgefunden worden war, mussten sie sicherstellen, dass ihm die schreckliche Neuigkeit möglichst behutsam beigebracht wurde.

Freyja kam der Zeitpunkt sehr ungelegen, da sie selbst gerade babysittete und Saga ins Bett bringen wollte. Aber sie konnte die Aufforderung schwer ablehnen, da sonst niemand, der den Jungen kannte, erreichbar war. Man sagte ihr, sie könne Saga mit ins Krankenhaus nehmen, die Polizei würde dort auf sie aufpassen.

Eigentlich brauchte Freyja keine zusätzliche Arbeit mehr, denn sie hatte ihren Stolz heruntergeschluckt und den Mietvertrag mit Baldurs Freund Tobbi unterschrieben. Am Ende war ihr die Aussicht auf eine eigene Wohnung wichtiger gewesen als der Ekel vor der Schlange. Aber sie mochte Siggi und wollte nicht dafür verantwortlich sein, dass sich das Wiedersehen mit seiner Mutter hinauszögerte. Zudem sollte Freyja herausfinden, ob Siggis Mutter damit einverstanden war, dass der Junge zu seiner Großmutter kam, was für ihn eine Nacht weniger in der Notunterkunft bedeuten würde. Als sein Vormund konnte die Mutter entscheiden, wem sie den Jungen anvertrauen wollte.

Letztendlich hatte sich dann doch alles länger hingezogen. Huldar und Erla hatten sie in der Uniklinik in Empfang genommen, allerdings nicht beide gleich freundlich. Huldar hatte Saga übernommen, während Freyja kurz mit Sigurlaug gesprochen hatte. Sie hatte nicht lange gebraucht, um festzustellen, dass man Siggi ruhig zu ihr bringen konnte, und ihr Einverständnis einzuholen, dass er bei seiner Großmutter übernachten durfte. Doch als Erla und Huldar übernehmen wollten, kam etwas dazwischen.

Sigurlaug weigerte sich, einen Mann in ihr Krankenzimmer zu lassen.

Da Erla einen Zeugen für Sigurlaugs Aussage brauchte, blieb ihr nichts anderes übrig, als Freyja zu bitten, einzuspringen, wie schwer es ihr auch fiel. Huldar erklärte sich bereit, weiter auf Saga aufzupassen, die sich bei ihm sehr wohlzufühlen schien. Sie breitete sogar die Arme aus, als er zurückkam, um sie zu übernehmen. Jetzt wartete sie draußen mit ihm, und bisher hatte Freyja sie kein einziges Mal quengeln und sogar schon einmal gickeln gehört. Was auch immer sie zu dieser seltenen Reaktion veranlasst hatte.

Sigurlaug nahm den Faden wieder auf: »Sibbi … Margeir,

meine ich, war krank. Etwas in ihm war zerbrochen. Ich glaube, er hat mich geliebt, das hat er jedenfalls gesagt, aber er hat mich behandelt, als würde er mich hassen. Es war ein bisschen so, wie schwanger zu sein. Ich weiß, dass ich ein Kind kriege, aber nicht genau, wann. Ich sehe meinen Bauch wachsen, so wie ich die Unwetterwolken aufziehen sehe. Ich habe alles versucht, um das Unausweichliche hinauszuzögern. Habe die Wohnung in perfektem Zustand gehalten, habe nichts gemacht, was ihn nerven könnte. Aber die Liste der Dinge, die ihn störten, wurde immer länger, und es war immer schwieriger, ihn bei Laune zu halten.« Sie senkte den Blick und starrte auf die Krankenhausbettdecke. »Ich weiß, das ist schlimm, aber jetzt, wo er tot ist, muss ich daran denken, wie schlecht er mich behandelt hat. Ich möchte alle guten Erinnerungen verdrängen. Das macht es erträglicher.« Sigurlaug hielt kurz inne und fuhr dann fort. »Aber ich habe ihn nicht mehr geliebt. Ich hatte nur noch Angst vor ihm. Als wir nach Mallorca in Urlaub fuhren, hat er mich so brutal angegriffen, dass ich Angst um mein Leben hatte. Kurz nach unserer Heimkehr war er dann plötzlich gut drauf, machte sich keine Sorgen mehr über unsere desaströsen Finanzen und war wie ausgewechselt. Als würde er sich auf etwas freuen – diese Seite kannte ich gar nicht mehr an ihm. Er war sonst immer nur pessimistisch.«

Sigurlaug jammerte leise, als sie den Arm bewegte, der mit dem Tropf verbunden war. Seufzend sprach sie weiter: »Das Merkwürdige ist, dass ich ihn immer noch mochte. Trotz allem. Ich redete mir ein, er würde sich ändern. Wenn ich ihm alles recht machen könnte. Aber tief im Inneren wusste ich, dass es hoffnungslos war.«

Freyja nahm Sigurlaugs Hand und drückte sie kurz.

»In der besagten Nacht hat Sibbi mich geweckt und mir befohlen, aufzustehen. Er sagte, er wolle mir etwas zeigen, und ich wusste, dass etwas Unheilvolles im Anflug war. Obwohl ich sonst immer nachgab, weigerte ich mich, Siggi allein zu lassen. Er schlief, also zog ich ihn an und trug ihn runter zum Auto. Ich glaube, er hat es gar nicht mitbekommen, er schlief einfach im Kindersitz weiter. Sibbi fuhr mit uns nach Suðurhlíð. Als er auf den Parkplatz fuhr, war mir klar, dass ich ein Problem hatte. Ich kannte das Haus und wusste genau, dass Sibbi mich nicht zufällig dorthin gebracht hatte. Das, was vor fünf Jahren dort passiert war, hatte so schlimme Konsequenzen für mich, dass ich es nie vergessen werde …« Ihre Stimme brach ab.

Erla insistierte: »Können Sie uns mehr darüber sagen? Wir müssen Ihre Sichtweise hören, weil wir sonst nur die Version Ihres Mannes kennen.«

Die Frau errötete leicht. »Ich habe Sibbi nicht betrogen, auch wenn er mir das nicht glauben wollte. Ich bin mit einem Mann namens Helgi nach Hause gegangen, Helgi Friðriksson.« Sie fasste sich mit der freien Hand an den Kopf und strich sich die zerzausten Haare zurück. »Damals sah ich noch besser aus. Viel besser. Aber Sibbi konnte es nicht ertragen, wenn mir andere Männer hinterherschauten, deshalb habe ich mich nicht mehr zurechtgemacht. Er wollte es so.« Sie lächelte verzagt. »Ich freue mich darauf, mich wieder so anzuziehen und zu schminken, wie es mir gefällt, wenn das alles vorbei ist.«

Freyja lächelte ihr zu, sagte aber nichts. Erla wirkte noch genauso unterkühlt wie vorher. Vielleicht war ihre Forderung nach einer Zeugin nur ein Vorwand gewesen, um jemanden dabeizuhaben, der Gefühle zeigen konnte.

»Wie dem auch sei, Sibbi und ich waren zu der Zeit kein Paar. Wir hatten eine On-Off-Beziehung, zogen am Ende aber doch zusammen. Ich ging also mit zu diesem Mann, und das war's. Er rief mich danach nicht an, und ich ihn auch nicht. Ich hätte nie damit gerechnet, dass diese eine Nacht mir mehr Schwierigkeiten machen würde als irgendeine andere Nacht mit einem Mann.« Sie drehte ihren Kopf abrupt zu ihnen. »Nicht, dass Sie glauben, ich wäre mit jedem Kerl nach Hause gegangen. Das war alles im normalen Rahmen.«

»Sie sind erwachsen und können Ihre Sexualität ausleben, wie Sie möchten. Sie müssen sich für nichts entschuldigen.« Endlich sagte Erla etwas, dem Freyja zustimmen konnte.

Sigurlaug wirkte erleichtert. »Als ich nach dem Mutterschutz wieder angefangen hatte, zu unterrichten, verhielten die Jungs in meiner Klasse sich auf einmal ziemlich merkwürdig. Sie kicherten andauernd im Unterricht und tuschelten miteinander. Damit steckten sie die ganze Schule an, und irgendwann verhielten sich die meisten älteren Schüler genauso, wenn sie mir im Flur begegneten. Sie pfiffen mir hinterher, stöhnten anzüglich und riefen Sachen, die ich nicht unbedingt wiederholen möchte. Schließlich bekam ich die ganze Geschichte von einem Mädchen aus meiner Klasse zu hören, dem ich vertraute. Sie erzählte mir nicht nur, was los war, sondern zeigte mir sogar, wo man den Film finden konnte. Danach meldete ich mich krank und ging nach Hause. Ein paar Tage gab ich vor, krank zu sein, bis mir klar wurde, dass ich es nicht schaffen würde, weiter zu unterrichten. Beides war einfach zu viel: der

Stress zu Hause mit Sibbi und die schreckliche Atmosphäre in der Schule. Als ich Sibbi erzählte, dass ich mit dem Unterrichten aufhören wollte, spürte er, dass etwas nicht stimmte. Er bedrängte mich und setzte mich immer mehr unter Druck, aber ich blieb hartnäckig, bis er am Ende die Wahrheit aus mir herausprügelte. Ich hatte solche Angst, dass ich ihm sagte, wo man den Film im Internet finden konnte, und ihm Helgis Namen und Adresse gab. Sibbi raste sofort hin, aber es war niemand zu Hause. Er fuhr immer wieder hin, traf den Mann aber nie an. Irgendwann fragte er einen Nachbarn, der ihm sagte, Helgi würde im Ausland leben.«

Sigurlaug verstummte und schloss die Augen. Erla und Freyja warteten geduldig, bis sie sich wieder gesammelt hatte. Es war nicht leicht, sich das alles ins Gedächtnis zu rufen, besonders in ihrer Verfassung. Ehe sie die Augen wieder öffnete, holte sie tief Luft.

»Dann vergingen ein paar Jahre. Sibbi sprach immer seltener über die Sache, vergaß sie aber nicht. Eines Tages fand er heraus, dass Helgi wieder nach Island gezogen war und an einer anderen Adresse wohnte. Nach einem Wutausbruch, bei dem er mich grün und blau prügelte, stürzte er raus und brüllte, er würde den Mann zu Brei schlagen. Als er zurückkam, hatte er sich beruhigt, aber ich traute mich nicht zu fragen, was passiert war.« Sie machte eine Pause und biss sich auf die Oberlippe. Dann holte sie noch einmal tief Luft. »Ich weiß nicht, was dann weiter passierte. Sibbi blieb eine Zeit lang relaxed, aber der nächste Anfall war noch brutaler. Auf Mallorca hätte er mich fast totgeschlagen und war wieder wie besessen davon, dass ich ihn betrogen hätte. Kurz nach Weihnachten prügelte er dann so heftig auf mich ein, dass ich in die Notaufnahme musste. Da sprach ich mit einer Ärztin und dachte tatsächlich darüber nach, ihn zu verlassen. Aber ich hatte einfach nicht genug Kraft. Er drohte immer wieder, dass er mich umbringen würde, wenn ich ihn verlassen würde, und schwor, dass er mich liebte.«

Stockend schilderte Sigurlaug, wie Margeir das Auto vor dem Wohnblock in Suðurhlíð geparkt und schweigend gewartet hatte. Als ein klappriger alter Jeep angefahren kam, stieg er aus und redete mit einem Mann, den Sigurlaug nicht kannte. Sie stritten sich, und sie meinte zu hören, dass es wegen ihr war. Als sie ins Haus gegangen waren, wartete Sigurlaug angsterfüllt, wohlwissend, dass die Nacht damit enden würde, dass er sie verprügelte. Sie kannte die Vorzeichen.

Doch nichts dergleichen geschah. Als der fremde Mann allein zurückkehrte, dachte sie zuerst, es sei Margeir, weil er seinen Anorak und sein Käppi trug. Als er zum Auto kam, sah sie, dass sein Gesicht und seine Kleidung blutverschmiert waren. Er befahl ihr, auszusteigen und sich in den Jeep zu setzen, was sie auch tat, während er Siggi rübertrug. Der Junge rührte sich kurz, schlief aber sofort wieder ein. Der Mann fuhr mit ihrem Yaris weg und kam kurz darauf wieder. An dieser Stelle unterbrach Sigurlaug ihren Bericht und fragte, ob man den Wagen gefunden habe. Erla sagte ihr, sie hätten ihn direkt um die Ecke vor einem Hotel gefunden, wo viele Kleinwagen parkten, und es sei niemandem aufgefallen, dass der Yaris dort mehrere Tage gestanden habe.

Sigurlaug wirkte erleichtert und nahm den Faden wieder auf. Sie sagte, sie habe den Mann verdächtigt, Margeir etwas angetan zu haben, sich aber nicht getraut, ihn darauf anzusprechen.

Sie saß nur da und starrte auf die Straße, während der Mann schweigend zur Sæbraut fuhr und in der Lindargata anhielt. Dort befahl er ihr, sich ruhig zu verhalten, und drohte, ihrem Sohn etwas anzutun, wenn sie nicht im Auto bleiben würde. Er zeigte ihr auf seinem Handy ein Video von einem Mann, der gehängt wurde, und behauptete, es sei Helgi. Dann wickelte er sich Siggis Schal um die untere Gesichtshälfte, hob den Jungen von der Rückbank und verschwand.

Er kam allein, stieg zurück ins Auto und befahl ihr, den Mund zu halten. Dort saßen sie bis zum Morgengrauen, dann fuhr er zu einem nahe gelegenen Drive-In Imbiss, zog ihr die Kapuze über den Kopf, bevor er vor der Luke hielt, und kaufte eine Flasche Mineralwasser. Er rührte ein Pulver in das Wasser und zwang sie, es zu trinken. Sigurlaug versuchte, sich zu wehren, aber er blieb hartnäckig, versicherte ihr aber, es würde ihr nicht schaden. Danach wurden die Dinge nebelhaft.

Sigurlaug wusste noch, dass sie im Auto geschlafen hatte und später im Hellen ausgestiegen war. Der Mann hatte sie in den Keller eines Gebäudes gebracht und in einen dunklen, warmen Raum gesperrt. Darüber hinaus erinnerte sie sich nur bruchstückhaft, dass er ihr etwas zu trinken und ein Sandwich gegeben und ihr immer wieder gesagt hatte, wenn sie um Hilfe rufen würde, müsste Siggi dafür büßen. Sie konnte sich kaum wachhalten, bekam irgendwann eine Luftmatratze und eine Decke, die sie nicht brauchte, weil es so warm war. Als die Wirkung der Droge nachließ und sie wieder klarer denken konnte, klebte der Mann ihr den Mund zu, bohrte ein Loch in die Wand für einen großen Haken, fesselte ihr mit Kabelbinder die Hände hinter dem Rücken und band sie an den Haken, lang genug, damit sie sich hinlegen konnte. Sie schlief ein und wachte auf. Schlief ein und wachte auf. Bis jemand die Tür aufmachte, und die Polizei erschien.

»Aber ich muss dazu sagen, dass der Mann mich trotz allem nicht schlecht behandelt hat. Er war darauf bedacht, dass es mir gut ging, und versprach, mich wieder freizulassen. Ich sollte nur ruhig warten. Er versicherte mir, dass die Droge, die er mir gegeben hatte, nicht schädlich für mein Baby wäre. Die Ärzte haben mir bestätigt, dass das stimmt.«

Freyja und Erla ließen das unkommentiert. Es klang fast so, als hätte die Frau das Stockholm-Syndrom, wobei sich das normalerweise über einen längeren Zeitraum entwickelte. Vielleicht war das auf die vielen Jahre mit einem gewalttätigen Ehemann zurückzuführen.

Nachdem Sigurlaug alles erzählt hatte, wirkte sie völlig erschöpft. »Ich will meinen Sohn sehen«, sagte sie gereizt. »Wann kommt er endlich?«

Freyja antwortete, er müsse jeden Moment da sein. Sie hatte bereits veranlasst, ihn ins Krankenhaus bringen zu lassen. Sigurlaug schloss die Augen und bat sie, sie allein zu lassen.

Als Freyja und Erla das Krankenzimmer verließen, schien sie schon eingeschlafen zu sein.

Draußen im Flur saß Huldar mit Saga auf dem Schoß. Die Kleine schien gar nicht mehr von ihm wegzuwollen, als Freyja zurückkam. Sie ging zu den beiden und musste Huldar das Kind fast entreißen. Dann stand sie mit Saga auf der Hüfte da, während Huldar und Erla die Lage besprachen, inklusive einiger Details, die die Lücken in Sigurlaugs Aussage füllten.

Der Entführer war wegen der Sicherheitskameras gezwungen gewesen, eine Zeit lang zu warten, bevor er Sigurlaug in das Hochhaus gebracht hatte. Sein Plan war, genügend Zeit vergehen zu lassen, nachdem er Siggi ins Haus geschmuggelt hatte, damit die Polizei nicht merken würde, dass die Kamera am Eingang zum Parkhaus später am Tag kurzzeitig ausgeschaltet war. Freyja erfuhr auch, dass der Mann, nachdem er die bewusstlose Frau in den Heizungskeller gesperrt hatte, den Land Cruiser zurück zu der Kfz-Werkstatt gebracht hatte, aus der Margeir ihn geklaut hatte. Margeir hatte dort an der Elektrik gearbeitet und die Autoschlüssel mitgehen lassen. Þórður hatte nicht genau gewusst, wo der Wagen gestanden hatte, aber zufällig den richtigen Stellplatz erwischt. Niemandem war aufgefallen, dass der Wagen bewegt worden war oder dass die Schlüssel fehlten. Der Inhaber der Werkstatt forderte nun von der Polizei Schadenersatz für die fehlenden Schlüssel und die Reinigung der Rückbank von dem Erbrochenen. Huldar und Erla lachten über die Absurdität der Sache.

Sie besprachen weitere Punkte, ohne Freyja zu beachten, sodass sie mitbekam, dass es noch ungelöste Fragen gab, beispielsweise wie Margeir an das Rohypnol gekommen war. Vermutlich durch eine Facebook-Seite, über die die Droge vertickt wurde. Am nächsten Morgen sollte die Suche nach Margeirs, Sigurlaugs und Helgis Handys starten, die Þórður angeblich auf der Sæbraut ins Meer geworfen hatte. Es fielen weitere Namen, die Freyja nichts sagten: Die Polizei würde keinen Haftbefehl gegen Jón und Tómas beantragen, aber Erla und Huldar waren sich einig, sie und zwei weitere Männer wegen Verbreitung von Pornografie dranzukriegen.

Als das Gespräch zu Ende ging, wurde Saga unruhig. Erla

verkündete, sie müsse sich beeilen, und bat Huldar, auf den Jungen zu warten und sicherzustellen, dass alles glatt lief. Anschließend solle er seinen Arsch zurück zur Wache schwingen. Mit diesen Worten marschierte Erla davon, ohne sich von Freyja zu verabschieden.

»Unfassbar, diese Frau«, sagte Freyja kopfschüttelnd.

»Sie hat's nicht leicht. Es ist kein Vergnügen, die Abteilung zu leiten, und das als Frau an einem männerdominierten Arbeitsplatz«, entgegnete Huldar und grinste Saga an.

Freyja wollte gerade protestieren, dass Erla ja wohl trotzdem ein Mindestmaß an Höflichkeit an den Tag legen könne, als die Tür am Ende des Flurs aufging und Diðrik mit Sigurlaugs Mutter hereinkam, die Siggi an der Hand hielt. Der Junge schaute sich mit großen Augen in der fremden Umgebung um. Anstatt am Empfangstresen stehen zu bleiben, steuerten die drei geradewegs auf Freyja und Huldar zu.

Als sie den Jungen ansprachen, war er plötzlich ganz zurückhaltend. Er kannte Freyja und Huldar zwar vom Sehen, aber die Atmosphäre im Krankenhaus schüchterte ihn ein. Dafür war seine Großmutter um so aufgedrehter und redete wie ein Wasserfall. Sie war einerseits heilfroh, dass man ihre Tochter endlich gefunden hatte, und andererseits besorgt über ihren Zustand und das Wohl des Babys.

Genervt von dem Wirbel, den die Frau verursachte, schickte Huldar sie zum Krankenhauspersonal, das sie über den Stand der Dinge informieren konnte.

»Könntest du jetzt übernehmen?«, fragte Diðrik Freyja mit bittendem Blick. »Sie haben keinen anderen gefunden, der die Frau und den Jungen herbringen konnte, aber meine Frau hat heute Geburtstag. Sie wird es mir nie verzeihen, wenn ich nicht sofort zurück nach Hause komme.«

Freyja sah, wie sich ein breites Grinsen über Huldars Gesicht zog.

»Du kannst danach auch direkt gehen«, fügte Diðrik hinzu. »Der Junge kommt zu seiner Großmutter.«

Freyja war kurz davor, ihn auf Saga hinzuweisen, die immer noch auf ihrer Hüfte saß und Siggi neugierig anstarrte, aber sie konnte ihm ja nicht entgangen sein. »Ja, geh ruhig«, sagte sie. »Ich warte hier.«

Das ließ Diðrik sich nicht zweimal sagen und hastete durch den Flur. Freyja schaute ihm hinterher, ein bisschen enttäuscht, dass er schon vergeben war. Huldar hingegen schien den Mann spontan ins Herz geschlossen zu haben. »Echt ein netter Kerl. Aber irgendwie dachte ich, er wäre Single.«

Ohne ihn zu beachten, hockte Freyja sich vorsichtig hin, um mit Siggi zu sprechen. Saga grabschte sofort nach seinen Haaren, und Freyja lehnte sich ein Stückchen zurück. »Na, Siggi, freust du dich auf deine Mama?«

Der Junge, der Saga angestarrt hatte, lächelte verzagt. »Ja. Ist sie verletzt?«

»Nein, Schatz, mach dir keine Sorgen. Sie muss nur noch ein bisschen hierbleiben, damit die Ärzte nach dem Baby schauen können. Aber ich bin mir sicher, dass sie bald nach Hause darf.« Freyja richtete sich wieder auf. »Komm mit!« Sie führte den kleinen Jungen zur Tür des Krankenzimmers, ließ ihn auf der Schwelle los und sah zu, wie er sich in die Arme seiner Mutter warf.

Die beiden umarmten sich fest, bis es aus Siggi heraussprudelte: »Hast du dich verlaufen? Wo warst du? Hast du dir am Mund wehgetan? Warum hast du ein Pflaster auf der Hand? Was ist das für ein Schlauch? Wo ist Papa?«

Die letzte Frage war die schwierigste. Sigurlaug zog den Jungen wieder an sich und gab ihm das Stoffkaninchen. Er schob es sich sofort unter den Arm und wiederholte dann: »Wo ist Papa? Ist er tot?«

Freyja meinte, eine Träne in Sigurlaugs Augenwinkel zu sehen, doch sie wirkte psychisch stabil und durchaus in der Lage, dem Jungen unter vier Augen vom Schicksal seines Vaters zu berichten. Deshalb ließ sie die beiden allein und zog die Tür zu. Das Letzte, was sie hörte, war, wie Sigurlaug zu Siggi sagte, sie müsse ihm jetzt etwas erklären.

Im Flur trat Huldar ungeduldig von einem Bein aufs andere. »Ich hab gerade eine Nachricht bekommen und muss jetzt los.«

»Gibt's was Neues?«

»Nein, das ist persönlich. Erinnerst du dich an Guðlaugur?« Natürlich erinnerte sich Freyja an ihn. »Ein Kollege von uns, ein Riesenarschloch, hat was rausgekriegt, das er gegen ihn verwenden will. Der Typ hat mich gerade angesimst. Anscheinend will er die Sache so richtig ausschlachten und mich provozieren. Was ihm auch gelungen ist. Ich muss diesem Wichser eine reinhauen, bevor er den Film an die ganze Abteilung schickt.«

»Verstehe«, sagte Freyja, was keineswegs der Fall war. Wenn Huldar jemandem eine reinhauen wollte, mischte sie sich lieber nicht ein. Wahrscheinlich hatte der Mann es nicht anders verdient, wenn er den netten Guðlaugur schikanierte. Doch dann erinnerte sie sich an das blaue Auge, das Huldars Gesicht geziert hatte, als er sie im Dezember zu ihrem Klassentreffen begleitet hatte. Der Ausgang der Sache schien demnach nicht ganz so sicher zu sein. »Vielleicht solltest du's mal mit anderen Konfliktlösungen versuchen«, schlug sie vor.

»No way.« Huldar grinste. »Übrigens habe ich mit Saga vereinbart, dass wir morgen Abend zusammen essen gehen. Kommst du mit?«

Freyja konnte sich ein Lächeln nicht verkneifen. »Klar, warum nicht?« Sie hoffte nur, er würde nicht wieder grün und blau im Gesicht aufkreuzen, aber diese Hoffnung war vermutlich vergeblich.

34. KAPITEL

Sigurlaug verbarg das Gesicht in den Haaren ihres Sohnes und atmete seinen Geruch ein. Er roch seltsam, fremd.

»Mama? Ist Papa tot?« Seine Stimme klang wie immer. Sie hatte sich nicht verändert, nur weil er bei fremden Leuten untergebracht gewesen war. Als Sigurlaug nicht sofort antwortete, wiederholte er seine Frage.

Sie nahm seinen Kopf in die Hände und drehte sein kleines Gesicht zu sich. Die Nadel in ihrem Handrücken schmerzte fürchterlich, aber sie biss die Zähne zusammen. Sie schaute in seine blauen Augen und sagte: »Ja, mein Schatz, mein geliebter kleiner Schatz.«

»Weil du ihm ein Loch in den Kopf gehauen hast? Warum? Du bist ja nicht tot.«

Sigurlaug leckte sich über die Lippen, die von dem Klebeband wund und rissig waren. »Ich habe ihm kein Loch in den Kopf gehauen, Siggi. Das hast du geträumt, weißt du nicht mehr? Der Mann hat ihn getötet. Aber du brauchst keine Angst zu haben, die Polizei hat ihn verhaftet.«

»Oh.« Der Junge sah verwirrt aus.

»Warst du brav und hast alles gemacht, was ich dir gesagt habe?« Siggi nickte ernst. »Hast du der Polizei erzählt, dass du dich nur an einen Mann erinnerst, der dich mit einem Auto in die Wohnung gebracht hat?« Wieder nickte er. »Du bist der beste Junge auf der ganzen Welt.«

Sigurlaug senkte den Kopf, damit sie ihn auf den Scheitel küssen konnte. Und damit er sie nicht weinen sah. Die Tränen flossen über ihre Wangen in seine blonden Haare.

Sie weinte lautlos, bis sie keine Tränen mehr hatte. Sie weinte über das Vergangene und das Zukünftige. Über das, was auf sie, ihren Sohn und ihr Baby zukam. Siggi verharrte ganz still, bis seine Mutter schniefte und ihm zur Belohnung noch einen Kuss auf den Kopf drückte.

Was würde aus ihnen werden? Würde das Leben ohne Sibbi so gut, schön und ruhig sein, wie sie es sich und ihren Kindern wünschte? Oder würde alles zusammenbrechen? Würde man ihr die Kinder wegnehmen und zur Adoption freigeben? Es gab lange Wartelisten, und manche Menschen würden für ein Neugeborenes alles tun, denn es gab nicht so viele, das wusste sie.

Sigurlaug schloss die Augen und versuchte, sich über ihre Situation klar zu werden. Sie hatte die Fragen der Polizei beantwortet, ohne ins Schwimmen zu geraten oder zu lügen – außer am Schluss. Sie schienen keinen Verdacht zu schöpfen, aber es war auch kein richtiges Verhör gewesen. Bestimmt müsste sie noch einmal auf die Wache kommen. Die wichtigste Frage hatten sie ihr nicht gestellt, die bewahrten sie sich bestimmt für später auf. Die Frage, die ihr am meisten abverlangen würde. Oder sie schonten sie wegen ihres gesundheitlichen Zustands. Die Polizei würde eine schwangere Frau so kurz vor der Niederkunft doch nicht unter Druck setzen?

Sie musste das Baby so lange wie möglich im Bauch behalten.

Wenigstens verspürte sie einen Hauch von Erleichterung über das, was sie bisher erreicht hatte. Die Polizei hatte ihr geglaubt, dass sie auf dem Parkplatz vor dem Wohnblock in Suðurhlíð nicht aus dem Auto gestiegen war. Also musste Þórður seinen Teil der Vereinbarung eingehalten und den Mord an Sibbi auf sich genommen haben – anstatt zu erzählen, dass sie sich während seines Streits mit Sibbi von hinten an ihren Mann angeschlichen und ihm den schweren Werkzeugkoffer aus dem Yaris auf den Hinterkopf geknallt hatte. Sie konnte ihn fast nicht heben, mobilisierte aber eine ungeheure Kraft, als Sibbi weiterhin nicht nur sie, sondern auch ihren Sohn beschimpfte. Sollte er seinen Hass doch an ihr abreagieren, aber Siggi sollte er gefälligst in Ruhe lassen. Mit einer verzweifelten Kraftanstrengung schaffte sie es, den Werkzeugkoffer hochzuheben, weit auszuholen und bums! – direkt auf seinen Hinterkopf zu schmettern. Sibbi sackte zusammen, als hätte er keine Knochen mehr im Körper, und krümmte sich auf dem kalten Asphalt vor ihren Füßen. Als sie hochschaute, starrte der fremde Mann sie schockiert an.

»Er hat es verdient.« Mehr brachte sie in diesem Moment nicht heraus. Als sie den Blick abwendete, sah sie, dass Siggi aufgewacht war und sie mit großen Augen durch das Autofenster anschaute. Sie ließ den Koffer fallen und wollte losschreien, aber der Mann hielt ihr den Mund zu und bugsierte sie zurück ins Auto. Von dort beobachtete sie, wie er Sibbis leblosen Körper ins Haus schleppte. Als der Junge fragte, ob der Papa jetzt ein Loch im Kopf hätte, starrte sie nur vor sich hin und sagte ihm dann, er habe geträumt. Irgendwann schlummerte er wieder ein, während sie gebetsmühlenartig wiederholte: »Du hast nur geträumt. Dem Papa ist nichts passiert. Schlaf wieder ein.«

Sie war gezwungen gewesen, für ihren Sohn Gewalt anzuwenden, aber er hätte es niemals sehen dürfen. Es war im Affekt passiert, doch der Drang, es zu tun, musste über einen längeren Zeitraum hinweg unbewusst immer stärker geworden sein. Wenn sie darüber nachgegrübelt hatte, wie sie mit ihrem Sohn unbeschadet aus dieser Ehe herauskommen könnte, war ihr so etwas nie in den Sinn gekommen. Falls sie solche Gedanken gehabt hatte, musste ihr Gehirn sie ihr ganz leise zugeflüstert haben. Doch als sie dann mit den Zehen an den Werkzeugkoffer im Auto stieß, schoss ihr die Idee durch den Kopf, und bevor sie wusste, was sie tat, hatte sie schon den Griff in der Hand, stieg aus und ging entschlossen auf ihren Mann zu. Das Letzte, was sie ihn rufen hörte, war: »Der kleine Bastard sagt nichts und diese dreckige Schlampe auch nicht.« Sie hatte immer noch das ekelerregende Knirschen im Ohr, als die scharfe Kante des Koffers seine Kopfhaut durchschnitt und ihm den Schädel brach.

Er hatte es verdient. Daran musste sie sich immer wieder erinnern. Er hatte den Mord an einem Mann geplant, der ihm nichts anderes getan hatte, als mit ihr zu schlafen – vor langer Zeit. Dass der Mann sie beim Sex gefilmt und den Film verbreitet hatte, hatte ihn weniger gestört. In Sibbis Augen war sie sein Eigentum, das kein anderer berühren durfte.

Nach einer Sache hatte die Polizistin allerdings nicht gefragt, und Sigurlaug wusste nicht, ob das gut oder schlecht war. Sie lächelte ihrem Sohn matt zu und fragte ihn dann mit Nachdruck: »Was hast du mit dem Blatt gemacht, Siggi?«

»Welches Blatt?«

»Das Blatt, das der Mann auf den Nachttisch gelegt hat, nachdem er dich in das große Bett gelegt hat. Was ist damit passiert?«

»Hm … weiß ich nicht.«

Sigurlaug atmete tief ein. »Versuch, dich zu erinnern, Siggi! Was ist mit dem Blatt passiert?«

Der Junge runzelte die Stirn und überlegte angespannt. Dann zog sich ein breites Lächeln über sein Gesicht. »Ich hab's mitgenommen und auf der Polizeiwache ein Bild draufgemalt. Aber nicht auf der Seite, wo was geschrieben war. Nur auf der Rückseite.«

»Du hast ein Bild draufgemalt?«

»Von dir und mir und Papa. Ich hatte Stifte dabei, aber nur zwei. Die anderen hab ich in dem Zimmer vergessen, neben dem Bett.«

»Und was ist mit dem Bild passiert?«

»Das ist bei der Polizei.«

Sigurlaugs Herz zog sich zusammen. Irgendetwas war schiefgelaufen. Wenn die Polizistin gesehen hätte, was auf dem Blatt stand, hätte sie sie darauf angesprochen. Zweifellos. Das war kein gutes Zeichen.

»Der Polizist hat das Bild an die Wand gehängt. Auf der Polizeiwache.«

Sigurlaug war so erleichtert, dass ihr schwindelte. Doch die Erleichterung währte nicht lange. Was, wenn der Polizist Siggis Bild nie wieder abhängen würde? Wenn die Polizei den Text nie sehen würde? Was sollte sie dann machen?

»Ich will nach Disneyland.« Als Sigurlaug nicht sofort reagierte, fügte Siggi hinzu: »Oder noch mal nach Mallorca, wenn wir kein Geld haben.«

Fast hätte sie laut aufgelacht. Wenn sie nicht nach Mallorca gefahren wären, würde sie jetzt nicht hier liegen. Margeir würde noch leben, und alles wäre unverändert. Genauso schrecklich wie vorher – aber sie hätte wenigstens festen Boden unter den Füßen.

Der Urlaub hatte gut begonnen. Siggi hatte in der Sonne gespielt und im Swimmingpool geplanscht. Alle drei hatten sie ihre Sorgen auf dem Flughafen in Keflavík zurückgelassen und die Wärme genossen. Doch als sie langsam braun wurden, kam der Wendepunkt. Sibbi bemerkte einen großen, pigmentfreien Fleck auf Siggis Rücken, der bis dato unauffällig gewesen war. Doch auf seinem gebräunten Rücken war er nicht zu übersehen. Sigurlaug hatte Siggi seit seiner Geburt gebadet und angezogen, aber nie richtig geschaltet. Aber sie hatte auch nur einmal einen kurzen Ausschnitt aus dem widerwärtigen Film gesehen, den Sibbi sich immer wieder angeschaut hatte und auswendig kannte, inklusive dem pigmentfreien Fleck auf Helgis Rücken. Und dann war es ihm gedämmert: Siggi war nicht sein Sohn, sondern Helgis.

Sigurlaug hatte nur mit Glück den darauffolgenden Wutanfall überlebt. Sibbi beschimpfte sie als Nutte, die ihn betrogen und sich nur mit ihm zusammengetan hätte, damit ihr Kind einen Vater bekam. Helgi hätte nichts mit ihr zu tun haben wollen, hätte sie und ihre hinterlistige Art durchschaut. Es war zwecklos, ihm zu sagen, dass Siggi in einer Zeit gezeugt worden war, als Sibbi und sie sich mehrmals getrennt hatten und wieder zusammengekommen waren. Oder ihn darauf hinzuweisen, dass viele Menschen Muttermale und pigmentlose Flecken am Körper hatten. Dass das reiner Zufall sei.

Aber das stimmte nicht. In den Atempausen zwischen Sibbis Prügelattacken hatte sie sich das ausgerechnet. Höchstwahrscheinlich war Siggi tatsächlich in der Nacht mit Helgi gezeugt worden, aber – wie häufig bei Erstgebärenden – zu spät auf die Welt gekommen. Das erklärte auch, warum Siggi bei der Geburt so schwer und groß gewesen war.

Doch das erzählte sie Sibbi nicht. Es war besser, ihn im Zweifel zu lassen. Trotzdem verhielt er sich von da an so, als wäre er sich ganz sicher. Er kümmerte sich überhaupt nicht mehr um Siggi und behandelte sie noch schlechter als vorher, bis zu dem Moment, als ihm einfiel, dass er vielleicht Geld aus Helgi herauspressen könnte. Seine Stimmung verschlechterte sich allerdings deutlich, als er herausfand, dass die Alimente so niedrig waren, dass das nichts ändern würde.

Doch dann bekam er einen Anruf. Später erzählte er ihr, er sei von einem Mann gewesen, der Helgi umbringen wolle. Wenn er ihm helfen würde, würde Siggi Helgi beerben, da Helgi nicht verheiratet und ansonsten kinderlos war.

Die ganze Geschichte war so schwachsinnig, dass sie ihn nicht ernst genommen hatte, bis er sie mitten in der Nacht geweckt und Siggi und sie gezwungen hatte, in den Wagen zu steigen. Offenbar wollte er sie mit in die Sache hineinziehen, damit sie nicht zur Polizei gehen würde, aber Sibbi war noch nie besonders clever gewesen.

»Wir können bestimmt bald nach Mallorca *und* ins Disneyland fahren, Siggi«, versicherte sie ihrem Sohn jetzt. »Aber noch nicht sofort. Erst wenn das Baby da ist. Wir müssen warten, bis es auf die Welt kommt und schon ein bisschen größer ist.«

Damit schien sich der Junge zufriedenzugeben. Hoffentlich konnte sie ihr Versprechen einhalten. Es würde ihnen so guttun, zusammen wegzufahren, ohne einen Mann, der sie herumkommandierte und verlangte, dass alles nach seiner Pfeife tanzte.

Aber sie durfte nicht in die Falle tappen, zu glauben, dass alle Männer so waren wie Sibbi. Þórður zum Beispiel hatte unglaublich viel für sie getan.

Sie hatte die Polizei nicht angelogen, was ihre Fahrt zur Sæbraut betraf. Sie waren schweigend gefahren, mit dem schlafenden Siggi auf der Rückbank. Dann hatte Þórður angehalten und eine Weile nachdenklich dagesessen, bevor er ihr das Blatt gegeben hatte, das jetzt auf der Polizeiwache an der Wand hing. Während sie es las, erklärte er ihr, er wolle es in Helgis Wohnung deponieren, damit die Polizei es dort nach dessen Tod fände. Es handelte sich um ein kurzes Statement: Helgi glaube, einen Sohn zu haben, und wolle zur Bestätigung einen DNA-Test machen. Siggi wurde als dieser mögliche Sohn namentlich genannt, und das Statement war von Helgi unterschrieben. Laut Þórður war es Sibbis Idee gewesen, den Mord wie einen Suizid aussehen zu lassen, samt Abschiedsbrief und »letztem Willen«.

Nachdem sie das Statement gelesen hatte, bot Þórður ihr an, die Schuld für Sibbis Tod auf sich zu nehmen, wenn er im Gegenzug einen Teil von Helgis Erbe bekäme. Er sagte, er brauche nicht viel, nannte aber keine Summe, nur ein angemessenes Einkommen, während er seine Strafe abbüßen würde. Er müsse ja sowieso ins Gefängnis. Dafür müsse sie allerdings für ein paar Tage, höchstens eine Woche, eine unangenehme Situation in Kauf nehmen, denn er brauche Zeit, um einige lose Enden zusammenzuführen. Er würde aber dafür sorgen, dass Siggi an einen sicheren Ort käme.

Sie hatte lange überlegt, doch am Ende war die Entscheidung leicht gewesen. So leicht, dass es eigentlich keine andere Alternative gab. Wenn es stimmte, was Sibbi über Helgis Vermögen gesagt hatte, würden sie das niemals allein ausgeben können. Mit so viel Geld konnten Dutzende von Menschen ein gutes Leben führen. Zwar gehörte das Geld genau genommen Siggi, aber sie ging fest davon aus, dass der Junge ihr bereitwillig einen Teil überlassen würde, um bei ihr sein zu können. Sie würde ein paar Tage in einem Heizungskeller schon überstehen, würde ein Medikament schlucken und sich fesseln lassen, damit die ganze Sache glaubwürdig wirkte.

Also nickte sie und sagte, sie würde mitmachen, unter der Bedingung, dass Siggi sobald wie möglich in Sicherheit gebracht würde. Þórður versprach es ihr. Falls die Polizei nicht bis zum frühen Nachmittag in Helgis Wohnung aufgetaucht wäre, würde er ihnen einen anonymen Hinweis geben. Wobei das unwahrscheinlich wäre, denn gegen Mittag stünde der Besuch des chinesischen Außenministers in Bessastaðir an, und einer der zahlreichen Gäste bei dem Empfang würde bestimmt einen Blick aus dem Fenster werfen und Helgi am Galgenfelsen baumeln sehen.

Bevor Þórður Siggi nach oben in die Wohnung brachte, konnte sie noch einmal mit ihm sprechen – ihm einschärfen, was er sagen durfte und was nicht. Er schien es zu begreifen und ging folgsam mit Þórður, nachdem er ihr zum Abschied sein Stoffkaninchen gegeben hatte. In diesem Moment wäre sie fast zusammengebrochen. Als Þórður zurückkam, sagte er ihr, er habe Siggi einen Film mit Helgi am Galgen gezeigt, um ihm Angst einzujagen, und ihm gedroht, seiner Mutter dasselbe anzutun, wenn er nicht gehorche. Das war der Punkt, an dem Sigurlaug am liebsten alles abgebrochen hätte. Mit was für einem Monster hatte sie sich da eingelassen? Was für ein Mensch kam auf die Idee, einem kleinen Kind einen solchen Film zu zeigen? Aber es gab kein Zurück mehr. Sie musste alle Zweifel beiseiteschieben, sonst käme sie ins Gefängnis und würde das Sorgerecht für Siggi und das Baby verlieren. Also hörte sie Þórður weiter zu, wie er ihr erklärte, er habe das Blatt mit dem Statement auf den Nachttisch gelegt. Nur hatte er wohl leider vergessen, dem Jungen zu sagen, er dürfe es nicht anrühren.

Während sie im Auto saßen und darauf warteten, unbemerkt ins Haus gehen zu können, schmiedeten sie ihr Komplott. Als alles vereinbart war, stieg Þórður aus und ging zur Arbeit in sein Büro. Nach einer Weile kam er zurück und brachte sie in den Heizungskeller. Und an viel mehr erinnerte sie sich nicht.

Es klopfte an der Tür des Krankenzimmers, und ihre Mutter steckte den Kopf durch die Tür. »Darf ich reinkommen? Ich kann einfach nicht länger warten.«

Sigurlaug winkte sie herein. Ihre Mutter küsste sie behutsam, setzte sich auf einen Stuhl neben dem Bett und begann, über die Zukunft zu reden und was für ein Glück Siggi und sie gehabt hätten. Unterdessen konnte Sigurlaug an nichts anderes denken als an Siggis Bild auf der Polizeiwache.

Wie konnte sie sicherstellen, dass die Polizei das Statement lesen würde? Was wäre, wenn Þórður es sich anders überlegen würde, weil niemand nach der Vaterschaftssache fragte? Würde er die Wahrheit sagen, wenn er befürchtete, kein Geld zu bekommen? Das durfte auf keinen Fall passieren.

Sie merkte, dass sie immer schneller und unregelmäßiger atmete. Bald würde eines der Geräte anfangen zu piepen. Ganz ruhig. Ganz ruhig.

Sie atmete ein paar Mal tief durch die Nase ein und durch den Mund wieder aus. Danach war sie entspannt genug, um eine Lösung für das Problem zu sehen. Sobald sie aus dem Krankenhaus entlassen wurde, würde sie mit einer Schachtel Pralinen zur Wache gehen, um sich für ihre Rettung zu bedanken. Dann würde sie zufällig das Bild an der Wand entdecken und fragen, ob sie es als Erinnerung daran, wie ihre Familie vor Sibbis Tod gewesen war, behalten dürfe. Vorher würde sie ihre überraschte Reaktion üben, wenn sie den Text auf der Rückseite sähe.

Sofort fühlte sie sich besser. Bis ihr einfiel, dass der Polizist das Bild womöglich weggeworfen hatte. Ganz ruhig. Ganz ruhig. Wenn das der Fall war, musste sie sich eben etwas anderes überlegen.

Im Krankenhaus hatte sie alle Zeit der Welt, um sich einen Plan zurechtzulegen. Sigurlaug lächelte ihre Mutter an, zog Siggi zu sich und küsste ihn noch einmal auf den Scheitel. Sie hatten das Schlimmste überstanden. Von nun an ging es bergauf.

Yrsa Sigurdardóttir

DNA

Thriller

480 Seiten, btb 71575
Übersetzt von Anika Wolff

Er schlägt erbarmungslos zu.
Wie aus dem Nichts.

Zwei tote Frauen innerhalb kürzester Zeit. Ermordet zu Hause, im Schutz der eigenen vier Wände, auf brutalste Weise.

Kommissar Huldar muss sich beweisen – doch die Zusammenarbeit mit der jungen Psychologin Freyja wird zur Herausforderung.

»Yrsa Sigurdadóttir ist eine der besten Kriminalschriftstellerinnen der Welt.«
Times Literary Supplement

Ausgezeichnet mit dem Isländischen Krimipreis

btb

Yrsa Sigurdardóttir

SOG

Thriller

446 Seiten, btb 71756
Übersetzt von Tina Flecken

Dunkel, gefährlich, erbarmungslos.

Zwei abgetrennte Hände, ein perfider Mord,
kurz darauf ein weiterer.
Was hat die unheimliche Botschaft eines Kindes
mit den Toten zu tun?

Die isländische Bestsellerautorin mit ihrem neuen Thriller
um Kommissar Huldar und Psychologin Freyja.

»Yrsa Sigurdadóttir ist eine der besten
Kriminalschriftstellerinnen der Welt.«

Times Literary Supplement

btb

Yrsa Sigurdardóttir

R.I.P.

Thriller

464 Seiten, btb 71951
Übersetzt von Anika Wolff

Dunkel. Brutal. Gnadenlos.

Er lässt um Verzeihung flehen. Dann mordet er kalt und brutal. Zwei Jugendliche sind seine Opfer, ein Junge wird noch vermisst. Welche Verbrechen haben sie begangen, um den Tod zu verdienen?

Kommissar Huldar und Psychologin Freyja ermitteln.

»Yrsa Sigurdardóttir beherrscht die düstere nordische Thriller-Kunst wahrhaftig perfekt.«
freundin

»Ein kriminalistisches Naturtalent.«
Spiegel online

btb